BENEATH DEVIL'S BRIDGE

惡魔橋下

A NOVEL

羅瑞思・安・懷特 著

李麗珉 譯

A TRUE CRIME PODCASTER.
A RETIRED DETECTIVE.
A CASE THEY CAN'T LET GO.

LORETH ANNE WHITE

致

那些追求真相的人

作者備註

《惡魔橋下》這個故事的靈感來源是二十四年前，發生於我所在地區的一宗真實犯罪案件——這宗罪案當時震驚了整個社會，並且吸引了全國以及全球媒體的關注——然而，本書是一則想像的故事，故事情節裡的所有角色完全都是虛構的人物。場景也全部都是虛擬的地點。

惡魔橋上

「在我們的生命力裡，我們花了大部分的時間在害怕我們自己的陰影。這是他告訴我的。他說，每個人內心深處都住了一個陰影。深到我們甚至都不知道它的存在。有時候，我們會在回眸的瞬間瞄到它。然而，因為害怕，所以我們很快就將眼光移開。這就是助長陰影的養分——我們無力去正視它。這個我們無力去檢視的東西，事實上就是我們原始的自己。這給予了陰影力量。它讓我們說謊，對於我們想要的、以及對於我們自己是誰說謊。它點燃了我們的熱情，點燃了我們最暗黑的欲望。它變得越是強大，我們就越害怕它，也越掙扎著想要把這頭猛獸隱藏起來，而這頭猛獸就是我們自己……

我不知道他為什麼告訴我這些。也許這是他把他自己的陰影委婉說出來的一種方式。不過，我確實認為我們的陰影是邪惡的——他的和我的。龐大、暗黑又極度危險。我想，我們永遠都不應該把我們的陰影釋放出來……」

——來自莉娜・雷伊的日記

一九九七年十一月十五日，星期六，凌晨2:04。

莉娜・雷伊步履蹣跚地走在原木分揀場附近那座老舊的棧橋上。夜色清澈、寒冷，而且出奇地安靜。她可以聽到附近針葉林樹梢上的風聲，還有橋下河水輕輕拍打在石頭上的聲音，以及從首席山一千多呎高的陡峭岩壁上傾瀉而下的雙子瀑布自遠處傳來的轟隆水聲。

她顫抖著把脖子上的圍巾拉得更高。這個動作讓她搖晃了一下。她抓住欄杆笑了。焦慮和一種顫慄的期待混合成她此刻的情緒。不過，她更明顯地感到一股舒服、痲痺和醉醺醺的感覺，而這都拜那瓶皇冠伏特加所賜。那瓶就要見底的伏特加，此刻正安靜地躺在她身上那件過大的軍用外套口袋裡。這不是她的外套。是他的。外套上有他的味道。一股木頭的味道。一種松木的樹脂味。殘留的刮鬍水味道。那就是他獨特的氣味。此外，還混合了濃郁的青苔和泥土味，那是來自森林裡那片土地的味道，稍早之前，她曾經被壓著躺在了那片土地上。莉娜想要甩掉那一份她不想要的痛苦記憶。她在等待著天堂、等待著滿月、等待著銀河、等待著樹梢停止旋轉，當所有的轉動都慢下來的時候，她深深吸了一口氣。空氣裡有秋天的感覺。

她繼續走在惡魔橋上。她可以看到遠處漆黑一片的海灣，以及紙漿廠反射在水面上的稀疏燈影。她呼出的熱氣在冷冽的空氣裡形成了鬼魅般的煙霧。就在她接近橋的南端時，她的神經繃得更緊了。她停下腳步，拿出口袋裡的伏特加，擰開瓶蓋，仰頭灌了一口，身體隨即又搖晃了起來。她顛簸了一下，酒液瞬間從嘴邊灑了出來，沿著下巴往下流。她再度笑了笑，擦乾嘴，把酒瓶塞回外套的大口袋裡。就在她這麼做的時候，她似乎看見了什麼。一個影子。一陣雜音。她瞇起眼睛，端詳著前方橋上的那些陰影。一輛車開了過來。突然而來的車燈讓她眨了眨眼睛，不過光線隨即消失了。飛馳而過的卡車在她面前揚起了一片熱騰騰的廢氣。她突然想要轉身。哪一條路才是對的？

專注。

這次她不能搞砸了，她不能毀了在南端橋下見面的這個特別邀約，這是青少年經常聚集在一起抽菸、喝酒、親熱的地方。她搖搖晃晃地繼續往前走。又一輛車子經過，刺眼的車燈讓她看不清前方。莉娜步履不穩地從路邊跌撞到了路中間，讓車子緊急偏離了車道。一陣咆哮的喇叭聲嚇得她心跳加速。

不要搞砸了。這是你一直在等待的……

莉娜拉了拉外套，讓身體緊緊地裹在外套裡，彷彿這件衣服可以帶給自己勇氣。即便是她這樣的身材，這件外套都嫌太大了。這也是她何以喜歡這件外套的原因。因為它讓她覺得自己很嬌小，而且它還是一份禮物。它很溫暖。就像一個擁抱一樣。莉娜很少被擁抱。她甚至想不起來上一次有人擁抱她是什麼時候的事了。她弟弟就常常被擁抱。經常。他很可愛。甘尼許很討人喜歡。相反地，她卻常常被罵、被警告。大家都說她很蠢。或者從來都不夠好，不夠對——只是一個笨拙的、超大號的、遲鈍的、無能又多餘的傢伙。不管在家裡或是學校，她都是個累贅。有時候，她真希望可以掙脫出自己的身體。而她更等不及要離開雙瀑鎮了。

不過，她現在被困住了。被困在這個愚蠢的城市裡，被困在這個沒有人可以看透的軀殼裡。

他們看不到莉娜的內在是什麼樣的人。她對事物有多麼深的感受。她是多麼熱愛寫作——詩和散文。不過，他知道。他說，她的文字很優美。他看得到她。當她和他在一起的時候，有時候她會相信，只要她能再撐個一年或者兩年的話，她的整個世界可能會有所改變。到時候，她將會離開這裡。她會走得遠遠的。遠走海外。也許非洲吧。她會在異國他鄉做著人們需要她的事情。她會把那些冒險都寫下來。也許幫報社撰稿。她會變成一個不一樣的人。當她離開他太久時，那些夢想就變得模糊褪色。一切就又回到黑暗之中。讓莉娜只想一死了之，也算幫了所有人一個大忙。不過，當她又去找他的時候，再次聽到了他稱讚她所寫的詩，就會讓她感覺到自己的心在怦怦地跳動，感覺到原始的羽翼在她幽暗的靈魂裡顫動。魔法精靈。他說，西班牙詩人費德里科．賈西亞．羅卡就是這麼稱呼它的。那是創作的精靈，而他說莉娜的創作精靈被深深埋藏了起來。

她走到橋的盡頭，開始沿著蜿蜒陡峭的鵝卵石小徑而下，走向惡魔橋的立流道底下。

一輛汽車從橋上呼嘯而過。樹林在車燈的照射下出現了剪影。然後一切又回歸黑暗。死寂。莉娜感到自己迷失了方向。恐懼在耳語。她小心翼翼地挪動著，雙腳踩在漆黑的小徑上，亦步亦趨地往前走。她腦子裡的某個角落傳送出一個警告。這裡太安靜了。太黑了。不太對勁。

然而，伏特加的酒精卻驅使她繼續走下小徑。走向岩石。走向水邊。漆黑的橋底下突然出現一道橘紅色的火光。她看到了一點點的剪影，隨即又隱沒在黑暗裡。她聞到了一股香菸的味道。

「有人嗎？」她對著黑暗的前方喊道。

「莉娜——在這裡。」

聲音聽起來像來自她的身後。她倏地轉身。

一記拳頭瞬間迎面而來，重重地落在了她的側臉上。她往旁邊跌撞了出去，雙手和兩膝跟著跪在了地上。鵝卵石陷入了她的掌心。整個世界都在旋轉。她不知所以。嘴裡冒出了一股血腥的味道。她試著深呼吸，然而，另一拳卻緊接著落在了她的後頸。她的臉無力地貼在了地上。石礫割傷了她的臉頰。泥土滑進了她的嘴裡。然後又是一記重槌，彷彿來自一根球棒，重重地落在了她的肩胛之間。

莉娜無法呼吸。恐慌像漩渦一樣地淹沒了她。她舉起手試圖想要阻止。不過，接下來的重踢卻直接對準了她的頭而來。

克里妮緹

現今

「我甚至不知道那是從什麼時候開始的——早在俄羅斯火箭衝破地球大氣層那個十一月的寒夜以前吧。當它發生的時候，我們沒有人能阻止得了。就像在幾哩外已經設定好軌道的火車，只能無情地沿著鐵軌疾駛而來。」

～來自犯罪紀實Podcast，真實罪案：莉娜・雷伊謀殺案——在惡魔橋下。

十一月十七日，星期三。當日。

我看著那輛綠色的牽引機沿著遠處一排白楊樹移動。樹葉早已掉光，整片山谷籠罩在一層鬼魅般的霧氣之中。三隻海鷗在牽引機的引擎聲中喧囂著直撲而下，企圖在被犁過的土地上尋找任何可見的食物。濃厚的雲層遮住了環繞在四周的群山山峰。天空已經開始下起了毛毛細雨。

「我以為海鷗都應該出現在海邊。」吉歐・羅西說道。我的製作助理把手深深地插在他風衣的口袋裡。他的風衣下襬被風刮得啪啪作響。天氣很冷。是那種鑽到骨頭裡、持續好幾個小時都不會散去的冷。

「海鷗早就已經移居到內陸了。」我不經意地回應他。因為我的注意力完全都盯在那個開著牽引機的女人身上。她的身邊坐了一隻黑白相間的邊境牧羊犬。瑞秋・瓦薩克。有機農夫。退休警探。據說她已經隱居田園了。一堆黑色潮濕的土壤在她身後被翻攪起來。「清道夫，」我靜靜地說。「倖存者。海鷗複製了人類的行為。把他們當作食物的來源。就像在這裡出沒的熊一樣。就像在都市環境裡的浣熊一樣。而且——」我瞄了吉歐一眼。「——我們離海還很近。」瑞秋的農地，綠畝園，座落在被冰川切割而驟然抖落的群山山谷之間，崩落的瀑布和滔滔的河流也在群山之間留下了刻鑿的痕跡。這裡彷彿與世隔絕了。即便用惡劣來形容這裡的環境也不為過。不過，從位於海灣北面頂端的雙瀑鎮開車過來也只要四十分鐘。雖然，雙瀑鎮本身距離西北太平洋的繁忙大城溫哥華只需要開車一到兩個小時，然而，感覺距離卻很遙遠，這片土地彷彿迷失在了時間的洪流裡。

「也許當烏鴉飛過的時候，」吉歐喃喃自語地把手在口袋裡插得更深。「你會需要一輛雪上摩托車和雪鞋，才能在冬天的時候到得了這裡。我無法想像鏟雪車能一路沿著那蜿蜒曲折又佈滿泥濘的鬼路開到這裡。」

我對自己笑笑。吉歐那雙設計師鞋子現在已經蓋滿了污泥。吉歐還是比較適合出沒在多倫多市中心的街頭、酒吧和咖啡館，或者曼哈頓。吉歐那輛鮮黃色的特斯拉就停在他那棟高級公寓的車庫裡，對於我為了我們所企劃的這個西岸Podcast節目而租來的實用性廂型車，他可是一點都不喜歡。不過，這輛廂型車對我們的錄音設備來說倒是很理想，同時也可以用來當作臨時的錄音室。當我在農場大門附近看到那輛牽引機時，我立刻就把車停在了一排矮樹叢後面的路肩上。吉歐和我徒步走下陡峭的河岸，穿過泥濘，繞到位於那幢農舍旁邊的穀倉側面。這回，我想要避開瑞秋的同伴葛蘭傑．富比士。上週，當我們風塵僕僕地開到綠畝園來見瑞秋的時候，葛蘭傑曾經明確地告訴我們，瑞秋絕對不會同意和我們交談。

對於我數不清的電話留言，瑞秋．瓦薩克也從來沒有回覆過。而我真的很需要訪問這位二十四年前負責調查莉娜．雷伊謀殺案的警探。她是關鍵人物。沒有了瑞秋，我們針對遭到殘暴性侵並且被殺害的十四歲雙瀑鎮民所製作的Podcast節目，就會失去最大的衝擊力。

冷風依然在咆哮。一陣毛毛細雨拂過我的臉龐，讓我在清冷的空氣中起了寒顫。就是在像今天這樣的日子裡——同樣的月份——瑞秋的團隊在惡魔橋下黑壓壓的河水裡，找到了莉娜傷痕累累的屍體。牽引機轉了一個大彎。

「她往穀倉去了。走！」我對吉歐說道。「我們得在那裡攔下她。」我很快地拾起腳步穿過濕地。我的布朗德斯通工作靴已經沾滿了泥濘。吉歐一邊詛咒著一邊跟上我的腳步。

「她顯然不想和我們說話！」他在我的身後大聲說著。「要不然她早就回覆你的留言了。」

「顯然如此。」我回答他。不過，瑞秋的躲避只是更強化了我的決心。不想說話的人往往都有最值得說的內情。避開社群媒體和社會的受訪對象，通常都有他們想要隱藏的事情，這也就是何以讓瑞秋．瓦薩克公開發表聲明將會是驚天動地的一擊。我幾乎可以感覺到了。成功。這個企劃稍早已經出現了突破性的指標。兩週前，在第一集正式上線之後，節目的排名和評價就一飛沖天。上週的第二集在統計數字上甚至寫下了更好的成績。媒體的興趣扶搖直上。每一個等待著下一集播出的犯罪紀實迷，都期盼聽到瑞秋．瓦薩克警探的訪問。她是怎麼把兇手緝捕歸案的。她是如何審問他、讓他認罪，把他關進大牢裡的。

「你現在先不要往那裡看，不過，我可以看到她丈夫在閣樓的窗戶裡，」吉歐從我身後趕上。「他在看我們。也許已經在幫他的獵槍上膛了。我們已經擅闖民宅了，你知道嗎？」

我繼續往前走，隨著牽引機越來越接近穀倉，我體內的興奮之情也逐漸升高。我加快了腳步。雨越下越大，淋濕了我的頭髮。山谷裡的霧氣也越來越重，裊繞在穀倉四周。

吉歐邁著蹣跚的步伐一邊詛咒著。「你看到了嗎？」他大聲喊著。「嚇死人的基因改良馬鈴薯。就埋在這些泥土下面。和我的頭一樣大。」

我看到了那些巨大的馬鈴薯。留在了土裡沒有收成——大到不投市場所好。不過，我的注意力仍然鎖在那輛綠色的牽引機上。它在穀倉門外停了下來。車上那名深色頭髮的女子爬下了牽引機。她戴了一頂球帽，穿了一件雨褲、一件雨衣，還有一雙沾滿泥土的橡膠靴。車上的牧羊犬跟著她跳下了牽引機，然後開始朝著我們憤怒地吠叫。我們雙雙僵在原地。很顯然地，她看到了我們，不過她依然無視我們的存在，只是自顧自地把一籃大頭菜從牽引機上搬下，然後朝著穀倉走進去。那隻狗持續在狂吠，讓我們不敢輕舉妄動。

「瑞秋？」我提高音量好壓過狗叫聲。「瑞秋．瓦薩克？拜託，我們和你談談嗎？」

瑞秋在穀倉門裡遲疑了一下，不過只是一下下，隨即就走進了老舊的穀倉裡，還吹了一聲口哨。那隻邊境牧羊犬聞聲發出最後一次的吼叫聲，然後就跟在這位前警探身後跑進了穀倉。

我抓住機會立刻跟上，一邊將雨水從臉上拭去。

「瑞秋．瓦薩克，我是克里妮緹．史考特，是犯罪紀實Podcast真實罪案的共同創始人兼主持人，這位是吉歐．羅西，我的助理——」

「我知道你是誰。」她的聲音很渾厚。沙啞。帶有權威性。她放下手上的籃子轉向我們。她有一雙冰灰色的眼睛，深色的長睫毛。那張寬闊且線條強硬的嘴邊有著些許皺紋。幾縷銀色的髮絲夾雜在那一頭被雨水淋濕了的披肩厚髮裡。她很高大。儘管嚴格來說，她的年齡已經老到可以當我的祖母了，但是她看起來依然敏捷壯碩。她讓我看起來顯得很矮小，雖然我一點都不矮。瑞秋看起來和我所期待的一模一樣。

「我沒興趣和你談，」瑞秋說道。「我希望你們離開我的土地。」

我猶豫了一下，很快地瞥了吉歐一眼。他那雙深色的眼睛和我四目相對。他眼中的神情正呼應了我的想法：這是我們最後的機會。一旦錯過，我們就不會再有下次了。

「已經過了將近四分之一個世紀了，」我冷靜地說，但是心臟卻在胸口怦怦地撞擊著。我想到了葛蘭傑和獵槍出現的可能性，還有我們擅闖民宅的事實。「那年這個時候，你的潛水隊伍在那片黑水中找到了莉娜的屍體。一樣的冷冽。一樣的霧氣瀰漫。雨水夾雜在雪裡。寒風吹在海面上。」我停了一下。瑞秋瞇起她那雙狹長的眼睛。她的姿勢微微地動了一下。

「空氣裡有著同樣的味道，」我繼續說道。「木頭燃燒的煙味。腐敗的葉子。死魚。冬天來臨的味道。」

瑞秋的目光依然鎖定在我身上。我試探性地往前跨了一步。瑞秋眼角的皺紋在這個距離下看似更深了。那不是笑紋，而是疲憊的皺紋。突如其來的同理心向我席捲而來。這名警察看過太多。做了太多。現在，她只希望不要被人打擾。

牧羊犬發出低聲的吼叫。吉歐依然不敢亂動。

「你丈夫——」

「我沒有結婚。」

「你的伴侶，葛蘭傑，在我們上週開車過來的時候告訴我們說，你不會想要和我們交談，我可以理解你對此感到的抗拒。」

「你能嗎？」她的話裡充滿諷刺。

「我做過功課。我知道媒體是怎麼騷擾你的，而你最後又是怎麼離開了你的團隊。不過，我只是想要和你談談有關莉娜．雷伊調查行動裡的具體細節，以及背後的策略。還有，你們是怎麼找來了路克．奧萊利警探。你是怎麼讓殺害莉娜的兇手認罪、讓他被繩之以法的。大概就是這樣。」

看到瑞秋開口，我立刻舉起了手阻止她。「只是關於調查的一些基本問題而已，瓦薩克女士。那個十幾歲的孩子遭遇慘死的事實，對這個關係緊密的小社區所帶來的衝擊——對她的老師、朋友、同學——」

「哈特。瑞秋．哈特。我已經不再用瓦薩克這個姓了。」她把手伸向菜籃。「還有，我的回答是不接受。很抱歉。就像你所說的，我不是那個案子唯一的警探。你可以試著去找路克．奧萊利。或者巴特．塔克。」

「巴特．塔克把我介紹給一名警局的新聞聯絡官。奧萊利警探正在接受安寧照護。他清醒的時候並不多。」

瑞秋彷彿凍結在了原地。她臉色蒼白，然後靜靜地說：「我……我不知道。哪裡……哪個安寧照護中心？」

「在北岸。靠近獅子門醫院。」

她目視前方。時間一分一秒地過去。穀倉裡開始在滴水。過了好一會兒，她才打起精神，神色又強硬了起來。「我要你們離開我的農場。現在就離開。」

吉歐開始往後退去。然而，我卻依然站在原地，我的心跳在加速，彷彿心臟就要從指尖溜走了。

「拜託你，哈特女士。沒有你我也可以做到。而我也會這麼做。但是，如果能獲得你的說法，我們的報導內容就會更加豐富。我的Podcast目的並不是為了駭人聽聞，而是想要讓人了解為什麼。為什麼一個看似正常的人，會突然越線犯下極端暴力的罪行？這之間的灰色地帶是什麼？有人事先看到徵兆了嗎？一個在太平洋西北地區某個尋常小鎮裡的尋常女學生，為什麼突然就變成了這種恐怖事件裡的受害者？」我從口袋裡掏出一張名片，遞給眼前這名退休的警探。「請你收下。請你考慮打電話給我。吉歐和我會在雙瀑鎮和大溫哥華地區之間來回，在此同時，我們會繼續訪問其他人。」

瑞秋的嘴唇緊閉。在她來得及把我們趕走以前，我用我最冷靜的聲音好言好氣輕聲地說：「當克萊頓．傑伊．派里認罪的時候，他拒絕向任何人解釋他的行為。他拒絕告訴你所有的原因。」雨滴開始在穀倉的鐵皮屋頂發出震耳欲聾的敲擊聲。我可以聞到泥土的味道，以及潮濕的稻草味。「克萊頓．派里搶劫了雷伊的父母。他不只奪走了他們女兒的性命，還剝奪了傑斯溫德以及普拉提瑪．雷伊知道為什麼的權利。沒錯，他是告訴了你他是怎麼做的，但是根據法庭的紀錄，他從來沒有解釋過他為什麼挑選了莉娜。為什麼犯下那樣的暴力行為。難道你不感興趣嗎，哈特女士？克萊頓．傑伊．派里——一個看似態度溫和的老師、丈夫、父親、學校的指導諮詢顧問和籃球教練——為什麼會沒來由地做出那麼恐怖的事情？」

「有些人天生就是變態。而你現在也不可能從他身上得知『為什麼』，特別是在經過了這麼久之後——」

「他和我談過了。」

瑞秋全身僵硬。時間彷彿沒有盡頭。

「他什麼？」

「派里。他和我談過了。在監獄裡。他同意要接受一系列的訪問。還會錄音。」我停了一下，把名片遞給她。「他答應要告訴我們為什麼。」

我眼前的前警探漲紅了臉。「克萊開口了？」

「是的。」

「二十四年來他一個字都沒說過。對誰都沒有開過口。為什麼現在要開口了？為什麼是對你說？為什麼在經過了這麼長一段時間之後？」她瞪視著我們。「是因為他終於想要申請假釋——是這樣嗎？」

我沉默不語。我已經放出了釣餌，現在，我的目標已經上鉤了。

「就是這樣，不是嗎？」瑞秋提高了嗓門，雙眼閃爍不定。「他想要討好假釋委員會，好讓他們舉行一場公聽會。他會要你的。他利用你來達到某些目的。而你也掉入了圈套。你會讓莉娜的家人再一次歷經地獄般的惡夢。」

我依舊沉默。我看著瑞秋的雙眼。我可以感到吉歐越來越緊張。

「他對你說了什麼？」瑞秋最後問道，聲音有點撕裂。

我再一次把名片遞向瑞秋。這回她收下了。

「我們的第一集上週已經上線了。第二集昨天也播出了。我的網址就在上面。」我停了一下。「請你聽聽前面兩集。然後打電話給我。」

瑞秋

當年

一九九七年十一月二十二日，星期六

我站在河岸上看著潛水小隊。我緊縮在我的防水羽絨服底下，頭髮在腦後緊緊綁成了一根馬尾。從海面上吹來的冰冷寒風，把我鬆散的幾縷髮絲吹散到了臉上。儘管時間已經接近中午了，但是在濃厚的雲層下，天色卻依然暗沉。在雲層後面的天空裡，直升機的聲音開始漸去漸遠。由於天氣惡劣，空中搜索的任務已經中止了。雙瀑鎮是我生長的地方。我在這裡出生，在這裡長大。而現在，我跟隨我最近剛逝去的警察局長父親的腳步，成為了這裡的一名警探。我既為人妻，也為人母，我了解莉娜・雷伊的父母所承受的痛苦。他們十四歲的女兒已經八天不見蹤影了。這個失蹤的青少年和我自己的女兒瑪蒂同年。她們是同學，也是籃球隊友。我負責這次的搜索行動。這項任務讓我感到極其沉重。我需要找到莉娜。看到她平安、看到她還活著。

一開始的時候，大家以為莉娜可能又在耍脾氣了——就像她以前也曾經消失過，但是後來自己又自動出現一樣。不過，兩天前，雙瀑中學——這個鎮上唯一的一所中學——的學生之間，開始流傳一個謠言。根據孩子們的說法，莉娜．雷伊已經淹死了，她的屍體『可能』就浮在烏雅坎河的某處。烏雅坎河從高山上流瀉而下，在接近雙瀑鎮的時候水流減緩、河道變寬，略帶鹹味的河水最後在一間原木分揀場附近注入海灣。

一聽到這個謠言，我立刻召集了一支K9警犬隊。雙瀑鎮警局也成立了搜索和救援小隊，沿著烏雅坎河岸進行搜索，從河流高處的沼澤一路到出海口都不能放過。

昨天上午，一名學生——艾咪．陳——被她的母親帶到了雙瀑鎮警察局。艾咪聲稱，她在十一月十五日週六凌晨兩點的時候，看到喝醉的莉娜蹣跚地走在惡魔橋路邊。我立刻將搜索救援小隊部署到惡魔橋一帶。昨天稍晚的時候，就在天色完全暗下來以前，搜索小隊在烏雅坎河南面橋下的岩石之間，發現了一只掉落在那裡的背包。那一帶是青少年經常聚在一起抽菸、喝酒和親熱的地方。橋下的支柱畫滿塗鴉，還有一張老舊的床墊、一些硬紙板、空罐、舊瓶，以及一些其他的城市廢棄物。我們在背包裡發現了一只皮夾。裡面有莉娜的身分證，四元又七十五分錢，還有一張捲邊的照片，照片裡是一艘船身上寫有「慈善非洲」的船隻。背包裡還有一把串在鑰匙鏈上的鑰匙。此外，在背包附近的石塊之中，我們還發現了一條『櫻桃粉』的唇蜜、一包濕透的Export A香菸、一只打火機、一個皇冠伏特加空瓶、一條沾了血的針織圍巾，以及一本西北太平洋某位知名詩人所寫的詩集，書名是樹林的低語。在浸濕了的詩集標題頁上寫著一行字：來自A.C. 的愛，UBC, 1995。

今天早上稍早的時候，當搜索行動重新恢復時，K9警犬小隊發現了一雙Nike球鞋，鞋子裡還有一只沾血的襪子。鞋子和襪子都是在河流北岸的橋下找到的。莉娜的父母確認了Nike球鞋、背包和圍巾都是他們女兒的東西。圍巾是她祖母親手編織的。鑰匙則是雷伊家前門的鑰匙。

在最壞的打算下，我召集了警方潛水小隊。兩個小時以前，在一場簡短的說明之後，他們即刻就展開了水下的搜索。

已經開始下雨了。我在外套裡忍不住發抖。我可以聞到河岸邊傳來的鮭魚腐臭味。白頭海鷗在光禿禿的樹枝上注視著我們，彷彿在等待著警方撤離，才好俯衝而下，重新開始啄食魚屍。這是每年此時固定的儀式，鮭魚會游到烏雅坎河產卵，然後在產卵之後死亡。再晚一點，等到黑夜降臨時，樹林裡的熊和狼也會出來分食屬於牠們的那一份。

我想到莉娜的父母和弟弟正在他們那棟簡樸的房子裡等待著消息。他們的女兒到鎮北的山區裡參加了一場『秘密的』篝火慶典之後，就沒有再回家了。孩子們聚集在森林裡，在一個叫做『小樹林』的地方，焚燒老舊的滑雪板，以獻祭給北歐神話裡的雪神烏勒爾。穿戴成維京人裝扮的烏勒爾篝火節曾經是雙瀑鎮的一個年度慶典，不過，雙瀑鎮長和地方議會卻以安全為由，自去年起禁止了這項活動。這個吵雜的儀式開始引入來自城市的一些負面元素，而瘋狂的派對不僅導致部分參加者在喝醉下跳入篝火，也造成了一些嚴重的燒傷意外。每個人都擔心在自己任內會有人因此致死。

現在，真的有人死了。

至少有二十個孩子在篝火節現場看到了莉娜。所有人都聲稱她喝了很多。有人看到莉娜和一名男子在一起，但是無法說出那名男子是誰。那天晚上是滿月，天空像玻璃一樣清透，當晚九點十二分的時候，一枚老舊的俄羅斯火箭重返了地球大氣層，隨即爆炸成無數燃燒著的小彗星，拖著長長的火焰尾巴滑過天際。

每個人都抬起頭注視著天空。每個人都記得那珍貴的一刻。每個人都可以記起當時他們人在哪裡，劃過十一月寒冷夜空的那道燦爛的橘色火焰，讓每一個人都無法忘懷。

火箭的殘骸最後安全地掉入華盛頓州外海的太平洋裡。整個過程都被記錄了下來。

然而，過了那一刻之後，沒有人記得有再看到過莉娜。

「派對後來變得很瘋狂。」

「抽了大麻……」

「喝了很多。」

「也許……我想，我看到她和一個男的走進了森林裡……他很高。穿了一件深色的外套。牛仔褲。還戴了一頂帽子。」

「沒有，我沒有看到他的臉。」

「她和某個男生在一起，我想。」

「很高大的一個男人。深色外套。戴帽子。」

「她和一個戴帽子、身穿深色外套的男人坐在篝火附近的原木上……沒有，我不知道他是誰。」

我看著在充氣小艇上的兩名潛水助理，腦子裡迴盪著參加篝火祭典的孩子們所說過的話。他們緊緊地抓住連接在水底下的兩名潛水探員身上的繩索。身著乾式潛水衣的湯姆．塔納卡和鮑伯．高登探員，正在可見度幾乎是零的混濁河水裡盲目地摸索。橋下的河水裡沉積了不可思議的廢棄物——購物車、生鏽的金屬、破碎的玻璃、舊釘子，以及其他更糟的東西。

我看了看手錶。又快到他們浮上水面休息的時間了。一股挫折感深深地啃噬著我。

「嗨，小瑞？」

突來的聲音讓我倏地轉身。只見穿著制服的雙瀑警局探員巴特．塔克站在我身後。他的目光小心翼翼地掃過河裡光滑的灰色岩石，然後停留在我所站立著的水邊。

他把手裡的一杯咖啡遞給我。「黑咖啡，一顆糖。」

塔克那張寬大、誠摯又總是蒼白的臉在冷風裡凍得發紅。鹹濕的冷風讓他的眼睛泛起一層水霧，鼻頭也凍成了粉紅色。這讓我聯想起莉娜母親那雙哭紅了的眼睛。我看到塔克身後有一群人正聚集在老舊的立交橋上。一股憤怒立刻在我胸口點燃。

「搞什麼鬼？把他們趕走，塔克，把他們通通趕下橋！」比起其他就要淹沒我的情緒，憤怒似乎來得更加容易。

塔克跌跌撞撞地爬上那些大石塊，跑向路邊，連手上的咖啡都忘了放下。

「塔克，等一下！」我在他身後大聲喊著。「先看清楚那群人——把他們都拍下來。」我要知道誰在那裡，誰想要第一時間看到警方都找到了些什麼。我應該在一開始的時候就要求進行錄影。我是個小鎮警察，從來沒有處理過兇殺案件——如果這是件兇殺案的話。我仍然希望能平安地找到莉娜。也許她和某個朋友在一起。睡在了其他地方。在別的鎮上。哪裡都好。

只要不是這裡。

不是佈滿鰻草、漆黑的河底。

一艘充氣小艇出現了動靜。有人叫了一聲。潛水助理高舉手臂。水面上冒出一名潛水員戴著潛水帽的頭。是塔納卡探員。他的蛙鏡在蒼涼的天光下閃閃發光。

我繃緊了下巴。我心跳加速地沿著巨大的石塊往前走，試著靠近一點。一隻海鷗的尖叫聲在不遠處響起。雨勢越加地猛烈了。紙漿廠碼頭傳來的汽笛聲，在霧濛濛的空氣裡聽起來格外悽愴。

「相機！」潛水員對助理大喊。一台相機連同一具潛水用浮標，立刻在水面上漂向了塔納卡。塔納卡會藉由這個浮標——一根浮在水面上的棍子——來標示他找到東西的位置。他再度潛入水裡。一串氣泡隨之浮上水面。水面的漣漪逐漸消散。他又回到水底的原位，去拍攝他所發現的東西，然後才能把東西帶上來，不管他發現到的是什麼。我知道潛水員在水裡處理現場的工作，就如同警探在陸地上處理現場一樣。警方潛水員在第一時間的觀察，對案件具有極其重要的關鍵性。只要潛水員一確認屍體的位置，驗屍調查就隨即啟動，潛水員必須要很清楚死者淹沒、溺水和死亡調查的複雜性。

「內褲，」潛水助理在塔納卡從水底拿出一坨布料時對我大聲地報告。那件內褲上面覆蓋了深灰色的泥土。內褲隨即就被裝袋了。「還有工裝褲。」塔納卡又從水裡拿出一些布料，助理也再度喊道。

莉娜最後被看到的時候，身上穿的就是一件兩側都有口袋的工裝褲。

我感到一陣口乾舌燥。性侵現在已經變成了一個可怕的可能性。我想著我應該怎麼對普拉提瑪和傑斯溫德．雷伊開口。

「要漲潮了。」我的身邊響起了一個聲音。

我嚇了一跳。又是塔克。他回來了。手上還捧著我的咖啡。

「我想他們快結束了。」我靜靜地說。

船上又傳來一聲喊叫。

除了雨水打在水面上的聲音，四周似乎都落入了一片沉寂。另一個浮標也浮出了水面。兩名潛水員都浮上水面了。他們找到的東西似乎很大。兩人在鰻草中拖著某個重物，朝著河岸慢慢靠近。

「橋上沒人了嗎？」我低聲地詢問塔克，但目光依然盯在潛水員身上。

「是的。已經拉了警戒線封鎖了。」

我吞了吞口水。是她。一具屍體。潛水員讓她浮在水上，朝著我所站的位置拖過來。激動的情緒讓我的雙眼模糊。我往前靠近，蹲了下來。

在兩名潛水員之間的是莉娜．雷伊。她在潮水中沉浮，臉部朝下，雙臂在身體兩側展開。潛水員現在已經可以在水裡站起來了，他們小心翼翼地往前走，讓莉娜在水草中往前漂浮。她大部分的身體都覆蓋在冰冷的河水裡。黑色的頭髮宛如天鵝絨般地在頭的四周散開。裸露的雙臂剛好頂到了水面。脖子上則纏繞了一件小可愛背心。

我覺得全身麻痺。潛水員把她翻過身來。

在我們驚恐的注視下，一股無形的震撼竄流過在場的每一個人。

瑞秋

現今

十一月十七日，星期三。當日。

看著那個Podcast主持人和她的助理踩在泥濘中，步履搖晃地走向他們停在路邊的那輛紅色廂型車，我的胸口升起了一股寒意。我已經刪除了克里妮緹．史考特的語音留言。一個月之內的五通留言。我想她應該已經明白了我的意思。閣樓窗戶裡有點動靜吸引了我的目光，我仰頭望向屋子。葛蘭傑正從他的辦公室裡看出來。很顯然地，他看到了訪客。

你的伴侶，葛蘭傑，在我們上週開車過來的時候告訴我們說，你不會想要和我們交談，我可以理解你對此感到的抗拒。

憤怒在我體內燃燒。我知道他是在照護我。我知道這個案子是怎麼把我弄得亂七八糟，而他又是如何幫我療癒的。但是，他應該要告訴我，克里妮緹和她的搭檔大老遠跑來綠畝園的事。

路克．奧萊利正在接受安寧照護。他清醒的時候並不多。

有那麼一個瞬間，我覺得無法呼吸。我從五開始倒數。四。三。二。一。我深深吸了一口冷空氣，然後緩緩地吐出，想要把記憶甩掉。我踩著橡膠靴走在返回農舍的泥地裡，斯加特則跟在我的身後，我可以感覺到環繞在我這片山谷農地四周的群山。我可以感受到那些隱藏著的山脈，彷彿在密佈的雲層和雨水中朝著我擠壓而來。冬天就要來臨了。我無法擺脫掉彷彿有什麼東西已經在甦醒的感覺，以及在蟄伏的記憶和時間中，有什麼東西正在受到翻攪的感覺。

我在進門的換鞋處脫掉靴子，收起雨具，拿起一條毛巾在斯加特身上搓了搓。他興高采烈地抖動著身體，通常，我的狗愉悅的情緒都會感染給我，但是，這回卻只是加深了我的煩躁。

葛蘭傑已經來到了樓下。他坐在他那張火爐旁的皮革躺椅上，鼻梁上架著閱讀的眼鏡，腿上放了一本攤開來的手稿。他正在幫一本心理期刊審查論文。他的專長是以催眠療法治療創傷後壓力症候群以及各種上癮的症狀。創傷如何駐進了身體和心理，以及一般人用來處理創傷後壓力症候群的機制，都是他感興趣的範圍。

「你沒有告訴我。」我一邊走進廚房，一邊說道。

他從那副半月形的眼鏡往上看。「告訴你什麼？」他身上那件結了塊的毛衣，是幾年前我買下綠畝園之前、也是在他半退休後搬來和我一起同住之前幫他編織的。他那一頭栗棕色的亂髮裡參雜了幾縷銀色的髮絲。葛蘭傑有一張被天氣、時間和生活裡各種情緒刻畫而成的英俊臉龐。他身後的書架上擺滿了心理學的書籍和哲學巨作，還有各種風格的小說和散文，大部分都是一些個人的冒險故事，以及人類對抗自然的故事。在我們變成情侶之前，他曾經是我的治療師。而我知道，我很幸運能找到他。就很多方面而言，葛蘭傑都是我的救星。那也就是為什麼我對他沒有告訴我克里妮緹・史考特來過一事感到憤怒，卻又必須和自己的憤怒對抗的原因。

「你知道是什麼，」我拿起咖啡壺發脾氣地說道。「你為什麼沒有告訴我，那個Podcast主持人之前已經大老遠開車來過這裡了？」

「你想和她說話嗎？」

「當然不想。」我動作俐落地把咖啡壺注滿水。「我幹嘛要在那麼多年以後，幫她把一個家庭的——一個群體社區的——痛苦拿來炒作，並且從中牟利？」我把水倒在咖啡機裡，不慎灑了一些在流理台上。「用別人遭到暴力犯罪的不幸來作為娛樂的代價，而且那些當事人從來就不希望發生這種事？門兒都沒有。」

「所以我才沒有提起。我為什麼要用這種不必要的事來煩你？」他停了一下。而我只是看著他。

他起身走到廚房裡。「我們都知道那個案子對你造成了什麼影響，瑞秋。」他把我一撮淋濕的頭髮塞到我的耳後。「我們知道那對你的家庭造成了什麼影響——以及對每個人造成的影響。」

我走到他碰不到我的範圍，一把從櫃子裡拿出咖啡罐。我把咖啡粉舀進濾紙，思緒卻飄向了我的前夫和逐漸疏遠的女兒瑪蒂，以及瑪蒂不准我探視的兩個漂亮的小外孫女。我把湯匙和灑落的咖啡粉扔在流理台上，眼裡溢滿淚水。莉娜・雷伊的謀殺案改變了一切。它改變了我。我的婚姻。我和我孩子的關係。它改變了這個小鎮。在莉娜遭到性侵和殺害的那個晚上，雙瀑鎮就失去了它的純真。它也是我警探生涯結束的開始。我永遠都無法跟隨我父親的腳步成為警察局長，實現所有人對我的期待。我甚至無法精準地指出是哪一件事讓我慘遭翻覆。

也許是路克。

「像這種事你應該要告訴我，葛蘭傑。」

「我很抱歉。真的。我愛你，我知道這只會帶來不好的事。況且，我真的不認為那個女人——」

「克里妮緹・史考特。」

「我不認為克里妮緹會頑固到再回來，更遑論繞到房子後面，在田裡守候到你。現在回想起來——」他笑了笑。「她讓我想起了某個我認識的人。」

我半笑了一下。但是心裡的不安依然存在。

「克萊・派里和她談過了。」我緊緊盯著他的臉。「克里妮緹聲稱，他同意接受一系列的錄音採訪，而且他保證會解釋他為什麼犯下那件罪行。」葛蘭傑眼神的變化讓我知道發生了什麼事。我暗自詛咒了一聲。「你聽過了？你聽過她的Podcast了，而你居然沒有膽子告訴我？」

「小瑞——」他對我伸出手，但我卻將他的手甩開。

「可惡。怎麼可以？你怎麼可以聽了卻不告訴我？」

「我曾經是你的心理治療師。我親眼看過你的狀態。有些人可能會覺得自己沒事了。他們可能相信自己已經克服了，或者已經可以有效地區分負面事件，但是，創傷記憶——有可能深深鎖在人體裡面。你聽到派里的聲音，讓自己暴露在所有這些之下……老天，這完全是沒有必要的，小瑞。放手吧。不要理會這些事。」

血液直衝我的腦門，讓我怒視著他。

「也就是說……你聽到他說話了——你聽到他的聲音了？」

葛蘭傑沉默不語。

「他說了什麼？」

他下巴緊繃，太陽穴上的一根小血管不停地在搏動。「拜託你，瑞秋，」他靜靜地說。「不值一提。」

我拿起咖啡壺，把熱騰騰的液體倒進自己的馬克杯裡。「派里他媽的說了什麼？每個人，包括莉娜的父親、她的弟弟，都聽到那個強暴犯和殺人犯的聲音了嗎？」

他碰了碰我的手臂。我抖了一下，咖啡因而灑在我的手上，燙得我發痛。我放下杯子，手掌撐在流理台上，目光越過水槽上方的窗戶看出去，我的心在怦怦地撞擊著。葛蘭傑是對的。聽那個Podcast節目對我一點好處都沒有。看看它現在對我造成的作用。我已經被觸發了。

「你真的想聽我對第一集的看法嗎？」葛蘭傑輕聲地問。

我點點頭，但是沒有看他。

「在我看來，克萊．派里是在耍那個漂亮、年輕、渴望在犯罪紀實圈子裡引起轟動且聲名大噪的假記者。克里妮緹．史考特很容易上當。或者就是一個投機主義者。他選中她的這個事實——把她沖昏了頭，也讓她立刻惹上臭名。大家之所以會收聽，是因為派里至今一直都保持緘默，然而，不知道為什麼，克萊頓．傑伊．派里正在展開一場遊戲。」

「為什麼？」我安靜地問。「為什麼選在現在？」

「我猜，隨著每週播出的Podcast系列，這個答案將會越來越明顯，不過，在第一集之後——就我看來——克萊已經明顯地在加快腳步了。克里妮緹顯然會在每一集裡給他二十分鐘的時間，而克萊也將會平均地在每一集裡透露部分的訊息。他會在每一集的結尾留下引人好奇的資訊作為誘餌，這樣不僅能讓聽眾繼續收聽，也會讓克里妮緹．史考特繼續回去。回去找他。到他的監獄去。一次又一次地回去。這樣做可以讓一名年輕性感的女孩出現在他無聊的監獄生活裡。有可能就是這麼簡單。一張漂亮的臉蛋被他的每一句話所吸引。這符合了他操縱以及控制年輕女性的病症。不過，不管他有什麼計畫，我都認為你不應該落入他變態的遊戲裡，也變成了受害者。」

「也許他會解釋他為什麼會犯下罪行。」

「也許他會說謊。」

「但是，如果他真的說了——」

「那你就會發現他說的是真是假。不過，你也不用仔細去收聽。遊戲結束時你就會知道了。」

我重重地吐出一口氣。

他走近我，雙手捧起我的臉。「答應我，你會努力不去理睬它。」

「你什麼時候聽的？」

「在它第一次上線之後那天。」

「上週？」

他看起來不太自在。我花了一點時間吸了一口氣。「他……他有說了什麼……相關的事？」

「沒有。」

「他聽起來怎麼樣？」

「聲音很沙啞。好像嗓子壞掉了一樣。」

好奇心在我體內流竄。我看著葛蘭傑好一會兒，企圖從他的眼睛裡讀出什麼。他迎向我的目光，眼睛連眨都沒有眨一下。我強迫自己擠出一絲笑容。

「你總是這樣不動如山。」我傾身向前親吻了他。

不過，在我把馬克杯拿到火爐邊時，我感到了隨之而來的一股陰鬱。他應該要告訴我。他沒有告訴我的這個事實讓我覺得不安。我感到莉娜・雷伊的謀殺案即將再一次地改變我的生活。

瑞秋

現今

十一月十八日，星期四。當日。

是我幹的。可以了嗎？他媽的，就是我幹的。所有的事都是我做的。

克萊的聲音在我的腦子裡迴盪，讓我在床上翻來覆去難以成眠。

我性侵而且殺害了莉娜．雷伊……我無法忍受她，以及她所代表的一切。

我聽到路克的聲音穿梭過時空。

告訴我們，你做了什麼？你是怎麼做的？

克萊單調的語氣再一次環繞在我的腦子裡。

我拚了命地打她。撞擊她。我殺，我恨，我要抹滅一切。我希望她消失。消失在我的生命裡……

我放棄想要入睡的企圖，靜靜地躺在床上，聽著雨聲敲打在鐵皮屋頂上的聲音，任憑審訊室的回憶鮮明地出現在我的腦海裡。克萊灰色的面容。他深陷的雙頰。眼睛下方深紫色的黑眼圈。

皮膚因為汗濕而呈現的光澤。以及他的氣息——陳年的酒精味。我的緊張。路克繃緊下巴傾身向前，銳利的眼神和克萊四目相對。雙向鏡後面還有其他無數隻眼睛，也同時在注視著審訊裡的動靜。

雨停了。雲層已經散去，一抹月光灑在我們糾結成團的床單上。我可以聽到斯加特在他窗戶下面的狗窩上打呼和翻動的聲音。

我轉過頭，看著枕頭另一邊的葛蘭傑。在平穩的呼吸下，他的胸膛以一種穩定的節奏在上下起伏。他的呼吸聲總是能讓我冷靜下來。讓我覺得安全。給了我一種家和正確的感覺。在我的生命中，他一直是一股穩定的力量。一股愛意緊緊地揪住我的胸口。然而，有一股隱隱約約的不安就靜靜地隱藏在我的愛底下；一種在無聲中逐漸累積的焦慮，在我的潛意識底下起伏翻騰。我再度翻了翻身，把枕頭拍到我滿意的形狀，然後重新躺下。克里妮緹的面容和她說過的話浮現在我的腦子裡。

他和我談過了……

我安靜地掀開棉被，以免打擾到葛蘭傑。我在床底下找到我的拖鞋，拿起我厚重的睡袍。我把睡袍的腰帶繫好，走到窗前，雙手交叉在胸口，望著窗外那片土地。我的農場。靜靜地躺在月光之下。鐵杉的樹枝在風中搖晃——像呼拉圈舞者似地發出我在室內聽不到的聲音。一隻白樺樹的蜉蟲貼在了窗框的木條上，一隻隻細小的蟲腳彷彿刮過玻璃的手指甲，企圖要爬進窗戶裡來。

我想起二十四年前，月光照耀在鬼魅般的群山上，那晚，莉娜消失在了森林裡，最後卻浮在了惡魔橋底下的河水裡。克里妮緹的聲音又回到了我的腦海。

我們的第一集上週已經上線了。第二集也在昨天播出了。我的網址就在名片上。

我回頭看了一眼。葛蘭傑在打呼聲中翻身側睡。我躡手躡腳地走出房間。地板在我下樓時發出嘎嘎的聲響，我一路來到我的書房，這裡是我幫農場記帳的地方。我擰開一盞燈，打開自動調溫器，啟動了我的電腦。狗爪子在地板上摩擦的聲音在靜夜裡響起，我隨即看到斯加特走進我的書房，乖乖地安頓在我放在書房的狗窩裡。我找出克里妮緹給我的名片，鍵入網址，搜尋真實罪案。

經營這個Podcast的是一小群人。克里妮緹．史考特是主持人。索非亞．萊森是創意總監兼製作人。吉歐．羅西被列為助理製作人。團隊的其他人還包括一名寫手／研究員，一名作曲師／混音工程師，還有一名插畫師／媒體設計師。

我點擊了克里妮緹．史考特的簡介，端詳著這個年輕女子的照片。她以一種非傳統的方式讓人驚豔。白皙的肌膚。鵝蛋臉。烏黑光澤的頭髮剪成了極短的精靈頭。還有一雙紫羅蘭色的大眼睛。我可以感覺到那張看似天真無邪的臉孔下潛藏著一股邪惡，或者頑固。這就是身為警探的特性——你可以從人們身上看出那些無法一眼就被辨識出來的特質。這是一種不會隨著時間消逝的特性。

我瞄了一眼她的簡介。

克里妮緹．史考特自稱是一名對犯罪紀實、犯罪心理，以及法醫科學擁有極大熱忱的自學者。她來自安大略北部的一座小鎮，高中之後搬到多倫多一帶，然後在此加入了真實罪案的製作行列。

在她的簡介之後，是克里妮緹引自她發表在一篇報紙文章上的一句話。

「這個世界總是充滿了非常平凡的人，而他們每個人都有犯下滔天罪行的能力。這些故事讓我為之著迷……真相是我唯一的指引……套句偉大的班・布拉德利所說的話，只要我問心無愧而且平心而論地說出實話，我想，我就可以做出公平的報導。長遠來說，實話永遠都不如謊言危險。我真心相信，真相能讓我們都獲得自由。」

我感到脖子緊繃。我的思緒又回到了克萊・派里身上。他曾經看起來是那麼的良善和『平凡』。學生們和社區群體曾經是那麼地信任他。

他是怎麼濫用那份信任的？

保守秘密是如何讓那種事發生的？

長遠來說，實話永遠都不如謊言危險。

這點我可不確定。

我點擊了Podcast的菜單。最近的新增內容是：

莉娜・雷伊的謀殺案——在惡魔橋下。

如果養大一個孩子需要一整個城鎮的話，那麼，殺一個人是不是也需要一整個城鎮？

我感到一股怒意。我的脈搏在加速。我拿起耳機戴上，隨即遲疑了一下，腦子裡響起葛蘭傑的警告。

不管他有什麼計畫，我都認為你不應該掉入他變態的遊戲裡，也變成了受害者。

如果克萊頓．傑伊．派里打算玩弄某人的話，我會想要知道原因。我點擊了第一集的連結。耳機裡傳來一陣音樂，然後在音樂逐漸淡去時，我聽到了克里妮緹的聲音。

雙瀑鎮是一個位於太平洋西北的工業城鎮，一九九七年秋天，十四歲的莉娜．雷伊在這裡失蹤了。當莉娜在一場篝火慶典結束後沒有回家時，沒有人願意相信最壞的結果。在距離雙瀑鎮往南開車一個多小時的溫哥華，或者諸如美加邊境的貝靈漢以及西雅圖這類的大城市裡，女孩們可能會遭到性侵和殺害，但是，這種事不應該會發生在社區緊密結合、每個人都彼此互相認識的雙瀑鎮。

這個資源小鎮的名字源於從高處流瀉而下的雙子瀑布，雙子瀑布流經首席山陡峭的懸崖，再一路流入虎鯨、鯨魚和海豚聚集的霍威海灣。小鎮本身座落在海灣的頂端，是通往崎嶇的海岸山脈以及人煙荒蕪的野生山區入口，並以此地理環境而聞名。現在，它是滑雪和山地騎行的聖地，同時也是老鷹、熊、狼，以及每年秋天都會湧入烏雅坎河產卵的鮭魚出沒地點。一如過去每一個蒼涼又佈滿霧氣的秋天，在秋季即將進入尾聲的一九九七年十一月的這一天，河岸上一如既往地散佈著腐爛的魚屍，空氣裡也瀰漫著一股腐敗的味道，一名警方潛水人員在漆黑的河水裡摸索，他的指尖碰觸到了莉娜．雷伊冰冷的屍體……

主題音樂響起

……我是真實罪案的克里妮緹．史考特。每週我們都會帶你回到二十四年前，帶你進入監獄，走進自承犯罪的兇手克萊頓．傑伊．派里的腦子和靈魂裡。近半世紀以來，克萊頓．傑伊．派里都未曾開口提及他所犯下的暴力罪行。但是現在，他同意向我們解釋他為什麼如此殘忍地強暴、毆打，並且結束他的一名學生的性命。完全沒來由地。或者……是這樣嗎？因為那將會是我打算問克萊頓．派里的另一個問題——還有其他年輕女子和女孩也遭到了他的傷害和謀殺嗎？我們還要問的是：如果養大一個孩子需要一整個村莊，那麼，殺害一個人是否也需要一整個村莊？在莉娜．雷伊死亡的悲劇裡，雙瀑鎮的每個人都是同謀嗎，即便是以極其細微的方式？

一股熱氣刺痛著我的皮膚。我看著書房的門，然後調高了音量。

克里妮緹

現今

十一月十日，星期五。當日。

我集中精神把雙手放在腿上動也不動，不過，我渾身的神經都感到不安。我來到距離溫哥華開車兩個小時、位於弗雷澤河上游的一間懲教所，在懲教所的這間訪談室裡，除了一張拴了螺絲的桌子之外，什麼也沒有。這是我第一次和殺害莉娜的兇手見面，而此刻的我卻失常了。

從多倫多皮爾森機場起飛的紅眼航班耗盡了我的體力。飛機降落之後，吉歐和我匆匆買了咖啡，隨即提取了我們租來的廂型車。我們把設備裝上車，立刻就出發前往監獄。

我還沒有和瑞秋．瓦薩克聯絡——在飛機往西起飛之前，我曾經打了幾次電話給她，但是她都沒有回覆我的留言。吉歐和我計畫直接驅車前往她的農場，親自在那裡攔截她。這種新聞模式讓我感到興奮。揭開並且即時發布訊息、在眾目睽睽下檢驗所有的假設，這就是讓人感到激動的一部分。這讓我們的Podcast成為了一種很生活化、而且充滿生命力的存在。

我的筆記型電腦就放在我眼前的桌上。裡面寫有我要問克萊頓．傑伊．派里的第一組問題。

電腦旁邊還有一個小型數位錄音機和一支鉛筆。

我穿著黑色的牛仔褲。一件簡單寬鬆的運動衫。球鞋。沒有化妝。在走進這棟建築物之前，我已經在車上把智慧型手錶、耳環和手環都摘了下來。吉歐在停車場的車子裡等我。在被帶進這間等待犯人的訪談室以前，我已經先經過了篩檢和登記。房間兩邊都有強化玻璃的窗戶可以看到裡面。就像魚缸一樣。門外還有一名警衛守著。會客時間只有二十分鐘，不過，克萊頓・派里已經同意接受一系列的探訪。我擔心如果事情發展不如他所預期，他就會違背我們的約定。我的每一步都要很小心，從一開始的時候就要仔細地觀察他。隨時調整我的問題。

克萊頓・傑伊・派里對莉娜・雷伊所做的事極其殘忍。他是一頭怪物。但是，據我所知，打從入獄的第一天開始，他就是一名模範犯人。關於他的很多事情都不合理——而我想要知道那些事。例如，那天晚上他為什麼發怒？為什麼選擇了莉娜・雷伊？為什麼他要認罪，而不為自己爭取好一點的判決，不讓雷伊一家有機會為他們自己發聲？當他獨處的時候，克萊頓・傑伊・派里又是個什麼樣的人？在莉娜之前，他曾經傷害過其他女孩嗎？

我開始急躁了起來。我看了看手腕，才發現自己已經把手錶拿下來了。房間裡沒有時鐘。感覺很熱。空氣並不流通。時間一分一秒地過去。我開始微微晃動著我的腿。我很快就得去趟洗手間了。可能是緊張所致，也可能是因為我在來的路上喝掉了一整杯的咖啡。也或者是因為派里到現在還沒被帶進來，這讓我產生了焦慮。

和克萊頓・傑伊・派里親自見面將會讓我聲名大噪。這點我打從骨子裡知道。我曾經數度寫信給他，要求他接受我的採訪。一如我訪問一堆其他被監禁的犯人一樣——同樣也都是殺人犯——我覺得這些人的罪行也許值得作為真實罪案的議題。派里最終回覆了我。他的回覆先是讓我感到震驚，隨即以我也說不清楚的方式，在我體內點燃了一把火。我按照要求填寫了申請書，也瀏覽了所有正確管道的報導。然後做出西行的計畫。做了我該做的功課。

這一天終於來臨了。

也許他打算申請保釋。那就是他在玩的遊戲嗎？讓我一路跑來這裡，然後再拒絕我。他期待我求他嗎？如果這真的發生了，我會怎麼做？我再一次看向我的手腕，詛咒了一聲——真的是習慣使然。無法知道時間讓我感到壓力。還有這個地方的味道。聲音。為了讓自己冷靜下來，我在腦子裡默默地順過我的問題清單。

房門打開了。

我全身僵硬。心跳像萬馬奔騰一樣轟隆作響。

他走了進來，在進門之後立刻停下了腳步，身後還跟了一名警衛。他研擬著我。彷彿獵食者一樣。評估著我。他看起來和我找到的舊照片判若兩人，那張照片是他在入獄前拍攝的。在他謀殺了莉娜．雷伊之前。他的膚色蒼白，但是照片裡的他卻有著黝黑的膚色。報導中的他熱愛戶外活動，留著一頭被陽光曬到褪色且雜亂蓬鬆的棕色捲髮。那張英俊的臉龐裡還有一絲男孩的味道。他被監禁的時候才只有二十七歲。現在，他已經五十一歲了。看起來比當時的他更削瘦、更結實、也更刻薄。那雙深藍色的眼睛看起來十分銳利。頭髮也被剃到幾乎貼近了頭皮。一幅蜘蛛網的刺青團團包住了他左邊脖子厚實的肌肉。我留意到他的喉嚨上有一道發皺的疤痕。他監獄制服的袖子被高高挽起，露出了前臂和手背上滿滿的墨水痕跡。

專注。不要露出恐懼。不要洩露任何事情，先不要。你是來這裡紀實的。在腦子裡形容一下他的模樣，這樣稍後你才能對你的聽眾描述他的外貌。專心想著你希望第一集要怎麼播出。你得製造一些金句。權力動態在一開始交手的幾秒鐘就會被決定。你要讓他留下強烈的第一印象。

「克里妮妮妮緹．史考特，」他拖長了我名字裡的妮字，同時目光緊緊地和我相遇。那種把我的名字含在嘴裡不好好唸完的方式，讓人感到一股粗鄙的親密感，彷彿他已經控制了局面一樣。「你來了。」

他慢慢走到桌子另一邊，眼光未曾閃躲過我的目光。他好整以暇地坐下。他的聲音像一把安靜的銼刀，讓我不禁懷疑他喉嚨上的那道疤是否和他聲帶受損有關。也許監獄裡的其他犯人對於他性侵、並且毆打一名十四歲少女致死感到不爽。我試著在乾澀的嘴裡嚥下一口口水。

「謝謝你和我見面。」我的聲音有點卡住，洩露出我此刻的心情，讓我不禁暗自詛咒了一聲。時間在流逝。警衛站在門內等待著會客結束，而克萊頓．傑伊．派里似乎就要把我完全吞噬掉、吸收掉、消耗掉了。不留下任何一個分子。我覺得自己完全無力阻止他。我需要拿回控制權。

「警衛需要在這裡嗎？」我問。

他揚了揚眉，看了警衛一眼。警衛則看著我。

「沒關係的。」我說。

警衛聞聲走了出去，把門關上，然後站在門的另一邊透過玻璃窗戶看著我們。

「你和你在網上的照片看起來一樣，克里妮緹．史考特。」

「你可以上網？」

一絲狡猾的笑意緩緩浮現在他的臉上。「你會對犯人有什麼管道感到驚訝的。」

他的目光挪向我放在桌上的電腦，然後是錄音裝置。

「派里先生，克萊頓……我可以叫你克萊頓嗎？」

「請便。你這趟旅程愉快嗎？」

我意識到我的二十分鐘正在流逝。

「還好。你介意嗎？」我朝著錄音裝置點了點頭。「我希望可以播出你的聲音。當然，是在你準備好的情況下。」

他舔舔嘴唇，眼光落在我的唇上。「來吧。」

我按下錄音鍵。紅色的啟動鍵瞬間亮了——像一隻獨眼巨人微型的眼睛，正在觀察記錄著眼前的一切。我開始清楚地意識到我潛在聽眾的觀點，也意識到如何設計我的問題以誘導出我想要的答案。我也警覺到不同的敘述框架可能代表的不同意義，以及要如何善用它們。同時，我也了解到自己在這個製作裡扮演著演員的角色。

我清了清喉嚨。「誠如我在我的信裡所提到的，我的Podcast是——」

「我知道你的Podcast，」他操著低沉、沙啞的嗓音說道。「我聽過了。我了解你。」

「我，是的，我……不知道你有管道可以接觸到那種東西。」

「你不知道的事還很多，克里妮緹．史考特。」他突然往前傾身，雙掌拍在桌面上。我嚇得跳了起來。

他咧開了嘴，然後大笑。那是一種沙啞耳語般的聲音。「不過，年輕的克里妮緹．史考特，我會盡我所能地教導你。」

我的胃裡湧起一股厭惡感，隨即糾纏成了一股憤怒，然後壓抑成某種更深沉、暗黑和複雜的情緒。我下定了決心。

「就像你『教導』莉娜．雷伊那樣嗎？」我的眼光緊緊鎖住他的。「你是她的指導諮商師，你也在放學後幫她複習功課。英國文學。」

他用舌頭舔了舔下唇。「確實如此。真是一個值得獎勵的學生。好吧，告訴我你想知道什麼？」

我在椅子上挪動了一下坐姿，拿起我的筆電和鉛筆，瞄了一眼上面的問題，因為它們已經逃出了我的腦子。我已經快沒時間了，我需要他說出一句我可以在節目中引用的話。因此，我直接挑大的來。

「為什麼是現在，克萊頓？為什麼你過去對你的罪行隻字不提，為什麼你選擇現在來做這件事？」我停頓了一下。「而且過去那麼多年，你並不是沒有接到過這類的要求，從專業機構到新聞記者，再到犯罪紀實的作家，很多人都對你提出了訪問的要求。為什麼是我？」

他往後靠，把雙手撐在腦後。這個動作讓他露出了他的肌肉。而這樣的肢體語言所代表的是主導地位。「你是說為什麼是這個生嫩又漂亮的Podcast主持人嗎？那是因為老克萊．派里想要看一些年輕、活生生的女人，讓她來找他，因為他在經過這麼多年的牢籠生活後開始感到無聊——因為打從十四歲的莉娜之後，他就什麼也沒有了？」

我感到兩頰發燙。

他又往前靠過來。「你認為呢？」

小心。

「權力，」我回答他。「你的沉默是你對莉娜和她父母最後握有的某種權力和控制。你讓他們無法為他們自己發聲。你拒絕回答媒體。你的沉默是對於掌控雙瀑鎮社區、掌控學校和學生、掌控那些追捕你、逮捕你、把你關起來的警探所做的某種最後的賭注。」我停了一下。「但是，隨著時間的過去，那股權力逐漸消退了，因為再也沒有人跑來找你，畢恭畢敬地乞求你開口。你已經被遺忘了。你失落在單調的監獄生活裡。突然之間，犯罪紀實的Podcast引起了大眾的關注，然後你接到了我的提議。還有……這也提供了注意力的轉移。這再度賦予你在某種事情上一定程度的控制權。」我瞇起眼睛。「對一名年輕女性的控制權。」

他歪著頭，臉上出現一抹笑意。「不過你也得到某些回報，不是嗎？告訴我，克里妮緹，你的目的是什麼？收聽率？」

「讓更多人收聽我的節目。更多的聽眾。還有……這個案子困擾著我。」

「我的案子並沒有那麼不尋常。男人性侵和殺害年輕的女性。這種事以前也發生過。一直都在發生。」

「並不是每次的襲擊者都是個老師，都是別人的丈夫、父親。那讓你受到了更大的關注。」

「我想我會喜歡你的，克里妮緹．史考特。」他帶著深深的笑意說著。語氣裡透露著濃濃的性意味。我突然感到一陣噁心。過量的咖啡、不足的睡眠、太多的腎上腺素。而且我並不喜歡他。一股嘔吐感湧上我的喉嚨，我不禁問自己到底在這裡幹嘛，這對我來說倒是很難得發生的狀況。不過，時間一分一秒正在過去。我有過承諾。我有贊助廠商。我有太多的理由需要完成這件事。

「我們就從莉娜開始吧，」我堅定地說。「為什麼是她？」

「你的意思是，為什麼在學校眾多的女學生裡挑中了她？」

「對。我拿到這個案子所有的檔案，而根據警方對你認罪的檔案紀錄，那天晚上，莉娜喝醉了，並且在沒有人看到的黑夜裡，隻身一個人走在惡魔橋上，那並不是自動送上門來的機會。你培養你和她的關係。你把她設定為目標。橋下的最終章就是最後的結果。所以，為什麼是莉娜？」

「她和其他人不一樣。」

「怎麼說？」

一抹奇怪的神情讓他的臉孔出現了改變。他壓低了沙啞的嗓門。「她為什麼和其他人不一樣？我想你知道答案。我想每個人都知道。莉娜不是那種性感、漂亮的女孩。她很……平凡無奇聽起來有點太瞧不起人了，對嗎，克里妮緹？」

我感到血脈賁張。「所以，她的長相讓她受到排擠？是這個原因讓她成為容易被下手的目標？」

「繼續說，把話說出來，」他嘲諷地說。「莉娜很醜。總之，她曾經那樣說過她自己。學校裡其他女孩和男孩都這樣說她。他們都侮辱她。『胖子、巨無霸、怪物、另類。』」他看著我的眼睛。「她被霸凌。」

「所以，被霸凌讓她比較容易受到操控，因為她渴望得到感情？她是一個遭到遺棄的人？」

「莉娜在社交上很笨拙，是的，她渴望感情。她需要感情。但是，她同時也具有天賦。那就是她為什麼在英語課可以升兩個年級的原因，也是我為什麼幫她複習功課的原因。我想，如果是現在的話，她可能會被診斷為自閉症。天生的詩人。她的內心深處有著很美的靈魂。一般人無法看到她美麗的靈魂。」

我感到極度的震撼。

「所以你就殺害她？因為她是一個受到排擠、美麗而且天賦異稟的靈魂？」

他沒有應聲。太陽穴上的血管明顯在跳動。他在衡量我，重新評估著他要告訴我些什麼，他在改變心意。

我瞄準了他暴露出來的弱點。

「你喜歡莉娜嗎？」

他的眼裡閃過一絲情緒。這個微小的變動彷彿一記重拳狠狠地擊中了我——克萊頓・派里是真的喜歡這個女孩。好奇心讓我的恐懼隨之消散。

「她喜歡你，克萊頓。根據她被找到的那幾頁日記。她在日記裡寫著，你基於榮格的心理陰影概念在幫她做諮詢。她還寫說，你和她都具有危險的陰影。」

他摸弄著桌子的邊緣。

我往前靠近，然後繼續說道：「她夢想著離開雙瀑鎮。根據她的話，你是唯一了解她的人。」

他依舊沉默，沒有說話。

「她信任你，克萊頓。」

「我是個壞人，克里妮緹。」

我注視著他的眼睛。我感覺到發生了某種改變。房間裡的氛圍變得沉重了。這裡面變熱了。讓人透不過氣來。

「那是你想要聽到的嗎？我是個變態？因為我就是。我是個很變態的人。我屬於這裡。」

我注視著他。然後慢慢地，安靜地說：「你是在什麼時候開始想到要性侵和殺害莉娜。還是說你一開始只想要強暴她？可是，就像你對警探承認的，你憎恨自己的所作所為，所以你就痛打了她，拚了命地打她？一種投射反應？」

他沒有說話。

警衛敲了敲窗戶，伸出了兩根手指。還有兩分鐘。

「令人作嘔，是嗎，克里妮緹？」他急躁地說道。

我需要一則簡短的媒體金句。我需要一句鏗鏘有力的引言。時間正在從我的指縫間溜走。我很快地說：「關於你所犯下的罪行，你希望外面的世界知道些什麼？在聽過關於殺人者克萊頓．傑伊．派里的第一集Podcast之後，你希望聽眾記住什麼？」

訪談室的門打開了。

「克里妮緹．史考特，我想要世界知道的是，沒錯，我們都有我們黑暗的一面。也就是那個陰影。即便你也一樣。但是，我沒有性侵莉娜．雷伊。」他看著我。我的脈搏加速。我的思緒在飛奔。

他壓低了聲音。

「我也沒有殺她。」

興奮彷如一把利刃刺穿了我。我拿到我的金句了，我獲得我的引言了。我可以把它當作一個未解的懸案，然後提出問題：他們關錯人了嗎？我強迫自己保持冷靜，不要躲開他的目光，甚至連眨眼都不可以。我甚至不想開始認知到這對我個人意味著什麼。我的雙眼泛起了淚水。

「如果……如果不是你的話，那是誰？」

「時間到了，派里，」警衛說著，一把拉住克萊頓的手臂，把他從椅子上拉了起來。「好了，走吧。」

克萊頓抗拒了一下。然後閃爍著雙眼靜靜地說：「不管是誰幹的，殺害她的人都還逍遙在外。」

警衛推著他走出了房間。房門砰地一聲被關上了。

我震驚地坐在原位。窗戶外面的克萊頓在被帶走的同時，還笑著回頭看了一眼。當他消失在走廊的時候，我聽到了他的笑聲。我也聽到了他的話在迴盪。

殺害她的人都還逍遙在外……

瑞秋

現今

十一月八日，星期四。當日。

我的耳朵裡一片靜默，我往後坐，戴著耳機陷入了一片震撼。這是什麼鬼？我退回到這一集Podcast的最後一段，然後重新再播放了一遍。

克萊頓：我沒有性侵莉娜．萊伊……我也沒有殺她。

克里妮緹：如果……如果不是你的話，那是誰？

警衛：時間到了。好了，走吧。

克萊頓：不管是誰幹的，殺害她的人都還逍遙在外。

主題音樂輕輕地響起

克里妮緹：你剛才所聽到的是被定罪的兇手，克萊頓．傑伊．派里的聲音。雙瀑鎮警局的兇殺調查小組抓錯人了嗎？克萊頓在一九九七年認罪的時候說謊了嗎？或者他現在說的才是謊言？殺害莉娜．雷伊的人還在那裡嗎？依然逍遙在外。還在雙瀑鎮生活，也還在雙瀑鎮工作，就在雙瀑鎮的鎮民之中，或者他已經到其他地方去捕獵年輕的女孩了？瑞秋．瓦薩克警探和路克．奧萊利警探讓一個危險的怪物從他們的指縫間溜走了嗎？

主題音樂聲越來越強

克里妮緹：下週請繼續收聽。我們將帶你回到一九九七年，我們要問的是：莉娜．雷伊是誰？一個社區群體是怎麼讓她失望的？在太平洋西北的一個小鎮裡，一頭怪獸是如何在鎮民毫無察覺之下進行他的計畫？我們也希望能呈現給你來自瑞秋．瓦薩克警探詳實的第一手調查經過。瑞秋．瓦薩克警探現在已經退休，在她位於山裡的有機農場裡過著隱居的生活，而她所在之地，就離她曾經追捕兇手的小鎮不遠。

我麻木地看著桌子上方的窗戶。透過我在玻璃上反射的倒影，我可以看見黎明已經為天空染上了一層柔和的灰色。窗外的樹在風裡顫抖。看起來可能要下雪了。

「瑞秋？」

我跳了起來，在椅子上轉過身。

葛蘭傑。他就站在我的辦公室門口，一隻手放在門把上。我扯下頭上的耳機。

「你為什麼不敲門？你想幹嘛？」

「我敲過了。」他的目光轉向我的電腦。螢幕上的網頁清楚可見。幾個大字：真實罪案，橫列在網頁上方。白色的節目標題襯在黑色的底背上，下面還有一道下劃線模擬著犯罪現場的黃色封鎖膠帶。

「我必須要這麼做，」我靜靜地說。「我怎麼能不聽呢？」

他吸了一口氣，身體緊繃，眼裡出現一抹失望。

「克萊頓聲稱不是他。」我說。

葛蘭傑低聲詛咒著。「我告訴過你，瑞秋，他在玩一個把戲。他——」

「你沒有告訴我這個。」我指著螢幕。「我問你他有沒有說什麼相關的話。你說——」

「相關？那毫不相關，瑞秋。那是個謊言。明目張膽的謊言。」他又詛咒了一聲，然後舉起手撥了撥因為淋浴而沖濕的頭髮。「你真的以為如果克萊．派里是無辜的，他會在監獄裡待二十五——」

「四。二十四年。」

「沒錯。二十四年。那些指證他的證據都是無可反駁的，而且有那麼多的證據。加上他自己也供認了，說出了莉娜．雷伊是怎麼死的第一手、近距離的訊息——那些資訊除了調查小組之外，誰都不知道。還有，他也認罪了。他在耍克里妮緹．史考特。他在耍莉娜．雷伊的家人。他在耍你。耍我們所有的人。而這點讓我很惱火，可以了嗎？」

「克里妮緹提到了我的名字，葛蘭傑。她公開說了出來，提醒所有人我是調查那個案子主要的警探。此外，她還提出了一個問題：我們抓錯人了嗎？她也很清楚地表示，她正在邀請我加入這個議題的討論。如果她宣布我拒絕發表評論的話，到時候就會引發各種疑問。」

他端詳著我，彷彿在觀察和期待我接下來要說什麼。而我也說出來了。

「克里妮緹告訴我路克快死了。他現在在接受安寧照護。」我的聲音背叛了我。

他臉色倏地發白，全身僵硬。

「你知道嗎？」我問。

「她……她在下一集裡提到了。」

「所以你知道路克．奧萊利就要死了。而你卻一個字都沒有對我說。」

葛蘭傑看著我。

「我猜那也不相關，是嗎？」

他依然沒有吭聲。

我詛咒著起身，推開他，走向廚房去沖咖啡。他沒有跟著我，只是在我身後大聲地說：「我要去鎮上。去麋鹿餐館吃早餐。」

他的語氣讓我感到一陣寒意。麋鹿餐館距離這裡至少要開車四十分鐘。只聽到前門響起一道關門的巨響。幾分鐘之後，我聽到葛蘭傑的哈雷傳來發動的咆哮聲，隨即是機車輾壓過鵝卵石車道的轟隆聲，最後，那輛哈雷就消失在了潮濕蜿蜒的山谷路上了。

我把雙手撐在廚房的流理台上，垂下頭，試著冷靜地呼吸。但是，我的偏頭痛發作了。我的內心知道他為什麼一直沒有告訴我關於路克的事。我當然知道為什麼。因為，當我現在知道了路克·奧萊利就要死的事實，我勢必會去探望他。我怎麼可能不去看他？

故事不會結束。阿內絲·尼恩這麼寫過。

很明顯地，莉娜·雷伊的故事還沒有結束。我蠢到認為在某種程度上，我們已經結案了。但是我們並沒有。我們所做的，只是把這件事埋在了時間的泥土裡，而它就在那裡沉默地蟄伏著，年復一年，現在，克里妮緹正在把它挖掘出來，讓它暴露在空氣之下，嫩芽已經開始在甦醒，在伸展，朝著光線迎面而去。

如果養大一個孩子需要一整個村莊，那麼，殺害一個人是否也需要一整個村莊？在莉娜·雷伊的死亡上，雙瀑鎮的每個人都是同謀嗎，即便是以極其細微的方式？

我離開廚房，走向通往地下室的那扇門。我在門口猶豫了一下，然後伸手打開。我按下樓梯口的電燈開關，小心地走下樓梯，在樓梯底部再擰亮一顆吊掛在電線上的裸燈泡。隨著燈泡的晃動，地下室裡的各種影子彷彿活了起來。我走向地下室最裡面那堵牆邊上的鐵架，諸多的影子在我身後變幻搖曳。潮濕的霉味撲鼻而來。眼前的空氣裡瀰漫著一片擾人的灰塵。

我拭去覆蓋在架上貯存盒表面的蜘蛛網，檢查著一張張的標籤。然後發現了我想要找的盒子。盒子裡面收放了一些舊的活頁夾、警察筆記、莉娜·雷伊的驗屍報告影印本、證人問詢的紀錄、克萊·派里的審訊紀錄，還有一些照片的影本——我之所以把這些都保留下來，是因為那個案子讓我耗盡心力。

我從鐵架上把盒子拖下來，抱上樓，拿到我的辦公室裡。我把盒子放在桌上，然後打開了盒蓋。這個動作揚起的灰塵讓我忍不住咳嗽。盒子裡最上面的文件是一份驗屍報告。

我的思緒隨即回到了時間的暗流裡。慢慢地，我拿起那份報告。

案號・97-2749-33・死亡女性。

瑞秋

當年

一九九七年十一月二十四日，星期一。

太平間位於水泥建構的溫哥華市立醫院內部。被送到這裡的死者都是來自大溫哥華地區、陽光海岸，以及海天公路一帶的健康機構。太平間的病理學家也負責執行不列顛哥倫比亞省以及育空驗屍官服務處所要求的驗屍作業。

我穿戴著手套和長袍，鞋子也套上了易穿脫的無釦短靴。我來這裡是為了觀察、做筆記，並且採納任何從屍體上採檢下來的東西作為證據。站在我身旁的是同樣穿了長袍的路克・奧萊利警官，他是加拿大皇家騎警RCMP的兇殺組警探。雙瀑鎮警察局長雷蒙・杜爾針對這件謀殺案的調查，要求加拿大皇家騎警提供協助。這次的調查備受關注，吸引了無數媒體的注意。記者沸沸揚揚地吵著要知道這個十幾歲的青少年是怎麼被殺害的，還有是被誰殺害的。殘暴的殺人犯還逍遙法外。我們的社區為這裡的年輕女性感到害怕。而我們雙瀑鎮的警局規模太小。既沒有足夠的兇殺案專家，也沒有什麼太多的資源。有了奧萊利警官的參與，我們就能獲得RCMP的法醫技術和犯罪實驗室的協助，以及其他我們可能需要的專家和人力方面的支援。

路克身材魁梧，長相粗獷，有著一頭淺棕色的頭髮和一對明亮的藍眼睛。他從K9的成員起家，時至今日，已經是一名經驗老到的兇殺案調查警官了。在開車前往溫哥華的路上，他告訴我，他現在依然參與搜尋和救援小組，在哥倫比亞省一帶，志願協助警犬訓練員訓練搜救犬。我猜路克的年齡大概在四十出頭。參加這場驗屍的病理學家是漢娜・貝克曼醫生，一名滿頭銀髮、顯然已經過了退休年紀的女性。協助她的還有一名年輕的男性實驗室助手，以及一名醫學院女學生。塔克則在現場負責拍照。

莉娜躺在我們面前的石板上。除了胸罩和纏繞在脖子上那件看似廉價的小可愛背心以外，她身上一如我們發現她的時候那樣，什麼衣服也沒有。一個架子支撐著她的頭。她那張被砸裂且劃破的臉已經難以辨認。我感到胃裡被重重擊了一拳。我繃緊了下巴。自從警校畢業之後，我就再也沒有參加過驗屍了。我得在不把早餐吐出來的情況下撐過這個場面。為了莉娜，我必須要做到。

也為了她的父母。

還有她的弟弟，甘尼許，以及她最愛、也是最疼她的堂哥達許。此外，還有十五年前贊助她父母從印度遠渡重洋來到這裡的叔叔和嬸嬸。為了雙瀑鎮的中學生，我也必須要做到。為了這裡的老師們。為了我的城鎮。為了我自己的職業生涯，如果我打算追隨我父親的腳步，證明我可以一如他所期待地，領導雙瀑鎮警察局邁向未來。

同時，也為了我那個和此刻因為遭到侵犯而躺在我們眼前的這個女孩同年齡的女兒。

「你還好嗎？」路克安靜地問。我點點頭，沒有看他。

一股嚴肅的氣氛直壓而來，沉重得彷如外面十一月陰鬱的天氣一樣。貝克曼醫生開始進行外表的檢查，一邊對著頭頂上的錄影裝置口述著她的每一個步驟。

「案件編號97-2749-33，」她操著沙啞的老菸槍嗓音說道。「死者女性。外貌南亞人。身高，這個女孩五呎六吋（一六八公分）。體重一百八十二磅（八十三公斤）。」

這個女孩。

這就是現在的莉娜。

一個案件編號。死者。代表她的只剩下一個通貌和尺寸。

「很顯然地，死者遭到嚴重的毆打，」貝克曼繼續說道。「最嚴重的部分在正臉。瘀青、撕裂、腫脹——幾乎像是面具一樣地往上延伸到她的顱骨……她的鼻子明顯地斷了。表皮上有一些碎屑——石頭、泥土之類的。」

病理學家繼續沿著莉娜手臂內側柔軟的皮膚進行檢查。她觸摸的動作很輕柔。「沒有明顯的針孔。沒有藥物過量的跡象。」相機的閃光燈閃了一下。「手臂外側有一些擦傷。」

「防衛性傷口嗎？」路克問道。

「的確符合，是的。」巴克曼回答。她又檢查著莉娜的手和手指。「指甲破損、撕裂。」然後把注意力繼續移到身體的其他部分。「外表沒有疾病的症狀。看起來是個健康的女孩。」

相機的閃光燈再度閃爍。我注意到塔克的手在顫抖。他眉毛上的皮膚因為出汗而反光。在瀰漫著甲醛和消毒劑味道的這間冰冷房間裡，我可以嗅到他的壓力。

不過，貝克曼醫生的手仍然穩定，態度也依舊冷靜。她在她的領域裡深受敬重。在從雙瀑鎮前來的途中，路克告訴我，貝克曼醫生藉由研究豬皮上的針灸針孔，奠定了她在刺傷方面的專家地位。從刺穿溺水貓咪的肺部，學得了如何辨識溺水的症狀。這讓我聯想到連續殺人的兇手是如何藉由小動物來研究並改善他的殺人手法。路克一邊告訴我這些事情，一邊不忘帶著微笑看著我。我也因此了解到，在那副不友善的外表以及嚇人的經驗下，奧萊利警官其實是個具有幽默感又體貼的人，他說這些都是為了消除我的緊張。而這確實也有幫助。一點點幫助。不過也可以說沒有幫助。因為這讓我對於自己這麼容易就被看穿感到厭惡，他可以如此輕易就看出我的不安，並且知道我的專業還遠遠不足。

「屍體很完整，」醫生繼續用她沙啞的聲音說道。「不過，她手腳的皮膚已經開始鬆脫了。」相機再閃了一下。「我估計她在水裡大概有一星期了。」

我清了清喉嚨。「所以她很可能是在篝火活動之後很快就落入河裡了——在十一月十四日那天——她最後被看到的那個晚上？」

貝克曼醫生看著我。「或者十一月十五日凌晨。這和我一開始對她所做的外部觀察相符合。」她從莉娜的指甲底下刮了一點碎屑。也用棉花棒在她的嘴裡和陰道採集了一些檢體樣本。然後在她的助理協助下，這位病理學家摘除了莉娜的胸罩，小心地解開和割開纏繞在她脖子上的小可愛。小可愛和胸罩都被裝進了證物袋裡，等著我稍後在上面簽名。之後它們會被送到RCMP的犯罪實驗室。

「她的鼻孔裡有血跡，嗯——」她把她的放大鏡往下拉到眼睛上。「看起來好像左邊的鼻孔裡有某種燒燙傷。」她往前湊近。「有一個圓形的紅色痕跡幾乎就在前額正中間。這是某種很燙的東西造成的。一個圓形。」相機的閃光燈閃了一下。

「像是點燃的香菸？」路克說道。

我看了他一眼。

「我以前也看過。」他安靜地解釋。「通常會在手臂內側。讓人難過的是，這經常發生在小孩子身上。」

貝克曼醫生點點頭。「傷痕符合香菸的燙傷。」

「有人把香菸放在她的額頭上捻熄？」我問。

「可能也在她的鼻孔裡做了同樣的事。」醫生指著她的鼻孔。

太平間裡一片沉默。我覺得想吐。

貝克曼醫生拿起鑷子，開始從莉娜臉頰和額頭上的傷口取出碎屑。「小石頭、泥土、一些松針，還有……樹皮的碎屑。桉樹的樹皮。」她把取出來的碎屑放到實驗室助理手中的一只金屬盆裡。

我說道，「法醫技術人員在一棵雪松樹幹底部發現了血跡，那棵樹就在惡魔橋北端的橋底下。」

「我們很快就會知道這些樹皮是否屬於那棵樹，以及那棵樹上的血跡是否和莉娜吻合。」路克說道，他的眼光定定地鎖在屍體上。

「鎖骨上有瘀青，」貝克曼醫生繼續外表上的鑑定。「聲帶左邊有一塊很大的瘀青。這個瘀青顯然是類似空手道砍劈的重擊造成的，」她說。「她的雙肩上都有紅色的痕跡……這些痕跡呈現很奇怪的對稱……幾乎是一邊一個圓圈。」病理學家打開莉娜的嘴。「牙齒咬得很緊。她的舌頭被牙齒緊緊地咬住。」

在性侵檢驗開始的時候，我感到時間過得極其緩慢。

「外陰有受創的痕跡——陰道撕裂。」

我突然想起了我的女兒。憤怒讓我的喉嚨緊縮。「所以……她遭到了性侵？」

「跡象符合在她死之前不久曾經有過粗暴的性交。」

「有精液嗎？」路克問。

「實驗室從檢體樣本得到的結果也許能告訴我們更多的資訊，」醫生表示。「不過，她已經在水裡泡了一個星期，而且如果有使用保險套的話……」

「也許就得不到什麼有用的結果了……」路克幫醫生把話說完。

貝克曼醫生要求助理幫忙把屍體翻面。

「死者的背上也有很密集的瘀青。有的瘀青看起來像是鞋子或者靴子的印記……符合踐踏的痕跡。」她研擬著瘀青。「十一吋。」相機閃了一下。塔克換了個位置找到好一點的角度，然後繼續拍照。

我的憤怒在我前額中央不斷地升溫，來到了一個白熱點。儘管太平間的溫度很低，我的皮膚卻因為發燙而已經汗濕了。

「她有一頭濃密的深色長髮。」醫生輕聲說著，在那個短暫的瞬間裡，她似乎卸下了冷漠的外表。那突如其來的一絲溫柔成了她專業上的弱點，也讓我幾乎崩潰。當實驗室助理開始剪斷那頭深色長髮時，我緊閉著嘴，努力控制著自己的情緒。長髮從莉娜的頭骨上落下。我的腦海裡浮現出她被拖上水的畫面，當時她的頭髮彷如天鵝絨般地浮散在佈滿鰻草的漆黑河水裡，就像在蘆葦和死魚群裡的歐菲莉亞。

「喔，看看這是什麼？」醫生把她的放大鏡移近了一點。她對塔克做了個手勢，然後指著一個閃閃發亮的東西。

「纏在她的頭髮裡——」她取出了某種墜飾般的東西。那個東西吊掛在一條斷掉的鏈子上。病理學家用鑷子夾起來展示給我們看。那是一個盒式的吊墜。

我感到腦子在充血。

那個盒子約莫和一個二十五分錢的硬幣一樣大。中間有一顆紫色的石頭，被包覆在做工精細的銀飾裡。

「看起來像水晶，一顆紫晶，」路克把身子往前靠近，研究著病理學家最新的發現。「包裹著石頭的銀飾——是由好幾個凱爾特結的形狀所組成。」他看向我。「我母親有一條這種設計的鍊子。她是從愛爾蘭帶回來的。她說，很多賣觀光紀念品的商店都有賣類似的飾品。凱爾特結代表了永恆，或者延續，或者以我母親的例子來說，它代表了神聖的三位一體——天父、聖子和聖靈。我母親是虔誠的天主教徒。」

有那麼很短的一瞬間，我覺得無法呼吸。我的脈搏在加速。我清了清喉嚨。

「莉娜的父母在報警說她失蹤的時候，他們對女兒當時的著裝描述，從來都沒有提到過這個盒式吊墜。」

「這沒有什麼不尋常的，」路克表示。「為人父母的都以為自己對子女的了解比他們真正了解的還要多。我的意思是，你知道你女兒今天戴了什麼飾品嗎？」

我把注意力轉回莉娜剛剪完頭髮的頭顱上。「不知道。」我靜靜地回答了他。

貝克曼醫生把吊墜盒子放到一只腎臟形狀的金屬盆裡。助理隨即把盆子放到一邊。

醫生繼續她的檢查。「她的後腦還有一個很清楚的鞋印——或者靴子。尺寸和她背上的那個一樣大。這和重重的踩踏痕跡相吻合。」

我開始覺得我似乎從自己的身體抽離了。

莉娜正在接受X光的檢驗。檢驗結果顯示除了鼻子以外，其他部分的骨頭都沒有斷裂，也沒有錯位。

醫生已經準備好她的解剖刀了。在刀尖壓上灰白色的皮膚之際，我的思緒急急忙忙地逃進了記憶的隧道。我在腦子裡看到了普拉提瑪那雙充滿痛苦的深棕色眼睛。我看到了傑斯溫德繃緊的下巴，以及當我告訴他們，我們如何在河裡找到了他們的女兒時，他的拳頭是怎樣地握緊又放鬆、握緊又放鬆，不斷重複著這個同樣的動作。

解剖刀在兩個肩膀之間劃出了一道Y字形的切口，然後直線而下切到了肚臍。他們剖開了莉娜，剪斷了她的肋骨。一根根的肋骨被放在了一塊像是屠夫用的大肉板上面。

「肝臟和胰臟都受到了一定程度的損傷，」貝克曼醫生說道。「腹部顯然受到好幾下的重擊……她的腹壁有好幾處嚴重的瘀痕。」幽閉恐懼症向我襲來。我的視線開始出現干擾。醫生的話也變得模糊不清。「器官粉碎。脂肪組織和肌肉組織分離。軀幹受到很嚴重的損傷……胸部和下腹有明顯的內部出血……符合腹部範圍受到猛踢或踐踏的特徵……骨盆、胃、肝臟、胰臟……腸繫膜撕裂。腸繫膜是人體內連接腸子和腹後壁的器官。」醫生抬頭解釋道。

我強迫著自己集中精神。

隨後，她繼續安靜地說道：「這種傷勢和我預期會在碾壓損傷的患者身上所看到的很類似。那種嚴重的肢體外傷通常都發生在車禍的罹難者身上。這個女孩的經歷太慘了。那就好像有一輛車子撞到了那座橋，而她是從撞爛的車子裡被拖出來的一樣。」

莉娜的心臟被移除了，放在磅秤上秤著重量，然後是她的腦。

「她的腦腫了。是嚴重的全身性出血和創傷造成的。巨大震盪引起的傷害導致失去意識。」

接著被移除的是肺部，一樣也被拿去秤重。

「肺部的內部檢驗顯示有氣泡狀的白色物質，」貝克曼醫生繼續說道。「這符合溺斃的特徵。」

醫生又仔細地看了看肺部。隨即僵住不動，然後安靜地說道：「那些白色的氣泡裡有某種微妙的東西……」她說著拿出了四顆很小的鵝卵石。鵝卵石在被她丟進身旁的金屬盆時，發出了叮噹的碰撞聲。接著她又找到了五顆鵝卵石，同樣也丟進了金屬盆裡。她從那副半月形的眼鏡上方看向我們。「這些小石頭可能是她在瀕死呼吸時被吸入肺裡的。」她停了一下，再度看著我們。「她可能是在臉被壓在河床底部時，為她的生命吸入了最後一口氣，而這些石頭就是在那個河床底的。她肩膀上的那些圓形的痕跡……有可能是膝蓋造成的。用膝蓋來壓住她。」

「她是淹死的，」我說。「有人跨騎在她身上，用膝蓋壓住她的肩膀，把她的頭壓在水裡，直到她吸進了鵝卵石為止。」

「溺水致死會是我報告上的結論，」醫生說道。「但是，如果死者沒有浸到水裡的話，那些攻擊性的創傷和腦腫，也會讓她沒命。不過，當她被強壓到水下、按在水裡的時候，她絕對還是活著的。」她遲疑了一下，原本的冷靜出現了破口。「不管是誰做的……這個人根本就喪失了人性。」

瑞秋

現今

十一月十八日，星期四。當日。

我闔上漢娜．貝克曼的驗屍報告，然而，太平間的那個上午還鮮明地停留在我的腦海裡。那天稍晚的時候，莉娜的屍體被帶走，但是，完整的分析和最後的報告卻花了兩個星期的時間才出爐。我把報告放在桌上，瞄了一眼牆上的時鐘。葛蘭傑還沒有回來。他也沒有打電話回來說他什麼時候會回來。我讓他失望了。但是反過來說，他也惹惱了我。他應該很清楚要怎麼做，而不是試著對我隱瞞事情，特別是和這個案子有關的事。而在聽完第一集的Podcast之後，我怎麼也沒有辦法把釋放出來的精靈再塞回瓶子裡去了。

克萊沙啞的聲音盤旋在我的腦子裡。

我沒有殺她……不管是誰做的，殺害她的人還逍遙在外。

對於克萊是不是正在對克里妮緹玩什麼變態的遊戲，這點我並不懷疑，但是，我無法壓抑住那股正在鑽入我體內的暗黑憂慮。如果他說的是實話呢？如果我們真的犯了錯，漏掉了什麼呢？

我從盒子裡拿出一個個的活頁夾，每個活頁夾裡都塞滿了三孔的塑膠保護套，而保護套裡則裝滿了我們對學生們、朋友們、父母們、老師們、家庭成員，以及其他證人的訪談紀錄影本。活頁夾裡也收藏了我們對派里的審訊紀錄、他的供詞紀錄、證據的照片、實驗室報告的影本、被撕下來的那幾頁莉娜日記的影本，以及我自己和路克的筆記。

我開始把這些都在桌上攤開來，整理放好，在瞄見莉娜父母第一次到雙瀑鎮警局來報案，說他們的女兒失蹤時所提供給警方的照片時，我的手停了下來。

我拿起照片，注視著那個已經死掉的女孩的臉孔。我的記憶旋即回到那天，路克和我離開太平間，走進毛毛細雨中，一路開車回到雙瀑鎮來告知莉娜的父母他們的女兒是怎麼死的。同樣的那張照片，曾經就放在簡樸的雷伊家裡，擺在火爐架上的一只相框裡。

我放下照片，拿起另外一張。六個十四、五歲的女學生手挽著手，頭湊在一起，每個人都笑得燦爛無比。照片拍得很專業，雖然不是警方的證物之一，不過我還是把它放進了盒子裡。女孩們的身後是一團篝火。我可以看到燃燒的雪橇，橘紅色的火光投射在天鵝絨般的夜空裡。女孩們的臉龐被火光照耀成了金色。她們背後的森林變成了剪影和各種影子的絕佳黑背景。

我凝視著這張照片，看得出來快門按下的時機恰到好處。她們的笑容、明亮的眼睛。年輕的光彩真真實實地在她們身上閃耀著。莉娜就是在這個晚上消失的，在這張照片拍攝完之後沒多久。一切在那個晚上都改變了。就在我把照片看得更仔細時，一股寒意爬上了我的胸口。然後，我小心翼翼地把照片放到一邊。

我把盒子裡的其他東西都倒出來，發現了我要找的東西。那個盒式吊墜。依然在證物袋裡，就在袋子的最底部。我拿起袋子，打開，把盒子吊墜放到我的掌心裡。墜子很冰涼。出奇的沉重。斷掉的鍊子懸垂在我的手指之間。紫色的水晶在燈光下對我眨眼。

這是一塊紫晶，一種紫羅蘭色的石英石。它應該要提供性靈上的保護。據說它可以在穿戴者身體四周締造出一種光的保護盾，可以淨化穿戴者的負能量，或者黑暗的能量。

它未能保護到莉娜。

而這個盒式吊墜也是莉娜的父母不想拿回去的一個東西。

克里妮緹

現今

十一月十日，星期五。當日。

我在興奮的流竄下走出了監獄。吉歐正在廂型車裡等待著我。一見到我快步地走向停車場，他立刻就下了車。他看起來很擔心。

「一切都順利嗎？」他問。

「媽的，我們拿到獨家新聞了！我們他媽的拿到獨家了。」我渾身血脈都在賁張，我的腦子都要燒昏了。

「發生了什麼事？」他一臉困惑地問。

「上車。你來開。我會在去雙瀑鎮的路上告訴你。」我伸手抓住乘客側車門的手把。吉歐遲疑著，隨即爬上了駕駛座的位子。他啟動了車子的引擎。我把安全帶繫上，然後把頭靠在椅背上笑了出來。

「天啊，克里，快說。」

我迎向他的目光。我看得出來吉歐覺得我瘋了，但是他並不知道這對我的意義有多大。我甚至都還沒能對自己說明這件事對我的意義。「克萊頓・傑伊・派里說他沒有性侵、沒有重擊，也沒有淹死莉娜・雷伊。」

「什麼？」

「他說，兇手還在那裡，在某個地方逍遙法外。」

他瞪大雙眼。然後眨了眨眼睛。「派里說的？」

「是啊。」

「錄音了？」

「對。」

「喔，天啊。」他停了一下。「你相信他？」

「那不重要，吉歐！你不明白嗎？這讓我們有了我們所需要的引言。這等於是把整個系列的內容都奉送給我們了。這已經不再是關於一個看似正常和善的老師為什麼對他的學生犯下罪行的犯罪紀實故事了。這已經變成了一宗沒有解開的懸案了。」

「可是，如果他在說謊的話——」

「就像我說的，那不重要。我們的節目可以從這個前提展開。我可以一開始就提出問題：他現在說的是謊話，還是當時說謊了，當年他招供的時候？如果他現在說的是實話，那麼，多年以前，警方犯下了什麼錯誤？他當時為什麼要對警方承認？是他們對他做了某種要挾嗎？那是真的招供嗎？而他又為什麼要向法官認罪？他為什麼沉默了這麼久？他為什麼現在開口了，在這麼多年以後？」

「可是，如果他現在是在說謊的話——」

「那就是聽眾想要聽到的——克萊頓．傑伊．派里現在在說謊，還是當年那兩個負責調查的警察坑了他。或者他們只是單純地搞砸了這個案子。」我咧嘴笑了笑。「我們得即時播出訪問警探的部分，這樣我們的聽眾就會準時收聽。我們就和聽眾一樣，都不知道結局是什麼。一旦我們挖掘出什麼資訊，就立刻把它公諸於世——這會是犯罪紀實說故事的新境界。」

「而派里就是那個在幕後操縱的人。」

我笑了。「那不重要，不是嗎？如果他在耍我們的話，那也是娛樂效果的一部分。我們現在有了一個爆發點，吉歐。這很純粹、也很簡單。」

他緩緩地露出笑容，眼睛也亮了起來。他看起來又有了活力。性感。俊美。彷彿我用我自己興奮的電線碰觸到了他，而現在，我的能量正在導入他的眼睛和身體。然後，他又把我的情緒反射回來給我。在那億萬分之一秒裡，我覺得自己被他所吸引了。不過，我很快地把這份感覺踢到我收藏所有真實情感的那個冰冷的角落裡。吉歐是一個善解人意的人。當我感到憂鬱的時候，他會感受到我的情緒，並且和我有所共鳴。那太累了。責任也太重大了。儘管我知道他愛我，我卻不能回報給他什麼，因為那樣的關係對我不會有任何好處。這是我打從心裡知道的。而我也吃過了苦頭。不過，吉歐也是我夢寐以求想要合作的優秀製作人，而他也會為我做任何的事，這也就是我把他留在身邊的原因。

「走吧，開車。」我說。「我會在路途上把剛才的錄音播給你聽。」

吉歐倒車把車開出停車位。我們離開停車場，駛進了車流之中。西北太平洋的雨又開始滴落，吉歐啟動了雨刷，讓雨刷刮去擋風玻璃上的雨點。

我用藍牙把錄音裝置連接到車上的喇叭，然後，我們在車子的行進中，沉默地聽著稍早的錄音。

訪談結束之後，吉歐沉默了好一陣子，克萊頓最後的那句話和他的笑聲迴盪在我們的腦子裡。車子正在駛進溫哥華。我內心充滿了期待。當我們接近雙瀑鎮的時候，我心裡突然浮現了某種感覺。也許是一種恐懼的低語。對於未知——對於我即將發現的事情。但是，那應該是件好事。我應該要感到害怕，同時在害怕中繼續做我應該做的事。那原本就是我的使命。吉歐突然開口，彷彿是在對自己說話一樣。「是他幹的。一定是他。如果我們認為不是他的話，那就太荒謬了。我們看過所有的紀錄、證據的照片、犯罪實驗室的結果。這完全說得通。證據確實符合他的供詞。」

「除了那些說不通的事情。」我轉過身。「有一些事兜不起來。還有一些問題沒有得到答案。」

「因為他招供了。為什麼還要繼續進行調查，如果……呃，如果已經結案了的話？這個壞傢伙說是他幹的，而他也一五一十地告訴警察他是怎麼做的。」

「不過，他對於那件外套的說法，聽起來……有點奇怪。此外，那個盒子吊墜。吊墜的問題也一直沒有被解開。莉娜日記的其他部分也一直沒有被找到。為什麼會有幾頁被撕掉？就算是他幹的，那個罪行那麼暴力、殘忍，明顯地帶著很大的憤怒，實在很難想像曾經看似那麼良善的人會做出那麼極端的行為。那就……好像他早該那麼做卻沒做一樣。然後一路累積到這個程度。可能還有其他的受害人。」

「噢，你現在變得煽情起來了。」

笑意在我臉上蕩漾開來，我往後靠在椅背上。「也許。是啊。不過，這會是Podcast的好題材。」

我們開過橋上。油船在橋下布勒內灣的鐵灰色水域上緩緩航行。深褐色的雲層重重地壓在北岸的群山上。沿著蜿蜒在海灣上的高速公路再行駛一個小時，我們就會抵達雙瀑鎮了。終於。在做了那麼多的研究之後，我終於可以親自造訪這個地方。我會盡可能地多找一些和這個案子有關的人，或者認識本案關鍵人物的人來訪問。在不同的訪問之間，我們會來回監獄，向克萊頓・派里提出進一步的問題。然後在這些訪問期間，我們就會開始一集集地播出。

我在腦子裡思考著每一集的腳本主題。除了第一段克萊頓的部分之外，我們手上還掌握了稍早之前進行過的一段訪問。在我們飛往西部之前，就已經在多倫多採訪過一名發現屍體的警方潛水員。也許我會從屍體的發現開始，然後轉回到另一個問題：誰是莉娜．雷伊？

瑞秋

當年

一九九七年十一月二十四日，星期一。

「我……我女兒被強暴了嗎？」傑斯溫德．雷伊幾乎無法吐出這句話，但是他需要知道的事實勝過他對知道真相的恐懼。他和普拉提瑪並肩坐在我對面那張印花沙發上。路克坐在我右手邊一張花紋華麗的椅子上，若非我們帶來的消息不是那麼駭人聽聞的話，他陷在椅子裡的模樣倒是頗有幾分戲劇效果。我可以感覺得到他在觀察我。時間才剛過中午，但是我們都已經很疲憊了。至少我是。我們很早就出發了，然後直接從太平間開車來到這裡，親自告知雷伊家他們女兒死亡的原因。

「有性侵的跡象。」我輕聲地說。

「你是什麼意思，跡象？」普拉提瑪問道。她的聲音在顫抖。她整個身體都在顫抖，頭髮上的雪紡圍巾也因此不停地在她的臉頰上晃動。

「有……」我清了清喉嚨。「有顯示粗暴性交造成的陰道撕裂。」

普拉提瑪用手掩住了嘴。她眼睛裡的淚水在閃爍。她的丈夫把手放在她的膝蓋上。紅色頭巾下方那雙漆黑而嚴厲的眼睛直視著我。臉上明顯地流露著憤怒。

「在被侵犯之後，她遭到連續的重擊、踢打，然後淹死在河裡？」

「我們還不確定正確的順序是什麼，不過，是的，死因是溺水。我很遺憾。」

「所以，這是……攻擊的動機？」傑斯溫德問道。「強暴？」

「這是我們目前的假設，」我回答他。「就時間點來看，當時莉娜獨自一個人，而且又脆弱，很可能形成了一個犯罪的機會。你們的女兒可能剛好出現在錯誤的地點，在錯誤的時間。」

「為什麼，為什麼？」普拉提瑪哀嘆道。「為什麼是我的莉娜……怎麼有人會做這種事……」

她開始前後搖擺起來。喉嚨裡發出低聲的嗚咽。像動物一樣、原始的聲音。她的母性反應讓我發自肺腑地升起一股回應。我不知道如果同樣的事情發生在我女兒、我十幾歲的女兒瑪蒂身上的話，我會怎麼辦？我看著火爐架上的那幾個相框。家庭照。莉娜可愛的六歲弟弟甘尼許在獨木舟上的照片。一張莉娜帶著挑釁的神情看著相機的獨照。她的膚色比她父母都要深。兩隻眼睛的距離很近，就在鼻子的兩端，偌大的鼻子似乎佔據了她大部分的臉。她的下巴上還有一顆痣。

普拉提瑪的目光跟隨著我的視線落到了照片上。淚水靜靜地滑落在她的臉頰上。我可以感覺到她無聲的話語。

我們應該要照顧好她，應該要更嚴厲、更小心。

我同時也蒙生了一股罪惡感，因為，我曾經對於太平間裡躺的不是我的孩子感到鬆了一口氣。因為，同樣的事也可能輕易就發生在瑪蒂身上。或者發生在鎮上任何一個女孩身上。

我清了清喉嚨。

「你們介意我們問你們幾個問題嗎？這對我們的調查會有幫助。」

「你們會找出是誰幹的。」傑斯溫德說道。這句話並非問句。我迎向他堅定的眼神。

「是的。我們會的。我保證。」

路克在椅子上動了一下，他的動作讓我感受到一份警告。他也許不會對自己可能做不到的事許下承諾。然而，除此之外，我還能對這對父母說什麼？「我們會盡我們所能為莉娜伸張正義。」我一邊說，一邊從我腿上的檔案夾裡拿出兩張照片。我把照片放在咖啡桌上，讓它們正對雷伊夫妻。

閃著相片光澤的影像是當日潛水員在屍體附近找到的衣服，那兩件沾著淤泥的工裝褲和內褲。莉娜的母親發出一聲哽咽的聲音。她點了點頭。「是的，那是莉娜的。那件內褲……水果牌。是在沃爾瑪買的。它們……是三件一組的。我……」啜泣取代了她要說的話。

「是的，」傑斯溫德接著妻子的話說。「還有那件迷彩褲，莉娜很常穿那件褲子。她喜歡褲子側邊的口袋。」

「你們能確認最後一次看到你們的女兒時，她穿了哪一件外套嗎？」

所有人聲稱他們在篝火現場看到莉娜所穿的那件外套，我們至今都還沒找到。潛水員沒有在河裡找到，犯罪技術小組和搜索隊伍也沒有在烏雅坎河沿岸找到。

「是一件很大的卡其色外套，」傑斯溫德告訴我。「他們叫做軍用外套。有很多拉鍊和口袋，前面的口袋還有某種編號。那不是莉娜的。我之前問她的時候，她說那是她借來的。」

「向誰借的？」路克問道。

「她只說是一個朋友。」普拉提瑪從桌上的盒子裡抽出一張衛生紙。

「那是男生的外套？」我問。

「要我說的話，那鐵定是男生的外套。」普拉提瑪表示。「那對莉娜來說太大了，而她並不是——當時並不是——體型小號的女孩。她一直都在節食，企圖想要變得更嬌小一點。她……她體重有下降了一些，那讓她為自己感到驕傲……」她說著，眼淚又窣窣地流了下來。她拿著衛生紙擦了擦臉頰。

「莉娜有男朋友嗎？」我問。

「沒有。」傑斯溫德立刻回答了我。語氣十分堅定。

我注視著他。「或者，她有喜歡的男孩嗎？」

「沒有。」

我點點頭。「我們在水裡發現了幾頁日記，就在靠近莉娜的地方，並且在莉娜工裝褲左大腿的口袋裡發現了一本小地址簿。」我把濕的日記扉頁和地址簿的照片放在桌上。日記是攤開的，而地址簿則是闔起來的。瘦長的地址簿外面有一層淺藍色的塑膠封套。「這個本子也是濕的，和日記一樣，不過，實驗室正在想辦法把它們弄乾，這樣我們才能盡可能地保存裡面的內容和油墨的痕跡。」

她的母親往前靠，拿起了濕日記頁的照片。「那是莉娜的筆跡。沒錯。」她把照片遞給她的丈夫，然後再拿起地址簿的照片。

「這不是莉娜的。我從來沒見過這個本子。」

「你確定嗎？」路克問。

她點點頭。

「那麼，你知道它可能是誰的嗎？」我問。

普拉提瑪的眼神浮現一抹奇怪的神色。她猶豫了一下，然後搖了搖頭。「不知道。」「那裡面記了幾個和莉娜同年級的孩子的電話。」我告訴她。

「那不是她的。」

我端詳了普拉提瑪好一會兒。她在隱瞞什麼。我望向傑斯溫德。他也回視著我。我可以感覺到，在他們的哀慟之下，還存在著某種緊繃的感覺。這挑起了我的好奇心。

我接著說道：「你們已經確認了在她背包裡發現的那把鑰匙、她的皮夾，還有Nike球鞋。你們有想到那本詩集可能是誰的嗎？或者那上面的縮寫A.C.可能是什麼意思？」

「沒有。」傑斯溫德回答我。「不過莉娜會借書。她在英國文學課上跳了幾級。她有一個家教。那個人有時候會把書借給她。學校裡其他的老師也一樣。」

「還有她的堂哥，達許，」普拉提瑪跟著說道。「他也會借書給莉娜。」「不過不是詩集。」

傑斯溫德補充說。「達許不看詩集的。他只讀通俗小說。」

「那雙Nike球鞋也是達許送給莉娜的，」普拉提瑪雙唇顫抖地又說。「她……莉娜很想要那雙鞋，但是那鞋很貴，你知道嗎？結果他就在她生日的時候給了她一個驚喜。」

「達許和莉娜很親近？」路克問。

普拉提瑪點點頭，眼睛裡又充滿了淚水。「他對她很好。非常好。莉娜……的朋友關係並不好。達許總是在她身邊。她去年離家出走的時候，就跑去找了他。他給了她一個地方待了幾天。他背著她告訴我們說她很安全，所以我們就讓她在外面待了幾天，之後她就自己回來了。」

記憶浮現在我的腦海裡。當籃球隊的一群女孩在進行練習的時候，莉娜一個人抱著膝蓋，坐在學校體育館的看台上，孤單地吃著一袋薯片。那天我提早去接瑪蒂。當我爬上看台坐到莉娜旁邊等瑪蒂時，剛好有一群孩子經過看台走向更衣室。她們在談論莉娜，聲音大到莉娜都可以聽見她們在說什麼。

「如果她沒有企圖要阻擋我的話，她就不會摔倒扭傷她的腳踝了。那是她自己的錯……我甚至不知道她怎麼會在籃球隊裡……」

「也許教練覺得她很可憐吧。」

「哎唷。也許她應該試試看去跳邦格拉舞吧。」

一片笑聲揚起。

「那她兩個腳踝可能都會摔斷，她那麼大塊，又那麼笨拙。」

「看看她父親是怎麼怪我阻擋她的。」

「他是個巴士司機——一個巴士司機能幹嘛？罵我嗎？」

「喂，他很可怕的。你們看過他的眼睛嗎？我敢打賭，他的頭巾下一定有把那種彎刀……」

女孩們在咯咯的笑聲中走出了體育館。體育館的門在她們身後慢慢地闔上。

我看著莉娜，感覺血液在我的體內翻騰。她只是悶悶地咀嚼著她的薯片，眼光直視前方的籃球場，彷彿什麼也沒有察覺。但是她一定聽到了。

「你還好嗎，莉娜？」

她沒有看我，只是點點頭。

我注意到她的手腕上有一圈深色的瘀痕，前臂上也有一圈。「你摔倒了嗎？」

她驚訝地瞄了我一眼。「我……只是絆倒了，然後扭傷了腳踝。不是很嚴重。教練叫我不要參加練習，坐著看就好。」

「那些瘀青呢？也是你練球造成的嗎？」

「前幾天我踩到階梯上的冰滑倒造成的。」

沒有人會因為踩到冰滑倒，而留下像她手腕上那一圈的瘀青。正當我開口想要進一步詢問她的時候，瑪蒂已經跑向了看台，我聽到她的球鞋踩在體育館地板上的摩擦聲。她的馬尾因為跑步而在腦後彈跳，粉紅色的臉蛋上掛著笑容，她央求我加快動作，這樣我們才趕得及在市區的圖書館關門前趕到。因為她隔天早上有份報告要交。

我早已忘記那天在體育館裡發生的事了。忘記莉娜坐在看台上吃著薯片的事了。直到現在。直到此刻，坐在這間簡樸乾淨的家裡。和她的父母坐在一起。而我深深地懊悔自己沒有後續的動作，沒有去投訴那種種族毀謗和霸凌的言語。這種事會讓一名青少年受到孤立，讓她受到傷害。而且可能會導致她在沒有群體的支持下，只能在自己的世界裡踽踽獨行。這可能就是莉娜為何會一個人走在橋上的原因。突然之間，我發現自己錯了。發生在莉娜身上的事，不太可能發生在像瑪蒂那樣的女孩身上，因為她們總是和一群親近的朋友同行而不會落單。

我揉了揉嘴巴。「你們……知道莉娜日記的其他部分可能會在哪裡嗎？」

「不知道。」普拉提瑪的聲音再度撕裂。「莉娜總是寫個不停。她希望離開學校之後可以成為作家。她想要旅行。也許甚至可以變成一個駐外的通訊員。你可以再去看看她的房間。」

「謝謝你，我們會想要去看看。」我遲疑了一下，感覺到路克緊密的眼神，他在等我把所有的照片都拿出來給他們看。我深深吸了一口氣。「我們……還發現了這個。」我把那張凱爾特盒子吊墜的照片放在桌上。「這纏在莉娜的頭髮上，鏈子斷了。」

他們雙雙盯著照片。傑斯溫德緩緩地搖了搖頭。「我從來沒看過她戴這個東西。」

我轉向普拉提瑪。她的神情幾乎可以用害怕來形容。「我……我從來沒有看過這個。」

「你確定嗎？」

「那不是她的。」普拉提瑪動了一下身子，把膝蓋轉離她的丈夫身邊。她垂下了目光。

「有沒有可能是因為她的衣服遮住了，所以你們沒注意到？」我追問道。

沒有人回答我。

普拉提瑪揉揉自己的腿，眼光依然低垂。我在腦子裡記下了這件事，不過，在我來得及說什麼之前，路克往前探出了身子。他用手指在那個吊墜上很肯定地敲了幾下。

「這些銀飾上的精緻設計——全都是凱爾特結的形狀。」他對他們說道。「永無止境的繩結。眾所皆知，凱爾特結象徵著愛，或者永無止境的承諾。又或者，有些基督徒會把這種結視為三位一體的代表——」

「莉娜不會——」她父親突然怒斥道。這讓路克閉上了嘴，只是凝視著他。

傑斯溫德眼裡燃燒著火焰。「她不會戴那種東西。」他對著照片搖了搖手。「那不是她的。」

我和路克很快地交換了一個眼神，不過，他的神色並未透露出他腦子裡在想什麼。

「為什麼——為什麼有人會做這種事情？」普拉提瑪哀號地說。「為什麼，為什麼，為什麼？」

「有時候，人們就是會做出可怕的事來，普拉提瑪，」我回應她。「有時候，我們永遠也無法真的了解是什麼樣的暗黑面在驅使著一個人。不過，我保證，我們會盡我們一切的力量找出殺害她的兇手，逮捕他歸案。等我們找到他時，也許我們就會更清楚為什麼。」

我轉向路克。「我會和普拉提瑪上樓，再看一下莉娜的房間。」

我要把她帶離她丈夫身邊。

他盯著我看。然後點了點頭。

瑞秋

當年

一九九七年十一月二十四日，星期一。

普拉提瑪站在門口，看著我走進她女兒的房間裡。我很清楚地知道，自己的靴子正踩在那張淺色的地毯上。當我執行勤務時，身為警察，我不能在門口把工作鞋脫掉。臥室窗戶外面的天空看起來很荒涼。很快就要天黑了，每天下午，天黑的時間變得越來越早，直到冬至把我們帶進一年之中最長的黑夜。

莉娜的梳妝台上有兩本表面反光的小冊子，是某支傳教團體到非洲進行志工任務的宣傳。這讓我想起了我們在她皮夾裡發現的那張照片。那張慈善船隻的照片。

這個孩子顯然很想逃出這個城鎮。

「這些任務船是由一個基督教組織所運行的？」我拿起其中一本小冊問道。

普拉提瑪防禦性地把雙臂交叉在胸口。「那是什麼信仰對莉娜來說沒有什麼特別的意義。那對她來說只是一個離開這裡的工具而已。她想要行善。想要幫助弱勢。她……」普拉提瑪的聲音卡住。我不由得抬頭看著她。

她掙扎著繼續往下說。「莉娜只是想去一個讓自己覺得有價值的地方。我們……都需要感覺到自己的價值，不是嗎？感覺到被愛。感覺到有歸屬。因為，如果我們感覺不到自己屬於哪個地方的話，我們又怎麼能把它稱之為家呢？這難道不是生存最基本的要務嗎，因為一旦被一群人、或者一個群體排擠的話，就可能意味著死亡？」

我看著普拉提瑪。突然懷疑她講的是不是她自己。她自己的移民經驗。我懷疑眼前這個失去女兒的母親是否感到各種痛苦，那些我甚至無法開始了解的痛苦。我懷疑她是否能夠自由地和她丈夫講話。她是否感到孤單。

「普拉提瑪，莉娜的父親是不是擔心——他女兒有興趣和一個基督教團體在一起工作？」

「傑斯溫德是一個虔誠的錫克教徒。他對莉娜也非常嚴格。她正處於一個叛逆的階段，她之所以排斥一些事情，往往都只是為了違抗她父親而已。她會反抗他的控制，還會迴避所有和她自己的文化背景有關的事物。她……只是很努力地想要融入學校裡的其他女孩。」

「典型的青少年。」我輕聲地說。

她看了我一眼。罪惡感在我心裡油然而生。我將目光轉回到梳妝台。只見宣傳小冊旁邊放了一只裝了珠寶和其他小飾品的籃子。我拿起籃子檢視了一下，然後取出幾樣東西。戒指、一條手環、耳環。一條有貝殼吊墜的項鍊。莉娜的母親在此時走進了房間，來到我身後。她距離我很近，然後壓低了聲音。

「你給我們看的那張盒子吊墜的照片——那張有凱爾特結的照片。我……得要告訴你一件事。」

我的心跳噗通噗通地加快了速度。就是這個。這就是她在樓下不讓她丈夫知道的事，某件讓她感到不舒服的事。

「這和你們發現的那條唇蜜一樣，」她說。「甚至那本詩集和地址簿也許也一樣。」

「一樣什麼？」

「她……」普拉提瑪吸了一口氣，隨即顫抖地把氣吐出來。「我們家的莉娜曾經拿過一些東西。」

「什麼意思，『拿過一些東西』？」

「她偷竊，或者沒有經過許可就借別人的東西。傑斯溫德禁止莉娜買任何的化妝品，所以，她會從其他女孩那裡拿。她有一種嗜好，就像……蒐集東西。」普拉提瑪遲疑著說。「雙瀑藥局的經理幾個月前打電話來……要我們過去接莉娜。他想要和我們談一談。她偷了一些睫毛膏和眼影。她保證說她不會再犯，而他也沒有去告發她，或者報警。」她說得臉都紅了。「我不知道她是不是後來就沒有再那麼做過。我想，那支唇蜜和地址簿，還有詩集都是其他學生的。那個盒子吊墜也是。」

我突然感到一股尷尬的寬慰。「你確定嗎？」

「不確定。但是我覺得你應該要知道，那些東西有可能是其他女孩的。」「這真的很有幫助，普拉提瑪，謝謝你這麼開誠布公。」我躊躇了一下。「你能……你記不記得曾經看過任何一個莉娜的朋友戴過那條凱爾特結的項鍊，或者看起來類似的東西？」

她端詳著我。時間彷彿變慢了。樹枝被風吹得頻頻撞在窗戶上。我可以感到氣溫因為天氣變化而降低了。一場暴風雨即將來臨。

「你似乎不明白，是嗎，瑞秋？莉娜沒有任何朋友。」

她的陳述迴盪在房間裡。我再一次想起了那天在學校體育館的事。

「那些釘在那個軟木塞板上的照片呢？」我靠近牆上的那張板子。我上次來的時候也看到過這些照片，當時莉娜．雷伊還只是一個失蹤的案子。那些被黃色大頭釘釘著的照片都是同學們的合照，有在校內拍的，也有在校外拍的。那些學生裡有很多我認識的臉孔，包括我自己的女兒，還有她最好的朋友貝絲。有幾張臉還用紅色麥克筆圈了起來。「這些孩子裡沒有任何一個是她的朋友嗎？不然的話，她為什麼要把這些照片釘在這裡？」

「我想那是她希望能當她朋友的人。有點像是……願景板。她可以假裝是。」

「為什麼有些人的臉被紅筆圈起來？」

普拉提瑪沒有作聲。

我看著她。

她再度吸了一口氣。「我不知道。我只知道莉娜希望能像那幾個特定的女孩一樣。她想要有歸屬感。」

我皺了皺眉，又仔細看了看，留意著被圈起來的都是哪些人。貝絲。瑪蒂。夏安妮。艾咪。希瑪。都是受歡迎的女孩。

雙瀑鎮只有一所小學，一所中學。每個年級只有一班。鎮上大部分的孩子在念幼稚園的時候就認識彼此了，然後會和同一批孩子一起升級。他們都會參加一樣的生日派對。在一樣的商店購物。參加一樣的體育活動和社區烤肉。這就是小鎮的本質。這讓我恍然了解到，如果你不能融入、或者沒有歸屬感的話，又或者不受人喜歡的話，那你的日子就真的會很慘。因為你根本無處可逃。

我潤潤嘴唇，然後又說：「你有沒有認識任何人——任何一個照片裡的孩子，比其他人和莉娜稍微有那麼一點點親近的？某個也許可以幫我們釐清她那段時間裡到底發生了什麼事的人，就是在她最後被看到出現在篝火現場、到後來落入河裡之前所發生的事？」

「就算有的話，她也從來沒有對我說過。」她暫停了一下，那雙深色的大眼睛裡反射著亮光。「我們以為，如果我們命令他們該做什麼，如果我們控制著他們，就可以讓他們安全無虞。我們以為，如果我們讓運動佔滿他們的生活，他們就不會惹上麻煩。但是我們錯了。」

就在她說話的同時，我突然瞥見一個深色頭髮的小孩躲在門邊偷看。甘尼許。那雙六歲的眼睛瞪得很大。他正在看著我們、正在聽我們說話、正在試著理解我們所做的事。

他的母親倏地轉身想要弄清我在看什麼。

「甘尼許！出去！」她指著門外。「出去。你怎麼可以站在那裡偷聽？」

那個孩子聞言匆匆跑向走廊。接著響起了一聲重重的關門聲。普拉提瑪隨即跌坐在女兒床上，把臉埋進了雙手裡。然後開始啜泣。

###

當路克和我在刺骨的寒風中走回我們的便衣警車時，我感到有人在注視著我們。我很快地回頭望向雷伊家。只見樓上一扇亮著燈的天窗裡有一個小小的人影，正在觀察著我們這兩名警探。我抬頭看著他，突然感到一股悲傷。這個孩子在想什麼？他聽到我們說什麼了？他是如何看待他姊姊的死亡，而這件事又是如何永遠地改變了他？

我揚起手想和他揮揮手，但是他卻消失了，只剩下路克在車子的另一端看著我。我放下手臂，爬進了車子的駕駛座，兀自繫上安全帶，然後發動車子的引擎，完全沒有看向路克。在我開往艾咪．陳家的路上，天空已經開始下雨了。艾咪就是報警說在十一月十五日凌晨兩點左右，於惡魔橋上看到莉娜的那個女孩。

「你在樓上的時候，實驗室打電話來了，」路克開口說道。「那幾頁日記已經被弄乾了。上面的墨水印也可以辨識得出來了。他們會立刻把副本送到警察局。」

我點點頭，情緒依然緊繃。「莉娜會偷竊，」我說。「普拉提瑪覺得那本地址簿和詩集、化妝品、盒子吊墜，都可能是從其他孩子那裡『借來的』。她說莉娜也在商店裡偷東西。」

「所以，那就是普拉提瑪在樓下的時候，不想讓她丈夫知道的事情？」

「看起來是。」我轉向通往山區以及一個高級住宅區的大道。我們正在前往陡峭的大煙山懸崖——艾咪家就位於一片花崗岩壁上，彷如一個白色的圓柱形結婚蛋糕，座落在其他類似的豪宅之中。「那種盒子吊墜是很常見的飾品，是嗎？」我看著路克。「有可能是任何人的。」

「我們會再次把孩子們帶到警局詢問。」他說。

「你有孩子嗎？」

「沒有機會有。然後，我們的婚姻就完蛋了，來不及有孩子。」

我又看了他一眼。「你離婚了？」

「我和工作結婚了。一直如此。」他回答我。「這是一種職業傷害，特別是在兇殺組。我的前妻厭倦了總是居於次要的地位，這也是可以理解的。我們最後是和平分手的，只要這種事也可以心平氣和處理的話。」

雨勢突然變大了。這是秋天的季風時期。水像紙張一般地沿著陡峭的路面流下，雨滴在我的擋風玻璃上彈跳，彷彿迫不及待地要彈回天空，加入其他雨滴的行列。在一般的情況下，這種秋天的季風不過是我生活裡的背景雜音。但是今天卻不一樣。雨滴飛濺得又急又猛，彷彿它們有什麼話要說。

我想起了失去。想起了被拋諸腦後的日常分歧。想起了莉娜的Nike球鞋。她沾血的襪子。她濕透的背包和掉落在河岸岩石之間的詩集。浮在水面上的日記扉頁。一個充滿夢想的女孩。消失了。她的計畫永遠地沉默了。

「這個達許‧雷伊，你認識嗎？」在我轉到艾咪家的街道上時，路克問我。

「認識。長得不錯。大概二十或二十一歲左右。在河對面的紙漿廠工作。從來沒找過警察的麻煩。從各方面來說，都是個好人。穿著打扮很乾淨整齊。熱愛修復老款的跑車。總是被女孩們圍繞。」

「我們要和這個送禮物的達許堂哥談談。」路克看了一下手錶。「我們得在今天傍晚的時候去找他，等我們和艾咪‧陳談完之後。在莉娜淹死的消息傳開之前。」

宛如此刻的雨勢一樣，路克也散發出了一股急迫感。我理解。在兇殺調查的初期，時間就是關鍵，而我們已經失去太多時間了。

「莉娜的父親也怪怪的，」他繼續說道。「我們得查一下他的背景。」

我感到一陣訝異。「傑斯溫德？怪怪的？」

「嗯。」

我開上陳家的車道。「傑斯溫德也許比較專制，而且也有點粗暴，但是他是個好人，路克。而且他受到了傷害。很重的傷害。如果有人對我的孩子做那種事的話，我不知道自己會怎麼辦。他在本地的交通公司上班。每天都開著固定路線的巴士。每一個住在那條路線上的人都會告訴你，他是個好人。一個正人君子。」我把車子停下來，突然記起了莉娜的瘀青。「你該不會認為他和他孩子的死有什麼關聯吧？」

他看著我的臉。然後安靜地說：「你認識他們每一個人，瑞秋。私底下都認識。所有的人。他們是你這個社區的一分子。這就是杜爾警長希望我加入這個調查團隊的原因，因為我是一個旁觀者。當你在一個城鎮住太久的時候，你會很難保持客觀。這就是RCMP之所以每五年就要把它的成員調任到其他社區的原因——這樣他們就不會太過投入而失去了客觀的立場。雖然我現在並不認為傑斯溫德要負什麼責任，但是，任何事都是有可能的。統計數字顯示，大部分的女性受暴事件，都是她們的熟人所做的。其中包括她們的男性家庭成員。而雷伊家確實怪怪的。我可以感覺得到。」

克里妮緹

現今

十一月十一日，星期四。當日。

吉歐和我並肩坐在我們的小餐桌前，這間汽車旅館房間是我們為了執行這項節目企劃而租的。這家汽車旅館位於雙瀑鎮警察局舊址附近，一九九七年的時候，警察局還在這裡。這一帶是該鎮比較工業區的部分，可以眺望到宏偉的首席山山壁。首席山讓我聯想到優勝美地的酋長岩，在國際攀岩同好圈裡也是知名的聖地。首席山在這個故事裡也扮演著長年不變的角色——宛如一座無所不知的崗哨俯視著這個小鎮。這麼多年來，它看盡了一切。然而，它卻只是沉默地屹立在那裡。戒備著。令人生畏地矗立在冷冷的天光下。

我第一次看到首席山的照片，是在一則報導克萊頓・傑伊・派里的舊新聞裡。照片裡的克萊頓就站在轟隆的瀑布前對著鏡頭微笑。

吉歐和我正在聽著我們採訪警方潛水員湯姆・塔納卡的錄音，也一邊在進行著混音。湯姆現在在安大略省警察局工作。當他和一名來自多倫多的女子結婚後，就從西岸搬到東部去了。

湯姆：在我們把莉娜漂到岸上時，瑞秋・瓦薩克警官指示我們回到水裡，看看我們是否還能找到其他東西。

克里妮緹：例如？

湯姆：例如被害人最後被看見時身上所穿的那件軍用外套。或者可能用來重擊被害人的兇器。她臉上的創傷面積很大。當我們把她的屍體翻過來時……她……我們所有人都因為太過震驚而沉默了好一會兒。

克里妮緹：你能帶我們回到那個十一月的上午，然後詳細描述一下你在水底下看到的景象嗎？

我對自己笑了一笑，然後伸手拿起一片披薩。我喜歡湯姆・塔納卡聲音裡的那份緊張感。坦白說，我知道鉅細靡遺地敘述在黑漆漆的河水裡發現一具浸泡了一週之久的屍體，確實是一件很可怕的事情，不過這就是犯罪紀實。這種場面——謀殺的現場——就是聽眾想要聽到的。而對於克萊頓・派里宣稱他在這宗犯罪事件裡是無辜的，我也還處在忘我的興奮之中。我咀嚼著滿口的披薩，聽著湯姆的陳述，想著我對於首次見到克萊頓的感覺，以及我內心裡的某一個部分，又是如何隨著這個故事焦點的改變而改變了。

湯姆：河水很冰。能見度幾乎是零。有時候，我甚至連我自己眼前的手都看不見。我們兩個基本上是什麼也看不到地在潛水，只能小心翼翼地一吋吋往前，靠我們的手在一片黑暗裡去感覺，去觸摸——纖細的水藻、淤泥、石頭、金屬碎片、舊罐頭、破瓶子、購物車、腳踏車……希望我們不會被什麼尖銳的東西割傷。我們渴望能找到那個女孩，但是同時卻也希望不要在水底發現她。我在水裡尋找的整個過程中，都很怕她的臉會突然抵在我的臉上——在我察覺之前，我可能就已經游到她旁邊了。她的眼睛可能就會出現在我的眼前。雙眼瞪大地看著我。她的皮膚慘白，在漆黑的河水裡像鬼魅一樣地發光。……你永遠也擺脫不了那種焦慮，那種緊張……然後，我真的摸到她了。我的指尖摸到了。她的頭髮漂散在她的頭四周。長髮。漂到了我的臉上，橫掃過我的潛水鏡。在我意識到那是她的長髮之前，我還以為那是水草。除了胸罩和纏繞在她脖子上的吊帶衫以外，她身上沒有其他的衣服。

一陣沉默

克里妮緹：你是怎麼決定要從哪裡開始進行水底搜索的？

湯姆：我們認為，如果她掉進了橋下的水裡，那也應該距離她被找到的那些東西不遠。莉娜比一般溺斃的女性要重，因此，在二十五呎深的緩慢水流下，我們估計她的重量應該會讓她移動不了太遠。基本上，如果一個潛水員可以輕鬆地在水流裡游動的話，那麼，一名溺斃的受害者就不太可能會漂得太遠。所以，我們一般就會從受害者最後被看到的那個位置開始搜索。接著你就把你的浮力調整到負浮力，讓你自己沉到幾乎接近水底，然後就沉浮在那個深度，臉朝下地保持在高於水底的位置，慢慢地前進。我們在距離橋架不遠的地方發現了她。她被鰻草纏住了。

克里妮緹：你也找到了她的衣物。

湯姆：是的。她的工裝褲，還有內褲。沒有找到外套。之後，瓦薩克警官要求我們再度下水，我本來以為也許我們可以找到一根棒球棍，或者拆輪胎的鐵棒，或者什麼足以造成那種鈍力外傷的重物……我的意思是……我……她看起來就像我們以前發現過的那種在車禍中掉下橋去的受害人。

克里妮緹：病理學家也是這麼說的。

湯姆：是啊。由於我們在找的是兇器，因此，當我看到那些散落的日記在幽暗的水裡前後漂動時，就像三個鬼魂一樣，我實在……覺得毛骨悚然。當我們把那幾頁日記帶上岸時，它們看起來還滿新的。上面的字跡都還在。油墨通常都是不會消失的，如果那些日記沒有在水裡泡太久，加上水溫又那麼低的話，當它們乾了的時候，上面的字都還是可以辨識的。大部分的字都看得清楚。

克里妮緹：它們是日記？

湯姆：它們看起來像是從日記本上撕下來的，是的。

吉歐開始把主題音樂輕聲地穿插進去。我又咬了一口披薩，一邊聽一邊思考著。

克里妮緹：傑斯溫德和普拉提瑪．雷伊確認那是他們女兒的筆跡。他們說莉娜喜歡寫作，她希望有朝一日能成為作家，也許甚至可以成為一名駐外通訊員。我拿到了那幾頁撕下來的日記，以及這個案子的其他證物。而接下來是莉娜自己的原話：

音樂聲稍微變強

克里妮緹讀道：「在我們的生命力裡，我們花了大部分的時間在害怕我們自己的陰影。這是他告訴我的。他說，每個人內心深處都住了一個陰影。深到我們甚至都不知道它的存在。有時候，我們會在回眸的瞬間瞄到它。然而，因為害怕，所以我們很快就將眼光移開。這就是助長陰影的養分——我們無力去正視它。我們無力去檢視的這個東西，事實上就是我們原始的自己。這給予了陰影力量。它讓我們說謊，對於我們想要的、以及對於我們自己是誰說謊。它點燃了我們的熱情，點燃了我們最暗黑的欲望。它變得越是強大，我們就越害怕它，也越掙扎著想要把這頭猛獸隱藏起來，而這頭猛獸就是我們自己……

我不知道他為什麼告訴我這些。也許這是他把他自己的陰影委婉說出來的一種方式。不過，我確實認為我們的陰影是邪惡的——他的和我的。龐大、暗黑又極度危險。我想，我們永遠都不應該把我們的陰影釋放出來……」

另外兩頁似乎是從日記上其他地方隨機撕下來的，上面也寫了幾行匆忙間記下來的類似的感想。莉娜在其中一頁裡寫道：

「他相信我。這是讓我可以撐下去的原因。他讓我覺得自己很聰明，很真實，而且有價值，我愛他。他也愛我。」

她在另一行裡這麼寫著：「他告訴我，想要離開是很好的，但是我需要一個離開的計畫，而不僅僅只是離開就好。我想我有個計畫……」

在這幾頁撕下來的日記扉頁裡，最後一個句子是：「今天，他告訴我一個軍用的術語。MAD。相互保證毀滅。例如，當兩方都擁有足以毀滅另一方的核子武器時，這個原則就會讓雙方都謹慎行事。他說，保守重大的秘密就像這樣。他指的是龐大、黑暗的秘密。就像知道某人陰影的真相這樣的秘密。這種秘密會變成核武。一種威懾力量的形式。而雙方都因為恐懼而保持沉默。直到他們不再害怕。直到雙方都採取行動，破壞了兩造之間的關係。同歸於盡。」

這就是全部的內容。這一頁的文字到這裡就被撕掉了。莉娜·雷伊留下來的所有文字，到目前為止都在這裡了。至於日記的其他部分則一直沒有被找到。

音樂聲加強

所以，莉娜愛的這個『他』是誰？是被關在牢裡的那個人嗎？還是另有其人？某個年齡和莉娜相仿的人？某個也許還住在這個鎮上的人？某個具有暗黑陰影的人，暗黑到因為莉娜知道了這個真相而將她殺害？

為什麼這幾頁日記會和她的屍體一起浮在河裡？它們為什麼被撕下來？

而那本日記又去了哪裡？

散落的日記扉頁。未解的殘局。它們留下了太多沒有被回答的問題。那些被調查這個案子的警探所放棄的問題。對此，我們將會持續追蹤。

主題曲融入

我嚥下嘴裡的披薩。「我想，也許我們可以把今天早上錄到的那段關於謀殺被當成娛樂的片段插進這裡，」我說。「你可以把那段再播放一次給我聽嗎？」

吉歐找到那個片段，點擊了一下開始播放。

克里妮緹：謀殺和隨之而來的法律程序就像一場演出，一場令人毛骨悚然的演出。謀殺的行為捻燃了一盞聚光燈，打在了我們社區的病症上。我們被聚光燈所吸引，因為謀殺揭露了關於我們自己的內在成分，揭露了那些我們無法不正視的事物。我們認知到殺人者的那些不良惡習深深地埋在我們每個人的內心——異常的欲望、精神的疾病、暴力的衝動、正義的憤怒、偏見、種族主義、挫折、惡意、貪婪、嫉妒、冷酷……這些都充滿了高度的戲劇性。而了解一個社會裡的殺人者，就是了解潛藏在那個城鎮表面底下的那些緊繃的張力。謀殺也揭露了一個政府的權威，以及該政府對人民性命所掌握的極致權力。剝奪自由的權力，把人關入監獄的權力。懲罰的權力。甚至以極刑的形式，用殺人來作為報復的權力。不過有時候，當權者也會弄錯。

有時候，真相需要由公民記者來發掘。有時候，真相的發掘就像潛水員在漆黑幽暗的水底一樣，只能一吋一吋地摸索前進，直到他們的手指觸碰到東西為止。

「對，就是這段，」我說。「好，我們就用這段話來作為湯姆那段訪問的引言。」

瑞秋

當年

一九九七年十一月二十四日，星期一。

「艾咪．陳十五歲了？」當我們接近位於懸崖上的陳家前門入口時，路克問我。他們家的聖誕燈飾已經裝飾好了。透過飄動的霧氣，我們可以從這個制高點上看到遠處的山谷，而雙瀑鎮位於河流和海洋之間的商業樞紐就座落在那裡。從紙漿廠到海灣之間的點點燈火也同樣可見。冷風從紙漿廠向我們的方向吹來，帶來一股生產紙漿過程中會使用到的硫化物的惡臭。有時候，那種臭味真的讓人想要嘔吐。

「剛滿十五歲。」我伸手去按門鈴。「還是個孩子。她母親帶她到警察局去做聲明，說在橋上看到了莉娜的事。」

門鈴發出了空洞的鐘鳴聲。

前門立刻就打開了。

站在白色大理石走廊的艾咪，有著深棕色的眼睛和一頭及肩長髮，是一個漂亮嬌小的青少年。她穿了一件粉紅色的毛線衫和一件緊身褲。腳上套了一雙襪子。她身後反光的深色木頭圓桌上，擺了一只花朵盛開的花瓶，那應該是一束假花。不然就是在這個季節裡進口的奢華溫室品種。

「哈囉，艾咪，」我說。「你好嗎？」

「很好。」她緊張地把重心從一腳換到另一腳。

「這位是路克・奧萊利警官。他在協助調查莉娜的死亡。關於那天晚上你看到她的事，我們想要再問你幾個問題。我們想看看你是不是還記得其他的事。你的父親或母親在家嗎？」

「我母親在。」

「我們可以進來嗎？」

艾咪往後退了一步好讓我們進門。她的母親莎拉・陳在這個時候來到了入口的大廳。一看到我們，她驚訝地瞪大了眼睛。她就像是她女兒的成熟版，不過，她剪了一頭時髦的短髮，短髮下緣正沿著她的下頷在晃動。她看起來也很緊張。我解釋我們前來的原因，她隨即邀請我們進到鋪著米色長毛地毯、擺設了白色傢俱，並且可以俯瞰小鎮的起居室裡。我可以看到遠處正閃爍著銀光的烏雅坎河，這幅景象讓我渾身起了一股寒意。在艾咪來警察局之前，莉娜已經在那條河裡沉浮了一個星期。當人們透過窗戶望著河流、開車或者搭乘校車經過橋上時，她就漂浮在那裡。

路克和我輕手輕腳地在純白色的椅子上坐下。艾咪則和她的母親一起坐在沙發上，就像普拉提瑪和傑斯溫德那樣，依偎在一起作為彼此精神上的支持。

我注意到她們的服裝、她們顯露出來的舒適感，然後想起了糾纏在莉娜脖子上的那件寒酸的小可愛吊帶衫。我相信，陳家的女性一定不會穿著水果牌三件一組的內褲。

「我能幫你們泡杯茶、咖啡，或者其他什麼嗎？」莎拉問道。

「不用了，這樣就好。」我說。「如果可以的話，我們希望能再聽艾咪說一次那天晚上在橋上看到的事？」我說著拿出我的筆記本和筆。

陳家母女點了點頭。路克再次以旁觀者的角度來觀察。評估。而我也再度強烈地感覺到，他同樣也在觀察我和我的反應，就像他對於證人那樣，這讓我感到不安。

「好吧，艾咪，你和你母親在十一月二十一日、星期五早上來到了警察局。」

艾咪點點頭。她的手侷促不安地放在腿上。

「那距離莉娜被通報失蹤後已經整整一個星期了。你為什麼等了一週呢？」

艾咪看了她母親一眼。「我……我很抱歉。我……我不知道她死了。我——」

她母親把一隻手放在她女兒手上。艾咪頓時沉默了下來。

「好吧，我們往回溯一點。」我看了看我的筆記本。「你告訴當時的值班警察說，你和你男朋友，傑普．蘇利文，在十一月十五日星期六凌晨兩點的時候，開車經過惡魔橋，就在那個時候，你看到了莉娜．雷伊步履蹣跚地走在路邊，對嗎？」

「對。」她小聲地說。

「你半夜兩點在橋上做什麼？」

她再度緊張地看著她的母親。她母親朝著她點點頭。「說吧，親愛的。沒關係。」

「我們去森林裡參加了篝火節的祭典。傑普和我在凌晨一點三十分的時候離開了現場。他開車，我們在去阿里希臘外賣的路上經過了橋上——阿里外賣總是開到很晚，他們……在派對和聚會後去吃烤肉捲是很普遍的事。」

「很適合宿醉吃的東西。」路克應和道。

艾咪沒說什麼。阿里外賣在雙瀑鎮警局向來以深夜聚會而聞名。在阿里店外發生分手後的酒後衝突是很常見的事。那也是阿里．加莫拉庫斯為什麼要架設閉路電視的原因。我在腦子裡記下要去查查那晚閉路電視拍攝到的畫面是否還在。

「傑普有自己的車？」我問。

「嗯，那應該是達許．雷伊的。傑普和達許有個交易，他正在付清車款好真正擁有那輛車。達許買的時候很便宜，而且他也修過車了。」

「你們有喝酒嗎？」我問。

「傑普的狀況完全可以開車。那整個傍晚，他只喝了一瓶啤酒。他在這方面很守規矩。他很認真接受訓練。他想要拿到籃球獎學金。」

「好，再告訴我一遍你們開車經過橋上的時候看到了什麼。」

「那天是滿月。月亮很大。很亮。海上吹來的風非常、非常的冷。那就是讓我印象深刻的原因——居然有人走在那麼刺骨的寒風裡。我看到一頭深色的長髮在亂飛。然後我看到了外套的形狀，還有那個人，我發現那是莉娜。」

「你當時很確定那是她？」我問。

「我……你可以完全看清那是莉娜。她──那是她的身形。莉娜向來──當時──很高、很大塊，而且她走路的方式很特別，大家都會拿來取笑她。有點像是一跛一跛的。不過，當時她走路的樣子更明顯了，因為她那個晚上喝了很多，或者說，她至少看起來是喝醉了。她摔倒了，還抓住了欄杆。然後有一輛卡車開過。卡車的車燈照亮了她。我就對傑普說：『喂，那是莉娜』，然後我還在座位上轉過身，看了一下。」

我感覺胸口開始緊繃。

「她是一個人？」

「我……我想是的。我沒有看得很遠，或做什麼動作去看清她後面是不是有任何人，然後我們的車就開過去了，開過了橋。」

「你沒有想過要停車，看看她是不是還好，因為她就那樣沿著橋跌跌撞撞的？而且還是獨自一個人。」

艾咪的眼睛有點反光。「我……沒有。」

「傑普有看到她嗎？」

「沒有，他在開車。他有注意到有人，不過沒注意到那是莉娜。」

「莉娜朝著哪個方向走？」我問。

「和我們開車的反方向。」

「所以她是朝北走？」

「對。」

我看著路克。莉娜的背包和其他東西都是在河南岸的橋下被發現的。不過，她的NIKE球鞋和沾血的襪子卻是在河北岸的橋下被找到的，我們也在那裡發現了一棵樹幹上留有血跡的雪松。

「她當時有揹背包嗎？」

「我……沒有。我想沒有。我記不起她有帶任何東西。」

「不過她穿著那件外套？」

「對。絕對是那件外套。她在篝火現場穿的就是那件外套。」

我在我的本子上註記了一下。我們還在找那件外套。

「經過莉娜旁邊的那輛卡車是什麼樣的卡車？」

「我……就像一般的皮卡。我不記得顏色了。當時很暗。而且……」她的聲音越來越小。

「還有別的車嗎？」

「我……也許還有另一輛經過。」她皺了皺眉頭。「我不知道。我不太記得了。我……我沒有太注意——」她看了看她母親，臉上帶著一份焦慮的神情。

「你當時喝醉了嗎，艾咪？」我問。

她點點頭。一滴淚水掉落在她的腿上，在她的緊身褲上留下了一道濕痕。她擦了擦眼睛。

「我很抱歉。如果……如果我能比較集中精神的話，也許……也許我們就會停車……也許莉娜就還會活著。也許我會對傑普多說一點什麼話。」

「但是你並沒有。你花了一整個星期才來，」路克往前靠。「為什麼？」

「我……我不覺得那是個問題。」

「即便在你聽到她失蹤之後？」

「我們都以為莉娜只是，就只是，莉娜，她會自己出現的。」

「你認為那不是個問題？」路克重複道。他正在展現他壞警察的一面，來凸顯我的友善。

艾咪的臉漲得通紅。「我……我……」

「她擔心我會發現她騙我，」莎拉微慍道。「艾咪之前告訴我們，篝火活動那天晚上，她會在她的朋友夏安妮家過夜。但是她那晚卻去了傑普家。她不想讓我們知道。她覺得她會給自己惹上麻煩，結果也證明的確如此。她被禁足了。」

艾咪小聲地說：「傑普的母親在醫院上夜班。她是護士。他父親沒有和他們住在一起。所以，他的父母並不知道我在那裡。」

我認識芭伯．蘇利文，那名護士。我知道傑普的父母離婚了。這部分倒是真的。

「但是，當我開始在學校裡聽到那些謠傳，說莉娜可能已經死了，而且還浮在烏雅坎河裡，說她是某個連環殺人狂的受害者，我……」艾咪開始哭泣。「我就告訴學校的指導諮詢師，說我那天晚上在橋上看到她。他帶我到校長室，然後校長就打電話給我母親。於是我母親就帶我去了警察局。我們去警察局做了說明。」

「是誰告訴你，莉娜可能浮在河裡的？」我問。

「那只是謠傳。每個人都說他們是從別人那裡聽來的。沒有人知道是誰開始傳出來的。」

「所以，你不記得是學校裡的哪個特定的人告訴你的？」

「我……我想是置物櫃在我隔壁的那個女孩。她說是她班上某個人告訴她的，而那個人又是從另一個人那裡聽來的。」

「那麼，你去到阿里希臘外賣之後，在那裡做了什麼？」

「買了烤肉串。我們在店外面吃的。好幾個參加篝火節祭典的人也在那裡。」

「你在那裡看到了誰？」

艾咪從緊身褲上挑起一條明顯的線絲。「我……我不知道。我精神沒有很集中。有點模模糊糊的。有些是我的同班同學，有些是高年級的學生。克里普・蓋洛威。他當時在和達許・雷伊說話。嗯……夏安妮、達斯蒂，還有其他人。」

「達許也在那裡？但是你沒有想到要告訴他，他的小堂妹喝醉了，一個人在黑夜裡步履蹣跚地沿著橋獨行？你不認為他會擔心嗎？」

她搖搖頭。

「你沒有告訴任何人你看到了莉娜？」

「沒有，我為什麼要告訴別人？」

「為什麼，當然了，」我不悅地說。「她不過是個圈外人。不相關的人。一個在黑暗之中，兀自在橋上跌跌撞撞的人。是嗎，艾咪？」

艾咪開始啜泣。

「夠了，」莎拉喝斥道。「艾咪已經說過她很抱歉——她犯了一個錯誤。」她母親站起身。「這場談話到此結束。」

莎拉緊抿著嘴送我們走到門邊。當我們走出大門的時候，她從身後叫住了我。「你自己的女兒呢，瑞秋？她那天晚上有回家嗎？」我停下腳步，轉身看著她。

「瑪蒂有告訴你會有一場大型的篝火活動嗎？還是她也騙你了？」

我定定地注視著她。

「是啊。我想她沒有告訴你。這不過就是五十步笑百步而已。」語畢，她當著我們的面關上了大門。

等我們回到車上之後，我對路克說道：「她把我說得好像我是個壞母親，但是我是個警察，這個鎮上誰會告訴我樹林裡會有非法的聚會。身為警察的孩子，我女兒早就已經遭到了別人的抨擊。對於洩露秘密這種事，她比別人承受了更大的壓力。」我發動引擎，倒車開出了車道。

「我可以想像，」路克回應我。在返回鎮上的路途中，他沒有再多說什麼。直到我們駛進鬧區，他才在刺耳的雨刷聲以及轟轟的暖氣聲中開口。「明天我們去學校的時候，由我來負責詢問孩子們。」

我看了他一眼。「因為我女兒也會在裡面？」

「是的。」

憂慮悄悄地爬上了我的內心。在我能看見的表象之下，某個東西正在蠢蠢欲動。正在改變。

我打從骨子裡感受到了。

瑞秋

現今

十一月十八日，星期四。當日。

當我把我的登山自行車裝進卡車後車廂的時候，時間已經快要接近中午了。葛蘭傑依然沒有回來，也沒有打過電話。天氣看起來似乎好轉了，而我也需要出門，思考，耗掉一些壓抑在內心裡的焦慮。我也想要去警告和我親近、而且和這個舊案有關聯的人。瑪蒂沒有接電話，因此，我打算在和我的朋友艾琳見面之前，先去一趟瑪蒂家。當我駕駛在山谷裡蜿蜒的道路上時，我把莉娜·雷伊第二集Podcast的部分內容又聽了一遍。

克里妮緹：當莉娜·雷伊的母親報警說女兒失蹤的時候，謠言立刻就散播開來了。莉娜的一名同學，希瑪·派特，希瑪現在在卡加利擔任一名銷售經理，她在電話裡告訴我說，同學們為了填補那些不知道的部分，所以在加油添醋下，謠言就越傳越誇張了。

希瑪：也許是為了要緩解恐懼吧，因為不知道有可能比知道更讓人害怕，即便知道的事並非什麼好事。還有就是譁眾取寵所帶來的興奮感吧。當時，小鎮生活對十幾歲的我們來說實在很無聊。我們彷彿把誇大、製造莉娜的謎團，當成了某種娛樂，每轉傳一次，故事情節就被多添加了一點。最初的謠言是說莉娜遭到了熊的攻擊，因為一開始的時候，她似乎是消失在樹林裡的，而沒有人記得在火箭爆炸之後還看見過她。有人說，她去小徑上廁所時，被一頭熊拖走了。有人則說是美洲獅或者狼群。還有人宣稱她掉進了附近的溪谷，被溪谷底的植被擋住了，或者被野生動物吃掉了。之後還有一些自以為聰明的人說那是外星人做的，把她的失蹤連結到火箭的事，說外星人把莉娜抓去研究了。也有人說她和一個徘徊在篝火附近的男人私奔了。或者她躲起來了，又在做那種莉娜會做的行為……莉娜以前也有過不回家的紀錄，而且她常常說謊。她需要愛。她就像個跟蹤狂一樣。又會嫉妒。而且……她老是說要離開雙瀑鎮，遠離這裡。我真的以為她終於遠走高飛了。我還有點佩服，因為天知道，我自己也想要離開。我討厭這個地方、討厭學校。後來，當時間一天天過去，甚至過了一星期之後，我就在學校裡聽說她自殺了。而我覺得那也有可能。

克里妮緹：那麼，莉娜浮在河裡的謠言是什麼時候開始流傳的？

希瑪：大概在他們找到她的前兩天吧，我想。

克里妮緹：是誰開始散播那個謠言的？

希瑪：我們一直都不知道。警察也沒找到謠言到底是誰開始散布的。

克里妮緹：但是一定有人知道她在河裡，而且死了。因為那是事實。她確實死在了河裡。

希瑪：一開始，我以為那又是另一個誇大的故事。但是……那是真的。有人知道某些事。

克里妮緹：你和莉娜有多熟？

希瑪：我……不太熟。

克里妮緹：我聽說你父母認識她父母？

希瑪：那只是因為他們都來自印度的同一個地區。不過那並沒有讓我們家變成他們家的朋友。

克里妮緹：你聽起來好像有點防衛感。

希瑪：因為來自同一個地方的人並不代表他們就一樣。大家都會把你們歸類為一樣的人。那就叫做預判。根據膚色或者文化背景來判斷一個人。

克里妮緹：你的意思是，你和莉娜不同，你比她好？

希瑪：我討厭那種感覺。我和她不一樣，如此而已。我們沒有共同點。莉娜無法融入大家。她不知道要怎麼做。

克里妮緹：但是你融入了。

希瑪：我有一些朋友。

我停止了播放。我已經進入了雙瀑鎮的外圍，在過去二十四年裡，這裡已經發展到十倍大了，從一個以工廠和伐木為資產的社區，變成了受到熱愛自然和遠程辦公的時髦年輕家庭所嚮往的休閒新聖地。我的思緒飄向普拉提瑪和她在莉娜臥房裡告訴我的那些話。

我們以為，如果我們命令他們該做什麼、如果我們控制住他們，就可以讓他們安全無虞。我們以為，如果我們讓他們忙於運動，他們就不會惹上麻煩。但是，我們錯了。

普拉提瑪說得沒錯。我自己也很清楚。一個母親能盡其所能地確定她和她孩子之間的溝通暢通無阻，但是終究還是會出錯。我自己就曾經是個難搞的青少年，一直到我在二十二歲懷了瑪蒂的時候才有了改善。我就是在那時候回到我父母家，開口要求幫助，因為我和傑克既沒有工作、也沒有積蓄，當時的我們狀況十分拮据。傑克從安大略省來到西部登山、滑雪、聚會玩樂。我愛上了他，開始加入他滑雪的行列。我那當時已經是警察局長的父親，透過他在建築工地的朋友，幫傑克找了一份工作。而在我開始接受警察訓練的時候，我母親則幫我照顧瑪蒂。傑克和我在那樣的狀態裡很快地成長。拜我父親之賜，我加入了雙瀑鎮警察局，而傑克最終也開展了他自己的建築事業。然而，瑪蒂卻一直沒有安定下來，即便在她嫁給了她的同班同學達倫・簡考斯基之後也一樣。或者在他們生了兩個女兒之後，情況也沒有改變。那是我的寶貝孫女。

我轉向近郊住宅區的一條街道，這裡的房子設計看起來都大同小異。這是座落在高山側面諸多新開發社區中的一個。瑪蒂和達倫那幢鑲著綠邊的白色兩層樓房就位在死巷底，是當年傑克幫忙他們建造的。

我觀察著眼前的房子，感覺到脖子開始緊繃了起來。我的胃也在翻攪。

我把卡車停在他們家的車道上，熄掉引擎，注視著那些古色古香的天窗。隔壁的一名男子正在他家前院的冷杉上吊掛著聖誕燈飾。一名全身包裹著厚重衣服、正在學步的幼兒，則坐在前廊上的一張嬰兒車裡看著男子。一縷白煙從他們的煙囪裡裊裊升起。

我下了車，對男子招招手。他的目光朝著瑪蒂和達倫的前門看了一眼，然後在朝我揮手之前遲疑了一下。我看起來那麼陌生嗎？像是出現在我自己孩子家前院的陌生人？或者他很清楚我是誰，知道這幢綠邊小屋並不歡迎我。

我敲了敲門。

達倫打開門。他的臉上寫滿震驚，不過，他很快地就控制住自己的反應，露出了一抹笑容。

「瑞秋？你……你為什麼來這裡？」

在我看到小黛西從角落裡偷瞄的時候，我把卡車的鑰匙塞進了衣服後面的口袋裡。

「嗨，黛西。」我蹲下來。「你好嗎，小朋友？你妹妹呢？」

四歲的黛西靦腆地對我微笑，往前走了幾步，然後抓住她父親的牛仔褲，靠在他的腿上。

「說嗨，黛西，」達倫說道。「這是你外婆。」

「嗨。」她害羞地和我打招呼，羞紅著臉在她父親腿上磨蹭。我突然覺得好受傷。我之於自己的外孫女竟然像個外星人一樣，天知道我一直都想要改變這樣的事實，但是，瑪蒂卻用盡一切方法在阻擋我。

「我帶了東西給你。」我從口袋裡拿出一小條士力架，伸手遞給她。

「瑪蒂不希望小孩吃糖。」達倫企圖露出抱歉的表情。「特別是裡面有花生的。」

我把糖果放回口袋。「好吧，那我下次再帶更好的東西給你，好嗎，黛西？莉莉呢？」

「退覺。」她口齒不清的樣子實在很可愛。這讓我心頭一楸，各種情緒瞬間反映在我的眼底。我站起身。

「瑪蒂在家嗎？」我問達倫。「我看到她的廂型車停在車庫裡。」

他看起來很為難。她的車子很明顯在那裡，車庫的門是開著的。他沒辦法睜眼說瞎話，假裝他妻子不在家。

「誰啊？」在瑪蒂來到走廊的角落之前，我就聽到了她的聲音。

她出現了，然後在看到我的剎那僵住了，雙手緊緊地抓在她的輪椅上。她的神色立刻變了。

「嗨，小瑪。」我開口和她打招呼。

「誰死了？」

「我剛好路過。就過來……我來和我外孫女打個招呼。」

「是啊。」

「我們能聊聊嗎？」

「不管你要說什麼，你可以在這裡說就好。」就在走廊入口，大門就在我身後。

「有一個叫做克里妮緹·史考特的女人來找我。她在製作關於莉娜·雷伊謀殺案的Podcast節目。」

瑪蒂瞪著我看。時間一分一秒地過去。她冷不防地把輪椅掉頭，離開了走廊，消失在我的視線之中。

達倫的頭猛然抖了一下，然後輕聲地說：「去吧。」

我在我女兒的廚房裡找到了她，她背對著我，正在水槽前清洗碗盤。水槽上方有一扇可以清楚看到首席山北面的窗戶。首席山的石壁表面在濕氣下閃閃發亮，呈現出深淺不同的灰色。我在一道淺岩的裂縫中，看到兩個彩色的斑點。攀岩者。我感到一陣噁心。我無法了解，為什麼我女兒想要住在一棟可以這麼清楚看到這座花崗岩山壁的屋子裡，這座她曾經用心投入的山，她總是挑戰著一條又一條更艱鉅的攀岩路線，彷彿在和對她無動於衷的首席山進行對抗，看看山是否能擺脫得了她。幾乎就像恨不得這座山能把她甩掉一樣。而首席山也真的做到了。兩年前，在她生下莉莉之後不久，首席山終於聳了聳肩，彷彿對攻擊它的渺小人類感到了惱怒。於是，瑪蒂攀住的一片石板剝離了山壁。每個人都說她沒死真的是奇蹟。然而，我內心裡那個無人知曉的角落卻相信我女兒是真的想死，只是我無法完全了解原因，也不知道我曾經那麼快樂的小女兒，是從什麼時候開始出了問題。或者為什麼她大部分的怒氣都指向了我。沒錯，我是有過一段短暫的婚外情，但是，她父親卻比我還要糟糕。是的，她同樣也對她父親感到憤怒。但是，她真正想要懲罰的人似乎是我。

「克里妮緹想要訪問我，」我告訴她。「談談關於把克萊．派里送進監獄裡的調查。」

「那又怎樣？」瑪蒂完全不想回頭面對我。「這只是你來看外孫女的藉口嗎？」

我在廚房一角的吧檯椅上坐下。「克里妮緹說，她會試著和所有與這個案子有關的人談談。

警探、莉娜的父母、她的同學，以及在篝火上看到過莉娜的人。」

瑪蒂聳聳肩，把一個盤子放到架上。不過，我可以看得出來她的肩膀變僵了。達倫站在門口聽著我們講話，而黛西則扒在他的臀部上。

「我……只是想先提醒你一下，小瑪。以防克里妮緹打電話給你，或者直接跑來找你。」

廚房裡瀰漫著一股沉默，她靜靜地洗著一把刀，然後用力地把刀戳進瀝水架上的刀槽裡。

「為什麼？因為你以為那會讓我心煩嗎？」

我沒有說話。

她倏地轉身。雙眼晶亮。「你覺得那會讓我受到傷害嗎？因為我會想起你在那段調查期間，是怎麼讓我們的家庭支離破碎的嗎？你和那個警察的婚外情是怎麼毀了我們的生活嗎？爸爸是怎麼離開的——」

「你父親當時早就有外遇了，瑪蒂。」我字字清晰地對她說道，而我也知道她是在誘我上鉤。不過，我還是吞下了她的誘餌，上鉤了。我的血壓立刻就飆高到了天際。

「所以，那就讓你的所作所為變成『對』的了嗎？爸爸只是剛開始和人約會，那也是因為你已經把他踢出了你的生活。你把我們兩個都踢出了你的生活。你總是工作優先。然後發生了莉娜的案子。那只是你的藉口。你擔心一個死掉的女孩勝過你活生生的家人。所有的事情都是莉娜、莉娜、莉娜，然而，事實上，路克．奧萊利才是真正的原因，不是嗎，媽？那些漫漫長夜？工作到深夜的藉口——真的就只是和你同事上床的藉口而已。而你甚至一點都不低調——」

「瑪蒂。」達倫從門口警告她。

不過，她完全忽視他的存在。我女兒又回到了當年的冷嘲熱諷，她的目光緊緊地盯著我。

「我朋友和她母親在那個巷子裡看到你們。是你把爸爸逼到不得不喝酒的。你怕我告訴克里妮緹說，你是個爛警察、爛母親嗎？」

「老天，瑪蒂。」達倫驚呼。

「噢，沒你的事。」她怒斥道。

「沒關係的，」我說。「我要走了。」我說著起身。不過，瑪蒂已經轉過身背對著我，面向水槽，看著兩個小斑點攀爬在那座花崗岩山壁上，那座永遠俯瞰著我們這個小鎮、也永遠默默注視著我們每個人的高山。

「前兩集Podcast已經播出了，」我靜靜地說。「克萊頓‧傑伊‧派里開口了。」

「克萊開口了？」達倫問道。

我的目光依舊盯著瑪蒂的後腦。「是的。克萊說不是他幹的。他沒有攻擊，也沒有殺害莉娜。克萊說兇手還逍遙在外。」

瑪蒂絲毫沒有動靜，連顫抖都沒有顫抖一下。我從口袋裡拿出克里妮緹的名片，放在流理台上，然後輕聲地說：「名片上有Podcast的網址。你也可以從iTune上下載。」

她依然沒有反應。

「我可以自己出去。」我告訴達倫。

當我打開前門的時候，我可以聽到達倫和瑪蒂開始在廚房裡爭執，他們的聲音越來越大。在我踏出大門之際，我聽到達倫告訴他的妻子說，她至少可以試著對她母親好一點。我聽到他對瑪蒂說，她實在太過分了。

故事從來不會結束……

我開車離開他們座落在首席山籠罩下那個完美住宅區裡的絕美小屋，途中，我試著想要記起到底一切是從什麼時候開始出錯的。早在我開始調查莉娜的案子以前，我和瑪蒂之間的關係就已經搖搖欲墜了嗎？

還是因為發生在莉娜身上的事所造成的？

瑞秋

當年

一九九七年十一月二十四日，星期一。

已經快下午五點三十分了，我把便衣警車停在月桂灣渡輪碼頭，路克和我就坐在車裡等著。在黑暗和霧氣之中，我們看到了小小的渡輪燈光正在接近碼頭。雨水持續地重重敲打在車頂上。雙瀑省立公園就在我們身後。因此，我們可以聽到瀑布轟隆的水聲。

「陸路沒辦法通到工廠嗎？」路克問我。

「是的。二〇年代的時候，工廠一帶曾經有人居住，還有一所學校，不過，很久以前，那些家庭就都搬走了。」

渡輪在汽笛聲中駛進了碼頭。跳板一放下，步行的乘客就開始下船。他們三兩成群地走向停車場。有幾名工人頭上包裹著頭巾，其他的員工則穿戴著工作服和棒球帽，或者吊帶的條紋牛仔褲搭配格子襯衫，以及厚重的外套。有些人帶著午餐的便當盒，在燈光之下看起來神情顯得很疲憊，特別是一些老員工。年輕的員工就很好辨識——他們的腳步依然充滿著活力。這些工廠工人代表了這個鎮上改變中的人口結構，他們之中混合了新移民和那些出生在大不列顛哥倫比亞省、並且在林業和鐵路工業時代長大的鎮民。

「就是他。」我把帽子戴上，指著前方。「高個子的那個，黑色頭髮。」達許・雷伊比其他人都高了一個頭。他被雨淋濕的頭髮在堤道的路燈照耀下反射著一層光澤。我們下了車，朝著他走過去。

他正在走向員工停車場。

「達許？」我們走近他的時候，我出聲叫住他。

他停下腳步，轉過身。當他發現是我的時候，那個發現他堂妹死了的警察，臉上出現了複雜的情緒。他看了路克一眼，我也幫他引介了一下。

「你來這裡是為了莉娜的事嗎？」達許看起來有些焦慮。「你拿到驗屍結果了嗎？」

「有什麼地方可以讓我們不用在雨中談話的？」我問。

他猶豫著。

「那邊怎麼樣？」路克指著靠近渡輪咖啡館的一座木頭涼亭，涼亭下還有一張野餐桌。我買了咖啡，我們在涼亭底下坐下來，看著工人們紛紛坐進自己的車、開始踏上回家的歸途，同時聽著雨聲。瀑布的怒吼聲在這裡聽起來就更加震撼了。

「你們查明死因了嗎？」達許問道。

「我們還沒有收到正式的報告，」我回答他。「不過，莉娜是淹死的。我很遺憾，達許。」

「淹死。」他小聲地重複著這個字眼，眼睛在反光中閃爍著。「怎麼會有人淹死我的小堂妹？」他的臉上出現了一抹冷酷的神色。「她被性侵了嗎？」

「她身上有創傷符合性侵。」我說。「我們正在等實驗室的結果，確認是不是有精液存在。」

他的雙手握拳放在野餐桌上，緊抿著嘴，移開了目光。我可以看到他脖子上的青筋在跳動。他的肌肉緊繃。他的憤怒和痛苦看起來很明顯地隨時都會爆發。那是一個年輕男子所具有的強大的、充滿激情的火藥桶。我可以在潮濕的空氣裡，明顯地感覺到他不穩定的情緒。

「達許，」路克把手臂靠在野餐桌上，傾身向前。「我們需要問你幾個問題，可以嗎？」

「可以。問吧。」

「你和你堂妹很親近？」

他點點頭，再度挪開目光，很顯然正在努力讓自己鎮靜下來。他緩緩地把臉轉過來，再度面對著我們。「大家都對莉娜有誤解。」

「怎麼說？」路克問。

「她只是想要受人喜歡，受人尊重。也許還能受到一點稱讚。」

「是莉娜告訴你的嗎？」路克又問。

達許的話呼應了普拉提瑪所說的那些關於她女兒的話。我讓路克提出問題。讓他可以自己觀察達許．雷伊。

「她從來沒有說過那麼多，」達許說道。「但是事實很明顯。你可以看得出來。」

「因為她想要一雙名牌鞋？」

他瞇起眼睛。「那雙Nike球鞋？那雙我買給她的鞋子？那雙你在河岸上發現、裡面還塞了莉娜沾血的襪子的那雙鞋？」他提高了音量。「你認為我和她的死有關聯？那就是你想說的嗎？」

「我只是試著想要了解你的小表妹是什麼樣的人，達許，」路克回答他。「我們對一個受害者所知的越多，我們就越能了解她的行為、她的想法、她的朋友——這有助於我們釐清她發生了什麼事。例如，這可以告訴我們，她為什麼會一個人蹣跚地走在那座橋上。還有，為什麼艾咪．陳和傑普．蘇利文在阿里希臘外賣遇到你的時候，艾咪沒有告訴你，她剛剛在惡魔橋上看到了你表妹遇到麻煩了。是什麼讓莉娜在那個晚上變成了目標？誰可能把她列為對象？或者那只是一個單純的犯罪機會，因為她——」

「不要再說了！」他的手重重地拍在桌面上。「拜託你。就……不要再說了。」他深深吸了一口氣，然後用一隻手掠過他的濕髮。「我會告訴你關於莉娜的事。我表妹想要那雙Nike球鞋，因為她想要穿其他女孩都在穿的東西。同樣的牌子。同樣的款式。她覺得那樣可以幫助她融入她們。但是，她的父母負擔不起那些有品牌的衣服，所以她就必須穿那些便宜的東西。她想要和那些人緣好的孩子聽一樣的音樂。看同樣的電影……在夏天的傍晚，當天氣好的時候，她會在這個渡輪碼頭等我，她會央求我開我的黃色保時捷敞篷車載她去兜風——那基本上是我自己改造的車子。她很喜歡那輛車。她會要我把敞篷車頂收起來，然後要我開過主要幹道上的DQ冰淇淋店，因為有些時候，那些很酷的孩子都會在下午的時間聚集在那裡。她會要求我連續來回開個三、四次，還要把音樂開得震天價響，讓低音發出猛烈的衝擊。」他的聲音卡住。只見他揉著下巴，努力想要把持住自己。

「所以我就照做。載著她經過DQ冰淇淋，即便那看起來很可悲。每個人都可以看得出來她想要幹嘛——我的意思是說，誰會連續來回四五次經過DQ？莉娜只是想要確定那些受歡迎的女孩都看到了她和我在一起。而那些像達倫、強尼和傑普的男孩，也會看到她坐在保時捷裡。」他停了一下。「我相信，截至目前為止，每個人都已經告訴你莉娜會做一些蠢事，告訴你她不知道那些事讓她看起來有多糟糕。有時候……她就是不懂得別人在想什麼。」

「但是你仍然滿足她，」路克說道。「她去年離家出走時，你就提供了庇護給她。你也買好的東西給她。」

「那是我至少可以做到的。她父親……他非常嚴厲。我是說『非常』。她母親……普拉提瑪只會按傑斯溫德的意思做事。就像我所說的，他們沒有什麼錢。傑斯溫德是巴士司機，而普拉提瑪沒有在工作。」

「你有錢？」

他發出一聲嘲諷的聲音。「如果我那麼有錢的話，我還會做這份工作嗎？如果我不需要這份收入的話，我會日復一日地去那個臭氣沖天的紙漿廠，吸著那些臭味，把那些木材丟進切割機裡嗎？不過，我從我自己修車和改造車的興趣上，可以賺到還不錯的額外收入。我有夢想，就像莉娜也有夢想一樣，我們都希望有一天能夠離開這裡。我們會彼此分享——分享——這是一種根深蒂固的文化遺產，但卻常常無法融入我們現在所在的這個地方。所以，你知道的，在這種小鎮裡，生活並不容易。你只要看看四周就知道。我？我了解莉娜的寂寞。也許我想要她的友誼，因為她了解我的背景文化。我們是家人。我們會互相扶持。」

我聽見了他言語中的苦楚。我聽見了愛。我看到一名年輕的男子為著某種理想在奮鬥。達許在某種程度上就像雙瀑鎮本身，努力想要把過去帶入現在，並且展望著多元的未來。而有時候這會引發衝突。不同方面的衝突，而不只是單一的衝突。

「沒錯，如果你認為莉娜的怪異讓她淪為了受害人，確實如此。她總是在群體之外，試著想要融入。但是卻又不想。而她越是努力嘗試，她看起來可能就越荒謬，其他人也越是取笑她。所以，如果那晚她一個人走在橋上，我也不會感到驚訝，任何人都不會感到驚訝。她沒有很好的判斷力。而如果她又喝了很多酒的話……」他的聲音越來越小。過了一會兒才又說：「艾咪應該要告訴我的。如果我有被告知的話，也許她現在還活著。」他又停了好一會兒。「艾咪讓我很生氣。」

我開口說道：「你也去了烏勒爾祭典，達許。當莉娜沒有回家的時候，你告訴警察說你在那裡看到過她。」

「是的。」他揉了揉臉，顯然很疲憊。

「那晚你為什麼會去？」

「去參加篝火節？每個人都會去。去和女孩們見面。去喝得酩酊大醉。去嗨。很酷。讓別人可以看見你。除了這個以外，鎮上沒有什麼令人興奮的事情。」「你和誰去的？」

「你為什麼要問我這個？」

路克說道：「這是為了要讓那天晚上的事、以及可能造成你表妹死亡的事件，盡可能地得到完整的還原。」

他舔了舔嘴唇。「我和幾個在鎮上工作的朋友一起開車到舉行篝火祭典的樹林裡。我們是開我的車去的。我們大概在八點的時候到那裡。我確實看到了莉娜，我也試著要和她說話，但是她往另一邊走，然後就消失在人群裡了。」

「你有看到她和一名男子在一起嗎？」

「有，一下子。在跳舞人群的另一邊。不過當時很暗，她又在陰影裡，很靠近樹林，她和他坐在一根木頭上。我沒有注意到他是誰。」

「但是，那是個『他』？」

達許點點頭。「我想是的。很高。穿了一件黑色的外套。一頂黑色帽子，還有一條黑色的圍巾，圍巾有點遮住了他的臉。還有手套。那晚很冷，每個來參加篝火節的人都穿得很暖。事實上，我很高興看到她和別人在一起。我很高興，因為那樣，她那天晚上就不會企圖來黏著我了。」

「也不會妨礙到你了。」路克跟著說道。

達許聞言怒視著他。「對。正是。而這件事會讓我後悔一輩子，這樣可以了嗎？不過，娜塔莉雅也在那裡，我希望那天晚上可以成為她和我交往的開始。所以，我就和她以及她的朋友混在一起，把我的小表妹完全拋諸腦後了。」他注視著路克的雙眼。「而她現在卻死了。」

路克定定地看著他，任憑時間緩緩流逝。我們就那樣坐在風雨之中的涼亭底下。天氣越來越冷，我也開始瑟瑟發抖。

「娜塔莉雅是誰？」路克終於開口。

「娜塔莉雅．佩特夫，」我告訴他。「她是俄羅斯人。她和她妹妹妮娜住在團體家屋，妮娜和莉娜同年級。妮娜認識瑪蒂。這對姊妹在一年前的一場車禍裡失去了雙親。」

「是的。」達許接著說。「娜塔莉雅在鎮上的陳家雜貨店工作，她一直都很照顧她妹妹。我們談完了嗎？因為我想要回家了。」

「你幾點離開篝火節現場的，達許？」路克又問。

「在火箭出現在天空裡之後。娜塔莉雅隔天一早要工作，所以她想要早起。我就載她和妮娜回去家屋，然後我就去了阿里希臘外賣，和克里普．蓋洛威碰面。」

「謝謝你，達許。」我對他說。「對於我們帶給你的壞消息，我再次表示遺憾。」

「嗯，隨便吧。」他說著從長椅上站起身，走進了黑暗的雨中。我們則目視著他離開。

路克看了看時間。「我們得回到警察局了。那幾頁日記的副本這時候應該已經送到警局了。你要在路上買點外賣嗎？」

我遲疑著。我已經精疲力竭了。瑪蒂和傑克還在等我和他們一起吃晚餐，甚至可能在等我回去煮晚飯。我得從警察局打電話給他們，告訴他們我會工作到很晚。「好，」我回答他。「回警局的路上有一家墨西哥餐館。」

在我們走回警車時，我開口問他：「你在本地有地方住嗎？」

他哼了一聲。「有，超級實惠汽車旅館。」他說著翻開他的筆記簿，在上面劃掉了一些東西。

我發動引擎，倒車開出了停車場。

他把目光轉向我。我立刻感覺到自己臉頰發燙，因為我居然在想他今天下班之後要睡在哪裡。

如果有人可以從一宗謀殺案的調查下班的話。

瑞秋

當年

一九九七年十一月二十四日，星期一。

當我終於和路克以及塔克把被撕下來的那幾頁日記副本檢視完畢回到家時，我發現傑克正坐在電視前面喝著啤酒。他正在看一場曲棍球賽。電視的聲音很大。他穿著襪子的腳就蹺在咖啡桌上，我可以看到除了他手上的那罐啤酒以外，他身邊的小茶几上還擺了三個啤酒空瓶。

「嘿。」他和我打招呼，不過並沒有看我。

我脫掉外套。「誰在比賽？」

「什麼？」

我提高了音量。「誰在比賽？」

「溫哥華加人隊和艾德蒙頓油工隊。」他依然沒有看我。

我把外套掛起來。廚房的水槽裡有髒碗盤。不過，我只看到了一套餐具。

「你們晚餐吃了什麼？」

他轉過頭來。從他臉上的紅暈看起來，他顯然已經喝了不少。「剩菜，就像你打電話回來時建議的那樣。」

「只有你嗎？」

「小瑪打電話回來說她會很晚回來。」

「她在哪裡？」

「貝絲家——她說在做一個什麼企劃。」不知道哪一隊得分了，他立刻又把頭轉向電視。他歡呼著，拳頭在空中揮舞，然後又喝了一口。

一股煩躁向我襲來。

謝謝你，親愛的，我今天過得很辛苦。謝謝你問我關於驗屍的事。你知道去參加一個和我們女兒同齡的女孩的驗屍讓我有多麼焦慮。那是她的同學。而且還要和她父母交談。要調查一個本地的孩子遭到性侵、毆打和淹死，實在是很沉重，謝謝你。你知道為了證明我可以跟隨我父親的腳步，我工作得有多辛苦，而他臨終之前還告訴我，他最大的願望就是希望我能當上警察局長。

不過，我不能全然責怪傑克對我無動於衷。是我自己助長了傑克和我之間的距離，因為我手上的案子經常都是我不能私下談論的。特別是在這種這麼小的鎮上。有時候，在經過疲憊的一天之後，我只想要坐下來、喝一杯，然後什麼也不用說，自己慢慢地消化腦子裡的東西。或者看一些不需要動腦的節目，讓我的身體和頭腦都可以好好喘息。有時候——特別是在我很疲倦的時候——我父親對我的期許會讓我感到很沉重，彷彿他把門檻設得太高，此外，我還得面對某些人在警局裡對我的憎恨，至少我覺得那是憎恨。

我打開冰箱，拿了一瓶白酒。倒了一杯，喝了一大口，然後又喝了一口。酒精掠過我胸口的溫暖為我帶來一絲寬慰。我把酒杯加滿，然後把酒瓶放回冰箱，走向樓梯。

「我要去洗澡了。」我對著傑克說道。

「耶。」又得分了。又是一陣歡呼。我不確定怎麼樣比較好。他對我的忽視。還是他幾個月前的出軌。我丈夫說，他已經不再和『那個』女人見面了，不過，看來他似乎是用啤酒和電視來替代了小三，而且感覺上就像在懲罰我抓到了他和別人上床。

上樓之後，我用樓上的電話打給了艾琳．蓋洛威。貝絲的母親是雙瀑鎮醫院的採購經理。我們是騎登山車的同好。在艾琳接起電話的同時，我又啜了一口酒。

「艾琳，嗨，我是瑞秋。瑪蒂在你家嗎？」「沒有。只有貝絲在，她在樓上念書。」

我遲疑了一下。然後我想起了莎拉．陳戳我的話。

你自己的女兒呢，瑞秋？她那天晚上有回家嗎？……或者她也騙你了？

「聽著，瑪蒂在烏勒爾篝火節那個週五晚上，有沒有在你家過夜？」

「我……貝絲告訴我她睡在妳家。」

「喔。我……謝謝。我只是好奇而已。」

「瑞秋，是……是關於……莉娜的案子嗎？一切都還好嗎？我好擔心。那是……她是被謀殺的嗎？或者她是喝醉失足還是其他什麼原因？」

我閉上雙眼，彷彿又看到了她的屍體浮在水面上。天鵝絨般的頭髮。宛若漆黑河水裡的奧菲莉亞。然後，莉娜被翻了過來。見到她那張被重擊過的臉孔時，我的肚子好像挨了一記重拳。我聽得出艾琳企圖一廂情願地往好的方面想。沒有人希望我們的鎮裡出現了一個殺人者。我拿起酒杯，用力喝了一大口才回答她：「是的，她的死很可疑。我們調來了一個對兇殺案很有經驗的人。我們正在調查是誰幹的。而且……我現在在猜，篝火活動結束之後，沒有任何一個孩子直接就回家了。從目前得到的一些片段資訊看起來，有些孩子當晚可能去了哪裡夜宿，但是沒有人肯說實話，說出他們那天晚上去了哪裡。」

「所以她肯定是被謀殺的？」

「兇殺的調查還在進行之中。我……我真的沒辦法多談這個案子。」

電話那頭浮現一陣沉默。

「你要——你需要我幫忙找瑪蒂嗎？」艾琳問道。

「她也許是在圖書館或者哪裡。我會再等她一個小時。」然而，我們兩人都知道，圖書館這個時候已經關門了。

我掛上電話。心裡湧起一陣不安。雨水不停敲打著窗戶。聽起來雨勢已經轉成了雨夾雪。我嚥下杯子裡剩餘的酒，放下酒杯，朝著瑪蒂的房間走過去。

我站在緊閉的房門前，手握在門把上猶豫著。樓下傳來吵雜的曲棍球賽聲。我聽見樓梯上沒有任何動靜。然後深深吸了一口氣，打開房門，按下電燈的開關，走進了我女兒的臥室。我安靜地把房門在身後關上。我駐足在原地，看著瑪蒂收藏的那些小時候的東西。床上的泰迪熊。那個有摺邊的大枕頭，那是她在幾年前一個聖誕節收到的禮物。還有一件她怎麼也不肯丟掉的黃色小毯子。我的心揪了一下。無論我們怎麼假裝——母親、女兒、外婆——我們內心深處都有一個部分依然是我們當年的那個小女孩。不管我們是十五歲、五十歲，還是八十歲，那個小孩都依舊潛伏在我們的行為和思想底下，或者潛伏在我們想要變成的那個人、想要對抗的那些事底下。她永遠都在那裡。我對普拉提瑪・雷伊感到的痛苦突然加劇了起來。那讓我幾乎無法呼吸。情緒的浪潮刺痛了我的眼睛。我知道我激動的情緒部分是起源於我的疲憊和酒精的作用。但是，老天爺，如果那具屍體是瑪蒂的話，我會怎麼辦……

我走到她的梳妝台前面。小心翼翼地觸摸著那只盒頂上有著金色扣子的漆盒。一股罪惡感讓我猶豫了起來。我甚至不應該在這裡。不應該這樣偷偷摸摸出現在這裡。但是，一股深沉而強大的無聲需求迫使我打開了盒子。一旦盒子打開了，我的動作就開始加速了起來。我很快地翻了一下裡面的飾品和珠寶，打開又關上裡面一個個的小盒子。我找不到。屋外傳來一陣車子的聲音，讓我凝結在了原地。光束掃過窗戶。車子開走了。

我把盒子裡的東西倒出來，項鍊、手環和耳環鋪滿了梳妝台面。我的皮膚在發燙。也許我遺漏了。它應該就在這裡。但是我卻找不到。我打開她的抽屜、她的櫥櫃，以最快的速度檢查每一樣東西。在她床邊的一個小抽屜裡，我看到了一張發亮的相片。我拿起照片，端詳著。一群女孩。瑪蒂也在裡面。我認得其他的幾個：娜塔莉雅・佩特夫、希瑪・派特、夏安妮・威爾森、達斯蒂・皮特斯，還有貝絲・蓋洛威。照片是在黑暗中拍攝的，看起來很專業。每張臉的焦距都很清楚。粉紅色的臉頰。她們的身後是一團熊熊燃燒的篝火，橘色的火花直指漆黑的天空。我可以看到雪橇和滑雪板在木頭中燃燒。

我的脈搏加速。我嚥了嚥口水。這張照片是在篝火現場拍攝的。

「媽！」

我倏地轉身，倒吸了一口氣。「瑪蒂？」

「搞什麼？你在幹嘛？」她衝到梳妝台前，看著散落在桌上的各種東西。她震驚地張大了嘴巴，然後看著我，她的背包還在肩膀上。「你在找什麼？這些都是我的東西。」她把背包放在地板上，開始把她的飾品和珠寶胡亂地掃在一起，堆成一座小山，然後塞回那個漆盒裡。她的雙手止不住地在顫抖。

我碰了一下她的手臂，試著讓她冷靜下來。「瑪蒂，停下來。拜託你。我可以解釋。」

她揮開我的手。那頭黑色的長髮——和我一樣——散發著香菸的味道。我也聞到了酒精的味道，還有一種草莓般的甜味。

「搞什麼鬼——你以為你在幹嘛？你為什麼搜我的東西？你怎麼敢這麼做？」

我注視著我的女兒。我能想到的只是莉娜。消失了。被強暴。被打爛了。被淹死了。一顆顆小鵝卵石堆積在她的肺裡。她被解剖的心臟放在了太平間的磅秤上。

瑪蒂在看到我的神色之後，臉色立刻改變了。那讓她收斂了一點。她的臉上出現了一絲戒心。

「媽，怎麼了？」

「你外婆給你的那個盒子吊墜，她去愛爾蘭旅行帶回來的禮物，在哪裡？」

「什麼？」

「回答我，瑪蒂。」我斥喝道。

「你是怎麼了？」

「你向來都戴著的。它現在在哪裡？」

「我已經好幾年沒戴了。」

「瑪蒂，告訴我！它現在到底在哪裡？」我的聲音尖銳地脫口而出。我感到一陣不安。我的心在狂跳。

瑪蒂的眼睛因為恐懼而張大。她看著房門，彷彿在確定她有退路。「我……我不知道。」

我努力想要讓自己冷靜下來。「什麼意思，你不知道？」

「我剛才不是說了，我已經好幾年沒戴了。你幹嘛要問？」

「那個鍊子很特別——你曾經覺得它很特別。因為那是你外婆給你的。在她去世以後，你曾經一直戴著。」

「我不知道它在哪裡。我很久沒戴了，它也許在我房間的哪裡。我已經很久沒看到它了，這樣可以了嗎？」

我咬了咬嘴唇。

「還有，你沒有權利進來這裡，搜我的東西。你為什麼要這麼做？你為什麼不問我就好？」瑪蒂又開始把飾品裝回她的漆盒，突然，她停下手，似乎想到了什麼。「總之，你為什麼要問那個盒子吊墜的事？」「我只是想到了你外婆，所以我需要看到那個墜子，如此而已。」我伸手撫過頭髮。「我很抱歉，小瑪。我很抱歉——這幾天實在很難熬。」

「隨便你怎麼說。以後不要再這麼做了，」她沒有看著我，只是安靜地說道。「現在，你給我出去。」

「你今晚去哪裡了？」

「我和貝絲在一起。」

「你沒有。我才剛和艾琳說過話。」

她慢慢地轉向我。我可以從她的眼光裡感到一股寒意。「你打電話給她？你想要知道我是不是說謊？」

「瑪蒂——」

「你知道嗎，那不關你的事。你自己也沒有回家吃晚飯。」

「我要工作。有人死了——被謀殺了。那是你的同學。兇手還逍遙在外。瑪蒂。現在鎮上的每一個父母都擔心他們的女兒晚上獨自在外面，包括我在內。有人得找出是誰幹了這件事，然後把他關進監獄。那就是我為什麼晚回家的原因。而且以後也會這樣。直到他被關起來為止。你騙我你去了哪裡。你被禁足了。一週。你放學之後必須直接回家。明白了嗎？」

「出去，媽。」她伸手指向門口。「滾出我的房間。」

我走出房間。房門隨即在我身後用力關上。我的心仍然在狂跳。我發現我把那張女孩們的團體照塞進了我的口袋裡。

瑞秋

現今

十一月十八日，星期四。當日。

在我離開瑪蒂和達倫家大概十分鐘之後，我來到一條筏道頂端的一處鵝卵石停車場，山谷和小鎮都遠在我的腳底下。停車場裡空空蕩蕩的。我被環繞在高聳的雪松、鐵杉、雲杉和點綴著斑斑雲朵的山峰之間。天氣嚴寒而潮濕。不過，天空已經出現了雲開的破口，當陽光穿透雲朵時，著實帶來了幾絲暖意。

我把我的腳踏車手套戴上，猜想著瑪蒂是否已經聽過了Podcast，以及克里妮緹會不會聯繫她說要訪問她。也許克里妮緹已經試過了。我不會把瑪蒂從她的名單裡跳過，假裝她不會訪問瑪蒂。我套上我的防水外套，從乘客座上拿起我的安全帽，然後下了卡車。附近的河流聲轟隆作響，河水在流經峽谷之間時漲了起來。就在我把我的自行車從卡車後面取下來時，艾琳那輛紅色的Volvo旅行車開進了停車場，輪胎在鵝卵石上發出嘎吱嘎吱的聲音。她把車停在我旁邊。

貝絲的母親已經六十三歲了。比我大三歲，不過，她仍然充滿了活力，而且身材保持得很結實。艾琳把車窗搖下來，探出她那顆金紅色的捲髮頭。當她的頭髮開始變白時，艾琳就決定要染髮，因此，那頭曾經是深紅色的蓬鬆亂髮，現在看起來顯然柔和了許多。

「嘿，女人。」她輕快地說。「你好嗎，我們為什麼等了那麼久才又開始騎車？」

我笑了。她的興奮確實具有傳染力。

「哎唷，農場讓我忙翻了。」我說著把自行車放下來，輪胎在接觸到鵝卵石地面時微微反彈了一下。

她從她的Volvo車上下來，開始把她的登山自行車從車後的架子上拆下來。風噗噗地吹著，把艾琳的頭髮都吹散了。我想起貝絲的外貌和她父親神似，一點都不像她的母親。貝絲長得纖細高挑，有著一頭幾近白色的金髮。她的那頭及腰長髮彷如別針一樣直。貝絲嫁給了葛蘭傑的兒子強尼。她和瑪蒂曾經是最要好的朋友，不過，在她們的同班同學遭到謀殺之後，她們兩人就慢慢地漸行漸遠了。沒有人沒受到影響，而我們所有的人也依然無法揮別那段過往。

我不安地看著艾琳，盤算著要怎麼對她說起Podcast的事情。我決定等我們騎上幾哩路之後再對她開口。

騎行的路一開始還很輕鬆——良好的路況在鋪滿厚厚一層的針葉和塵土中起伏。當山路開始蜿蜒並且朝著通往烏雅坎湖邊營地攀升時，我感到四肢和身體都開始升溫了。我開始大口喘氣。我的肌肉開始燃燒，胸口也因為頻頻換氣而不停地在起伏。這種情況讓我完全無法說話，不過感覺卻很棒。

在經過一道陡坡之後，我們抵達了營地和藍綠色的湖邊。我們汗流浹背地在氣喘吁吁中停下來。我打開水瓶，喝了一口水，然後咧嘴而笑。

「感覺很好，對嗎？」艾琳說著，也打開她自己的水瓶，然後拿著水瓶指著我。「你和葛蘭傑應該要參加我們的團體騎行。我們每週六還是會碰面，至少到下雪之前都會持續碰面。」她喝了一大口水。「今年的雪下得晚真是一大福音。也許我們……」她在我臉上看到了什麼。「你還好嗎？一下子騎太遠又太快了嗎？」

我把水瓶的瓶蓋蓋好。遲疑了一下才說：「你還沒聽說Podcast的事，對嗎？」

早在我們的女兒還在上幼稚園的時候，我就認識艾琳了。那也是我認識她的方式。如果她知道的話，她一定早就說了。坦率的艾琳有什麼話向來都是直言不諱，包括她的想法也是。她不會咄咄逼人，但是也不會保留自己的想法。

「什麼Podcast？」她慢慢地把水瓶蓋上，然後看著我問。

於是，我告訴了她。「前兩集已經播出了。一旦他們準備好的時候，克里妮緹顯然就會再播出新的一集。」

「你一定是在和我開玩笑吧。」

「恐怕不是。還有，克萊．派里已經開口了。克里妮緹正在對他進行一系列的訪問。根據真實罪案網站上的簡介，很顯然地，他已經答應每次要給她二十分鐘的時間訪問，直到她從他身上得到她所需要的為止。」

艾琳臉色發白。「你聽過了？你聽到他說話了？聽到他的聲音了？」

「他聲稱他沒有殺害莉娜。」

「噢，你不是認真的吧……你是認真的嗎？」她瞪著我看。我緊緊地盯著她的臉。我想到了我們的女兒，以及那段時間裡所承受的壓力，是如何在她們兩人之間戳了一刀，讓她們從此再也沒有那麼親近了。

「是啊，艾琳，我是開玩笑的。我向來就是個小丑。」

「這個混蛋是我們孩子的籃球教練。他是他們的指導諮詢師。這個蠢貨還提供了他們健康資訊，包括性教育、預防藥物和酒精濫用。他原本應該就健康的生活型態、健康的情緒，還有反霸凌等方面指導他們……結果他自己竟然是一個該死的、變態的酗酒加戀童癖者！」

我什麼也沒回應她。

她把目光移開，看向靜止的湖水。隨著她呼出的一口口白色的霧氣，她的胸口不停地起伏。最後，她終於靜靜地再次開口，「那就是你邀我一起騎車的原因嗎？」

「不是。在我聽完他說話之後，在我又想起了那一切之後，我需要發洩一下。」我停了一下。

她轉向我。

「我需要一個朋友。」我半聳了聳肩。「而且大家都說不應該一個人騎車。」

她輕輕地哼了一聲。

「而且我不能不告訴你。」

「是啊。是啊，原來如此。」她再度看了看湖水，沉默了好一會兒。「所以這個Podcast是網路節目？我可以直接聽？」

我點點頭。又喝了一口水。

藍色的湖面突然被風掀起了一陣漣漪。彷彿是一個徵兆。一個警告。我注意到另一個警告，就在艾琳背後的樹上：

小心。美洲獅出沒。看緊小孩。

她順著我的視線看去，然後笑了。「自拍嗎？」她問我。「拍我們這兩隻美洲獅。就在這個標示前面，可以公布在IG上。」

我跳下自行車，把車推到樹邊，靠在樹幹上。我們把頭湊在一起，咧開了嘴假裝在笑，就像在做什麼很酷的事情一樣。艾琳在拍照前用食指和小拇指做出了一個搖滾的手勢。

「它應該要寫『小心，美洲豹出沒』。」我看著她把手機收進口袋時說道。「因為我們不是美洲獅。」

「你是說花豹。那不就是年過六十歲的花豹嗎？」

我笑了，然後跨上我的自行車。我慢慢地騎回自行車小徑，艾琳也登上了她的自行車。我的思緒飄到被我放在盒子裡的那張照片，那張我們的女兒和她們的朋友在二十四年前，於篝火節那晚拍攝的照片；我想到在孩子們都有手機之前、在拍照和錄音都是為了社群媒體之前的那個年代，一切是多麼的不同。當時，輕而易舉地就可以隱瞞一件事。

「瑪蒂知道了嗎？」艾琳在我身後喊道。

「知道了，」我半回頭回應她。「我在來的路上告訴她了。」

我們用力地踩著自行車，不再說話，下坡的路越來越陡，之字形的山路也越來越明顯。我知道，艾琳正在想貝絲和她的兒子克里普是否知道。還有強尼。

我也在想強尼是不是知道——葛蘭傑是否已經知會了他的兒子。或者他根本不在乎，因為葛蘭傑顯然相信克里妮緹和克萊・派里是在浪費我們的精力。

不管我們喜歡與否，克里妮緹・史考特都會挖出不愉快的回憶。她的Podcast會像一塊掉入平靜池塘的巨石，它所掀起的漣漪將會擾亂這個鎮上的人，這些以為他們已經往前看的人們。隨著自行車道越來越陡，我的腳下也越來越用力，在此同時，我不禁要猜想這些漣漪將會擴散到什麼樣的程度。

殘響

漣漪效應

ㄘㄢˊ・ㄒㄧㄤˇ

現今

殘・響

ㄘㄢˊ・ㄒㄧㄤˇ

名詞

「對一名製作人或聲音工程師來說，殘響——殘餘聲響的簡稱——是一種聲學上的現象，或者聲音效果。簡單地說，當一個聲音或者信號反彈在一個房間裡不同物體的表面時，會引起各種不同的反射，而這些反射到達人耳的時間都很接近，以至於它們無法被視為是個別的聲音延遲。這種反射聲音的集成就是殘響。在更大的房間裡，這種效果就會更放大，因為聲音會在音源停止之後，繼續持續很長一段時間……不過，在犯罪紀實的Podcast裡，殘響也可能涉及到故事本身。」

～吉歐・羅西，多倫多時報專訪

「當你在線上即時調查一宗罪案時，你就會遇到殘響的問題。你今天所做的報導，會影響到你明天要做的訪談和你明天所得到的反應，因為你的訪問對象已經聽到節目的播出了，因而會知道你的問題、懷疑、理論和想法。他們會知道別人已經告訴過你什麼。這就會影響到他們接下來要告訴你的事。在小說裡面，這樣的發展沒有問題，但是，從一個新聞的觀點來看，這就是很嚴重的問題：故事的敘述影響了故事揭開的發展。這是一種偷樑換柱的作法。對聽眾來說並不公平。你採取了一種很後現代的手法，讓你的腳印和指紋遍佈在這個故事裡，染指了這個故事。這樣做帶來的風險——這也就是新聞機構不這麼做的原因——就是你會發現故事前後矛盾。你會發現大家在對你說謊。你會發現你漏掉了一些資訊，然後你可能需要重新評估或修改你的故事。我並不是說這是不道德的，我只是想說這具有潛在的陷阱。」

～馬克．派汀森，新聞學教授：犯罪紀實Podcast之道德倫理論述

十一月十八日，星期四。當日。

瑪蒂在家裡的辦公室裡。她一邊聽著第一集的Podcast，一邊用手指撫摸著她母親留在廚房流理台上的名片。那個她曾經認識的聲音深深地把她吸進了過去，回到她還是個女學生的時候……

回到烏勒爾篝火祭典的那個晚上。

克萊頓：克里妮緹．史考特，我希望世界知道的是，沒錯，我們都有我們黑暗的一面。那個陰影。即便你也一樣。但是，我沒有性侵莉娜．雷伊……而我也沒有殺害她。

克里妮緹：如果不是你，那是誰？

警衛：時間到了，派里。好了，走吧。

克萊頓：不管是誰，殺害她的人都還逍遙在外。

門用力被關上的聲音。模糊不清的笑聲。

派里先生的話在她的腦子裡迴盪，每一次的反彈都讓聲音越來越大。

殺害她的人都還逍遙在外。

殺害她的人都還逍遙在外。

殺害她的人都還逍遙在外。

「瑪蒂？」

她抖了一下，把輪椅轉過來。達倫已經進到了房間裡，就站在門邊。他一直都在聽。他眼裡的神情讓她感到害怕。

「如果他沒有殺她呢？」達倫說道。他的聲音聽起來很奇怪。「還有，就像克里妮緹．史考特說的，如果不是他，那是誰？」

「這太愚蠢了！」瑪蒂伸出手臂猛然指向喇叭。「這真是他媽的愚蠢。這根本就沒有道理。這根本就不公平。他擺明了在說謊，而那個叫做克里妮緹．史考特的女人——她也知道。她一定知道。她只是在利用他的謊言編造故事，想要譁眾取寵而已。我告訴你——她說對了一件事。真實罪案這個節目本身就是個罪案。她這個該死的Podcast就是犯罪的行為。這種亂七八糟的事情根本就不應該被允許。這是毀謗的行為。她根本是在中傷。」

「她並沒有中傷任何人，如果——」

「她只是還沒有而已。但是，她已經幫『是誰幹的』這個新理論鋪好了底子，而那全都是基於一個反社會者的謊話。如此一來，她會開始在這個鎮上引發每個人對每個人的猜忌。那些我們認識的人。那些還住在這裡的人。」

「她打電話來的時候，你會和她說話嗎？因為她打來只是遲早的問題而已，而不是假設性的問題。」

瑪蒂看著達倫。「我……你會嗎？」

他伸手順了順頭髮。「也許合作會比不說話來得好。如果你母親拒絕受訪的話，看看她會發生什麼狀況吧。那會讓她看起來好像有意隱瞞什麼。也許她從她的角度說明調查是怎麼展開的，那反而會比較好一點。至少，如果我們都從各自的角度來敘述這個故事的話，就可以糾正得了克里妮緹。越少人願意談，就越容易激起像她那樣的人的好奇。也會有越多的聽眾相信這件事的背後有什麼陰謀。」

瑪蒂凝視著丈夫的目光。書房裡緊繃的氣氛逐漸加劇。感覺上像是出現了某種模式上的轉變，而那個他們曾經覺得舒適——或者滿意——的世界，再也無法提供同樣的安全界線了。

###

在小鎮的另一頭，強尼．富比世在前往他工作的啤酒廠途中聽著關於莉娜．雷伊的Podcast。他的思緒轉到那件潛水員找不到的軍用外套。他不禁懷疑，他一直信以為真的事情是否根本不是真的。也許這麼多年來，他一直都安逸地在躲避真正的問題。也許，把頭埋進沙子裡對他來說比較容易。也許他們都一樣。他把車子停在鴉巢酒吧的停車場，打算順路收取他們的啤酒訂單。酒吧就在啤酒廠的同一條街上，他甚至可以看到他父親的哈雷重機就停在外面。

強尼在酒吧裡發現他的岳父雷克斯．蓋洛威，正在和他坐在吧檯對面的父親葛蘭傑安靜地說話。兩人面前都擺了一杯咖啡。

「強尼？」葛蘭傑說著，和雷克斯雙雙抬起頭來。「你在這裡做什麼？」

強尼朝著他們的咖啡杯點點頭。「看來我來得正好，剛好可以和你們喝杯咖啡。」

在雷克斯幫他倒咖啡的同時，強尼在他父親旁邊的凳子上坐了下來。「你們聽說Podcast的事了嗎？」他說著拿起馬克杯喝了一口咖啡。

葛蘭傑點點頭。「瑞秋快氣死了。而且是對我發火，因為我企圖不讓她知道。」

「你不讓她知道？」強尼問道。

「那個案子在那麼多年以前，讓她走上了一條很慘的路。即便她自己都會承認。我不希望她鉅細靡遺地再重新經歷一次。」葛蘭傑把喝光的馬克杯放到桌上。「但是，我判斷失誤了。她終究會發現的。只不過，現在我把事情弄得更糟了。」他遺憾地笑了笑。「所以，我得給她一些空間，讓她冷靜下來。」

「你相信克萊．派里說的話嗎？」強尼問道。

「他在說謊，」葛蘭傑回答。「而且他是個變態。一直都是。」

「沒錯。」雷克斯補充說道。不過，他看起來有些擔心。而強尼也同樣感到了不安。

###

在兩條街之外那個靠近昔日原木分揀場的小鎮工業區，達許．雷伊正在自己的車行裡，一邊聽著喇叭裡播放的Podcast，一邊躺在車子底下修車。甘尼許來到了車庫門口。他現在已經在幫達許工作了。年輕的甘尼許可以說是達許和他父親傑斯溫德的復刻版，甚至比他們都還要英俊。此時，甘尼許的雙眼在那頭濃密的黑髮下，正燃燒著憤怒的火焰。

「她為什麼要這麼做，讓我們再一次經歷這些？應該要有法律禁止這種事的。她不知道這會對我們家造成什麼影響嗎？對我母親和我父親？」

達許從車底滑了出來，站起身，擦去手上的油漬。他從工作凳上拿起手機，按停了正在播放的Podcast。「也許克萊頓・派里並沒有殺她。你不會想要知道嗎？我是說，當時甚至連審判都沒有。為什麼？」

甘尼許注視著他堂哥的雙眼，往前踏近一步。「你不是認真的吧？」

達許把沾滿機油的抹布扔在工作凳上。「我不知道該怎麼想。但是，某部分的我很高興她把這些再度揭開來了。我一直都認為那些警察犯了錯。克里妮緹・史考特說得沒錯。當那個混蛋招供並且承認有罪的時候，仍然有很多未交代清楚的事情就那樣懸宕著。事情沒有那麼簡單。我一直都知道沒有那麼簡單。」

# # #

在小鎮的另一端，帕克斯攝影設計公司的老闆利亞姆・帕克斯在聽完兩集的Podcast之後，爬上了通往閣樓的梯子。他找到放在閣樓裡的收納箱，拍去上面的灰塵，打開了箱子。然後，從裡面拿出一些他在學校實驗室裡沖洗出來的舊照片。他翻閱著一張張的照片。在快門按下的那一剎那，每一張臉孔都凝結在了時空裡。同學。女孩。男孩。暢笑、微笑、派對、運動。學校的舞會上。走廊裡。他發現他正在找的那疊照片。那是他在那天晚上拍攝的照片，那天晚上，每個人都看到了火箭在空中爆破後墜落的畫面。他找到他要找的那一張。一群手挽著手、歡笑中的女孩。那天晚上，他在篝火前拍下來這張照片。他注視著那些年輕的臉孔，那些美麗的笑容。過去的記憶又活了起來，那些讓他感到不舒服的記憶。

他不知道他現在該怎麼處理這些照片。

# # #

傑斯溫德．雷伊獨自坐在他寂靜的起居室裡。起居室裡累積了很多灰塵，他應該要清理一下的。普拉提瑪總是會把家裡收拾的很好。沒有了她讓他感到好失落。他注視著火爐架上的照片。普拉提瑪在兩年前死了。她在一家餐館裡噎死了。也許，在他們的女兒遭到殘忍的襲擊致死之後，一切對她來說就都難以下嚥了。他覺得很慶幸，普拉提瑪不需要聽到這個Podcast。這對她而言太殘忍了。然而，某部分的傑斯溫德卻感到焦慮。克萊頓．派里沙啞的聲音在他的腦海裡匍匐，彷彿在那裡和他其他的思緒互相呼應碰撞，聲音也越來越大。

我沒有殺她……殺她的人還逍遙在外。

# # #

克萊頓・傑伊・派里仰躺在監獄裡的床墊上，他把手枕在腦後，再次透過塞在耳朵裡的耳機聽著克里妮緹的聲音。他不停地反覆聽著這幾集的Podcast。無論把內容聽了多少遍、無論把她的聲音聽了多少遍，他都還覺得不夠。他想著他這輩子裡可能做對的事情，以及他做錯的事情。不過，有一個念頭、一個感覺浮現在了這些事情之上。他重新拿回了一些自主權。即便身處在這個滿是規矩、鐵欄杆、一道道緊閉的門，以及佈滿鐵刺鐵絲網的可悲機構裡，他也已經在某種程度上，奪回了對事情和對人的控制權。他再一次的感受到了權力。他笑了笑。他已經很久、很久都沒有這種感覺了。

現在，這都在他的掌控之中。

瑞秋

當年

一九九七年十一月二十五日，星期四。

「納奈莫棒！」德克．里吉帶著一盤甜點晃進雙瀑鎮警局會議室的同時，揮了揮手喊道。跟在德克身後進來的塔克也端了一盤外賣咖啡。

德克把那盤知名的卡士達醬加巧克力甘納許的甜點棒放到桌上，掀開盤子上的保鮮膜。我聞到永遠都附著在他衣服上的那股菸味。再加上濃濃的咖啡味道，空氣不流通的會議室立刻就讓我感到一陣反胃。

也許，我之所以感到不舒服，只是因為昨天實在太累，以驗屍開始，然後以和瑪蒂的爭執結束。

「梅里又要戒菸了，」里吉一邊拿起一根納奈莫棒，一邊說道。「所以，我們現在會有很多烘焙甜點可以吃，磅秤上的數字也會越來越高。」他示意大家自己取用，然後咬了一口手中的納奈莫棒，滿嘴卡士達醬地一邊說話，一邊坐到會議桌上。「既然我們有那麼多納奈莫棒，我想也許可以送來給你們當早餐。」

路克伸手拿了一根。

「梅里是德克的老婆，」我對路克解釋。「她一直都在郵局上班，也一直都想要戒菸，不過，德克不停地在抽菸，這就讓她很難戒菸了。對不對，德克？」

他咧嘴笑了笑。「她這次是用催眠療法來戒菸。」他把手裡黏糊糊的卡士達夾心塞進嘴裡，然後拿起咖啡。

現在還是清晨，黑漆漆的室外正在飄雪，讓所有黑色、灰色和正在枯死的東西，都蒙上了一層白色。我很擔心我的孩子。但是，我需要待在這裡，我也想要來這裡。我也希望家裡的一切都很正常、很快樂。今天早上，當我在出門前敲了敲瑪蒂的房門時，她卻叫我走開。我幫她做了早餐，留在了廚房流理台上。我看了看手錶，她現在可能還沒起床。傑克向我保證，如果我今晚又會晚歸的話，他會幫女兒煮晚餐。我再度想起了她外婆在幾年前給她的那個盒子吊墜。

那個不見了的吊墜。

警察局長雷蒙．杜爾走進了會議室，他人還沒完全進來，凸出的肚腩就已經先出現了。他抱了滿手臂的檔案。「早，各位。」他把那疊檔案放在桌子的前端，然後坐了下來。雷蒙身後是路克推進來放在會議室裡的白板。他把白板用來當作犯罪記事板。那讓我聯想到電視裡的警劇。我們從來都沒用過白板，不過，路克似乎偏好這種形式。也許這是調查兇殺案的慣性作法吧。

塔克坐在我對面，正在沉默地喝著咖啡。在會議室單調的螢光燈下，他的膚色看起來變成了灰色。房間裡的一盞燈微微地在閃爍。我相信我可以聽得到那盞燈正在發出吱吱的電流聲。這部分就完全不像電視劇集了。在電視劇裡，這種場景通常都會以氛圍強烈、明暗不一的燈光來呈現。不過，眼前這間小會議室裡有的只是刺眼的燈光、沾了污漬的天花板、永遠不會消散的潮濕味，以及我們靴子底下那片褪色的藍色格子地毯。

「來根納奈莫棒嗎，局長？」德克把盤子推向雷蒙。

雷蒙拿起一根納奈莫棒，咬了一口，然後打開他面前最上面的那個檔案夾。「好吧，各位，我們掌握到了什麼？瑞秋？」他含著滿嘴的甜點說道。

「驗屍報告還沒來，不過已經知道死因是溺水。」我站起來走向白板。

我指著其中一張驗屍照片。「她肩膀上這些圓形的痕跡，顯示有人跨騎在被害人身上，把她壓在了水裡。」我接著解釋了其他的驗屍照片，包括她肺部裡的小石子。「貝克曼醫生表示，如果莉娜．雷伊沒被淹死的話，那些重擊的創傷和她腦子裡的水腫，也會導致她的死亡。」

「現場有發現什麼可能被用來當作兇器的東西嗎？」雷蒙問道。

「我們沒有找到兇器，不過，被害人的身體上有兩個鞋印，或者靴子的印記。鞋子尺寸是十一號。有人重重地踩踏過她、踢她。」我指著白板上的另一張照片。「我們在她這裡的皮膚上發現了樹皮——在她的臉上和頭上。法醫鑑定人員也在河流北岸的一棵雪松樹幹上發現了血跡，莉娜的Nike球鞋和沾血的襪子就是在那附近找到的。那棵雪松的樹皮看起來和莉娜皮膚上的樹皮碎屑相符合。而我們預期雪松上的血跡，也會和莉娜的血液相符。」

「你是說，她的頭——臉——先撞到了一棵樹的樹幹？」雷蒙問道。

「她有可能是頭先被推撞到了樹幹上，」路克回答道。「而且不止一次。」

德克小聲地吹了一聲口哨，然後伸手再拿了一根納奈莫棒。塔克則一副想吐的模樣。

我又指向另一張照片。「這是鞋印或者靴子印的照片。我們請技術人員比對了好幾個不同牌子的鞋底。目的是要辨識出鞋子的品牌，然後試著從牌子和尺寸找出潛在的嫌疑犯。另外還有跡象顯示有激烈的性行為、陰道有被插入，而且還有一些撕裂。截至目前為止，並沒有精液被發現，所以有可能是用了保險套。實驗室也正在就一些毛髮、纖維、她指甲的採樣、襪子上的血跡，以及背包帶子上的血跡進行測試，我們正在等測試的結果。」

雷蒙喝了一口咖啡，然後又說：「所以，被害人的背包，以及看起來像是背包裡面的東西，都是在河的南岸找到的，但是她的Nike球鞋和襪子，卻是在北岸發現的，也就是那棵沾有血跡的雪松所在之處？」

「正是，」我說。「艾咪．陳看見莉娜在凌晨兩點，沿著惡魔橋跌跌撞撞地朝著北邊走去。艾咪宣稱莉娜當時並沒有帶著背包。莉娜可能因為什麼原因，而把背包留在了南岸，或者在那裡把背包扯掉了。」

塔克清了清喉嚨說道：「那麼，如果她的背包和背包裡的東西遺失在了南岸，她為什麼要朝著北邊走？只是……頭腦不清嗎？喝醉了嗎？」

「或者，她之所以跌跌撞撞並不是因為喝醉了，」路克提出他的想法。「也許她步履不穩是因為她已經受到了暴力攻擊，因而處在劇痛或者震驚之中。」

會議室裡一陣沉默。儘管室內的暖氣不停地噴出，一股寒意卻不知從哪裡鑽進了會議室裡。

「有人看到橋上還有其他人嗎？」雷蒙接著再問。「在跟蹤她？」

「艾咪沒有看到其他人。不過她也說，她自己當時有受到酒精的影響，而且精神無法集中。」我說。「莉娜有可能是喝醉了，把她的背包遺落在了南岸，但是卻在北岸碰到了真正的麻煩。她若非遇到了什麼人，就是有人開車看到了她，然後停下了車。」

「也許她喝醉了、迷失了方向，又想要找她的背包，結果就跌跌撞撞走到了北岸通往惡魔橋下的小路，然後在那裡遇到了某個人。」德克說道。

「橋上有任何的血跡嗎？」雷蒙追問。

路克回答道：「時間相隔太久，雨下得太大，在她被發現以前的那一個星期裡，已經有太多的車子開過那座橋了。」

「我們有拍下潛水員發現她屍體那天，在橋上圍觀的群眾。」我補充說道。「塔克今天會檢查那些影像的素材，看看有沒有什麼不尋常的現象。還有從阿里希臘外賣店外的閉路電視拍到的素材，艾咪．陳和傑普．蘇利文就是在那裡和一群都有去參加篝火祭典的孩子們碰面的。某種程度上，那些孩子要從篝火現場去到阿里外賣，都一定得要經過惡魔橋。也許有人看到了什麼重要的事，只是當時他們並沒有意識到這些事的重要性。」我看了路克一眼。「路克和我今天早上會到學校去。我們會重新和曾經在篝火現場看到莉娜的學生們訪談。我們上次詢問他們的時候，這還只是個失蹤人口的案子。我們需要和他們每個人都重新談過。路克會負責這次的詢問。我會在旁邊觀察，做筆記。」我清清喉嚨。「這可以提供一個新的視角、新的觀點。」

「關於那名被人看到和莉娜一起在樹林裡的男子，我們需要知道更多有關他的事情，」路克說道。「我們需要知道他的身分。我們需要和他談一談。」路克用筆指著白板上的日記照片。「還有，我們需要知道莉娜在那些被撕下來的日記裡所提到的『他』又是誰。我們得弄清楚那本日記為什麼被撕成那樣？那幾頁日記在被翻出她的背包以前，就已經被撕掉了嗎？莉娜自己是不是對日記的其他部分做了什麼處理？如果是的話，那些部分現在在哪裡？還有，她所穿的那件軍用外套又在哪裡。因為艾咪．陳說過，當莉娜沒有帶著背包、沿著橋朝北蹣跚走去的時候，她身上穿著的正是那件軍用外套。」

德克擦了擦沾在下巴鬍碴上的卡士達醬。「還有那本地址簿、詩集和盒子吊墜。」

「莉娜的父母聲稱那本地址簿和吊墜都不是她的，」我說。「她母親說，莉娜曾經偷竊，或者在沒有得到別人允許的情況下就借用別人的東西。我們會讓學生看那本地址簿、詩集、吊墜，還有其他我們找到的東西，看看真正的主人是誰。」我深深吸了一口氣。「同時，我們也需要找出是誰開始散播謠言，說莉娜的屍體浮在烏雅坎河裡。」

「那個盒子吊墜裡有任何東西嗎？」雷蒙問道。

「沒有。」路克說道。「我們會看法醫有什麼發現。」

我看了他一眼。「例如？」

他從他的筆記裡抬起頭來，皺著眉頭看著我。「例如指紋、細微的纖維、血跡等等。我也想要查一查她父親的背景。另外，我們也要留意那個達許堂哥。」

「哇，」塔克回應道。「你該不會認為……她堂哥？或者她自己的父親和這件事有任何關係吧？」

「她臉上的暴力痕跡——在我看來很個人。」路克解釋道。「像是在發洩憤怒、脾氣。那個女孩不僅僅是被殺了，她的臉幾乎被毀了。而從我對傑斯溫德的觀察，以及達許口中對他叔叔的描述……我希望是我錯了，不過，我有一個感覺，如果傑斯溫德．雷伊的信仰受到了挑戰，他有可能會做出很極端的事來。」

「可是，性侵要怎麼解釋？」雷蒙追問。

路克表示，「我們得保持開放的心態。」

我想起那天在體育館裡，當我坐在莉娜旁邊時，那群說笑著走過看台底下的女孩所說的話。

看看她父親是怎麼責怪我阻擋她的……他好可怕。你們看過他的眼神嗎？我敢打賭，他的頭巾下可能藏了一把那種彎刀。

我也想起我在莉娜手腕上看到的瘀青。

會議室裡又瀰漫著一片沉默。室外，黎明的天光已經驅走了黑暗。在薄雪和霧氣的面紗下，首席山也在濕氣中反射著光澤。

「沒錯，」雷蒙闔上他的檔案夾，站起身來。「我們得找出這些答案。媒體已經在施加壓力了。今天上午稍後，我會對媒體發表一份聲明。」

瑞秋

當年

一九九七年十一月二十五日，星期四。

當路克和我踏進雙瀑中學的前廊時，克萊．派里，學校的指導諮詢師兼體育教練，立刻就從走廊朝著我們走來。他年約二十幾歲。長得相貌堂堂。身材結實。曬得一身黝黑的皮膚。一頭狂亂的捲髮讓他帶了一絲調皮的氣質。

「瑞秋，」他和我握了握手，然後轉向路克。「想必你就是奧萊利警官了？我是克萊．派里。」然而，當克萊和路克握手的時候，我發現他身體僵了一下，微微地皺了皺眉頭。我看到了他右手手背上的瘀青和割傷的傷口，雖然已經在痊癒了，不過還是有些發紅。我的視線轉向他的左手，只見他左手的指關節上也有著同樣的傷痕。

「我真希望我們是在比較好的情況下見面的，」他說道。「我們的校長，達拉．文蓋特正在開一個電話會議，所以，她要我來帶你們到我們安排訪談的教室去。這邊請。」

我們跟著克萊．派里走過一道排滿櫃子的走廊，然後經過了體育館的門口，我可以聽到裡面如雷貫耳的打球聲，以及球鞋摩擦在上了漆的地板上所發出的刺耳聲。

「我們徵用了這個房間。」我帶我們進去。「這是我用來上CAPP課程的教室。這些桌子你們都可以自由使用。我們有你們發給我們的名單，我會讓孩子們一個一個地進來，在你們結束一個訪談之後，再帶另一個進來。」他猶豫了一下。「你們確定他們不需要父母在場嗎？」

「現在只是在調查而已，」路克回答他。「只是想要知道都是哪些人參加了篝火祭典。如果我們需要進一步詢問的話，我們會在警察局裡，由監護人陪同進行。」路克把他的檔案和筆記放在一張桌上，然後拉出了一張椅子，隨即朝著克萊的手點了點頭。「你的手看起來很疼。」

克萊把手抬起來，檢視著兩手的手背。「噢，對啊。」他笑著說。「幾天前堆木頭的時候弄傷的。我訂了一捆木柴，想要冬天的時候用，結果，在我把木柴堆起來的時候，最底下的那排鬆掉了。我試著要擋住滑落下來的木頭，結果手卻被木頭夾住。真是愚蠢的舉動。」

「戴手套會好一點。」路克盯著克萊的雙眼說道。克萊的笑容從臉上退去。「是啊，好了，我去把第一個學生帶進來。名單是按照字母排列的，所以，我會讓他們按照那個順序進來。我相信你們已經和艾咪．陳談過了，那我就從——」

「艾咪．陳表示，她和一名指導諮詢師說過在惡魔橋上看到莉娜的事，那名指導諮詢師就是你嗎？」路克問道。

克萊停下腳步。「是的。我……艾咪在聽到莉娜在河裡的謠言之後來找我。我們一起去見了校長。然後達拉就打電話給艾咪的母親莎拉，讓她來接艾咪去警察局做陳述。」他把眼光轉向我，然後又看回路克，彷彿感覺到了什麼一樣。「莉娜是個好孩子。」他清了清喉嚨。「她是有些問題，但是哪個青少年沒有？莉娜也許做了一些傻事，她可能在很多方面都出現情緒和社交障礙，但是她很聰明。她有寫作的天賦。她想要旅行。想當義工。」

「看來你很了解她？」路克問道。

「她有參加我的CAPP課——那是教育部的生涯和個人計畫課程。她也在我訓練的籃球隊裡打球。另外，我也在我家裡的辦公室幫她補習。英國文學。她在英文課上超前兩級，而她還想做得更好。她的夢想是在寫作和文學的領域發展。」他停了下來。路克無聲地看著他。克萊再度開口，彷彿想要填補沉默的空間一樣。「我幫好幾個孩子補習。在校外。我……呃……如果你們需要什麼的話，就讓我知道。還有，我會讓強尼・富比世第一個進來。」

我們在小桌前坐下，看著強尼走進房間。他很高大，大約有六呎高。身材瘦長。有一頭淺金色的頭髮。五官有稜有角，是個長得很好看的孩子。他穿了牛仔褲和連帽衫。他坐了下來，有點駝背，然後把雙手插進連帽衫的口袋裡，開始抖腳。

強尼顯然很緊張。

「嗨，強尼，你知道我是誰嗎？」我問，

「嗯，瑪蒂的媽媽。」

我對他笑笑。「我是瑞秋・瓦薩克警官。」

他的腳抖得更快了，並且不停地在側瞄路克。也許看到這個來自大城市的兇殺案警察，讓這個孩子感到緊張。

「這位是路克．奧萊利警官。他來自皇家加拿大騎警隊，他在幫忙調查這個案子。接下來，會由他來問你一些問題。」

「你還好嗎，強尼？」路克問道。「你需要喝水還是什麼嗎？」

「不用，我……我很好。」他用手背擦了擦嘴。

路克要求強尼描述篝火節的現場。強尼所說的，就和莉娜剛開始失蹤時，我第一次詢問孩子們的一樣。慶典的氛圍。很多人在喝酒，很多人在嗑藥。擴音器和揚聲器發出震耳欲聾的音樂。雪橇和滑雪板在熊熊的篝火中燃燒。現場充滿了興奮之情。

「我和一群人在一起聊天，不過也有跳舞和做其他的事。還有，大家都喝了很多酒。我看到莉娜，對，但是我不知道她是和誰一起來的。她就在那裡。你知道的，就像其他的孩子都在那裡一樣？她喝醉了。很醉很醉。穿了一件大外套。」

「在你稍早對警方的聲明中，你說你看到莉娜和某個人在一起。」路克看著他的檔案，然後讀著強尼的聲明。「你說：『莉娜和一個男的在一起。』」

「呃，我沒有真的看到那個人是誰。不是那種我一眼就可以認出來的人。」

「但是，你確實看到她和一個男的在一起？」強尼微微聳了聳肩，臉頰有點發紅。「我……呃……其他孩子都那麼說。你知道，在她沒有回家、也沒有來上學之後，大家都說她和一個男的在一起。」

「所以，你現在是在說，你並沒有親眼看到這個男的？」

「我沒有看到他。」他說著低下頭，搓揉著穿著牛仔褲的膝蓋。

「你確定嗎，強尼？」我問。

路克看了我一眼，彷彿在說，讓我來處理。

「是的，我確定。」

「你幾點離開樹林的？」路克接著問。

他聳聳肩。「不確定。我們打算在那裡夜宿，所以我們就在那裡待了好一會兒，但是後來實在太冷了。然後，我就回家了……大概是週六凌晨的時候。」

「走惡魔橋？」

他搖搖頭。

「你怎麼回家的？」路克再問。

「搭克里普．蓋洛威的便車。」

路克和我互換了一個眼神。有人在惡魔橋南端的希臘外賣店看到過克里普。他一定得從惡魔橋上開過，才到得了那裡。

「你離開篝火現場之後，有去其他地方嗎？」路克問道。

「我……沒有。我直接回家了。」

「你幾點到家的？」路克再問。

「我不知道。可能凌晨一點或兩點吧。」

「你父母可以確認嗎？」

「我是偷溜進屋的，所以，我不知道我父親有沒有聽到我回來了。我母親去世了。家裡只有我和我父親而已。」

「你父親是誰？」

「葛蘭傑．富比世。他是位心理學家。」

路克記了一下筆記。「所以，你沒有去阿里外賣吃烤肉串？」

強尼看起來很緊張。他困惑地回答道：「沒有。」

「如果有人說大概在凌晨兩點半左右，在阿里外賣的店外看到你的司機克里普．蓋洛威呢？」

「那他一定是在送我回家之後去了阿里。從篝火祭典回家的路上，我在他的廂型車裡睡著了。當時我喝得爛醉。也許他停車時，我還在車裡睡覺，所以我不記得我有去過那裡，也沒有醒過來。」

我們給他看了莉娜的東西。「有你認得的東西嗎？」

他皺皺眉，搖了搖頭。我在我的筆記本裡寫下：

強尼．富比世——說謊？得和他父親確認他是幾點回到家的。

「那麼，關於學校裡那個謠言呢，說莉娜浮在河裡的謠言？」路克換了一個問題。

「我……我從來沒聽說過那個謠言。我第一次知道這件事的時候，是新聞報導說莉娜的屍體被找到的時候。」

下一個是貝絲．蓋洛威。她抬頭挺胸地晃著她金色的馬尾走進來。我女兒最好的朋友。克里普．蓋洛威的妹妹。我有點緊張。

「嗨，瑞秋。」她和我打招呼。

「貝絲。這是路克．奧萊利警官。他今天會和你訪談。」

對於不是由我來問她問題，這似乎讓她受到了打擊。她坐了下來，看起來有點遲疑，然後對著路克露出一絲甜美的笑容。

路克沒有回應，那讓她又受到了進一步的挫折。

貝絲敘述的情節和強尼一樣。她宣稱她大部分的時間都坐在篝火附近的一根原木上，和達斯蒂．皮特斯、達倫．簡考斯基、妮娜和娜塔莉雅．佩特夫、達許．雷伊、夏安妮．威爾森、希瑪．派特在一起。當然還有瑪蒂。

「所以，你沒有和艾咪．陳以及傑普．蘇利文，或者你哥哥克里普在一起？」路克說道。

「沒有。我是說，我們都在那裡，不過……有，我有看到他們。」

「那莉娜呢？」

「我也有看到她。她和一個男子坐在離篝火比較遠的一根原木上，靠近一條通往樹林的小徑，戶外廁所就在那個樹林裡。我不知道他是誰。而且我在火箭出現在天空之後，就沒有再看到她了。」

「你認識篝火節現場所有的人嗎？」

「有些人我不認得。也許是從鎮外來的。」

「你是幾點離開的？」路克問。

貝絲看著我。我盡量保持正常的表情。不過，我可以感覺到她知道我打過電話給艾琳，也知道我已經發現貝絲騙她母親說在我家過夜。而瑪蒂也同樣騙我說她是在貝絲家過夜的。

「我們在那裡宿營到凌晨，後來我哥哥克里普開他的廂型車來接我們，所以我們就大家一起去了麋鹿餐館吃早餐。」

「那強尼．富比世呢，他也去了麋鹿吃早餐嗎？」路克問她。

她把眼球往右瞄，好像很努力在思考一樣。「沒有。克里普說他早先的時候就已經送強尼回家了。對。他基本上就是把強尼丟在了他家大門口。那傢伙醉得差不多了。」

「認得這些東西嗎？」路克攤開在河流附近找到的那些東西的照片。

貝絲下巴緊繃地研凝著桌上的照片。她又看了我一眼。我發現路克也注意到了。

「那是我的。」她指著那本細長的淺藍色地址簿說道。「這在莉娜那裡？我……我找了好久。」

「你確定這是你的？」路克問。

「百分之百確定。那是我的本子，是我的筆跡。那些都是我朋友的電話號碼。」

「你覺得莉娜是怎麼拿到的？」路克繼續問道。

「我……我不知道。她去過我家。兩三個星期前，她和一群女孩一起去了我家。而且莉娜的置物櫃和我的櫃子也很近。我……我真的不知道。」她看起來好像受到了傷害。

「她為什麼要拿你的地址簿？」路克再問。

「我不知道！也許她知道我的地址簿裡有所有那些酷男孩的電話號碼？她會做那種很詭異的事。我可以拿回來嗎？」

「它現在是證物了。你還認得這些相片裡的任何其他東西嗎？」路克說道。

她再次掃視了一遍，這次更小心了，然後搖了搖頭。

「那這個盒子吊墜呢？」路克問。

我的脈搏加速。貝絲再度看向我。然後又搖搖頭。「沒有。」她輕聲地回答。

我懷疑貝絲怎麼會不認得那個盒子吊墜，因為它看起來就像瑪蒂——她最好的朋友——曾經常常戴在身上的那條項鍊。直到它顯然不見了為止。

路克又說：「你可以告訴我們，你第一次聽到莉娜可能浮在烏雅坎河裡的謠言是什麼時候嗎？」

「我是在學校餐廳裡聽到的。每個人都在說。我不知道是誰先開始的。」

貝絲離開之後沒多久，克萊帶著達倫·簡考斯基進來。

「我知道克里普·蓋洛威是下一個，」克萊說。「不過，克里普一個小時前身體不舒服回家了。達斯蒂·皮特斯今天也不在學校。她有時會住到她那個酗酒的母親家裡，有時則住在團體家屋，她時不時會在家裡遇到麻煩，然後就會好幾天都不來學校。」

當克萊離開教室時，路克和我彼此互看了一眼。達倫在我們面前的一張桌子後面坐下。他看起來很疲憊。顯然需要沖個澡。很可能是宿醉的關係。

他的故事也是一模一樣。他最後也去了麋鹿餐館吃早餐。對，他不知道是誰開始散播那個謠言的。對，他也記不得到底是誰告訴他的。

「每個人都在說。」

達倫不認得照片裡的任何一樣東西。不過，照片的話題讓他抬起了頭來。「利亞姆・帕克斯在篝火現場拍照，」他說。「也許他有拍到莉娜和那個男人坐在原木上。」

「利亞姆是學校非正式的攝影師，」我對路克解釋道。「他是年鑑製作小組的成員。他會在學校的暗房做事，也會用學校的相機。」

路克寫下筆記，然後讓達倫離開。

利亞姆是名單上的下一個。他很瘦、很蒼白，還有一對深陷的黑眼睛。我曾經聽瑪蒂叫他是『怪咖』。利亞姆對篝火的描述也和其他人如出一轍。我在筆記本上寫下：

孩子們共同編造了故事嗎？

利亞姆說，他不認得在河岸找到的任何東西。

「你在篝火現場有拍照嗎，利亞姆？」路克問他。「拍現場的人？」

他的眼睛閃爍了一下。點了點頭。

「可以給我們看嗎？」

他看著放在腿上的雙手。

「利亞姆？」

「我……我的相機丟了，底片都在裡面。我……」他抬起痛苦的目光。「我喝醉了，當我在一個帳篷裡醒過來時，相機已經不見了。那是學校的相機。我借了出來，結果卻被偷了。」

「你確定嗎？」我說。

利亞姆看了我一眼。我的腦子裡正想著我在瑪蒂抽屜裡發現的那張照片。我可以從利亞姆的眼裡看到一抹憂慮。

「它不見了。我很確定。我問過每個人。沒人看到，也沒人知道。它也沒有在失物招領裡出現。」

「那底片呢？」路克問道。「你有把任何一捲底片拿出來嗎？有沖洗出任何一張照片嗎？」

他的脖子和臉孔出現一抹紅暈。他緊閉著嘴。然後搖了搖頭。

「誰可能會偷你的相機？為什麼要偷？」路克往前靠近地問。

「那是……很值錢的設備。我猜是因為這樣。」

「所以，你從來沒有沖洗出那天晚上拍的照片？」

那抹紅暈顏色越來越深，而且已經高漲到了他的臉頰。他還是搖搖頭。

「你有沒有——只是也許——拍到了某個不想被看到的人，所以相機才被偷了？」

「我拍的只是一般的派對畫面而已。我不知道。我猜，也許有人不想被人看見自己喝醉了，或者在親熱……或者在做什麼事……但是我沒有受到威脅或什麼的。」

對於謠言是怎麼開始流傳的，利亞姆也聲稱不知道。

父母在市區經營印度餐館的希瑪．派特，在利亞姆離開之後進來。她的漂亮讓人驚豔。身材嬌小。很精緻。優雅。舉手投足都像一名舞者。雖然她的家庭和雷伊家有著同樣的文化背景，希瑪卻和莉娜完全不同。希瑪完全可以融入群體。

「是的。那晚我有看到莉娜。她穿了一件軍用外套。迷彩褲。她和一名男子在一起。我不知道他是誰。現場有一些鎮外來的人——來滑雪的人。還有一些年紀比較大、但是已經不在高中裡的孩子。也有像達許那樣在工廠工作的人。」

我再度想到那張女孩們的全體照，希瑪也在裡面。

「有人幫你們拍團體照嗎？」

她搖搖頭。我也在筆記本上記下：

他們為什麼都在說謊？他們在隱瞞什麼？

希瑪認出照片裡的地址簿是貝絲的。「莉娜會偷東西，」她說。「她有一次也拿了我的一些化妝品，當時我去沖澡，然後把我的袋子放在了儲物室的長凳上。有個女孩看到她拿了我的東西。我們質問她，她才還給了我。大概是兩個月前的事了。」

「莉娜為什麼要拿地址簿？」路克問。

「我不知道。她會做些蠢事，為了，像是為了引人注意，你知道的，但是通常都適得其反。也許她想要打電話給貝絲的朋友，說她壞話，或者打給一些男孩子。她就是會做那種事。」

「那個盒子吊墜呢——你知道那是誰的嗎？」路克問。

我謹慎地看著她的臉。她撇了撇嘴，皺起眉頭。撓了撓手背，然後搖搖頭。

「你確定嗎？」我問。

「我不認為我有見過。」

等希瑪離開之後，路克說道：「她當然也不會知道是誰開始散播謠言的。」

「每個人的說法很明顯地都一樣。」我說。

「很可疑。」

妮娜．佩特夫的聲明也和其他人一致。而她的說法也和達許吻合——他很早就開車載妮娜和她姊姊娜塔莉雅回到了團體家屋。

高大的傑普．蘇利文和克里普一樣，都是高年級的學生。他的肩膀很寬，有著橄欖色的皮膚。深色的平頭短髮和那雙淡綠色的眼睛形成了強烈的對比。他在我們面前的椅子坐下。他確認了他的女友艾咪所說為真。他沒有注意到莉娜在橋上，雖然艾咪確實有告訴他說她看到了莉娜。還有，他們確實去了阿里希臘外賣吃烤肉串。他和達許在那裡聊了一會兒。他甚至沒有想到要告訴達許，艾咪看到他堂妹一個人走在惡魔橋上的事。

「那不是……什麼了不起的事。在那個時候不覺得是。我很抱歉，」他說。「我真的很抱歉，我們當時並沒有意識到那會是個大問題。」傑普看起來有些痛苦，如果當時他有說什麼、或者掉頭去看看莉娜是否沒事，或者她是否需要搭便車的話，也許，只是也許，他就可以拯救一個女孩的性命。

「明白嗎？那就是問題所在，」傑普接著又說。「沒有人真的在乎莉娜。她……她總是會做這些事，結果現在那讓她被殺害了。我也和其他學生、其他女孩聊過，他們都說自己絕對不會一個人走在橋上，像那樣喝得醉醺醺的，不過那不是真的，他們其實也都喝得很醉。然而，莉娜會一個人走在橋上，因為……」他挪開眼光看著地上。「她很寂寞。」

夏安妮・威爾森所說的也和其他女孩完全一致。當臉上帶有雀斑的夏安妮頂著她那頭迷人的紅髮走出房間時，路克說道：「這絕對像是排練過的。就好像每個人的故事都串通好了一樣。問題是，為什麼？他們在掩飾什麼？」

瑪蒂是下一個。當她走進來看到我時，緊緊地抿住了雙唇。她咚一聲地坐在椅子上，一臉不高興的模樣。

「瑪蒂，這是路克・奧萊利。他來自加拿大皇家騎警，是來協助我們進行調查的。」

她朝著路克點了點頭。

我提醒自己絕對不要開口，只要退一步以母親的角色觀察就好。這著實很棘手。事實上，在一個彼此緊密相連的小鎮裡，一切都很棘手。你不可能在超市、五金店，或者郵局轉過身，而不遇到任何和雙瀑鎮有關的人。

「有，我有看到莉娜。我看到她坐在一根原木上。」

「和一名男子？」

「對。」

「你知道他是誰嗎，瑪蒂？」

她沒有說話。

我的脈搏加速。

「瑪蒂？」路克用他低沉的聲音冷靜地說道。

她沒有看他，但是看起來卻異常不安。一股緊張從我的胃裡油然而生。

「你得要告訴我們你是否認得那個男子，瑪蒂。在火箭進入天空之後，莉娜就失蹤了。之後，等到有人再看到她時，她已經死了。浮沉在河裡。遭到了性侵和謀殺。如果——」

「不是只有孩子們在那裡。」

「你是什麼意思？」

她抬起頭，迎向路克緊迫的目光。「還有……還有大人也在。」

「哪些大人？」路克問道。

她顫抖地吸了一口氣。

「瑪蒂？」

「我……我……在火箭出現之前，我需要尿尿。因為我喝了很多……而且……我不想要錯過火箭，所以我就匆匆跑進了樹林裡，沿著小路去戶外的廁所。當我經過篝火後面時，莉娜已經不在那裡了。等我到廁所的時候，廁所外面大排長龍，而我真的需要快點解放。加上我並不想錯過火箭把天空點亮的時刻。當時我有頭燈，所以就把頭燈打開，然後沿著一條小徑走進樹林裡距離廁所有點距離的地方。當我在樹叢裡蹲下來要尿尿的時候，我聽到……聲音。」

「什麼聲音？」

「有點像是重重的喘息、用鼻子在吸氣的聲音。剛開始我以為是熊，所以我很快地把褲子拉起來。不過，後來我發現那是……有人在進行性行為。」她嚥了嚥口水。「我往前探了一點點，從漿果灌木叢和蕨類植物中間偷看過去，我……我看到一道光線。他們有點了一盞很小的露營燈。露營燈的光散發出一團光暈。我看到……」她清了清喉嚨。「我看到莉娜。在……」淚水開始湧上她的雙眼，隨即沿著臉頰流了下來。我看著她擦去淚水，幾乎無法呼吸。路克看似也有些緊張。

然後他靜靜地說：「繼續說。你看到誰和莉娜在一起？」

她發出了一個奇怪的聲音。

「瑪蒂。」路克說道。

「我……我……是派里先生。」她脫口而出，臉頰瞬間漲紅。「他和莉娜在發生性行為。」

「克萊頓．派里？」我問。

「你是說那個老師？」路克問道。「你們的指導諮詢師？」

瑪蒂的臉更紅了。她坐立不安地把手放在腿上。點了點頭。

「你確定嗎？」路克說道。我還無法消化我所聽到的。同時，我可以感到來自路克的緊張感正在向我襲來。

瑪蒂再次點點頭。我覺得自己就要被憤怒吞沒。我不知道如果此時開口的話，我會說出什麼話來。

「瑪蒂，」路克緩緩地、低沉地說道。「克萊頓・派里就是那個和莉娜坐在原木上的人嗎？」

她點點頭，垂下目光。

「為什麼只有你一個人看到他是誰呢？」

「我……我需要尿尿。」她的聲音非常細微。「我在樹叢裡，就在那裡。在我撥開樹叢的時候，我的頭燈讓我看到了他們，那時他的帽子已經脫下來了。他們兩個也都看著我。」

「你有告訴任何人嗎？」路克問。

她點點頭。

「你告訴了誰？」

「我不想讓任何人惹上麻煩。」

「說實話，瑪蒂。」我斥聲道。

她吞了吞口水說：「我告訴了貝絲。其他的孩子也知道坐在原木上的人是派里先生。他們只是不想告訴警察他在那裡，因為派里先生……人很好。這會讓學校找他的麻煩。他就像……孩子們的朋友。我們都會把自己的私事告訴他。」

我張大了嘴，看著我女兒。我自己的孩子。她居然保守了這樣一個秘密？

「不過，他不會殺她的。」瑪蒂現在開始有點歇斯底里了，她的眼睛裡閃爍著恐懼。「他不會那麼做的。不可能。」

動機。

動機現在就擺在我們眼前。就像白天一樣清楚可見。事情至此已經成熟到隨時可以爆發了，路克和我顯然都蓄勢待發的繃緊了。

克萊頓．派里就在走廊上。對孩子們而言，他代表的是權力。一表人才、那麼友善又那麼酷的派里先生，他才二十出頭，比起學校裡高年級的學生也大不了幾歲。

我女兒開始渾身顫抖。接著開始哭泣。

「瑪蒂，」路克冷靜地壓低聲音說道。「你認得這些照片裡的東西嗎？」他說著攤開了那些在河岸附近找到的物品的照片。

瑪蒂吸了吸鼻子，擤了鼻涕，然後點點頭。「那是貝絲的。」她指著那本筆記本。「她一直找不到。」

「那這個盒子墜飾呢？」路克又問。

她咬緊了下巴，怎麼都不想看著我。「我……我曾經有一個和這很像。」

「曾經？」路克順著她的話問道。

「我很久沒看到了。」在她沉默的幾秒鐘裡，我覺得自己的皮膚在發燙。「我……我一直都懷疑是不是莉娜拿走了。」

「她是什麼時候、又是如何拿走的呢？」路克問。

「大概一個月或者更久之前，她到我家來。來借了一本書回去做作業。」

我想要抽菸。我已經好幾年沒抽菸了，但是現在，我覺得我需要來一根菸。

瑞秋

當年

一九九七年十一月二十五日，星期四。

派里在他的辦公室裡，坐在辦公桌的另一頭。從他身後的那扇窗戶看出去，窗外還在下著大雪。他身旁的一座書櫃上擺了一個相框，相框裡是他的妻子、他和他們剛出生的孩子的全家福照片。

若不是那一身古銅的膚色，他看起來幾乎面無血色。他不停捏著手中那顆壓力球。捏緊、鬆開、捏緊、鬆開。

「那些木柴對你的手似乎造成了不小的傷害。」路克一邊說著，一邊看著克萊的手重複地做著同樣的動作。

「噢，捏這顆球是為了復健一個運動造成的舊傷。物理治療師建議用這個方式來拉長肌腱。我能幫上什麼忙嗎——孩子們的配合度都沒問題吧？」

「其實，我們想和你聊一聊。」路克冷靜地說道，彷彿他想要談的是什麼體育賽事一樣。

克萊的表情瞬間出現了變化。即便他的手還在捏著球，他的臉上似乎出現了一絲僵硬的神情。

路克翻了翻他的筆記，好像在找什麼紀錄一般。「你是指導諮詢師？」他繼續翻著筆記。

「我之前說過了，是的。我教CAPP的課程，還有一些體育課。」

「沒錯。你也提到過有私下指導學生。」

克萊手上的動作停了下來。不過，他並沒有答腔。

路克揚起目光。「你受到很大的信任。學生們——孩子們——顯然很敬仰你。」

「你有什麼問題要問嗎，警探？」

「是啊……十一月十四日那天，在下午五點到九點之間，你人在哪裡？」

克萊看著我們。戶外的大雪已經從學校屋頂掉落到了停車場裡。他清了清喉嚨，反問道：

「怎麼了嗎？」

「只是想要知道每個人當時都在哪裡。」路克回答他。

「我……可能在家吧。和我妻子蕾西在一起。我得查一下我的行事曆。有時候，我會在放學後去健身房，有時候會工作到晚一點才離開。」

「那是俄羅斯火箭出現的那天晚上。」路克提示他。「火箭在晚上九點十二分的時候出現在天空中。之前就有預報說火箭會在那天晚上掉入大氣層，每個人似乎都知道自己那天晚上看到火箭的時候人在哪裡。」他停了一下。「那種事通常都不容易忘掉。」

「是啊。」克萊猶豫地說。「就像我之前說的，我在家。我很確定我那個時候在家裡。」

「你妻子蕾西，她可以證明嗎？」

「可以。」他揉了揉嘴巴。

我的五臟六腑都縮緊了。腎上腺素在我的血液裡奔騰。若非是瑪蒂說謊，就是克萊騙人。而此刻，我賭的是瑪蒂說的是實話。對瑪蒂而言，要把她在黑暗的樹林裡所目睹的事情說出來，顯然經過了一番掙扎。這也說明了為什麼她在家的時候會出現那麼奇怪的言行舉止和情緒反應。

「我們有好幾個證人都聲稱你出現在篝火祭典的現場。」路克歪曲了事實，想看看會引起什麼反應。「而且還和莉娜一起坐在一根原木上。」

克萊的臉上失去了表情。兩眼也完全地空洞。辦公室裡靜默無聲。

「所以呢？哪一個才是真的？你在篝火現場還是在家？」

派里輕拍了桌子邊緣。「噢……等等，對了……一開始的時候，我確實是去了篝火現場，只待了一下子就回家了，我只是去看一下現場的狀況而已。你知道的，我聽說會有篝火祭典——學生們都會告訴我一些事。其中一個學生告訴我說祭典正在進行，然後——」

「哪一個學生？」

「我……我想不起來了。」

「是莉娜嗎？」路克追問。

克萊調整了坐姿往下坐，看起來就像要把身體捲曲起來，彷彿他會突然彈起來跑走一樣。我挪動了一下姿勢，讓自己準備好，以防他真的會有什麼動作。

「好吧，」路克說道。「讓我看看我的理解是否正確。你在極冷的天氣裡，沿著一條漆黑的伐木道路，開了二十分鐘的車到山裡，抵達一個叫做『小樹林』的區域，目的是很快地查看一下某些學生的狀況？」

「是啊。我開車上山，去了又離開，然後回家。孩子們似乎都表現得不錯，沒有發生什麼麻煩事。」

變態的混蛋。我試著嚥下嘴裡的不屑，但那股不舒服的感覺卻哽在我的喉嚨，讓我真想把眼前這個傢伙釘到牆壁上。

「你為什麼之前都沒有提起這件事呢？」我的聲音聽起來十分生硬。「當莉娜失蹤的時候？當我們所有人都在找她、當我問起有沒有人對於她那天晚上的行蹤有任何訊息的時候？」

「聽著。」他往前傾，目光盯住我的雙眼。「你知道是什麼狀況的，瑞秋。今年，烏勒爾祭典是非法的、是受到禁止的。被你們這些人——」

「那是鎮上議會的決定。而警察局是為這個鎮服務的。」

「反正，孩子們顯然不想讓當局者知道他們自己私下在慶祝。那會讓他們所有的活動都受到禁止，而我又被告知了會有篝火祭典，這讓我處於很尷尬的立場。我希望能保有他們的信任。沒錯，像這樣的活動，喝酒嗑藥都有可能會讓現場失控、變得危險——」

「事實上也確實發生了危險，」我陰沉地說道。「發生在其中一個孩子的身上。那就是莉娜。她遭到了性侵還被謀殺了。」我緊盯著他的目光。

他嚥下了口水。

走廊上響起一陣下課的鈴聲。我聽到孩子們跑出教室的聲音，噪音越來越大。腳步聲、笑聲，還有偶爾傳來的尖叫聲，和櫃子門用力關上的聲音。

路克接著說道：「所以，當莉娜被報失蹤的時候，你還……怎麼說？剛好忘記提起你那天晚上也在那裡，並且看到她的事？」

「你們不需要我來告訴你們她也在篝火現場。別人也看到了，他們也都說了。我當時確實認為莉娜會自動出現。她會玩這種遊戲以獲取別人的關注，而我也不認為那有什麼大不了的。加上我並不想失去好不容易才贏來的孩子們的信任。如果他們相信我的話，我們之間的溝通就可以保持通暢。如果真的發生了什麼事情的話，我才能藉由這樣的信任幫到他們。就像艾咪．陳告訴我，她看到莉娜一個人沿著惡魔橋跌跌撞撞的時候，我就立刻帶她到校長室，也聯絡了她的母親，而艾咪的作法也是正確的。她和她母親一起去了警察局，向警方報告了這件事。」

路克緩緩地做了一個深呼吸，我可以看得出來他已經準備要爆發了。他靜靜地問道：「所以，你在篝火現場和莉娜待在一起過？」

「我們坐在原木上的時候，我和她聊了一下。」

「那天晚上，你穿了什麼樣的衣服？」

「一件黑色的外套……一頂無邊的帽子——黑色的。牛仔褲。工作靴。圍巾。也是黑色的。還戴了手套。」

路克往前靠了一下，直接進入克萊的個人空間裡。「派里先生，你和莉娜・雷伊有親密關係嗎？」

「什麼？」

「你只要回答我的問題就好。」

他的臉色慘白，兩頰隨即漲紅。「當然沒有。你瘋了嗎？」

「如果我告訴你，有一個學生看到你和莉娜在樹林裡親熱，就在俄羅斯火箭穿過天空之前呢？」他停了一下。「性交。和一名學生。未成年。」

他瞪著我們。張大了嘴。語言的能力似乎完全棄他而去了。

門外孩子們的吵雜聲越來越大。時間彷彿沒有盡頭。

「我不相信，」他安靜地說。「哪一個學生說的？」

「是真的嗎？」

「當然不是。不管是誰說的——她都在說謊。」

「你為什麼認為是個女孩說的？」

他的眼睛發亮。「她。他。不管是誰說的，那個人都是騙子。那是他們的片面之詞。如果你們要這麼說的話，我一定會重重地告你們毀謗的。」

「你穿幾號靴，派里先生？」路克突然問道。

「我穿十一號。這有什麼關係——」

「我們需要你到警察局一趟，」路克對他說。「我們需要正式詢問你，留下紀錄。你可以來嗎？」

「什麼，現在嗎？」

「對。現在。」

克萊盯著路克，然後又看著我。他突然起身，我也跟著站起來。

「這太可笑了，」他低聲地說道。「你們這是在逮捕我嗎？」

路克依然坐在椅子上。「我們希望能在正式的場合裡釐清一些事，並且留下正式聲明的紀錄。」

「如果我並沒有被捕的話，我不會跟你們去任何地方的。還有，沒有我的律師在場，我不會再和你們兩人之中的任何一個人多說一個字。現在出去吧，滾出我的辦公室。」

克里妮緹

現今

十一月十九日，星期四。當日。

我在最後一扇門戒癮和康復中心找到了在那裡擔任諮詢師的達斯蒂．皮特斯。康復中心是位於雙瀑鎮外一處農地上的住宅設施。達斯蒂是莉娜的同學裡，第一個回覆我的人。在雙瀑鎮中學進行訪問的那天，她因為沒有到學校去，因此當日並沒有她的紀錄。不過，達斯蒂後來還是接受了詢問，而她的聲明紀錄也符合其他學生對於篝火節那晚的說法。

「我們治療的對象包括成人和青少年，」達斯蒂一邊說著，一邊帶我走進一間看得到森林景觀的辦公室。我們在舒適的椅子上坐下，室內燃燒著瓦斯爐火，室外的大雨依然不停地落在沉寂的針葉林上。「這裡是一個避難所，不僅僅是戒癮的地方，還是讓人重新獲得平衡的所在。」

「從團體家屋到康復中心，」我說。「這個過程本身就具有完整而良性循環的平衡，達斯蒂。」

她笑了笑。達斯蒂看起來很壯碩。她有一雙像農夫或者勞工的手，臉頰上還有一道疤痕。然而，她的眼神卻很友善。我可以感覺到，生命給了達斯蒂超乎常人的挑戰，而她從中找到了克服之道，並且也對社會做出了回饋。我之所以來此，是為了想得到更多的資訊，好知道莉娜．雷伊是什麼樣的人。

「你介意我錄下我們的對話嗎？」我問她。

「沒問題，儘管錄吧。」當我按下我的數位錄音機時，她說道，「我真的不是很了解莉娜。而那也是我覺得遺憾的事情之一。她曾經過得很不如意，算是一個受到大家摒棄的人。而在茫茫人海之中，我應該要能夠理解，因為我自己的生活就是一團糟。我父親過世，我母親酗酒，還有一個虐待我的叔叔。我的家庭裡充滿了暴力。我們沒有錢，我經常進出團體家屋，妮娜和娜塔莉雅．佩特夫也曾經待過那裡。這一切都讓我沒有安全感、憤怒，讓我覺得自己需要屬於某處，而我也試過所有的方法，想要融入學校的女孩群體。那個團體，在某方面來說，就變成了我的家庭。我們很緊密。為了要在那個團體裡有歸屬感，感覺就像……就像我必須要在排斥某人上面表示忠誠，排斥像莉娜那種變成我們目標的人。我猜，那就好像是一種證明自己的方法，讓我們團結在一起的方法。」

「莉娜是什麼樣的人？」

達斯蒂嘆了口氣。「在社交上很笨拙。她會為了獲得注意而做一些蠢事，結果都只是遭致反效果而已。」

「那克萊頓．派里和她的關係呢？」

「那就是問題所在——他似乎滿在乎她的。就像一個好老師那樣。他……似乎很具保護性。他不止一次因為我們的霸凌行為而告誡我們。所以，當我聽到發生了什麼事之後才會那麼震驚。」

「篝火節那天晚上，你看到克萊頓．派里了嗎？」

「看到了，他和莉娜坐在原木上。我從來沒有見過他們有性行為，不過我聽說了。那不只讓我大感震撼，還嚇到了。諷刺的是，我感到震撼和驚嚇的並非他和某個學生發生親密關係，而是對象竟然是莉娜。」

「因為她並不具有你所認為的性吸引力？」

「恐怕當時我確實是那樣想的。但是謀殺、暴力行為……我們真的不明白。那實在是難以相信，或者難以理解。」

「你覺得克萊頓現在說的可能是實話嗎？他說他並沒有殺她？」

達斯蒂沉默了一會兒，思索著這個問題。然後她揉了揉眉毛。

「我不知道。說真的，我真的不知道。當我聽第一集的時候，我不停地自問，如果不是他的話，那他為什麼要招供，而且也認罪了？」

「我們姑且假設一下，如果不是他的話，也許鎮上有任何人是你們這些女孩子覺得……詭異的嗎？任何曾經給你們帶來麻煩的男生？任何曾經跟蹤過你們、或者用讓你們覺得不舒服的方式看你們的人？」

達斯蒂陷入了回憶。雨水打在她身後的窗櫺上，森林裡的樹也在陣陣的強風下劇烈地搖曳著。

「我不知道。我是說，我們走過街上的時候，確實會有一些男人看著我們。包括碼頭的工人，還有建築工人。在克萊．派里招供之前，我曾經認為殺害莉娜的人可能是個卡車司機，因為看到莉娜單獨一個人，所以就停車犯下了罪行。諸如此類的。」她皺了皺眉頭。「唯一一個……我想你可以說——」她突然看了一眼我的錄音裝置。「我們可以暫停錄音嗎？」

「有這個必要嗎？」

「我不想被告。而且，我在這裡的名聲還不錯。我……我甚至不知道是不是應該提起這件事。」

我的脈搏因為好奇而加速。於是，我伸出手暫停了錄音裝置。

達斯蒂遲疑了一下，才繼續說道：「有個警察。在警探們離開之後，他就駐守在我們學校外面。他們把我們全部的人都重新詢問了一次，有兩名警探當時還進去了克萊頓的辦公室，和他談話。他們離開之後，這輛警車來到學校，停在停車場裡。我們是從教室窗戶看到的。貝絲告訴我們說，警車裡面那個人曾經騷擾過她一次。有一天晚上他強吻她，還跟蹤她回家。」

我覺得嘴裡一陣乾澀，心臟也加速跳得更快了。「哪個警察？」

她靜靜地看著我，彷彿在衡量我一樣。「這很敏感，」她安靜地說道。「你得自己去調查。這樣你明白了嗎？」

「好的，我知道了。」

「他是現在的警長。他的名字叫做巴特・塔克。」

瑞秋

當年

一九九七年十二月二十五日，星期二。

好累。當蕾西．派里打開她位於鐵路附近那間小隔板屋的破爛前門時，這個字眼閃進了我的腦子裡。她木然地看著我和路克身上的外套。海上刮來的強風一路往北吹到了峽灣，讓空氣裡除了雪花之外，還多了一股鹽的味道，同時還迴盪著一隻海鷗孤獨的哭泣聲。我注意到前門台階上一只狗的水盆裡已經結了一層薄冰。大門上那個『內有惡犬』的牌子在風中撞得哐啷哐啷響，不過卻沒有看到狗的影子，也沒有狗叫的聲音。

透過打開的大門，我可以看到玄關的換鞋處有一只回收桶，裡頭堆滿了啤酒罐和烈酒的空瓶。

蕾西纖細得彷如一根蘆葦。她看起來相當年輕，約莫只有二十出頭的年紀。那頭暗褐色的亂髮看起來似乎急需清洗才能恢復光澤。兩隻眼睛在蒼白的膚色下顯得十分空洞。

她把手放在門上，對著我們說道：「你們要幹嘛？」

「蕾西，嗨，我是瑞秋．瓦薩克，」我在羽絨服下發抖地對她說，「我不知道你是不是記得我？我們在一次學校的活動中見過面。我想是在一場籃球賽之後吧。你丈夫是那場球賽的教練。我女兒瑪蒂是球隊的一員。」

克萊的妻子將眼光轉向路克。

「這位是來自加拿大皇家騎警的路克・奧萊利警官。他正在協助雙瀑鎮警局調查莉娜・雷伊的死亡。」

我們是直接從克萊的辦公室過來的。警局派遣塔克到學校去監視克萊，雖然他的任務是待在停車場的警車裡，不過，只要克萊離開學校，他就得隨時跟著他。

蕾西的神情瞬間嚴肅了起來。我聽到屋裡開始響起嬰兒的哭聲。

「如果你們要找克萊的話，他不在這裡。他在工作。」她對我們說道。「在學校。」

「你為什麼以為我們是來找你丈夫的？」我問道。

「我……」她的眼裡出現一絲警戒。我可以看出她腦子裡的齒輪正在轉動。

「你說你們是在調查莉娜・雷伊的事。莉娜是他的學生之一，而他也私下輔導她，所以……」

她的聲音越來越小。

「他是在家裡的辦公室幫莉娜輔導的，是這裡嗎？」路克問道。

「他把花園裡的那個小棚舍改成了辦公室。我們需要錢。」

眼前這個女人講話顯然口無遮攔，也不在乎什麼後果。

「我們可以進去嗎，蕾西？」我問。

「裡面很亂。」她動也不動地站在門口。

「沒關係的。」路克說著往前邁出步伐，把蕾西擠得不得不往後退到屋裡。

我也跟著他們進到屋裡。

「狗沒事吧？我看到大門口有個牌子。」路克說道。

「狗在動物收容所等著找到新家。在你們評斷我之前，我得說我真的沒有辦法。我沒辦法照顧牠、沒辦法遛狗。牠整天都在叫，也在屋子裡大小便，還會啃家裡所有的東西。克萊永遠都在忙著工作、當教練，還有那些額外的私下輔導。珍妮……她不肯睡覺。我……我們甚至沒錢買狗糧。」

客廳地板上散滿玩具。沙發都被撕裂了，可能是狗的傑作。廚房的水槽裡堆滿盤子。綁在一張手提椅上的嬰兒，因為持續不斷的尖叫而漲紅了臉。小孩身上穿了一件圍兜，圍兜上印著橘色的卡通人物什穆的圖案，和蕾西身上那件T恤上的線條有著相同的顏色。蕾西一把抱起正在大哭的小孩，一邊輕晃、一邊輕拍著孩子的背。但是，孩子的哭聲卻只是有增無減。

「來吧。」我輕聲地說著，然後伸出了雙手。這麼做並不合適，但是我實在忍不住。「路克問你問題的時候，讓我來抱她吧，好嗎？」

蕾西的眼睛因為激動的情緒而閃爍。於是，她把身上瀰漫著奶酸味的嬰兒交給了我。

「她多大了？」我在孩子的哭聲中問道。

「七個月。」

「有乾淨的尿布嗎？她聞起來像是應該換尿布了，感覺起來也像是這樣。」我做了個鬼臉，試著要傳達善意。

「在隔壁房間裡。」

我走到隔壁房間幫孩子換尿布。房間裡有一張更換尿布的墊子和一疊紙尿布，我看到墊子旁邊有一只奶嘴。我讓孩子在墊子上躺下，然後把奶嘴放到她的嘴裡。孩子瞬間就安靜了下來，開始專心地吸著奶嘴。那雙噙著淚水的大眼睛在沾濕的睫毛下盯著我直看。

我笑著說：「看吧，我敢打賭，你只是需要換尿布和吃點東西而已。」

一陣吸吮的聲音隨之響起。孩子的目光依舊緊緊盯著我的臉。我拿起一張新的尿布，開始幫小珍妮換尿布。

我注意到嬰兒床上方吊掛著一只十字架。那是牆壁上唯一的裝飾。蕾西是教徒？我從來沒有想過她丈夫是教徒。不過，話說回來，我為什麼應該要這麼想呢？

「好了，甜心，」我低聲說道。「你知道嗎，我真驚訝自己還記得怎麼換尿布？」

珍妮發出了一點聲音，讓我又笑了。我開始猜想我以後是否會有自己的孫子，這個念頭讓我想起了我的女兒。於是，我的內心又升起一股憂慮。當我幫珍妮包著新的尿布時，她那雙肥嘟嘟的小腳開始在空中亂踢，我不禁想起母性，以及身為母親的我們會為了保護自己的孩子做到什麼樣的程度。我們的孩子。我們的青少年。我們的孫兒。我們的家人。

我把珍妮抱起來，摟著她，偷偷感受著小嬰兒的氣息。當我依偎著她時，我聽到路克在隔壁問道：「派里太太，你記得十一月十四日那天晚上你在做什麼嗎？」

「日子一天一天地過。每一天現在對我來說似乎都一樣。我平常都不出門，所以我應該在這裡。」

「那是俄羅斯衛星掉落在地球的那個晚上。」

「噢……我……是啊。我記得那天。珍妮發生了腹絞痛。她幾乎哭叫了一整天。」

我抱著珍妮走進了客廳。

克萊的妻子並沒有比雙瀑鎮中學的孩子們大太多。我猜，她應該在二十一、二歲左右，年輕到她自己都可以去參加篝火節，在那裡開心地跳舞，為雪神獻祭，幫她的雪橇上蠟，或者準備她的滑雪板、登山腳踏車之類的。然而，當她的丈夫和年輕人在一起、甚至做出更糟糕的事情時，她卻只能困坐在這裡。

關於派里家，我只知道克萊是在泰瑞斯和蕾西結的婚，泰瑞斯是位於哥倫比亞省很北邊的一個小地方。他在那裡教書的時候認識了他的妻子，而當克萊接受了雙瀑鎮中學新的指導諮詢師一職時，蕾西已經大腹便便了。沒多久之後，珍妮就出生在了雙瀑鎮醫院。我知道克萊擁有心理學和英國文學的學位。他喜歡運動，顯然也愛好戶外活動。至於他的妻子，我所知甚少。

我開始好奇，她是否曾經是他的學生。

當我抱著珍妮在沙發附近的一張椅子上坐下時，蕾西看都沒有往我的方向看過來。

「你看到火箭了嗎，蕾西？」路克用一種溫柔而關懷的語氣問道。

「沒有。」她抹了抹額頭。有那麼一瞬間的時間，她看起來似乎就要哭了。很明顯地，她正在疲憊且脆弱的自我控制下，努力壓抑著各種情緒。

「你丈夫呢？他看到了嗎？他當時在家嗎？」

她稍微瞪大了眼睛，彷彿第一次意識到那雙眼睛為什麼存在。她的目光掃過室內，似乎在尋找著什麼正確的反應一樣。

「他……克萊從學校打電話回來，說他要和一個朋友見面聊天。要在回家前先去喝一杯。」

「在哪裡見面？」路克問道。

「鴉巢。」

我知道那間酒吧。老闆是雷克斯．蓋洛威，艾琳的丈夫，也就是貝絲的父親。鴉巢是很多重機騎士聚集的地方。雷克斯很愛他的哈雷，以及哈雷帶來的生活方式。

「什麼朋友？」路克又問。

「一個大學時代的老朋友。克萊以前就讀於英屬哥倫比亞大學。他是在那裡拿到他的學位的。他說，他要和一個心理系的人碰面。不過，他沒有告訴我那個人的名字。」

「你丈夫是幾點回到家的，蕾西？」路克再問。

她遲疑著。「他說了什麼……你們和他談過了嗎？」

「你可以回答我的問題嗎，蕾西？」路克說道。

現在，她看起來有點緊張了。「我……」她嚥了嚥口水，然後看了我一眼。「那時已經滿晚了。」她說著揉了揉膝蓋。

「多晚？」路克繼續追問，語調裡依然充滿耐性。

「很晚，大概……」她的聲音沙啞，聽起來好像被人掐住了一樣，彷彿現實突然抓住了她，還把手指伸進了她的喉嚨裡。「凌晨。大概三點四十二分左右。他……跌跌撞撞地走進了浴室。」她顫抖著手，拭去臉頰上開始流下的淚水。

「這可是很精確的時間，蕾西。」我開口說道。

「我當時看了時鐘。我雖然躺著，但是並沒有睡著。我有注意到時間。我……我打算隔天要質問他。所以，我特別把時間給記住了。」

「他跌跌撞撞的，像喝醉那樣嗎？」路克問道。

她繃緊了嘴，點點頭。「他平常就喝很多。」

我想到玄關的回收桶。

她顫慄地吸了一口氣。「我……我試著要繼續餵母奶，但是卻沒辦法做到。」她說著再度抹去淚水。「不過，自從我懷孕之後，我就沒有再喝過酒了。而他……還……他……他都喝到不省人事。每天晚上。每。一。天。晚。上。他都喝到斷片。每到晚上，他喝到某一個程度的時候，他就不記得自己對我說過的話，或者喝到某一個量之後，他就不記得自己做過的事。雖然當下他看起來好像還好，但是，事後他根本不記得任何事。有時候，他會到外面那個小屋去，然後在漆黑的凌晨才又回到屋裡來。」

「但是，他還是每天去上班，做他的工作？」我問道。

她點了點頭。

「而他還在這裡輔導學生？他們來的時候，他是清醒的嗎？」我又問。

「是的。不，我的意思是，有時候，他會在學生來之前喝一兩瓶啤酒，就好像先藉此維持體內酒精的一個基本程度。他酗酒成癮……他是一個高功能的酒鬼。他一進門就會先喝啤酒。」她說著把臉埋入掌心裡。骨瘦如柴的肩膀因為啜泣而不停地抽動。

「嘿——」我說著站起身，把孩子交給路克，然後來到蕾西身邊，在那張破損的沙發上坐下，把手放在她削瘦的膝蓋上。「我看得出來你很掙扎，蕾西。我可以幫你尋求幫助，讓你和某些人聯絡，不過，首先，我們還是需要你幫忙回答幾個問題。你可以做得到嗎？」

「為什麼？」她帶著滿臉的淚水看著我。「他做了什麼？他做了什麼壞事嗎？這和莉娜・雷伊有什麼關係？」

「我們只是想要確定，那天晚上這個社區裡的每個人都在做什麼。有些人可能並不了解他們做的事情和這個案子有什麼關聯，所以，任何事都可能有所助益。我們能知道的越多，對整件事就越有幫助。」

她把頭轉開，看著窗戶外面，試著要控制住自己的情緒。窗外光禿禿的樹枝在嚴酷的海風下狂舞。窗框上的每一片玻璃也早已被持續落下的雪花覆蓋得斑斑駁駁。蕾西微微地打了個寒顫，彷彿在身體上獲得了釋放。她回過頭面對著我，雙眼緊緊扣住我的目光。我在她的眼睛裡瞥見到某種赤裸裸的感情，讓我的胃彷彿被揍了一拳。我的肌肉不禁跟著緊繃了起來。

當她再度開口時，她的聲音聽起來不僅堅定，甚至幾乎接近強硬，並且清晰。

「他在那個週六早上回家時真的已經很醉了。比平常還要醉。從他蹣跚的腳步和四處碰撞的聲音可以聽得出來。他在脫褲子的時候跌倒了。他聞起來……他……聞起來像發生過性行為一樣。我——他有幾次回到家的時候，聞起來都像那樣的味道，而我……他有外遇。雖然他否認，但是我可以確定一定有。」

我看向路克。他的目光越過嬰兒頭頂上方和我的眼神交會。他正在輕輕搖晃著被他抱在膝蓋上的嬰孩。若非現場的氣氛太過陰鬱，我會覺得這個畫面實在很滑稽。然而此刻，我的心卻在為這個年輕的女子感到傷痛。同時對克萊燃起了熊熊的怒火。我握住蕾西冰冷的手。

「我了解，」我輕聲地對她說道，並且在無意中脫口而出地說了下一句話。「我知道那是什麼感受。嫁給了一個對婚姻不忠的人。」

她迎向我的目光，幾乎屏住了呼吸。

我察覺到了路克的好奇。那種立即而敏銳的反應。我沒有辦法把話塞回去了。一直到此刻，我才了解到傑克的外遇對我造成的傷害有多大。我清了清喉嚨，深深地吸了一口氣。

「你知道你丈夫可能和誰上床嗎，蕾西？如果真的有的話？」

她搖了搖頭。

「完全沒概念？」

「沒有。我……我之前覺得也許是其他的老師。或者在健身房遇到的人。」

我覺得她可能在說謊，在隱藏她內心裡真正而深切的懷疑。

「克萊在這裡輔導的學生有多少人？」路克一邊問，一邊繼續尷尬地用膝蓋輕輕彈著嬰兒。只見孩子彷彿對他著了迷一般，安靜地吸著奶嘴，盯著他的臉直看。「除了莉娜之外。」

「大概還有其他四個學生。斷斷續續的。」

「女生？男生？」

「女生。」她看起來似乎覺得很倒胃口，好像就要吐出來了一樣。路克的問題彷彿讓她想到了她不願意去思及的方向。她從座椅旁邊那張桌上的盒子裡抽出一張面紙，擤了一下鼻涕。

「我想，其中一個是達斯蒂．皮特斯。她在學校似乎也是個問題學生，在家也是。還有妮娜。她是俄羅斯來的，英語是她的第二語言。還有一個叫做蘇西的女孩，另一個則是梅莉莎。不過，克萊沒有告訴過我任何關於她們的事情。」

「玄關那雙工作靴是你丈夫在酩酊大醉那晚穿的鞋子嗎？」我問道。

她表情疑惑地問，「為什麼這麼問？」

「只是要排除一些事而已。」我回答她。

「我不確定。也許吧。」

「我們可以看一下那雙靴子嗎？」

她的眼睛深沉了下來，然後又嚥了嚥口水。「好吧。當然可以。」

我走到玄關，拿起靴子，倒過來看著靴底。我的腎上腺素重重踢了我一下。型號符合。看起來和莉娜身上那些瘀青的印記似乎也很相像。我重新回到客廳裡，對著路克點點頭。

他立刻問蕾西。「你介意我們帶走那雙靴子嗎？」

她沉默了很長一段時間，然後才清了清喉嚨說道：「這和莉娜有關嗎？」

「我們現在是竭盡所能地在調查，任何管道都不會放過。」

「拿去吧，」她的聲音像被什麼夾住了一般。「把那雙該死的靴子拿走吧。你們想要什麼都拿走吧。」

「還有一件事，蕾西。」我把幾張照片攤在咖啡桌上，照片裡的東西是在莉娜背包裡和背包附近找到的東西。「你有沒有看過這些東西裡的任何一樣？」

她坐到沙發邊緣，傾身靠向咖啡桌，小心翼翼地看著眼前的照片。她指著其中一張說道：

「那本詩集，樹林的呢喃，那是克萊的。」

「你怎麼知道？」

「標題頁的那些題字，『來自A.C.的愛，UBC，1995』。A.C.是艾比蓋兒・崔斯特，她是克萊在英屬哥倫比亞大學念書時的朋友。她把那本書送給了克萊。是他告訴我的。」她說著抬起頭來。「你們在哪裡找到的？其他那些東西是莉娜的嗎？」

「那是在現場找到的。」我回答她。

「也許克萊把那本詩集借給了莉娜。」她說道。

「是啊。也許吧。」我回應著。

當路克繼續抱著小珍妮時，我走到屋外，從我們的車裡拿出證物袋和手套，然後回到屋內把靴子裝到證物袋裡。隨即在我的筆記本上寫下一個名字和號碼，撕下來交給蕾西。

「我希望你可以打這個電話。這是可以幫助你的人。而且我也會打電話給另一個人，讓他們過來看看你的狀況，好嗎？」

「你是指類似社工的人嗎？我是個好媽媽。我不希望任何人覺得我不是個好母親。我已經很盡力了。」

「我相信你。但是我們都需要幫助。養一個孩子……並不是應該由一個人只靠自己的力量來做的。」我突然想到嬰兒房裡那個十字架。「你上教堂嗎，蕾西？」

她點點頭，又擤了一次鼻涕。

「哪個教堂？因為我也認識一些來自本地宗教團體的人，他們也都可以幫得上忙。」

「聖母山教堂。」「好的。我認識那間天主教堂的一些人。我會打電話給他們，看看他們有沒有什麼方法可以幫忙，好嗎？」

她點點頭，收下了我遞給她的那張紙。

路克也在此時起身把孩子交還給她，並且說道：「我們可以到克萊輔導學生的那間小棚舍裡面看一下嗎？」

她整個人突然僵硬了起來。臉上浮現了一抹恐慌。「我……它向來都是上鎖的。門上有一個掛鎖。你們難道不需要問過他，或者有什麼搜索令之類的嗎？」

「很公平，」路克對她說。「不過，我們可能需要你來一趟警察局，做正式的聲明。我們可以派人來帶你過去。可以嗎？」

她點點頭，然後目送我們離開。

###

我們一上車躲開了風雪，我立刻開口說道：「所以，克萊．派里沒有不在場證明。他對他的妻子說謊。好好先生是個爛人老公。」

「搞不好還更糟糕。」路克說著，發動了車子的引擎。

我一面咒罵著，一面繫上安全帶。「她自己都還是個孩子。比學校裡某些高年級的學生大不了幾歲。她顯然過得很辛苦。」

路克看了我一眼。「你相信你女兒說她所看到的那些是實話嗎？」

「我相信。那對她來說並不容易，不過，是的，我相信她說的是實話。」

「我們得再度詢問孩子們。正式的。這次需要他們的監護人帶著他們到警察局來，把他們是否在篝火現場看到他們老師的事情都做成檔案紀錄。還需要把那雙靴子送到實驗室。那應該足以讓我們拿到逮捕令，或者至少拿到搜索令去搜查他家和他的小屋。」

他倒車開出了蕾西家的車道。輪胎在轉動時撞到了剛被鏟雪車推到路邊的雪堆上。

「是真的嗎？」他問道。「你剛才提到你丈夫的事？」

「那不關你的事，路克。」

「你把它變成訪談裡的一部分了。」

我沒有吭聲。他也沒有追問。

車子才剛開出不遠，我從霧濛濛的後視鏡裡往後看。只見穿著一件大外套的蕾西從房子側面走出來，然後，在大風雪中走向了後院的那間小棚舍。

克里妮緹

現今

十一月十九日，星期四。當日。

我在一條新的商業街上找到了貝絲・蓋洛威・富比世開的那家美髮店。已經過了午餐時間。因此，結束達斯蒂・皮特斯的訪問之後，吉歐和我在回程的路上，順路到一間販賣速食的地方解決了午餐。吉歐還是把車停在了停車場，然後在車子裡等我。今天稍早我打電話給貝絲的時候，她說她很樂意接受我的訪問——她已經聽過前面兩集了。她表示，她母親艾琳曾經打過電話給她，提到這個Podcast的事情。艾琳也同樣聽過了。

貝絲的髮廊看起來很高檔，也很時尚，貝絲本人也像模特兒一樣耀眼。她那頭曾經及腰的金髮，現在已經像白金般滑順地垂掛在她兩邊的下巴邊緣。她的身高屬於一般平均高度裡偏高的那種，她穿了一件看似雪紡材質的無袖襯衫，露出的一隻手臂上還有玫瑰和其他花卉的精緻刺青。

她把我帶到髮廊後面的一間小辦公室裡。室內瀰漫著一股洗髮精和染髮劑的阿摩尼亞味道。

「我需要讓人去幫我們買點咖啡嗎？」她的聲音聽起來很飽滿。「商場盡頭有一家很棒的咖啡店。」

「不用了，謝謝。還有，我要謝謝你願意和我見面。今早，我在康復中心和達斯蒂・皮特斯聊過，我希望可以聯繫上更多莉娜的同學。」

「是啊。我已經很久很久沒和達斯蒂聯絡過了。她打電話給我，告訴我你打算去和她見面。這就好像又把我們給聚集在了一起一樣。你和瑪蒂談過了嗎？」貝絲在一張玻璃桌後面坐下來時問道。我也在她旁邊的一張鍍鉻的椅子上坐下。

「我留言給她了。不過她還沒有回覆我。」

她輕輕地嘆了一聲。「我試著打過電話給她，想和她聊一下這件事。自從攀岩的意外讓瑪蒂坐上輪椅之後，她就把自己孤立了起來。我是說，瑪蒂和我曾經很要好過，但是在莉娜被殺的那個秋天之後，她就改變了，那也讓我們兩人漸行漸遠。」她沉默了一會兒。空氣裡只剩下吹風機從髮廊裡傳來的呼呼聲。「那件事多少也改變了每一個人。莉娜被謀殺的事情。改變了整個小鎮。」

「你介意我錄音嗎？」

她稍微遲疑了一下，然後說道：「當然不介意。我都同意要和你聊了。你確定你真的不要咖啡嗎？」

「我很確定。」我按下錄音裝置，然後把裝置往前放到她的玻璃桌上。「你可以隨意聊，不用拘謹。我們在編輯的時候，會把無關緊要的部分剪掉。」

「當然了。好的。」

「那是你的孩子嗎？」我注意到她桌上的一只相框，因此企圖要讓她盡可能地放輕鬆。

她笑了笑。「道格拉斯和琪薇。道格六歲了，琪薇四歲。他們今天和我母親待在一起。」

「有親密的家人幫忙真好。」我笑著說道，然後回到我的主題。「達斯蒂說，她從來不曾了解莉娜是個什麼樣的人，只知道她被大家所摒棄，是眾矢之的。沒有人真的了解她，也許除了你們的老師，克萊頓．派里之外。」

「那真的很奇怪，我的意思是，派里先生──克萊──似乎滿喜歡她的，而他也表現出一副在保護她、讓她不受到惡意對待的樣子，所以，知道他做了那些事，攻擊和謀殺她……真的很讓人震驚。」她停了一下，眼神彷彿飄向了遠方。「我想，我們永遠不可能真的了解一個人，不是嗎？不過，我想，我心裡的某一個部分卻並不感到驚訝。」

「怎麼說？」

「克萊很有魅力。他自有一種方法，讓我們這些女孩子覺得自己很……特別。當他對我們之中的某一個人說了什麼讚美的話時，那個人就會覺得自己那天好像雀屏中選了一樣。就好像有什麼金色的光芒照耀在了她的身上。他很性感。很有閱歷。我……我懷疑每個女孩都夢想過和他在一起。」

「所以，看到他和莉娜在一起很讓人驚訝嗎？」

「你是指發生性關係嗎？呃，我沒有看過他們做過那種事。瑪蒂看到了，在篝火節那天晚上，她看到之後就跑來告訴我。她滿臉通紅，眼睛瞪得很大，看起來像是嚇壞了。她當時去上廁所，結果在偏離小徑外的一個小空地上看到了他們。她匆匆忙忙地告訴我她看到的事，然後我就跟著她跑回去想要看個究竟。我們到那裡的時候，剛好看到派里先生正在幫忙莉娜從地上站起身，然後他把自己的襯衫釦子扣好，拉上外套的拉鍊。莉娜也一樣衣衫不整。他幫她把她身上的外套拉鍊拉上，然後用手臂摟著她，把她帶向通往他停車地點的那條伐木小徑。她因為喝多了，所以步伐有些不穩。」

「如果你聽過第一集的Podcast，那麼，你一定聽到克萊頓．派里否認他強暴並且殺害了莉娜？」

她點點頭。

「在你看來，他現在所說的話，有沒有任何可能是實話？」

她想了很久。

「說真的，我不知道，」她靜靜地開口說道。「我真的不知道了。他說是他幹的——殺害她。所以，我們都相信他真的殺了她。而且他也描述了她是怎麼死的那些細節。」

「告訴我關於巴特．塔克的事。」

她的眼睛突然瞪得很大，定定地注視著我。她看起來很緊張。「關於他的什麼事？為什麼？」

「他是調查那個案子的其中一名警察。當你還是學生的時候，他曾經騷擾過你嗎？」

她嚥了嚥口水，看著眼前的數位錄音機。「我們可以把那個關掉嗎？」

「一定要關掉嗎？」

她沒有回答我。

我只好往前伸手按掉了錄音裝置。

「塔克——我們都叫他塔克——他是現在的警長。」

「我知道。」

「那時候他還很年輕，而且很英俊。他穿制服看起來很酷。我見過他。我……有一次，我們有些女孩用假證件混入了一家夜店，而他當時就在那裡。沒有穿制服。看起來有點喝醉了，好像很享受的樣子。他對我表示了好感。我告訴他我十九歲了。當時我盛裝打扮，看起來確實不像個小孩子。我們……接吻了，諸如此類的等等。接下來的日子裡，他企圖要再和我見面。後來，他發現了我真實的年齡，不過，還是有那麼一兩次，我看到他開車慢慢地經過我家。有一天晚上，他把車子停在對街，在我脫衣服的時候看著我的窗戶。我看到他的車停在那裡，立刻就把窗簾拉上了。還有一次，我在晚上的時候走路回家，他也開車慢慢地跟在我後面。他把車窗搖下來，問我要不要搭便車。我同意了。等我們到達我家的時候，我覺得他企圖想要再吻我，但是，我父親剛好騎著他的摩托車從酒吧回來了，所以，我就在驚慌中下了車。」

「那是個小鎮——他真的沒有看出你是個十四歲的女學生嗎？」

「雙瀑鎮那時候大約還有一萬五千名人口。不是所有人都認識所有的孩子，或者他們都是哪個年級的學生。而且我當時特別打扮過，化了妝，還穿了高跟鞋。酒吧裡又很暗。就像我說的，他有點喝醉了。我相信那時候我看起來真的就像十九歲的樣子。」

「塔克有強迫你嗎？在他和你或者其他人的互動中，他有表現得很積極主動嗎？」

「也許……也許有一點點。不過，那已經是很久以前的事了。我從來沒有聽說過任何有關塔克警長的什麼奇怪的傳聞。我也承認，第一個晚上確實是我主動去勾引他的。他是那種穿制服的男人，那真的很讓人興奮。而且，我的意思是，我也在年齡上騙了他。」

「他知道之後還是跟蹤你，監視你。那樣就有問題，而且他做出那樣的行為也不是你的錯。」

「當然，我現在知道了，而且那也讓我覺得生氣。可是……那時候，我承認那讓我感到興奮和激動。」

當我離開貝絲的髮廊，回到車上的時候，我對吉歐說道：「這段採訪很不錯。真的很棒。」

「那你看起來為什麼這麼嚴肅？」

我在乘客座上轉身面對他。「曾經在一九九七年參與調查這個案子的一名警察，在案子進行調查的時候，他的年紀大概和克萊頓相仿。他對年輕的女學生也有性方面的興趣。而且他還至少跟蹤過其中一名女學生晚上回家，並且偷看她在臥室裡換衣服。」我看著吉歐的雙眼繼續說道：「我們有了其他的可能性，其他的嫌疑人。一名涉及調查的警員也可能知道莉娜死亡的細節。」

「什麼——你的意思是，他有可能告訴克萊，把細節告訴他？」

「也許在克萊招供的時候發生了什麼事。」

瑞秋

當年

一九九七年十一月二十五日，星期二。

「你父親在哪裡，瑪蒂？」我脫掉外套，把它吊在鉤子上。我累趴了，但我需要和傑克談談關於瑪蒂說她在篝火節那天晚上看到的事。他需要知道。當瑪蒂進一步受到詢問的時候，他得要陪在她身邊。

瑪蒂正坐在餐桌旁邊做作業。客廳裡的電視還開著。

「出去了。」她完全沒有接觸我的眼神。

「去哪裡？」

「不知道。」

「瑪蒂？」

「幹嘛？」她依然拒絕看著我。

「看著我，瑪蒂。」

她癟著嘴，慢慢地抬起目光。她的雙眼紅腫，看起來明顯地哭過了。我潛在的憤怒轉為了恐懼、困惑和愛，讓我的心都抽搐了起來。調查這個案子讓我像走在一條錯綜複雜的鋼索上，而我的女兒竟然還是一名關鍵證人。如果案子的發展會牽扯到瑪蒂的話，我不確定自己還能參與這個調查多久。然而，我內心深處也需要在此時看清這一切。我承受到很大的壓力，特別是如果我想要在雷蒙退休之後接下警長這個職務的話。我想要把這個混蛋繩之以法。為了孩子們，為了我自己的女兒，為了其他的家長，也為了雷伊一家。

我提醒自己這是個小鎮。每個人在某種程度上，或多或少都和其他人有所關聯。

我在桌邊坐了下來。我的孩子肩膀緊繃。我試著讓自己冷靜地吸氣、呼氣，然後輕聲地開口問道：「你之前為什麼不告訴我，派里先生也在篝火節現場？」

「因為就會發生像現在這樣的事。」她用力地把手中的筆放在桌上。「你，還有那個警察，就會開始做某些愚蠢的獵巫！因為篝火祭典是非法的，而且孩子們又在喝酒，他都知道。這會給他惹上麻煩。」

滿心的懷疑讓我的心臟怦怦作響。

「瑪蒂，你告訴了一名來自皇家騎警隊的兇殺組警探說，你看到了你的老師和他的一名學生發生了性行為——也是你的同學——而在那之後不久，她就被殘暴地殺害了。」

她怒視著我。眼裡還有淚水的痕跡。她的嘴唇正在顫抖。

「你確定你看到了你所宣稱的事情嗎？」

「我沒有說謊，」她怒斥道。「我看到的就是那樣。貝絲和其他的孩子也看到派里先生和莉娜一起上了他的車子，他的手臂還摟著她。」

「所以，他們全都對我們說謊？他們都知道和莉娜在原木上的那個男人就是派里先生？」

瑪蒂用力咬了咬嘴唇，瞪大了雙眼。

「派里先生有沒有要求你們所有人都不能說出他在篝火現場的事？」

「你現在是在執行警察的勤務嗎？你又在正式的詢問我嗎？你這樣沒有利益衝突嗎？你的搭檔不應該也在場嗎？這難道不是應該等到我明天去警察局的時候才要回答的嗎？」

「我只是不明白，你為什麼要把這麼重要的事情隱藏起來不說。你知道派里先生所做的事是犯法的嗎？即便他和莉娜在橋下發生的事沒有關係，他至少也犯了強暴罪？」

她的臉上毫無血色。她的眼睛發亮，呼吸急促。她顯然受到了很大的壓力。

我再度慢慢地吸了一口氣。「你是我女兒，瑪蒂。我是一個母親。就像普拉提瑪也是個母親一樣。我只是擔心其他的女孩也可能會有危險，或者她們可能早就在和那個男人的相處中遇到了危險。」我往前靠近，把手臂貼在桌上。「你還有什麼沒有對我說的嗎？」

她沒有回應我。遠處傳來了一陣警笛的聲音。也許今年的第一場大雪讓高速公路上發生了什麼意外吧。

我舔了舔嘴唇。「利亞姆在篝火節現場拍照——你知道這件事嗎？」

她依然沒有反應。我想到我在她抽屜裡看到的那張照片，不禁感到脖子都繃緊了。

「他有幫你和你朋友拍照嗎？」

她的眼睛閃爍了一下。我立刻就知道了。我知道我在她床頭櫃抽屜裡看到的那張照片是利亞姆拍的。

「誰在乎他有沒有拍照？他向來都在拍照。他的相機永遠都對準著女孩們，就像某個變態的跟蹤狂一樣。他是個變態。」說著，她突然收拾起書和紙張，然後站起身來。「我要上樓把功課寫完。」

「瑪蒂？」我在她身後叫住她。

她在樓梯底下停下腳步，但是並沒有轉過身來。

「你確定你不知道你那個凱爾特結的吊墜發生了什麼事嗎？」

「我告訴過你了。我已經很久沒戴過那個吊墜，也很久沒有看到它了。」

「你看過那些照片，就是那些和莉娜的屍體一起被發現的東西，那個——」

「如果在她頭髮裡發現的那個吊墜是我的，那就是莉娜在很久以前偷走的。就像她偷了貝絲的地址簿一樣。就像她偷每個人的東西那樣。誠如我對奧萊利警探所說的，她來過我們家，她可能是那時候拿走的。」

「她確切是在什麼時候來我們家的？」

她轉過身來。「就像我說過的，大概是一個月前左右。當時你正在工作——你有什麼時候是不在工作的嗎？即便老爸也是那樣說的。你一心只想埋首工作，好接下外公的職位，你甚至不知道自己家裡發生了什麼事。莉娜是為了寫作業來借一本書的。」語畢，她重重地踏上了樓梯。

一陣反胃的感覺讓我舉起手按住了胸口。

克里妮緹

現今

十一月十九日，星期四。當日。

「塔克警長！」我跟在雙瀑鎮警察局長身後叫住了他。正在大步穿越停車場的警長聞聲停下了腳步，轉過身來。

我撐著傘，在漸暗的天色下上氣不接下氣地跑到他面前。他什麼遮蔽也沒有地站在雨中。我早就在警局外面等著他出來了。「我是克里妮緹．史考特，我——」

「我知道你是誰。我在電話裡告訴過你了，我不能參與你的節目。你已經拿到這個案子所有的舊檔案了。」他伸手拉著車門的手把。

「我拿到了，謝謝你。」我很快地說道。「但是，我還是想要問你幾個當年關於這個小鎮的問題，還有你對調查這個案子的個人觀點。」

「這是違反警局規定的。你可以去找我們的媒體人員聊。」他說著打開了車門。

「我也想和你聊聊你和貝絲．蓋洛威．富比世過去的那段友誼。」

他停下了動作，在雨中看著我。

「關於貝絲的什麼事？」

「你們兩個曾經約會過？」

「沒有。貝絲騙了我。她說她已經十九歲了。在我發現之後，我們之間就沒有再發生過什麼了，而且……這有什麼問題嗎？為什麼現在要提這件事？是貝絲叫你這麼做的嗎？」

「你有沒有跟蹤過女學生，警長？二十四年前。你有沒有曾經把車子停在她們家對面，在她們更衣的時候，從窗戶看著她們？」

他那張寬大的臉頓時陰沉了下來。他壓低了聲音，然後靠近我。我可以聞到他呼吸裡的薄荷味。

「我不知道你認為你在幹什麼，史考特女士。報導一宗真實的犯罪故事是一回事。拿好人的名聲作為代價，來進行低級煽情的八卦報導卻是另外一回事。」他停了一下，和我四目相對。「那次的調查很紮實。負責那個案子的警探也都很值得信賴。那讓我們都受到了很大的痛苦——那宗可怕的謀殺案。我們每個人都一樣。如果你打算像這樣影射什麼的話，你要面對的會是很嚴重的官司。小心點。」他說道。「你的每一步都要很小心。還有，好好想想你的消息來源。是某個自稱為性犯罪者的人？一個暴力的殺人犯？一名已經定罪的犯人？加上一群迷戀他的女孩？」

語畢，他上了車，重重地關上了車門。

雨點像擊鼓一樣地落在我的雨傘上。我看著他的車駛出停車場，開上了大街。

瑞秋

當年

一九九七年十一月二十六日，星期三。

我靠坐在我的金屬桌邊上。已經快要中午了，我們六個人仍然待在被稱為『牛棚』的大房間裡，包括警長雷蒙、塔克、德克、路克、我，還有一名文職助理。路克靠在另一張金屬桌旁邊，桌子前面就是他的犯罪偵查板。莉娜的照片在板子頂端俯視著我們。室內的暖氣讓窗戶蒙上了一層霧氣，戶外的白雪已經變成了髒兮兮的雪泥。

路克花了一個上午的時間，重新訪談了被家長一個個帶到警局的學生。瑪蒂在傑克的陪同下，於八點半的時候到達警察局，是第一個被訪談的學生。

傑克表現得彷彿一切都是我的錯一樣。而瑪蒂則不想和我沾上什麼邊。當路克詢問瑪蒂和其他孩子們關於他們在樹林裡看到什麼的時候，我和雷蒙、塔克，以及德克，就在單向鏡後面看著他們。

瑪蒂宣稱，當她目睹她的老師和莉娜私通之後，她就立刻跑去告訴了貝絲。貝絲和瑪蒂又匆匆忙忙地回到了樹林裡那塊小空地。她們看到克萊頓正在整理自己的衣服，並且協助莉娜從地上站起來，用手臂摟著莉娜，帶她沿著一條狹窄的小路走向他的車子。

貝絲確認了瑪蒂所說的話。

貝絲表示，一開始，當莉娜被通報失蹤的時候，她們因為太過震驚而且非常害怕，所以並沒有提起這件事。我無法理解她所說的理由。這可能是一種拒絕相信的模式。對於這樣一件可怕到孩子們不知道要如何說出來的事，她們選擇了將之屏蔽並且埋葬起來。她們就那樣把它封鎖了起來，直到被迫說出來為止。然而，這讓我感到很痛苦，因為我自己的女兒連談都不想和我談。

其他很清楚地看到是誰和莉娜一起坐在原木上的學生，也都確認了那個人就是克萊頓．派里，但是，他們都『不敢說出來』。那是孩子們保持緘默的一個約定。

「好吧，我們來整理一下，」雷蒙開口說道。「加拿大皇家騎警已經派遣了另一支法醫鑑定隊伍到樹林裡去，這回，他們要在林子裡的廁所附近，搜尋克萊頓和莉娜通姦的證據。不過，找到任何東西的機率很小，因為時間已經間隔了很久，而且高山上又在下大雪。路克，你和不列顛哥倫比亞省的檢察署聯繫過了？」

「我才剛和一名律師通過電話，」路克回答道。「另外，我們已經拿到了搜索令，可以去搜索派里家、他的小棚舍、他在學校的辦公室，還有他的車子。我們已經可以逮捕他，做更進一步的詢問，但是，檢方希望能掌握到更具體的證據，才能罪證確鑿地起訴他，將他定罪。因此，就看那些搜索令能讓我們找到什麼吧。截至目前為止，派里已經承認他去了篝火節現場。實驗室說，他的靴子印記符合莉娜身上的那些傷痕。派里在篝火節現場最後被人看到的時候，是擁著莉娜離開樹林的那一刻；而根據他的妻子蕾西所言，他在凌晨三點四十二分爛醉如泥地回到家。但是，派里無法交代他在這兩個時間點之間的行蹤。」

「她也說她丈夫身上有發生過性行為的味道。」我補充說道。

塔克清了清喉嚨。雷蒙則皺起了眉頭說道：「也就是說，派里當時有機可乘。」

「不只有機會，還有手段，」我回應道。「如果和他發生關係的某個學生揚言要供出他，那麼，他也有很強的犯案動機。」

「實驗室還有其他什麼消息嗎？」雷蒙又問道。

「還在等結果，看看派里靴子上的泥土是否和惡魔橋下的土壤吻合。如果是的話，就表示他也在現場。此外，從莉娜指甲上刮取的檢體，我們也在等化驗結果。還有一些毛髮和纖維的證物化驗報告。」

雷蒙聞言說道：「現在，我們只有一名證人——一個年紀很輕的青少年——她說，她確實看到了派里和莉娜．雷伊在樹林裡發生性關係。除非實驗室能再有什麼發現、搜索令能找出什麼，或者那些法醫鑑定人員可以找到什麼——用過的保險套、纖維、毛髮——總之，我們還需要更多的證據。」

「我所不明白的是，」塔克說道。「那些孩子為什麼在第一時間都對他們老師也去了篝火節保持沉默？」

德克回應道：「小孩都會做一些奇怪的事。我住在這個鎮上，也在這個鎮上工作了很久，所以，我知道這種沉默約定的力量有多大，特別是這群人從幼兒園就綁在了一起，然後一起經歷了升學，再一起成長到了青少年時期。這就像是一支隊伍。一個群體。而這個團體之間彼此的連結，甚至比孩子們和他們的家庭以及父母之間的連結還要強大。他們會相互保密，也會為彼此做一些事情，那都是旁人難以理解的。」

我想到了瑪蒂。她和貝絲、以及她和她那個小團體裡的其他人，她們之間緊密的友誼。我知道德克所說的是真的。我們都知道。一座小鎮在看似美好的同時，也可能因為缺乏多元性而面臨其他特定的挑戰。

「嗯，也許吧，」塔克說道。「我的意思是，我在這裡長大，我知道這點。但是，對於自己的同學遭到老師性侵而絕口不提？而且那個人不只是老師，甚至還是應該要指導他們度過這段不安的青少年時光的該死諮詢師。」

我們都瞪著塔克。只見他的臉都漲紅了。

「抱歉，但這讓我很激動，」塔克繼續說道。「就因為這個孩子——莉娜——是個遭到排擠的人，當她遇到野狼的時候，沒有任何人為她吭聲，因為她不是群體中的一員。」

我深深地吸了一口氣，低頭看著腳下破爛的格子地毯。他們口中所說的就是我的孩子。我是個失敗的母親。也許，還是個失敗的警察。

「那些被撕下來的日記呢？」雷蒙對著板子上的幾張日記影本點了點頭。

「總結看起來，莉娜日記裡寫的那個『他』，很可能就是指她的老師。」我說道。「如果她和克萊．派里私通、愛上他的話，他就可能利用這點。在性上面佔她的便宜。」

「可是，那幾頁為什麼會被從日記本上撕下來呢？它們為什麼會在河裡呢？」德克思索著。

「也許他想要她把那幾頁丟掉，因為那幾頁的內容暗指到他。」我說。

路克補充說道：「當他想要奪走那幾頁的時候，他們兩人可能發生了衝突。結果情況就演變成他毆打她、重擊她，最後還為了讓她閉嘴而淹死了她。」

德克揉了揉下巴。「驗屍報告顯示陰道有創傷，是撕裂傷。那和樹林裡發生的兩廂情願的性行為並不相符。」

「還是有可能的——如果樹林裡發生的性行為太粗暴的話。」我說道。

「我不知道，」德克表示。「也許，除了那份驗屍報告的證明，我們還需要額外的資訊。發生在那女孩身上的事，不管是什麼，都太過殘暴了。」

「派里的脾氣有可能是因為那幾頁日記而爆發的，然後他就瀕臨發瘋了。」路克說道。「莉娜臉上的傷——我覺得像是在發洩憤怒。而且非常的個人。這樣就說得通了。」

「那烤肉店外的閉路電視素材呢？」雷蒙又問道。

「達許．雷伊的說詞沒有什麼問題，」路克告訴他。「克里普．蓋洛威的也是。他們的說法也符合艾咪．陳和傑普．蘇利文的故事版本。」

「那件外套和日記的其他部分還是沒找到？」雷蒙轉而問道。

「沒有。」

「好吧，我們就來執行搜索令，把那個混蛋抓起來吧。」警長說道。

就在我們準備行動的時候，牛棚的門瞬間被打開來，我們的文職行政助理貝拉，頂著她那頭金髮把頭探進了房間裡。「瑞秋——前面有人要找你。」

「能等一下嗎？」

「她說是急事。」

「是誰？」我聲音緊繃地問道。

「她不願意透露姓名。她現在在等候區。」

我踩著重重的步伐走到櫃檯區，眼前的畫面讓我停下了腳步——在櫃檯另一頭的等待區裡，一名女子正坐在一張塑膠椅子上——那是一名身穿過大外套、削瘦、衣衫襤褸的女子。她的頭髮看起來黏乎乎的，臉色蒼白得有如白紙一樣。她的腿上放了一只塞滿東西的運動袋，在她前後搖晃著身體的同時，雙手緊緊抓住了袋子。

我急忙打開間隔在櫃檯和等待區之間的那半扇門。

「蕾西！你還好嗎？」

她立刻起身，宛如一隻被車頭燈照到、驚慌失措的小鹿。她把那只袋子緊緊地抱在肚子前面，渾身都在顫抖。「我……我需要和你談談。現在……我……需要給你看個東西。」

我抓住她的手臂，壓低了聲音。「小珍妮呢，孩子還好嗎？」

「她和教會裡的一個女士在一起。是關於克萊的事，」她低聲地說道。「我想……是他幹的。我丈夫殺了莉娜·雷伊。他……他殺了他的學生。」

瑞秋

當年

一九九七年十一月二十六日，星期三。

「來吧，這邊走，蕾西。」我帶她走過櫃檯後面，引導她快步走過通往一間偵訊室的走廊。我把門打開時對她說：「我們可以在這裡談。請坐。我馬上回來。」

蕾西小心翼翼地坐在一張塑膠椅子邊緣，那個運動袋依然緊緊地被她抱在肚子前面，彷彿她的命就懸在這只袋子上了。我關上門。在腎上腺素急速分泌下大步走回了牛棚。

「是蕾西。」我告訴房間裡的人。「她有東西要給我看。她說，是她丈夫幹的。殺了莉娜。我想，我應該單獨和她談。」

路克立刻站起身，看著警長。

「我們觀察就好。」雷蒙示意道。

我帶著筆記本回到了偵訊室，在蕾西對面坐了下來。

「你確定你的孩子沒事嗎，蕾西？」眼前這名女子的精神狀況讓我有點擔心。

「珍妮現在和天主教會婦女團體的瑪西亞・麥考連在一起。我……我沒有太多時間。我丈夫，克萊……他……打電話到學校請病假，然後就去找他的醫生了。他很快就會回家。如果他發現我不在的話。我……我……」她突然把袋子裡的東西倒在桌上。

一件外套掉了出來。

卡其外套。已經被熨燙過了。外套被整齊地折疊起來，只有在折疊處的地方有點皺褶。口袋上還有數字和一些文字。

我看著外套。腦子裡浮現出傑斯溫德的話。

那是一件很大的卡其色外套……我想大家都叫這種外套是軍用外套……有很多拉鍊和口袋……前面的口袋還有一些數字……那是她借來的。

我的目光轉移到蕾西身上。

「這是克萊的。」她緊繃的聲音聽起來很單薄。「我知道莉娜失蹤的時候穿了一件這樣的外套。我是聽新聞說的，那時候她才剛失蹤。我記得我那時候還在想，克萊有一件類似的外套。不過，就在她被報導失蹤之後，他就把那件外套從學校帶回家了。外套就放在這個運動袋裡。已經被洗過，也熨燙過了，還折疊得很整齊。就像這樣。」

我慢慢地、靜靜地說道：「他是哪一天把外套帶回家的，蕾西，你還記得嗎？」

「是週二晚上。十八日。當他從學校回來的時候。就是我從收音機聽到莉娜・雷伊失蹤的隔天。關於克萊也有一件符合報導所描述的外套，我並沒有多想，因為這種外套太多了，而且大家也都說莉娜會自己出現。不過，當我把乾淨的外套吊在走廊的衣櫥裡時，我注意到了這些深色的污漬。」蕾西用顫抖的手攤開了外套給我看，然後指著衣服上深色的部位。我知道雙向鏡後面的人正在觀察我們。我幾乎可以感覺得到玻璃後面那些人的緊張。

「這些污漬在清洗的過程中並沒有被洗掉，」她繼續說道。「我覺得很奇怪，所以就問了克萊這件事，我也問他為什麼要把外套送到洗衣店，而不帶回家丟進家裡的洗衣機洗。我的意思是，我們沒有錢去自助洗衣店洗衣服。」

「克萊怎麼說？」

「他說衣服沾到了泥土和血跡。他在學校附近的一條小徑上滑倒，摔了一跤，手也被泥土裡不知道是什麼東西的尖銳物割傷。他說，因為那件外套又大又笨重，而我們家裡的洗衣機又不是工業用的，所以，他就把衣服丟到洗衣店了。可是，我以前也用家裡的洗衣機洗過那件外套。這件事很奇怪，但是，我忘記了，直到……」她吞了吞口水，眼裡浮現了些許的激動。「直到莉娜的屍體被發現，加上你們又來問了那些關於克萊的問題，還有他的書。我是那時候才知道的。」

「知道什麼？」

「那些血跡可能是莉娜的。」她用瘦乾巴的手把臉頰上的淚水擦掉。「所有的事……綜合起來。他在那個時間點回到家。醉成那樣。那件外套。那雙靴子……莉娜曾經來我們家，在那間小屋裡接受他的輔導……」她說不下去了，只是兩眼空洞地看著桌上的外套。

我的心跳在加速。我沒有伸手去碰外套，在沒有戴手套的情況下，我不能碰它。

「你為什麼等到現在才告訴我們？你昨天怎麼沒有說？」

「他是我丈夫。我……無論好壞，他都是我丈夫。我……我不想相信這個可能性。我不能。可是……」她的聲音越來越小。

我想到她孩子房間裡那張嬰兒床上方的十字架。這個年輕的女子，她甚至才剛度過了青少年的年紀，就已經是一名妻子、一名母親了，而且，她還有著深深的宗教信仰。她在教堂裡、在她的神面前所許下的婚姻誓言，依然讓她深信不疑。直到死亡將我們分開。她在矛盾中掙扎，即便知道她孩子的父親可能做了壞事，卻仍然無法告發他。

「可是什麼，蕾西？」我溫和地問道。

「我進去了他那間小屋。在你們離開我家之後。我拿了一把大鐵鉗，撬開了鎖，闖入了那裡面，然後……然後，我看到的東西……那是有罪的。邪惡的。上帝會懲罰他的。他會在地獄裡被燒死。」

「你看到了什麼，蕾西？」

「那就在袋子底下。那是一個……只是其中的一個。我……沒辦法把它們全部都帶來。我……」她停了下來，像一個在斷頭台上等待鍘刀落下來的女人。動也不動。彷彿放棄了一樣。她的頭往前低垂。她就像一個彈簧的線圈一樣，在傳達完她的訊息之後，現在，她已經筋疲力盡了。

「你可以在這裡等一下嗎？」

她茫然地看著我。

「我馬上回來，我只是要去拿手套。」

我抓了幾只犯罪現場用的手套，很快地回到偵訊室。在脈搏加速下，我小心翼翼地打開了袋子。

一陣想吐的噁心感湧上了我的喉嚨。

瑞秋

現今

十一月十九日，星期五。當日。

現在是下午三點四十五分，外面已經天黑了，我走在臨終關懷病房安靜的走廊上，尋找著路克·奧萊利的房間。我找到了——他的名卡插在房門外的門牌槽上，房間的門半掩。我遲疑著。我在害怕。房間裡透出一抹微弱的光暈。門口被一道布簾遮住了一半。我掀開布簾，靜靜地走進了房間。

我的心臟彷彿停了一下。

我不認得那個撐躺在床上，闔著雙眼的男子。他瘦到不可思議。面如槁灰。那泛著紫色的血管彷彿破舊的水管一樣，在透明的皮膚底下清晰可見。一條注射管從床邊一路延伸到了他的手臂上。氧氣管也直接通進了他的鼻孔裡。供氧的機器不停地發出嘶嘶的聲音。我的胃一陣緊縮。那個身材魁梧、長相粗獷、和他那份兇殺組工作結婚的警探，儼然是眼前這名男子的鬼魂。那個我曾經認識，也許曾經可能愛上的警探。

我悄悄地繞過床尾，來到他旁邊的椅子坐下，小心翼翼地避免吵醒他。他緩緩地轉過頭，似乎感覺到有其他人的存在。他顫抖地睜開了眼皮。

我的心跳加速。我往前傾身。

「路克？」我輕聲地說道。「是我——瑞秋。雙瀑鎮的瑞秋。」

他茫然地注視著我，然後似乎慢慢地認出了我。

「瑞秋。」他的聲音沙啞而安靜。一絲笑容微弱地浮現在他的嘴角，然而，他全身的其他部位卻動也不動。「你終於來看我了。來得真是時候。」他停了一下，慢慢地吸了一口氣。「我現在知道要如何才能……獲取你的注意了。」他掙扎著又吸了一口氣。「我已經準備要走了，要死了，呵呵，結果你卻來了？」

我悲傷地輕笑了一下。「我看你還沒失去你的幽默感，不是嗎，路克？」我的聲音因為胸口突然爆開的情感而堵住了。我努力忍住淚水，試著要勇敢一點。他現在正在對抗的，是我完全幫不上他的事。突然之間，我是那麼那麼地不想讓他死掉。我往前靠近，拾起他的手。他的皮膚是如此地冰涼而乾燥。

「要命的癌症，」他說。「我以為我可以對抗得了，你知道嗎？誰告訴你我就要死了？誰把消息傳出去的？」

我糾結著是否應該說出來。但是，我突然覺得自己需要找個人談談。一個像路克這樣的人。一個當時也在那裡的人。一個，說句真話，我想也許我真的愛過的人。或許，我仍然以一張奇怪的方式愛著他。也許，我此刻感受到的情緒太過複雜，而我們所分享的其實是另一種連結。一種相知相識。一種相互的了解。我知道他做事的動機是什麼，他也了解我的動機是什麼。而且，他也曾經在乎過。

當傑克並不在乎的時候，他卻在乎。

「嗯，說來話長。」我告訴他。

「我想，我還有點時間。」

我深深吸了一口氣。「有一個年輕的女人針對莉娜・雷伊的謀殺案，正在做犯罪紀實的Podcast節目。」

他閉上眼睛，沉默了很久，久到我懷疑他是否睡著了。或者更糟。一股恐慌向我襲來。我再度往前靠近。「路克？」

「我在。我在。」他試著潤濕嘴唇，困難地嚥著口水。

我從他的床邊拿起那個塑膠水杯。杯蓋上插了一根彎曲的吸管。我把杯子遞給他，看著他稍微坐起身，我立刻把吸管扶到他乾燥的唇邊。他困難地吸著水，水沿著他佈滿灰色鬍碴的下巴流了下來。在我伸手取過一張面紙，幫他把下巴擦乾的同時，我的眼裡又因為情感而充滿了淚水。我輕輕地把他額頭上的頭髮撫順。他的眉毛摸起來很燙，還有點濕氣。他的味道並不是太好聞。我真心希望——全心全意地希望——過去那些年，我能毫無畏懼地勇敢面對生命，而沒有讓路克離開。但願當年傑克走出我生命的時候，我有跟著路克前往溫哥華。

但是，那時的我還有瑪蒂。

當時，我是個母親，現在依舊還是。

儘管當年瑪蒂並不想和我有任何的牽扯，現在就更不用說了。當傑克為了另一個女人而離開我時，瑪蒂搬去和她父親同住了。我以為如果我留在鎮上的話，我就還能繼續照顧瑪蒂，而她最終也會長大，走出她當時所處的那種奇怪的階段。我是真的相信她會想通，會再愛我。不過，事實證明我所想的都是枉然。

「你家人好嗎，小瑞？」

他的問題讓我不禁懷疑，他是忘記了我們剛才的話題，還是他讀到了我的思緒。

「還活著。」我給了他一個假笑。「瑪蒂嫁給了達倫．簡考斯基，她的同學。他是你當年詢問過的孩子之一，莉娜．雷伊的那個案子。我不知道你是不是還記得他？」

「不記得了。他們幸福嗎？」

我別過頭。

我欠路克一個真相。他所剩的時間有限。在這個生與死的脆弱空間裡，沒有餘縫可以留給謊言。裝模作樣只是為了保住我自己的面子而已。我不應該那樣對待他。如果換成是我躺在那張床上的話，我會想要得到誠實的對待。也許我需要說出來。對某個人說出來。把我心裡的話都說出來。

「我不知道我的孩子內心深處是不是有幸福的基因，路克。她愛她的家庭，也當上了母親，不過，我不知道瑪蒂是不是有能力可以尋找到內心真正的平靜。她反對所有的事情，向來如此。特別是對我。那就好像……她心裡有什麼怨恨一樣。那是一股永遠不會平息的憤怒，時時都在看似平靜的表面底下醞釀著。她……」見到路克的雙眼緊閉，呼吸也加深了，我不禁停了下來。

「繼續說下去，」他低聲說道，眼睛依舊沒有睜開來。「我在聽。」

「有時候，我覺得她好像從青少年早期開始，就已經試著在自我毀滅，你知道嗎？當她發生攀岩意外、脊髓受到傷害的時候，她幾乎就要成功地自毀了。」

他眼皮顫動地睜開眼睛，注視著我。

「腰部以下癱瘓。」

「她喜歡攀岩？」

我點點頭，舔了舔嘴唇。「大概從十六歲的時候開始的。那些年裡，她攀登的地勢越來越複雜，也越來越需要技術，後來，她開始熱衷於首席山北面的路徑，就像著了迷一樣，只要有空，她就會去那裡攀岩。彷彿她需要和那座宏偉的山對抗似的。或者看看那座山是否敢奪走她的生命。而它確實也差點殺了她。她是在她小女兒出生後不久墜落的。現在，她已經不再攀岩了，但是卻選擇住在一棟可以看到那座山壁的房子裡，從那棟屋子的每一扇窗戶看出去，那座山彷彿都在嘲笑她、在控制著她。」

他又沉默了很久才說：「所以，她有孩子了。你現在是外婆了。」

「法律上我是。她有兩個女兒。莉莉三歲，而黛西快五歲了。她們幾乎不認得我。瑪蒂一直沒有原諒我，因為……」突然之間，我無法說出口。

「你是說，因為我。我們。就那一次。」

我點點頭，漫無目的地撥弄著我自己的手指。「她對抗我比對抗首席山還要嚴重。」

路克對我伸出了手。我立刻就握住了他。這樣的接觸平息了我內心的某種感覺，我頓時安靜了下來。

「告訴我關於那個Podcast的事。那是你來這裡的原因嗎？」

「我是來看你的，路克。那個Podcast主持人——她叫做克里妮緹．史考特——是她告訴我你住進了臨終關懷病房。我本來並不知道。」

「現在很流行，不是嗎，這些犯罪Podcast節目。」他的話聽起來不像是個問題，而是一種陳述。「她有說她為什麼選擇了莉娜的謀殺案嗎？她的角度是什麼？」

「克萊．派里開口了。」我一邊說，一邊緊緊地盯著他的臉。「他的話被錄音下來了，他說他沒有犯案。他說他沒有攻擊，或者殺害莉娜。」

他瞇起眼睛看著我，苦笑道：「即便派里在說謊，即便沒有人相信他，這肯定還是讓犯罪紀實的故事有了一些題材。」他的聲音小到幾乎聽不見。「總之，他為什麼在那麼多年以後，突然開口說話了？」

「我不知道。」

「你被採訪了嗎？」

「我拒絕了。」

「她一定會拖你下水的，小瑞。如果你保持沉默的話，就會讓他看起來令人同情。也許你應該談談你對那個案子的看法。」

我靜靜地坐著，沒有吭聲。

「說真的，那會有什麼損失嗎？」他問我。「或者……有什麼我不知道的事？」

我的心裡升起了一股焦慮。「你是什麼意思？」

「我一直覺得……你有事瞞著我。你在保護某個人。」

我的心跳得更快了。

「那就是我們之間一直沒辦法進一步發展的原因，不是嗎？你築起了障礙，阻擋著某件事。那把我隔絕在了外面。」

「不是的。我有一個青春期的孩子。我是個母親。我對雙瀑鎮警局的工作還有憧憬。」

「但是，你最終並沒有雀屏中選。你一直都被視為警長接班人，然而，雷蒙・杜爾卻從溫哥華警局找來了一張新面孔。你以為他為什麼那樣做？」

「你知道為什麼的。因為太大的壓力讓我最終不得不請假，因為我需要接受治療。我……我突然變成了一個不理想的人選。也許，當時我應該要離開警局的。也許，在我的內心深處，那個不是母親的部分想要跟你走——我應該要跟你離開的。」

他悲傷地笑了笑，然後閉上了眼睛。他沉默了好幾分鐘，讓我再一次擔心他是不是停止呼吸了。

「如果他說的是真的呢？」他終於開口低聲地說道。

「克萊？你在開玩笑嗎？」

「我現在距離能開玩笑已經太遠了。」他睜開眼睛，又用力地吸了一口氣，當他再度開口說話時，他的聲音聽起來非常微弱，也越來越小聲。

「那個案子確實有沒有交代清楚的地方，小瑞，而且不止一個。因為他認罪而沒有被回答的那些問題。有些事是我想要知道的，例如——」

一名護士走了進來，她無聲無息的出現嚇得我跳了起來。「晚安，奧萊利警探，」她輕快地說道。「你準備好要添加藥劑了嗎？」她拿著一個注射筒走向他床邊的點滴架。

「嗎啡。」路克對我解釋。

「你這位迷人的女性友人是誰啊？」護士問道，然後一邊把注射筒裡的藥物打進管子裡，一邊對我眨了眨眼睛。

「我的舊女友。」路克回應她。

護士笑了出來。「是啊。當然了。警探，她對你來說太漂亮了。」然後輕聲地對我說道：「我把藥注射完之後，他就會睡著了。」

我點點頭。「我等他注射完。」

護士注射完之後便離開了病房。

「再見，小瑞，」路克小聲地說道，他的眼皮明顯地變沉重了。說話也開始模糊不清。「謝謝……你來和我道別。在你還可以的時候就及時行樂吧。去……認識你那些外孫女。生命——那些微小的瞬間、那些眼前的時光——就是我們所能擁有的了。」

一股情感重重地衝擊著我。當淚水湧上我的雙眼時，我試著壓抑住自己的情緒。我在他的眉心上印下一吻，然後在他的耳朵旁邊輕聲地說道：「我會回來的。我會告訴你更多關於那個Podcast的事。我會下載給你聽。好嗎？」

他捏緊了我的手。他的聲音實在太小，我必須靠近他的嘴邊，才能聽到他在說什麼。「去追求真相吧，小瑞。即便真相會讓你受傷。即便它會帶你去到你不希望去到的地方。現在還不會太晚。」

「你是什麼意思？」

他緊緊閉著雙眼。「真相……會讓你獲得自由。」他的呼吸出現了改變。他掙扎著吐出接下來的幾句話：「是……那些腐爛的秘密。你……以為你已經埋葬了它們，以為你多少已經擺脫了它們，但是，它們就像這個該死的癌症一樣。當你低落的時候、在你疲憊的時候，它就又開始壯大，然後一把逮到你。」

我吞了吞口水。我看著他的臉，感覺到自己的脈搏加速。

「路克？」

什麼聲音也沒有。他睡著了。

我遲疑著，然後再度吻了吻他的眉毛，低聲地告訴他：「我會再來的。我保證。」

我離開病房，在護士站找到了路克的護士，向她詢問有關路克預後的問題。

「他能不能撐過今晚都是個問題，」她溫柔地告訴我。「沒有人可以預料得到，不過，還是有些跡象可以判斷，而那些跡象已經出現了。我很遺憾。」

淚水立刻沿著我的臉頰滑下。

「你不會有事吧？」她問。

我點點頭，因為我已經說不出話來了。我走到安寧病房的客廳區域，在閃爍著火光的瓦斯爐火旁坐了一會兒。戶外天色已黑，在把車開上回家的漫漫長路之前，我需要先讓自己鎮靜下來。角落裡的茶几旁，坐著一名男子和一名把身體往前蜷曲的女子。女子顯然很瘦弱，她的肩上圍了一件毛毯，靜靜地讓男子握著她的手。我猜那是他的母親。

我突然覺得再也無法忍受胸口的那股疼痛。

大約過了二十分鐘之後，那個護士在客廳找到了我。

「我很遺憾，」她告訴我。「他走了。」

我完全說不出話來，只能瞪著她看。

「你想要看看他嗎？」

我猶豫著。然後點點頭站起身。當她帶著我走回病房走廊的時候，我覺得自己彷彿迷失了方向。路克的病房門已經關上。我看到門把上掛著一只陶瓷的蝴蝶。

他自由了。

護士注意到我的目光停留在那只蝴蝶上面。

「我們把它吊在那裡，這樣，工作人員就知道住在裡面的人已經走了。所以，就不會有人在開門進去的時候被嚇到。」

就在護士伸手握住門把之際，我突然開口說道：「不用了。我……我已經見過他了。我見到路克了。現在在裡面的——他已經離開了。」語畢，我轉身快速地走向出口，直到衝進了外面冰冷的世界才停下腳步，顫抖地深深吸了一口氣。我的雙手止不住顫抖。冷風無情地向我襲來。乾枯的樹葉在人行道上沙沙作響。我在疾速飛行而過的雲層縫隙間瞥見了月亮。我想起了莉娜死亡那天晚上，高掛在天空裡的月亮，以及在夜空裡熊熊燃燒的俄羅斯火箭。

夠了。

不再有秘密。

不再有障礙。

我們所能擁有的只有現在。我想要真相。完整的真相。我不再害怕會深陷其中。不管我會發現什麼，我都已經準備好了。

瑞秋

當年

一九九七年十一月二十六日，星期三。

「來了！他開過來了！」我指著克萊那輛破舊的Subaru說道。車頭燈在開上車道時，把落下的雨水都照成了銀白色。

路克按下他的無線電。「快，快，是他。」

警笛立刻響起，幾名警察——大部分都來自於皇家騎警隊——迅速地展開了行動。一輛車頂燈大亮的警車隨即跟在克萊的車子後面開上了車道，堵住了他逃脫的去路。第二輛警車打橫地停在了車道上。第三輛車則繞到屋子後面，以防克萊企圖跑到後院、跳牆逃走。路克和我穿著防彈背心、全副武裝地從我們的便衣警車裡下車。我們沿著車道走向克萊的車子。蕾西放在那個健身包底下的那張照片，在我的腦海裡揮之不去，讓我此刻充滿了原始的憤怒。那是一名大約八歲左右的女孩，遭到一個不知名成年男子性侵的照片。

蕾西的話在我的腦子裡盤旋。

這張……這只是其中一張。我……我無法把其他的照片都帶來……

克萊打開了車門，走進雨中。

「搞什麼鬼——」

「克萊．派里，你被逮捕了。」我對他說道。「轉過身去，把你的手放到你的車頂上。」

「他媽的為什麼？」

「轉過身去。手放在車上。雙腿打開。立刻、現在。」

他緩緩地轉身，把手放在他的車頂上。大雨不斷打在我們身上，我在雨中搜完身之後，把他的雙手銬在了他的背後。

「克萊頓．傑伊．派里，你因為持有兒童的猥褻照片，以及觸犯了強暴未成年人的法令而被捕了。」我把他轉過來面對我們。「我們有搜索令可以搜索你的小屋、你家，還有你在雙瀑鎮中學的辦公室，同時會拘押並且搜索你的車子，看看是否有和莉娜．雷伊死亡相關的證據。你有權可以聘雇法律顧問。」我對他說。「你也有權保持沉默，不過，你所說的每一句話，都可能被用來作為對你不利的證據。你明白了嗎？」

「這太荒謬了。我——」

「你明白我說的話嗎，克萊？」

「我——」克萊狠狠地詛咒著，然後說道：「明白了。可是，這——」

「把他帶走，」我對著身旁的一名警察說完，轉而對另一名說道：「拘押那輛Subaru，把車拖走。」

路克揮著手，指示其他警察朝著屋子行動。

「我要找我的律師。」克萊對著把他押進警車後座的警察大聲吼道。警車頂上紅藍相間的燈依舊在大雨中閃爍著。

「隨便你，儘管去找吧，」我告訴他。「我們警察局見了。」

路克和我拿著手電筒走向花園裡的那間小棚舍。憤怒持續在我的血管裡燃燒著。有兩名警察已經在棚舍裡面了。在他們帶來的白熾溢光燈下，小屋裡宛如白晝一樣刺眼，每個角落都看得一清二楚。

一張書桌旁的桌上擺了四只已經被打開的箱子。一名警察往後退了一步，讓我們可以走近查看。

「裡面應該有好幾百張。」那名警察安靜地說道。

我看著箱子裡面，肚子裡立刻感到了一陣顫抖。那個警察說得沒錯。裡面有好幾百張表面光滑的照片。全部都是淫穢的動作，有些內容還更可怕、更激烈。照片裡是一些身分不明的男子和幼小的孩童。都是女孩。其中一只箱子裡有一個厚厚的牛皮紙信封，信封上還有寄件的地址。這個牛皮紙袋裡似乎也塞滿了照片。

我慢慢地轉身，看著屋後那排沿著牆壁排列的櫃子。其中一個櫃子上放了一台相機，另一個櫃子則擺了一些照明設備。我試著想像克萊在這裡輔導莉娜和其他女孩的畫面。看著幾名警察開始把那些箱子和電腦設備搬到車上，我的手不由自主地顫抖了起來。

路克把手按在我的肩膀上。「你還好嗎？」

我靜靜地回應道：「怎麼會有人覺得這沒什麼？那些……那些照片裡都是小孩。年幼的小孩。這算什麼？他是戀童癖圈子裡的一員嗎？透過郵件分享小孩的色情照片？那個櫃子上的那些底片罐子裡又是什麼？當他聲稱他在這間小屋裡幫孩子們輔導功課的同時，他也在這裡幫孩子們拍照嗎？他也把照片傳送給別人嗎？」

路克只是揉了揉嘴巴。

我的聲音都分岔了。「是他幹的。我相信是他幹的。他殺了莉娜。我要把他碎屍萬段。」

瑞秋

當年

一九九七年十一月二十六日，星期三。

克萊的律師是瑪姬．杜肯，是雙瀑鎮上一名慣常處理輕微刑事案件的本地女子，諸如酒駕和在商店裡行竊之類的小案件。她大概也是克萊．派里在這個時候唯一能找得到的律師了。她看起來不太自在。已經是晚上七點三十二分了，瑪姬和克萊坐在審訊室裡那張桌子的同一側。路克和我則坐在他們對面。我們已經結束了開場白，開始在錄音和錄影下進行偵訊。

「蕾西在哪裡？」克萊再次問道。「你們闖入我家的時候，她在家嗎？她看到了嗎？我的孩子珍妮在哪裡？她沒事嗎？」克萊的皮膚在汗水下發亮。他的衣冠不整，毛孔裡散發出酒精的臭味。

「蕾西和珍妮被帶到一間汽車旅館了。」我聲音緊繃地告訴他。「她父母正從泰瑞斯開車前來接她。」

克萊的頭往前低垂。我筆直地坐著，我們稍早的發現讓我滿腔的怒火隨時都可能爆發。在知道這個男人的腦子裡有多麼陰暗之後，我幾乎無法繼續容忍他。我心裡有一股衝動，想要把他痛揍一頓。想要狠狠地踢他一頓。這個人是我女兒和她朋友的老師兼球隊教練。單向鏡後面除了警局裡的其他人之外，還有一名檢察官。這個案子已經炸開了。全球的媒體都在密切關注之中。我被指示要讓路克來進行審訊。

「好了，克萊，」路克說道。「你自己已經承認了，另外，還有其他十九名目擊者也都確認你在十一月十四日、週五晚上，確實在烏勒爾篝火節現場。你花了不少時間在和她說話，隨後，在俄羅斯火箭於晚上九點十二分穿越大氣層之前不久，你就和莉娜·雷伊走向通往戶外廁所的小徑。」

他看著他的法律顧問。她在他的耳邊低聲和他溝通之後，他保持了緘默。

路克繼續說道：「你提出聲明表示，你在火箭出現之前就離開了篝火現場，直接開著你的Subaru回家了。然而，你的不在場聲明卻站不住腳。你的妻子蕾西已經表示，你是在十一月十五日、週六凌晨三點四十二分到家的。她說，當時你已經喝醉了。」

他揚起目光，瞪大了眼睛。「不，不是的。」他又看著他的律師，神情裡開始透露出慌張。「不是那樣的。我在家。蕾西看到——」

「你不需要回答，克萊，」瑪姬打斷他。「你——」

「可是，那不是事實。我直接回家了。」

路克冷靜地看了一眼他檔案夾裡的筆記。「還有一個證人，你的學生瑪蒂森·瓦薩克陳述說，她看到了你和莉娜．雷伊在廁所附近那條小徑外的樹叢裡發生了性行為。就在火箭劃過天空之前沒多久。」

克萊瞪大了雙眼，臉色蒼白地說：「瑪蒂那麼說嗎？」

「你是否和你的學生莉娜．雷伊發生了性關係？」路克問道。

克萊的目光轉到我身上。他的五官似乎因為恐懼而扭曲。他的眼神發亮。

「那是謊話。那完全不是真的。」

「瑪蒂說那是真的。在她的頭燈下，她很清楚地看到了你的臉。」

「那是漫天大謊！根本沒有那種事。那是她的一面之詞。」

「瑪蒂跑去告訴了她的朋友貝絲．蓋洛威，貝絲當時在篝火的現場。瑪蒂和貝絲很快地又回到了小徑，貝絲剛好看到你從地上扶起莉娜，然後擁著她走回你停在伐木道路上的Subaru。我們還有好幾名目擊者，也都看到了你帶著莉娜走上那條小路。」路克停了一下，緊緊地盯著克萊。「你當時要把莉娜帶去哪裡，克萊？在那天晚上九點十二分到隔天凌晨兩點之間，你們兩個去了哪裡？莉娜就是在兩點的時候，被人看到穿著你的外套、獨自跌跌撞撞地走在惡魔橋上。」

克萊緊緊地回視著路克。審訊室裡頓時瀰漫著一陣沉默。我可以聞到他的氣味——那是濃濃的汗水混合了恐懼的味道。

「克萊頓？」路克打破了沉默。

他嚥了嚥口水，朝他的律師望去。

瑪姬點點頭。

「我開車送她回雙瀑鎮。」

腎上腺素在我的血液裡奔竄。我可以感覺到路克那股沉默的能量，然而，他的外表看起來似乎很冷靜。

「你開車送莉娜．雷伊？用你的車——那輛Subaru？」

他點點頭，重重地吸了一口氣。「她喝得很醉。我擔心莉娜，我擔心她的判斷力和安全。我說的是真話。她……我喜歡莉娜。我很喜歡她。」

「我想也是。」我說道。

路克嚴厲地看了我一眼。於是我不再說話。但是，我仍然像一只蓄勢待發的彈簧一樣。我想要撕裂他的喉嚨。他有一個辛苦過日子的妻子，一個那麼小的孩子。這個混蛋居然在他輔導莉娜和其他孩子的小屋裡，藏了好幾箱的兒童淫照。

「所以，你在和莉娜發生性關係之後，就載她回到鎮上？」

「我從來沒有和莉娜發生過性關係。我們只是坐在原木上聊天。就像我說的，她喝得很醉了。我告訴她我要回家了，並且主動說我可以載她。我……我告訴她說，如果她搭我的車回家的話，會比她一個人和那群人混在一起要安全。」

一股嘲諷迴盪在審訊室密閉的空間裡。

「那我就姑且按照你說的話來吧，」路克說道。「你開車送她回雙瀑鎮。你在哪裡讓她下車的？」

他用雙手用力搓揉著臉。「我原本打算要載她回她家，但是，當我們開到惡魔橋北面的交叉路口時，她就說要下車了。我不答應，我說我要送她回家，然後她就開始挑釁了起來，並且在我還在開車的時候打開了車門。」

「她為什麼開始挑釁？」路克問道。

「我告訴過你了，她喝得很醉，變得很暴躁任性。她想要去阿里希臘外賣，那家店在河的對岸。我想要走另一條路，直接送她回家，然後再回我家。但是她堅持要去，所以我就讓她下車了。」

「你讓一個喝得很醉的學生——一個十四歲的女孩——一個人待在暗夜之中？」

他點了點頭。

「你可以大聲地回答，讓你的答案被錄下來嗎，克萊？」

「是的，我讓她下車了。」

「讓我看看我的理解是否正確——你擔心莉娜在篝火現場的判斷力和安全，而在你返回雙瀑鎮的路上，就在惡魔橋附近的時候，你突然不再擔心這些事情了？」

沒有人吭聲。

「發生了什麼改變，克萊？是莉娜說了什麼激怒你的話嗎？也許，她揚言說要揭露你和她發生關係的事？」

「夠了，警探。我的客戶——」

「我並沒有和莉娜發生性關係。瑪蒂在說謊。」

我緊緊地握住了放在腿上的拳頭。

「你有沒有和莉娜聊過關於陰影的事，克萊？一個榮格式的陰影？」

他看起來有些憂慮、疑惑。不知道路克為什麼提出這個問題。

「呃……有。那是總體神話文學研究的一部分。」

「她有沒有對你表達過她的愛意？」

他的眼睛在閃爍，看起來像是被逼到走投無路了。他下意識地摸了摸桌子邊緣，然後回答道：「她……莉娜會有些癡迷。她會誤解一些事。」

路克從他的檔案夾裡取出一張紙，然後開始唸出來。

「在我們的生命裡，我們花了大部分的時間在害怕我們自己的陰影。這是他告訴我的。他說，每個人內心深處都住了一個陰影。深到我們甚至都不知道它的存在。有時候，我們會在回眸的瞬間瞄到它。然而，因為害怕，所以我們很快就將眼光移開……我不知道他為什麼告訴我這些。也許這是他把他自己的陰影委婉說出來的一種方式。不過，我確實認為我們的陰影是邪惡的——他的和我的。龐大、暗黑又極度危險。我想，我們永遠都不應該把我們的陰影釋放出來……」

克萊目光低垂地看著桌子。

「這是你輔導莉娜的功課嗎？」

「那可能是她自己的闡釋。」

「你是莉娜日記裡提到的那個『他』嗎？」

「有可能。」

「你知道她的日記裡寫了些什麼嗎，克萊？你和莉娜有沒有為她的日記內容起過爭執？這個爭執是不是發生在惡魔橋下面？」

「沒有，你說的這些事都沒有發生過。我讓她在橋上下車。我從來沒看過她的日記。我不知道她寫了那些東西。」

「她為什麼寫說，你們兩人都擁有很危險的陰影？」

「我不知道她寫那些話的時候，她的腦子裡在想什麼。」

「那她的背包呢？你也把她的背包一起都扔下車了嗎？」

「那個背包在我的後座。她下車的時候，我把背包給了她。然後我就開過交叉路口，直接回家了。」

「那是幾點的時候？」

「我……我不確定。」

「如果你在九點左右離開篝火現場的話，你還去了哪裡？因為蕾西說，你一直到凌晨三點四十二分才回到家。」

「我說過了，那不是真的。我回家了。我到家後就開始喝酒，我可能到我的小棚舍去了，然後在凌晨三點四十二分的時候跌跌撞撞地上了床。但我確實是在家的。」

「那麼，在你讓莉娜下車之後，一直到有人在凌晨兩點看見她一個人步履蹣跚地走在橋上這段期間，她去了哪裡？」

「我不知道。」

路克往後坐，打量著眼前的嫌犯。「克萊，當她一開始被報失蹤的時候，你為什麼不告訴我們這些？」

「我……知道如果我說出來的話，事情看起來會像什麼樣。」

「那我們就可以立即在惡魔橋一帶展開搜索，」我說道。「而不用等到艾咪．陳在一星期之後來警察局做完聲明才開始行動。」

路克再度警告性地看了我一眼。我閉上嘴，內心在怦怦地撞擊著。我的憤怒正在堆疊。「有人知道你把莉娜載到交叉路口嗎，克萊？」路克問道。

「我想沒有吧。」

「你認得這件外套嗎？」路克把蕾西稍早帶來的那件外套的照片推向克萊。

「那是我的。我在篝火節前幾個星期把它借給了莉娜。當時，她和我正在上一堂輔導課，後來，外面開始下雨。她沒有外套。我的外套就吊在小屋的門後，她問我可不可以把那件衣服借她，後來，她就沒有還給我了。」

「你是怎麼把衣服拿回來的？」

「我不知道。」

「你不知道？」

「它自己就出現了，在篝火節那個週末過後的隔週週二早上，它就出現在了我的辦公室裡。放在一個塑膠袋子裡。我真的以為是莉娜把衣服還給我了，直到她的失蹤變成了事實。」

「好吧。那這些深色的污漬是怎麼回事？」

他沒有回答。

「再告訴我一次，你的手是怎麼割傷、怎麼會瘀青的？」

他依然沉默。

「聽著，你的外套現在在皇家騎警的犯罪實驗室那裡，克萊。這些污漬是不是——」路克的手指在照片上輕輕敲了敲。「——來自莉娜的血跡，實驗室會比對出來的。而背包上的血跡是你的或者是莉娜的，他們也都會比對出來。你的車子裡是不是有任何纖維的證據——」

他的臉色慘白，同時發出了一聲奇怪的聲音。他幾乎因為呼吸急促而換氣過度。他的瞳孔正在擴張，他看起來十分困惑，彷彿吸毒了一樣。

「你想要說什麼嗎，克萊？」路克問道。

他再度發出了同樣的聲音，然後很快地搖搖頭，好像企圖要排除什麼突然浮現在腦子裡、什麼他再也無力抵抗的畫面或者回憶。

「克萊？」

「那是我的血跡。她背包上那個。是我的血。」

路克全身都僵硬了。「為什麼你的血跡會在上面？」

「我說過了……我在堆疊木柴的時候割傷了手。我去參加篝火活動的時候，在樹林裡撞到了傷口，結果我的手就又開始流血了。後來，在我伸手把莉娜的背包從車子後座取出來的時候，血漬可能沾到了袋子的背帶。」

克萊看起來還是很不對勁。一副茫然的模樣。我不由得看了路克一眼。

只見路克又從他的檔案夾裡拿出另一張照片，推到克萊面前。

「這張照片是一本詩集的標題頁，這本詩集和莉娜的其他東西都是在河岸被找到的。這本書的標題是，樹林的低語。你的妻子辨識出那是你的書，克萊，而上面的縮寫A.C.，根據你妻子的說法，是一名叫做艾比蓋兒．崔斯特的女性。艾比蓋兒是誰？」

「一個朋友。大學時代的朋友。她已經死了。」

「艾比蓋兒發生了什麼事？」

他看起來似乎很憂慮。他把目光轉向他的律師。她則出現了疑惑和困擾的神情。

「據說……據說有人擅闖她家，結果情況變得很糟。」

「是嗎？克萊，我們從我的皇家騎警同事那裡得知，艾比蓋兒．崔斯特確實是死於一場很顯然是入室搶劫的罪行中。但是，她同時也遭到了性侵。很殘暴的性侵。然後被連續重擊致死。」

路克停了一下，定定地看著克萊好一會兒。「你不認為這有點巧合嗎？一名年輕的女孩死於類似的情況，而艾比蓋兒．崔斯特送你的書，竟然在她的屍體附近被發現？」

「我的客戶對艾比蓋兒．崔斯特的案件並不知情，」瑪姬說道。「你這是在非法調查。」

路克又將另一張照片推向克萊。那是一個體毛濃厚的男性身體，還有一雙看起來明顯上了年紀的手。加上一名年輕女孩柔嫩的肌膚，以及一具勃起的男性生殖器。

我們都看著克萊。他似乎被一股看不見的電流電到了一樣。電流在他四周發出劈啪的聲響，讓他的神情出現了改變。他端詳著照片，眼睛裡出現了深沉而奇怪的神情。

路克緩緩地說道：「這是在你的小棚舍裡找到的幾百張照片裡的一張，克萊。你知道是誰把這張照片拿來給我們的嗎？」

他吞嚥著口水，不願和路克四目相對。

「是蕾西拿來的。你的妻子。她在你的小棚舍裡找到了這些照片。」他的眼神出現了熊熊的火燄，他迎向了路克的目光。克萊渾身似乎都在顫抖，宛如一只裝滿燃油的瓶子，隨時就要爆炸。他的律師看起來十分緊張，似乎已經無法自我控制。她的注意力在眼前不堪入目的色情照片和她的客戶之間游移。

「蕾西找了一個褓姆，克萊。然後，她把這件外套和那張照片帶到了警局。她告訴我們你的小屋裡有什麼東西。她要求我們確保她的安全，不會受到你的傷害。你自己的妻子。她告發了你。她看到了你鎖在那間小屋裡的東西，那間你用來輔導女學生的小屋。」

克萊的眼裡泛出了淚水，隨即沿著他的臉頰流下。他目光低垂，看著自己腿上的雙手。

路克重重地拍了一下桌子。

克萊的身體抖了一下，不過，目光依然停留在自己的手上。

「克萊，我再問你一次，你有沒有和未成年人發生性行為？在烏勒爾篝火節那天晚上，你有沒有和莉娜・雷伊在樹林裡發生性關係？」

他開始像小孩一樣地哭出了聲音。更多的淚水簌簌而下，連鼻涕都開始流了下來。

「你有沒有把莉娜・雷伊帶到惡魔橋下？」

他用手腕擦了擦鼻子，抹去鼻涕。

「你有沒有在橋下攻擊莉娜？你有沒有——」

「不要說了！」他大聲尖叫著。路克、律師和我在毫無預警下都嚇了一大跳。他突然站起身來。

「是我幹的！可以了嗎？是我他媽的幹的。所有的事都是我做的。」他瞪視著我們所有的人。

「克萊，請你坐下來。」路克說道。我渾身緊繃，隨時準備擋住門口，以防他逃跑。

克萊只是站著，動也沒有動。

「坐下，克萊。」

他清了清喉嚨。然後才慢慢地，彷彿被催眠一般地坐了下來。

「告訴我們，你做了什麼？你是怎麼做的？」

他以一種緩慢地、單調的語氣說道：「我性侵、然後殺害了莉娜・雷伊。在我強暴她之後，我覺得我無法忍受她，以及她所代表的一切。因為她代表了所有我憎恨我自己的東西，所有我曾經做過的、可怕的事情，我所有的癮，我對色情照片的癮，我對孩子的性慾，對年輕女孩的慾望。我拚了命地打她。撞擊她。我殺、我恨、我要抹滅一切。我希望她消失。我希望一切都消失。從我的生命裡消失。」

我吞了吞口水。那名律師面色慘白得像個鬼魂。我可以感覺到鏡子後面其他人的緊張。我知道攝影機和錄音機都還在記錄著這一切。我覺得好不真實。

「你是怎麼做的？」路克輕聲地問道。「把事情發生的經過一步一步地告訴我們，你是怎麼殺害莉娜的？」

他閉上了眼睛，沉默了很長一段時間。整間審訊室裡瀰漫著他的氣味。然後，克萊操著同樣單調的語氣，再度開口低聲說道：「我和莉娜在樹林裡發生了性關係，就在戶外廁所附近一條雜草叢生的小徑外。我知道瑪蒂看到了我們。她戴了一個頭燈。她頭燈散發出的光線照亮了我們的臉。我試著叫住瑪蒂，但是她跑走了，她沿著那條小徑跑向了篝火。莉娜……」他出現了些許的困惑，再度閉上雙眼，然後開始前後搖晃了起來。「她沮喪地哭了。我彎下身幫忙她站起來。我也是在那個時候聽到樹林裡有動靜。可能有人正在看著我們。莉娜因為喝醉了而腳步不穩。我擁著她，攙扶著她走回我的車子。我……打算送她回家。」

他抬頭看著靠近天花板的攝影機，然後把眼光轉回到我們身上。「在回家的路上，她越來越暴躁。她開始說她要投訴我，因為瑪蒂已經看到了我們，反正瑪蒂也一定會說出去的。莉娜說，她在她的日記裡寫到了我，而日記就在她的背包裡。因此，我沒有送她回家，而是把她帶到了一個觀景台，企圖勸她，並且試著想讓她清醒一點。她睡了一會兒。我們就把車停在了那個觀景台幾個小時。她醒來之後似乎比較理性了。然後我開始開車送她回家，但是，當我們開到惡魔橋附近的交叉路口時，她又開始情緒化了起來，吵著要下車。我把背包給她，看著她離開，然後感到了一陣恐慌。我把車開離路面，停在了一些樹叢後面，然後跟著她走過橋。我想那大概是凌晨兩點左右吧。我在橋的南面抓住了她，強迫她走下通往惡魔橋下的小路。」

他突然停了下來。

「然後呢？」路克問道。

「我把背包從她背上抓了下來，企圖拿走她的日記。她反抗著我。日記頁就被撕了下來。我朝著她的臉甩了一巴掌，她因此跌倒在那條石頭小路上。我用穿著靴子的腳踹著她的頭。我……在那裡強暴了她。她站起身，然後跑走了，跌跌撞撞跑過橋上，往北面而去。我跟在她身後，不過，由於有其他的車子經過，所以我停了下來，我不希望有任何目擊者把我和她牽連起來。橋的另一頭很暗，我再度抓住了她，這回，我沿著橋北面底下的那條小路，把她拖回了橋下。我用一塊石頭砸了她的頭，又重重地踩在她的背上。然後，我抓住她的衣領，拖著她走過石頭和鵝卵石上面。當我拖她的時候，她身上的外套和襯衫都脫落了下來，因為我拖著她的袖子，加上她不斷地在反抗，所以她的衣服不斷地受到了拉扯。後來，她的一隻鞋子掉了下來。莉娜蹣跚地要站起來，但是我抓住了她，把她的臉撞向一棵樹的樹幹。然後一次又一次地撞在樹幹上。不過，她還活著，仍然不肯死去。她還在呼吸。因此，我把她的身體拖上鵝卵石，拖到了河裡。在我拖她的時候，她的褲子鬆脫了。她不僅跛了腳，還很沉重，又不停地被石頭卡住。我把她拖到深及大腿的河水裡。河水很冰冷。然後，我跨坐在她身上，用我身體的重量把她壓到河底的小石子裡。我把膝蓋壓在她的肩膀上，用雙手抓住她的後腦，把她的頭按在水裡。直到她斷氣。我殺了——我淹死了——莉娜．雷伊。」

克萊心不在焉地檢視著他手上的瘀青和正在復原的傷口，彷彿這是他第一次看到一樣。「我想，這是攻擊莉娜，」他靜靜地說道，「痛揍她造成的傷痕。」

房間裡一片安靜。時間彷彿沒有盡頭一樣。最後，克萊用那安靜、奇怪的單調語氣說道：「我把她留在了那裡。她浮在河裡，臉往下埋在了蘆葦裡。就在惡魔橋下。整整一個星期，甚至都沒有人注意到。她父親駕駛的那輛公車——每天都固定會在橋上開過。一天往返好幾次。而沒有她坐在上面的學校巴士，每天也會行經那條橋兩次。但是，沒有人看到她在那裡。浮在鰻草之中，直到她沉入了河底。那個被人遺忘的女孩。」

瑞秋

當年

一九九七年十一月二十六日，星期三。

我和路克、以及調查小組裡的其他人一起走進鴉巢酒吧。時間已經近乎午夜了。我們起訴了克萊·派里。他已經被送往位於低陸平原的一處拘押所，等候進一步的處置。

酒吧裡人聲鼎沸，我們都需要發洩積壓在內心裡的情緒。一支本地的樂隊在小小的舞台上表演，音樂重重的節拍在酒吧裡震天價響。重機騎士、警察、伐木工人、登山客，以及其他鎮民都擠在了這間酒吧裡。警長雷蒙讓酒吧的工作人員幫我們騰出一張厚木的長桌，開始幫我們點啤酒、威士忌和披薩。

頂著一頭波浪髮型的貝拉打開了一瓶氣泡酒。當軟木塞在嘶嘶聲中噴向桌子另一頭時，她發出了一聲尖叫。塔克急忙把香檳酒杯遞到氣泡酒瓶下面。

雷蒙抓著我的手臂，把嘴湊近我的耳邊。「小瑞，你父親會以你為傲的。你天生就是當警察的料。」

我笑著接過貝拉遞過來的酒杯。雷蒙這句話對我的意義，比他所能想像的還要大。我渴望著要讓我父親引以為傲，渴望著要證明我具有這樣的能力。特別是在他和我母親支持我以一個年輕母親的身分完成了警察的訓練之後。我這輩子的人生目標就是跟隨他的腳步，在雷蒙退休之後，領導警局、領導這個城鎮走向未來。路克往旁邊挪了一下，好讓我可以在桌邊坐下來。當我在他旁邊坐下時，我的大腿貼到了他的腿。他的肌肉很結實。他的身體很溫暖。路克給人的感覺就是紮實而溫暖，舒適而且堅強。我看了他一眼，剛好和他四目相對。剎那之間，我們彷彿被關進了一個私密而無聲的泡泡裡，情慾讓時間彷彿凝結了。我的皮膚感到一陣激動。我覺得自己的胃升起一股熱潮。我嚥了嚥口水，挪開目光，隨著其他人舉起酒杯，然而，那股觸電的感覺卻依然在我體內劈啪作響。

「幹得好，各位。」雷蒙對著眾人說道。

當大家在酒精的作用下盡興喝酒、喧鬧地開著玩笑之際，我發現自己因為陷入了自我的窠臼而安靜了下來。我又開始擔心瑪蒂了。我應該要直接回家的。不過，時間這麼晚了，就算我回家，她也已經睡著了，而且，明天將會是嶄新的一天，因為我再也不需要為莉娜．雷伊的案子而忙碌了。我知道審判終將來臨。而瑪蒂需要宣誓作證的事實，也會帶來某種程度的壓力。不過，那可能是一年、甚至更久之後的事情了。

明天，路克和我會去拜訪莉娜的父母。明天，我就可以把我全部的關注都轉移到瑪蒂身上了。然而，還有別的事情。在我內心深處，還有另一件事正在默默地成形。

我的思緒回到了我在瑪蒂抽屜裡發現的那張照片。那張照片現在被放進了一個信封裡，和我其他的東西一起被鎖在了一只箱子裡。我想到了那個吊墜。還有莉娜那些充滿渴望和探索、文采出眾的日記。我很好奇，日記的其他部分現在會在何處。在進一步的逼問下，克萊依舊無法回答我們這個問題。當路克問他，莉娜是否一直都戴著我們在她頭髮裡發現的吊墜時，他說他不記得了。對於莉娜的臉上為什麼會有那些灼傷的痕跡，他的解釋也同樣無法讓我滿意。他說，那應該是他用莉娜背包裡的香菸造成的。

我的思慮接著轉到了利亞姆．帕克斯上面，還有他供稱遭到偷竊的相機和底片。我又啜飲了一口氣泡酒，隨即因為感到路克的手放在了我的腿上而繃緊了起來。

「你還好嗎？」

他的嘴靠得很近。他必須要往前靠近，我才能在嘈雜的音樂、笑聲和各種喧譁聲中聽得到他的聲音。儘管我的思緒冷靜、甚至還在想著種種理性的問題，然而，我的身體卻在發熱。當他說話時，我看著他的嘴唇。在那一瞬間裡，我幾乎無法呼吸。我清了清喉嚨，然後說：「我……只是在想……有一些懸而未解的問題。例如，她的日記在哪裡？」

「這些問題都會有答案的。當這個案子進入審判程序時，我相信，透過法庭上的證詞，一切都會水落石出。」

我點點頭。

「想要離開這裡嗎？」

我猶豫了一下。我應該知道要怎麼回答的。然而，我卻說，好。

當我們離開酒吧、投入外面冰冷的空氣裡時，映入眼簾的是靜夜裡的滿天星斗。一股嚴酷的海風吹來，讓我的腦子頓時清醒不少。

「我應該要回家了。」

他看起來有些失望，不過也只是一瞬間而已。「是啊，我也需要睡一下。我陪你走到你的車子。」

「你什麼時候要回城市裡去？」我們一邊沿著人行道走著，我一邊問道。

「我明天就會從汽車旅館退房了。等我們去看完普拉提瑪和傑斯溫德之後，我就直接開車回去了。我可以在薩里市的辦公室繼續跟進其他的事。」我們走進了連接在建築物和停車場之間的一條短巷裡。漆黑的巷子裡覆蓋著陰影。他遲疑了一下，我下意識地停下腳步看著他。月光灑在他魁梧的身軀上，讓他的雙眼在月光下微微閃爍。

「要不要到旅館來，小酌一下？」

我張開了嘴，但是立刻又閉上了。

路克握住我的手。理性隨即離我而去。他把我拉近，而我也沒有抗拒。他托起我的下巴，在我唇邊輕聲說道：「跟我回旅館去，瑞秋。」

他往下彎身向我貼近，我也抬起頭吻了他。一開始，我們都只是小心翼翼地，但是，這個吻卻突然變得激烈了起來，狂野而盲目。他攫住了我的臀，讓我的髖部緊緊地貼住他。他的舌頭已經探入了我的口中，我的手也游移在他的兩腿之間。我可以感受到他已經完全硬挺了，那讓我的兩腿開始發軟。當他把下身貼在我的手掌裡時，他的喉嚨直接爆發出了一陣呻吟。

巷子底突然燈光大亮。在車頭燈的照耀下，我們彷如站在黑暗舞台上的演員，瞬間暴露在了聚光燈底下。一隻浣熊在燈光下快速跑開，巷子裡瞬間迴盪著空罐被撞倒的聲響。隨著車子的轉彎，燈光再度消失。我渾身緊繃地往後退開，胸口的心跳還在怦怦作響，現實重重地撞擊著我的腦子。

那輛車子的行駛聲消失在了遠處。我應該回家了。我需要回家。我得回家。但是，回家是為了什麼？為了已經熟睡的瑪蒂？為了已經不再愛我、而且在某種程度上，已經於幾個月前開始遺棄我們的婚姻和夥伴關係的傑克？

「來嗎？」他在我耳畔輕聲地說。

我去了。

我越過那條線了。

我和路克回到了他位於高速公路的廉價汽車旅館。就是那間傑克數度不忠於我的汽車旅館。

也許那是我之所以去的原因。

也許那是下意識的一種報復形式。或者為了證明我也可以做傑克所做的事。

或許是因為我知道我不會再見到路克了。而我無法讓他就這樣離開。也或許是因為我需要借用他紮實的能量、需要再度地感受到愛、感受到被渴望。尤有甚者，我需要性愛。我需要感受到自己還是個人，再次感受到自己是個漂亮的女人。我需要用性愛來面對我們在這個案子上所目睹的死亡和種種的醜陋。而他就是出現在我眼前的機會。一名盟友。沒有什麼複雜的牽扯。

當我們在他的旅館房間裡親吻、剝去彼此身上的衣服，熱烈而飢渴地佔有彼此時，我知道我絕對不能再和路克見面。不能像這樣見面。因為那將會讓我婚姻裡僅剩的一點東西都受到崩解。而且，我內心裡那個乖乖女知道，我應該要竭盡所能地去挽救我的婚姻。

為了瑪蒂。

克里妮緹

現今

十一月二十二日，星期五。當日。

「克萊頓，我拿到了所有的警方紀錄副本以及其他關於這個案子的紀錄，我這裡還有一份你的供詞影本。」我把影本推到他面前。數位錄音裝置就放在我們之間。「你可以為我們的聽眾讀一下這個部分的供詞紀錄嗎？如果可以的話，就從你說是你幹的、是你強暴並且殺害了十四歲的莉娜．雷伊那裡開始。」

「我沒有犯案。」

「那是你現在聲稱的，不過，那不是你在一九九七年的時候說的。你可以唸一下你當時說過的話嗎，一個字一個字地唸出來，這樣，我們的聽眾就可以聽到當日那兩名警探在那間審訊室裡所聽到的話？」

他把我給他的文件拉近。

「麻煩你從你對奧萊利警探和瓦薩克警探所說的那部分開始，『她醒來之後似乎比較理性了。』」

我看著他掃視著文字紀錄，尋找著我所說的那個點。他的臉上出現了一抹奇怪的神情。他的能量似乎改變了。我可以感覺到房間裡的氛圍轉變了，在那幾秒鐘裡，我突然感到害怕，甚至還下意識地確認了房門和我椅子之間的關係位置，以防我需要迅速採取動作，或者需要什麼幫助。因為克萊似乎突然變成了另一個人。

他開始用一種沙啞單調的嗓音唸著。慢慢地、靜靜地，聽起來很不真實。彷彿這麼多年來，他一直都在牢獄裡排練著這些台詞，而他現在已經和這些都無關了。

「然後我開始開車送她回家，但是，當我們開到惡魔橋附近的交叉路口時，她又開始情緒化了起來，吵著要下車。我把背包給她，看著她離開，然後感到了一陣恐慌……我再度抓住了她，這回，我沿著橋北面底下的那條小路，把她拖回了橋下。我用一塊石頭砸了她的頭，又重重地踩在她的背上。然後，我抓住她的衣領，拖著她走過石頭和鵝卵石上面。當我拖她的時候，她身上的外套和襯衫都脫落了下來，因為我拖著她的袖子，加上她不斷地在反抗，所以她的衣服不斷地受到了拉扯……然後，我跨坐在她身上，用我身體的重量把她壓到河底的小石子裡。我把膝蓋壓在她的肩膀上，用雙手抓住她的後腦，把她的頭按在水裡。直到她斷氣。我殺了——我淹死了——莉娜·雷伊。」

他抬起了頭。

「然後，你把她留在了那裡，浮在蘆葦裡，就在惡魔橋下。『浮在鰻草之中。那個被人遺忘的女孩。』」

他搖搖頭。目光鎖住我的眼神。我感覺到，不只是看到，我的錄音裝置上那個小小的紅燈正在閃爍。我感覺到我未來的聽眾正在傾聽、正在期待著。

我提醒他，「奧萊利警探問你，你確切是怎麼做的，克萊頓。」

「我……我捏造的。那不是真的。」在那一瞬間裡，他看起來真的很迷惑。我想，我知道是怎麼回事了。他無法騙我說他沒有殺害莉娜。他欺騙了他自己。二十四年前在那間審訊室裡發生的事，現在正以白字黑字的事實挑戰著他的謊言。

「那不是真的。」

「克萊，你要如何捏造那些訊息——法醫鑑識的細節——那些只有對調查很了解的人才可能知道的事情？」

他注視著眼前那份影印本。

「繼續說下去，克萊。」我柔聲地催促他。腎上腺素在我的血液裡掀起了一陣興奮感。這太棒了。收聽率一定會爆升。不過，在我的興奮之情底下，還有另一股感覺正在成形。某件我現在不想——不能——去想的事。

驀然之間，克萊頓似乎完全被掏空了。他變成了一具空殼，只是坐在那裡。他的身體裡什麼都沒有了。他的眼神飄向了遠方，彷彿他整個人即時掉進了一個蟲洞，去到了二十四年前又黑又冷的惡魔橋下。

「克萊頓？」

他眨了眨眼。然後搓揉著他的下巴。

「如果你當時說的不是真的，如果不是你幹的，那你怎麼會知道所有的細節？」

「那……那些說詞就那樣出現了，就那樣冒進了我的腦子。而我想要把它說出來，把一切都說出來。」

我瞄了一眼錄音裝置，確保它還在錄音，然後說道：「你為什麼想要說出來？你為什麼要認罪？為什麼不接受審判？」

「我想要坐牢。」

我看著他。我的眼角餘光瞥見了窗戶外面正在看著手錶的警衛。警衛對我做出了一個手勢，還剩兩分鐘。我升起了一股緊張。

「為什麼？」

「我是一個壞人，克里妮緹。」他緊緊地注視著我，緊到我覺得他似乎想要鑽到我的腦子裡。鑽到我的身體裡。這讓我渾身不舒服地看了一眼警衛。

「我是一個變態、很變態的人。我無法控制那些變態的癮。」

「對孩童淫照的癮？」

「還有酒精。我用喝酒來麻痺我對女孩、十幾歲的女孩所產生的性慾。我用酒精來鈍化那個部分的我，那個野獸——那個怪物——住在我體內、控制著我的那個怪物。」

「那個莉娜筆下的陰影嗎？」

他點點頭。「我分成了兩半。我邪惡陰影的那個部分挑起了我的性慾，讓我想要做壞事。而我邏輯善良的那部分卻知道我的慾望是不好的、是錯誤的。好的那個我從一名專家那裡尋求了醫療幫助，想要戒除那些癮。但是卻徒勞無功。我的體內有個惡魔，克里妮緹。一個魔鬼。一坨變態的污泥。當……當我那甜美的蕾西看到那些小孩的淫照時，我……我甚至不敢想要嘗試著回到她身邊。回到我昔日的生活。我讓她失望了。在這個世界上，我永遠都無法抹去這個紀錄，無法再重新開始。而我看著那些可以看到我內在惡魔的警探，那些想要把我關起來的警探，我突然明白了。我必須去坐牢。我必須被關在那些鐵欄杆後面。我想要被鎖起來。這樣才能拯救那些在我身邊的人。才能拯救那些孩子們。才能保護我自己的孩子。才能幫我斬斷來自惡魔的誘惑。」

我嚥了嚥口水，心裡突然充滿了一股奇怪的惻隱之心，讓我深深地感到不舒服。我清了清喉嚨。

「所以……你就招供了？你就捏造了這些關於殺害莉娜・雷伊的細節？」

他點點頭。這個鐵石心腸的男人眼裡出現了一抹真實的痛苦。他是在耍我嗎？警衛在此時敲了敲窗戶。氛圍更緊張了。我很快地開口。

「你為什麼不要審判？」

「因為審判可能會揭露我的謊言。因為我想要直接坐牢。因為我再也不想要談論那些壞事。我想要死。但是我又不想死，因為那太容易了。我……尋求幫助的那個我？那個我希望我受到懲罰。受到很久很久的懲罰。」

「那為什麼是現在，克萊？你為什麼要在這個時候告訴世人這件事？你想做什麼？」

房間的門瞬間被打開了。

「時間到了，派里。」警衛大聲喊著。

「是因為你想要獲得自由嗎？你現在想要離開監獄了嗎？」

「我只是想要揭露真相。」他盯著我的雙眼說道，「我希望大家知道，那個兇手仍然逍遙在外，並沒有為他所做的事情付出代價。也許他甚至又殺了其他人。」

警衛把克萊頓帶出了房間。房門再度被關上。我透過玻璃窗戶看著他們離開。他回頭看了一眼，短暫的一眼，直到他們消失在了轉角。

他若不是在操弄我。

就是在說實話。

而他現在只是希望我和世人都能知道真相。

殘響
漣漪效應

現今

十一月十九日，星期五。當日。

達倫站在他妻子書房的門口。書房裡的燈光已經被調暗，瓦斯壁爐裡的火燄不停地在閃爍。她正在重播莉娜·雷伊謀殺案Podcast系列的第三集，這一集不久之前才剛上線。達倫很擔心。這已經是她第四次重播了。他的妻子顯然完全沉浸在了克萊·派里耳語般乾燥的聲音裡。她完全沒有注意到站在書房門口的達倫。或許，她是注意到了，只是她並不在乎。

他們的女兒正在樓上睡覺。

他覺得自己的胃都打結了。

一股困惑而矛盾的情感在他的胸口翻騰。打從有記憶開始，他就愛著瑪蒂森·瓦薩克。也許甚至從幼兒園就開始了。以一種幼兒園孩童的方式愛著她。一直到十二歲左右，才轉變成了一種確定的、異性的感情。對他而言，瑪蒂森一直都是他身邊最漂亮、最聰明，也最有趣的女孩。即便在她廣受歡迎的那個時期，當她取笑他、或者完全忽視他的時候，即便在那些日子裡，他也夢想著瑪蒂會是他人生中的第一個性伴侶。雖然他並沒有如願，不過，最終他還是贏得了她。她終於發現了他隱藏的魅力。

他的妻子往前靠，突然轉大了喇叭的音量。

克里妮緹：……為什麼是現在，克萊？你為什麼要在這個時候告訴世人這件事？你想做什麼？是因為你想要獲得自由嗎？你現在想要離開監獄了嗎？

克萊頓：我只是想要揭露真相。我希望大家知道，那個兇手還逍遙在外，並沒有為他所做的事情付出代價。

主題音樂輕輕響起

克里妮緹：所以，如果克萊頓．派里真的沒有在烏勒爾篝火節那天晚上和莉娜．雷伊發生性關係的話，為什麼瑪蒂．瓦薩克要說謊？她為什麼要說她看到了他們發生性行為？

瑪蒂按下停止的按鍵。房間裡頓時陷入了一片沉寂。

達倫走進書房，把手放在了瑪蒂的肩膀上。

「他在說謊。」達倫說道。他妻子頸部的肌肉感覺很僵硬，彷彿金屬一樣。他開始幫她按摩，而她只是動也不動地坐在原地。他預期她會閃開，但是她並沒有。這顯然不尋常。他胸中的那股焦慮悄悄盤旋到了他的喉嚨。他覺得時間彷彿自動倒流了，而他們的記憶也被捲回了那一天，他們一個一個被叫進派里先生的辦公室，接受瑞秋和奧萊利警探的詢問。後來又被召喚到警察局去做了正式的聲明。

「你在被詢問的時候說謊了嗎，瑪蒂？」他輕聲地問道。

她抬起頭看著他。「你呢？」

他吞了一口口水。

她在他的手碰觸下轉過輪椅，離開了書房。

他知道他說謊了。

他知道自己為什麼說謊。因為瑪蒂要求他那麼做。

達倫越來越擔心了。因為他不知道瑪蒂現在正在玩什麼終極遊戲。

###

艾琳·蓋洛威正在收聽第三集的Podcast。她獨自一個人在家裡。她的丈夫雷克斯正在酒吧裡，這個時間他向來都在酒吧裡。艾琳帶著憤怒地編織著圍巾，只見圍巾越來越長，甚至已經太長了。但是，這有助於她緩解壓力。她原本就是個容易緊張的女人，現在，這個Podcast的故事就讓她更為焦躁了。因為，她一直覺得她的女兒，貝絲，以及其他人都在隱瞞著什麼。他們在保護某個男生。這點她很確定。她越織越快。一針串了珍珠、一針沒有，一針有、一針沒有……

克里妮緹：你剛才聽到了克萊頓．傑伊．派里的供詞。一字一句都是他自己根據一份警方紀錄唸出來的。那些話都是白紙黑字的紀錄。那是克萊頓在審訊當晚，告訴瑞秋．瓦薩克警探和路克．奧萊利警探的確切供詞。除了文字紀錄之外，還有聲音和影像的審訊紀錄。

主題音樂大聲揚起

所以，我要問你們一個問題：你認為克萊頓真的可能為了保護他的妻子和孩子免於受到他自己的傷害而做了假供嗎？為了把自己關在鐵欄杆後面，為了把自己和外界那些誘惑隔離開來，那些將來可能引發他傷害到孩子們的誘惑？克萊頓的這種癮是一種疾病，一種痛苦的根源，讓他真的想藉由醫療上的幫助來抵抗，但是卻失敗了？因為這樣，所以二十出頭的克萊頓．傑伊．派里，其實是一個偷偷迷戀著兒童淫照的上癮者，而且還是一個功能性的酗酒者，同時又在學校裡扮演著一個酷男教師的角色？以年輕、充滿活力又英俊的形象輔導著莉娜．雷伊，並且受到了莉娜．雷伊的崇拜？但是，他卻從來沒有性侵她，或者謀殺她？

主題音樂聲加強

如果確實如此的話，如果他現在所言屬實的話，如果他真的沒有在烏勒爾篝火節那天晚上和莉娜．雷伊發生性關係的話，那麼，瑪蒂．瓦薩克為什麼要說謊？另外，如果瑪蒂．瓦薩克說謊的話，那是否表示貝絲．蓋洛威也說謊了？還有，最初企圖要串通說法的其他孩子又是怎麼回事呢？

我必須再度提出這個問題：為什麼克萊頓現在開口了？這對克萊頓．傑伊．派里有什麼好處？

也許，某個正在收聽的人會知道答案。一定有人知道些什麼。如果你有任何意見的話，都可以打電話給我們。不要忘了下週繼續收聽——

艾琳伸手向前按下了停止鍵。她靜靜地坐了很久，思考著。然後她拿起了電話，打給了正在酒吧的雷克斯。

###

葛蘭傑回到了鴉巢。他已經在那裡吃過了晚餐，又繼續和雷克斯．蓋洛威以及其他人在吧檯喝著他的啤酒。他們都低著頭在收聽剛剛才播出的第三集Podcast。葛蘭傑不想回家。這整件事已經把他的伴侶捲回了一個奇怪的處境。他知道這個Podcast節目會對她造成那樣的作用。此外，他覺得很不高興。很煩躁。他不知道瑞秋是否已經去臨終關懷醫院看了路克·奧萊利。

「可惡的女人。」葛蘭傑在節目結束時喃喃自語地批評著克里妮緹。他已經喝了好幾瓶啤酒了，這意味著他現在可能無法騎他的重機回家，意味著他得睡在鎮上，而這也會讓他和瑞秋之間的關係變得更晦暗，偏偏此時卻是他應該更用心、應該要陪在她身邊的時候。「把陳年往事都挖出來——這簡直是在搞亂這個小鎮的集體心理。」

雷克斯緩緩地露出了一絲憐憫的笑容。「你說話的樣子活像個喝醉了的心理醫生。」

「貝絲也在聽這個嗎？」葛蘭傑問道。「她也接受訪問了嗎？」

「是啊，她已經和克里妮緹談過了。她說達斯蒂·皮特斯也是。」

「貝絲已經和克里妮緹說過話了？」葛蘭傑重複道。「強尼從來沒告訴過我。」

雷克斯聳聳肩。「我猜，那些訪談還沒剪接好，也還沒有播出。艾琳也在聽。我相信，整個鎮上現在都在收聽。」

「這個國家一半的人口都在聽吧，大家都在聽這種以娛樂為名的東西。」葛蘭傑又喝了一口。「你覺得那個監獄裡的淫蟲接下來會說什麼？你覺得他會不會針對瑪蒂說謊的假設提出什麼臆測？」

「鬼才知道。瑞秋呢。她被採訪了嗎？」

葛蘭傑嚥下他最後的啤酒，用力地把空杯子放在櫃檯上。「沒有。而且她也不會接受採訪。」

「那瑪蒂呢？」

「我不知道。瑪蒂盡其所能地在拒絕和我們溝通。」

雷克斯緊迫的眼神讓葛蘭傑覺得渾身發癢。

「瑪蒂還在對瑞秋那麼多年以前出軌的事不爽嗎？就是和調查莉娜・雷伊案子的那個皇家騎警在一起的那次？」

葛蘭傑咕噥著：「不管是什麼，似乎都隨著時間的過去而越來越苦澀。而這個Podcast肯定會把瑪蒂內心裡的那些舊傷疤都挖出來，那可是一點幫助都沒有。」

在和葛蘭傑進行治療的過程中，瑞秋曾經向他談起自己破碎的婚姻，以及她對傑克的感情，還有她曾經多麼在乎路克・奧萊利。葛蘭傑只知道這麼多。他也知道瑞秋曾經為她崩解的婚姻深深地奮戰過。那削弱了她對自我的認同，傷害了她的自我。而莉娜・雷伊的案子又讓這個狀況雪上加霜。因為這種種，她對工作的專注開始出現了動搖。她做了一些愚蠢的決定，脾氣也不止一次地失控。這造成工作上的許多問題。其他人對她即將優先晉升為警長的恨意也浮上了檯面。警局裡的同事開始對她蓄意阻撓——至少她相信如此。有一天，瑞秋突然發現自己無法起床。她被診斷罹患了憂鬱症，結果以失能的名義開始請假，並且被要求接受治療。接受他的治療。這讓她付出了升職的代價。結果，她辭職了。

她把手上全部的積蓄都用來買下山谷裡的那塊地，又付出了無數的血汗，辛勤地把綠畝園建設成一座有機農場。並且在夏季的時候，開始到農夫市集裡販售蔬菜。無論內心的惡魔如何嘲笑她，她也開始找到了平靜。在一個炎熱的夏日裡，葛蘭傑在她位於鎮上農夫市集的攤位與她再次相遇，於是展開了對她的邀約。早在治療的過程中，他就已經喜歡上她了，只是他必須忍住不顯露出來。不過，當他們再度相遇時，醫生—病人的關係已經結束了。那天，在那一身古銅色的皮膚下，她散發著一股自然的美麗，看起來十分快樂。經過後續一連串的發展，葛蘭傑最終在半退休的狀態下，搬到了綠畝園和她住在了一起。

然而，在喝醉狀態下的此刻，他覺得一切似乎都岌岌可危，在克里妮緹．史考特敲響農場的門、以及莉娜．雷伊的案子浮上檯面之後，這一切都將會遭到摧毀。

雷克斯被叫進了酒吧的廚房裡，而葛蘭傑也更沉浸在了自己陰鬱的思緒裡。

他的思緒飄回到了那一天。那天，他發現強尼在清洗一件並不屬於他自己的軍用外套。在篝火節那個週末過後的隔週週二，也就是新聞報導一名學生，莉娜．雷伊，失蹤的隔天，強尼把那件外套丟進了洗衣機裡。那件外套上沾了一些血跡。泥土和血跡。

###

那天晚上，當強尼回到家的時候，貝絲已經在睡覺了。他爬上床，緊緊依偎在她身邊，輕輕地用手臂擁著他的妻子。

「你有聽第三集嗎？」她在黑暗中問道。強尼沉默了很久。屋外寒風大作，他不知道這風是否會在明天早上之前帶來大雪。最後，他開口說道：「貝絲，瑪蒂說謊了嗎？」

他感覺到他的妻子渾身緊繃了起來。她在黑暗中保持著沉默。屋外的風吹得更響了。不知道哪戶人家的百葉窗被吹得砰砰作響。

「你們真的看到了克萊．派里和莉娜發生了性行為嗎？」

「去你的，強尼。」她低聲說道。她的反應讓他感到震驚。

她轉過身躺在床上，目光往上看著天花板，她的眼睛在黑暗中閃爍。「你怎麼敢這樣問我？」

「我的意思是，也許瑪蒂欺騙了你。或者——」「或者什麼？我們兩個一起捏造的？你真的認為我會對那麼嚴重的事情撒謊嗎？我能在知道有人因為我和我朋友所捏造的事情而坐牢之後，還安坐在這裡這麼多年嗎？」

「貝絲，派里先生之所以坐牢，是因為他認罪的關係。不是因為你。而現在，每個人對他當年的供詞是否造假都在議論紛紛，就是這樣。也許他從來都沒有在樹林裡和莉娜發生過關係。也許瑪蒂真的說謊了。」

「他是個變態。他曾經是個——現在也還是——戀童癖。一個對兒童淫照上癮的人。一個性犯罪者。你也聽到他在Podcast裡說了，他會對女孩和年少的青少年產生性慾。他……他有一次也曾經對我動手動腳。」

「你從來沒有告訴過我。」

「我想要把這件事忘掉。」

「你有對別人提起過嗎？」

「沒有，我沒有。」

「即便瑪蒂也沒有？」

「特別是瑪蒂，我更不會對她提起。至於莉娜？她太隨便了。她需要愛。她需要被人需要，而那個怪胎就利用了這點。我完全相信他的供詞是真的。每一個字都是真的。」她停了下來，他們靜靜地聽著窗外的風聲。「不過，你知道莉娜很輕佻，不是嗎，強尼？」

「那是什麼意思？」

「她太渴望被人喜歡，為此，她什麼事都願意做，任何渴望打破處子之身、又不在乎對象是誰的男孩，她都願意為他們張開雙腿。」強尼覺得一陣噁心。「我真不敢相信你竟然說這種話。」

語畢，兩人陷入了一陣沉默。

他閉上雙眼。他的世界似乎緩緩地在黑暗中旋轉。他覺得自己彷彿是水裡的一塊碎片，正沿著水槽不斷地朝著下水道旋轉而去，而越是接近排水孔，他的轉速就越來越加劇。

他想起了那天，當他把那件沾上泥土和血跡的軍用外套塞進洗衣機裡的時候，他發現他父親就站在門口看著他。

# # #

在此同時，位於這個國家另一端的多倫多郊區某個鎮上，一名七十出頭的婦人喬瑟琳．威洛比，正坐在她年近五十歲的女兒旁邊。她一邊聽著莉娜．雷伊謀殺案的Podcast，手指一邊撥弄著手中的念珠。對於犯罪紀實的節目，她向來都很著迷。念珠只是一種慰藉，讓她的手在收聽的時候有點事可做。

稍微年輕一點的那名女子——她的女兒，蕾西——正處於早發性失智症的晚期。她現在住在一間安養院。蕾西已經不認得她家裡的任何一個人了，對於吞嚥和吃東西也有困難，並且也無法再走路。屋外的暴風雪在狂吼，低矮的窗戶上已經堆滿了厚厚的一層積雪，這讓喬瑟琳必須待在女兒的房間裡過夜，不敢離開。早在幾個小時以前，大眾交通就已經停擺了。

一名護士走了進來。她低聲對喬瑟琳打了個招呼，然後便走過去視察她的病人。她拾起蕾西的手，幫她量著脈搏。

蕾西沒有反應。她睡得很熟。喬瑟琳把耳朵裡的耳機拿出來，對著護士笑了一笑。護士又檢查了一下蕾西手臂上的點滴。

「你在聽什麼？」護士友善地問著，語氣聽起來就像在閒話家常。

「Podcast。犯罪紀實。一個因為殺害青少年而被關起來的殺人犯，他終於開口聊起了那個案子。」

「喔，你說的是西部那個謀殺案？在雙瀑鎮那個？」

喬瑟琳聞言大感驚訝。「是啊。那宗莉娜．雷伊的謀殺案。」

「其他的護士曾經和我提起過。我聽過之後就迷上了。每個人都在聽。我想，克萊頓．派里說的是實話。我敢打賭，那些警察應該在隱瞞什麼。我敢打賭，是他們逼他招供的，要不就是他們做了什麼，不管他們做了什麼，都會被掀出來的。」

喬瑟琳想都沒有多想，話就脫口而出了——她就是說出來了，她需要說出來。「蕾西嫁的人就是他。」

護士的手僵住了。她把目光盯在床上的蕾西，然後又看向喬瑟琳。「你是說真的嗎？」

她點點頭。

護士雙眼發直地說道：「我……哇，那一定很難過。怎麼……我是說——」

「沒關係。你什麼都不用說。我……我只是從來都沒有提過這件事。而現在……」她看著自己的女兒，聲音越來越小。喬瑟琳此時只是需要感覺到與外界的聯結。和某人、任何人都好。即便只是夜班的護士也可以。

「所以，克萊頓．傑伊．派里……是你的女婿？」

「曾經是。他和蕾西是在泰瑞斯認識的，我們以前曾經住在那裡。他們是在克萊幫忙舉辦的一個基督教青年營隊裡認識的。當時，蕾西才十九歲，剛畢業，基本上，她迷戀上他了。我丈夫和我——我們很擔心這段關係的認真程度。不過，就像那些女孩子在Podcast裡說的，克萊是個很有魅力的人。我的意思是，就像泰德．邦迪是個很有魅力的人一樣。這些有特殊性癖好的自戀暨反社會人格者……他們會讓你看見、進而相信那些全然錯誤的事情。他們會讓你相信他們。」

「克萊當時有酗酒嗎？」

「他偶爾會在一些社交場合上喝得爛醉——例如烤肉、野餐，或者鄉村市集之類的活動。不過那時候，我們社區裡很多人都那樣。當時，我們從來都不擔心那會演變成什麼真的問題。」看著女兒在沉睡中平靜地呼吸，喬瑟琳暫停了一會兒，才又繼續說道：「到了雙瀑鎮之後，狀況就變糟了。我猜，一個人無法長期假裝和隱藏他的病態，事情總有惡化的一天。」她清了清喉嚨。「在克萊被捕、並且遭到起訴之後，我們就把蕾西和他們的孩子帶回了泰瑞斯的家，之後，我們就打包搬到了東部，好重新開始。」

「哇。我……我很遺憾。」護士又看了看蕾西，喬瑟琳不禁猜想，眼前這名女子是否在想，蕾西可能是因為經歷了這些，才失去了記憶和智力。也許是吧。也許早發性失智只是蕾西最終逃避的方式。

護士又說道：「當我說，我覺得他沒有犯案時，我——」

「我也認為他沒有犯案。」喬瑟琳靜靜地打斷她。護士並沒有馬上離開。也許她感覺到了喬瑟琳還有其他事情想要發洩出來。

「蕾西說謊，」喬瑟琳終於說出口，語氣十分鎮定。「她告訴我，她對警方說謊了。」

「你是什麼意思？」護士緩緩地在喬瑟琳旁邊的椅子上坐下。她聽得入迷了。她饒有興趣地往前靠。

「克萊把蕾西當作他的不在場證明。他告訴警探說，篝火節那天晚上九點左右，他人在家裡。而他的確也在家裡。他在家裡喝得醉醺醺的。在他自己的小屋裡。當蕾西告訴警探說，他一直到凌晨三點四十二分才到家，那其實是謊話。」

「可是……如果他在家的話，他就不可能殺害莉娜。」

「我知道。」

「她為什麼要說謊？」

「她需要保護她自己。她需要有人把他帶走。」

護士瞪大了眼看著她。一陣強風把大片的雪花吹落在窗上。她緩緩地說道：「你有對任何人說過嗎？」喬瑟琳低頭看著手裡的念珠。她相信，上帝會對她這麼多年來一直保守著這個秘密而懲罰她。但是，克萊．派里是一個具有邪惡慾望的罪人。他被關起來是對的。即便他被關起來的原因並不完全正確。

護士又追問道：「那孩子呢——蕾西的小女兒，珍妮．派里呢？她知道嗎？我是說，這個Podcast——每個人都在談論。即使她現在不知道，然而，她母親是什麼樣的人，她母親在她父親的事情上說謊了，這些都還是會曝光的。」

「如果曝光了，也許那是上帝的旨意。」

護士靜靜地坐在椅子上看著躺在床上的蕾西。時間似乎變得無比漫長。「真相總會有浮出的時候。」她看著喬瑟琳。「你為什麼要告訴我？」

喬瑟琳在顫抖下深深地吸了一口氣。她不知道為什麼。她就是說出來了。

「有時候，」護士接著說道，「秘密太大、太沉重的時候，是沒有辦法永遠藏在心裡的。人的身體需要把它們釋放出來。就算理智不願意，身體還是會找到方法來釋放。」護士把手蓋在喬瑟琳的手上，她的撫觸是那麼地輕柔。「為了生存，為了保護我們的女兒，我們都需要盡我們所能。以我們當下所能做到的最好的方式。」

「你也有孩子？」

她點點頭。「我有兩個女兒。」

###

利亞姆．帕克斯從他的閣樓搬下一箱底片。他把箱子搬到他的攝影工作室裡。他把燈箱裡的燈打開，然後在凳子上坐了下來。他從箱子裡拿出一捲底片，然後取來放大鏡。他把那只小鏡片放在了底片上，彎下頭，讓眼睛貼在放大鏡上。隨著放大鏡緩緩地在底片上移動，過去彷彿又活了過來。一群男孩在篝火前面。月亮高掛在天空。一九九七年十一月十四日晚上九點十二分，穿透地球大氣層的俄羅斯火箭，在夜空裡留下了彗星般的軌跡。那是烏勒爾祭典那天晚上。莉娜死掉的那天晚上。

他又聽了一次Podcast。他所聽到的內容啃蝕著他。

當他掃視著他在那天晚上所拍攝的另一捲底片時，路克．奧萊利警探的聲音在他的腦海裡栩栩如生地響起。

你有在篝火節現場拍照嗎，利亞姆？拍那些群眾？

我……我的相機丟了，底片都在裡面。我……我喝醉了，當我在一個帳篷裡醒來的時候，相機就不見了。那是學校的相機。我把它借出來，但是卻被偷了。

當放大鏡掃到一張莉娜和派里先生坐在一根原木上的底片時，他停了下來。他想起了他在Podcast上聽到的聲音。

克萊頓：我沒有性侵莉娜．雷伊……而且我也沒有殺她。

克里妮緹：如果不是你，那是誰？

警衛：時間到了，派里。來吧，我們走。

克萊頓：不管是誰，殺害她的兇手都還逍遙在外。

利亞姆更仔細地看著另一張底片裡的一群女孩。瑪蒂．瓦薩克、娜塔莉雅．佩特夫、希瑪．派特、夏安妮．威爾森、達斯蒂．皮特斯，還有貝絲．蓋洛威。當他的放大鏡突然清楚地瞄準到一只項鍊的吊墜時，他的眉頭緊皺了起來。那是鑲嵌在精緻銀飾上的一塊紫色的石頭。石頭上反射著篝火的火光。利亞姆不由得往後坐了一下。

就在他拍攝這張照片後幾個小時，莉娜．雷伊就被性侵、被痛毆、被淹死了。他從Podcast裡得知，死掉的那個女孩頭髮裡纏了一只鑲有紫色石頭的銀飾吊墜。但是，在這張照片裡，戴著那條項鍊的人並不是莉娜。

利亞姆的心跳在胸口加劇。是因為這樣，瑪蒂才要他假裝他的相機被偷嗎？如果他按照她的要求去做的話，她就會介紹一個她的朋友和他去參加他最後一個學年的正式舞會。因此，他說謊了。不然的話，像他這樣的孩子要怎麼找得到女伴？當時，他並不打算拒絕她的好意。況且，他也想要討好學校裡最受歡迎、也最酷的女孩之一。那就是瑪蒂。

現在，他應該怎麼辦？

瑞秋

現今

十一月二十日，星期六。當日。

已經上午十點左右了，葛蘭傑依然還沒回家。昨晚很晚的時候，他打電話給我說他喝了太多，所以會睡在雷克斯那間位於酒吧樓上的公寓裡。

當我把一張莉娜的照片貼在我那張新的犯罪白板最上面時，我對葛蘭傑的來電竟然感到出奇的麻木。我想到了路克，以及他在一九九七年製作的那個板子，當時，雙瀑鎮警察局還座落在海灣和鐵路站場附近。我的心好痛。我很高興我見到了他，但是，那卻讓一切又在我胸口赤裸裸地活了過來，刺痛著我。

在莉娜的照片下面，我把另一張在她頭髮裡找到的吊墜照片也貼在了白板上。而在吊墜照片的旁邊，是女孩們在篝火現場拍攝的集體照，就是那張我從瑪蒂抽屜裡拿走的照片。然後，我拿出一支麥克筆，在吊墜和女孩之間劃了一條線。並且在女孩的照片下面寫道：

這是利亞姆拍的嗎？他說謊了？為什麼？他還拍了其他什麼照片？

接著，我把外套、幾頁日記、詩集、沾血的背包、莉娜的Nike球鞋，以及其他在背包裡或石縫裡發現的證物照片，也都一一貼了上去。然後是驗屍的照片，包括莉娜頭骨後面的鞋印，以及她臉上的灼傷痕跡。

我往後退，檢查著我所做的功課，然而，路克卻還盤據在我的腦子裡、我的心裡，填滿了我整個的身體。

瑪蒂把我們家的崩裂怪罪於我和路克短暫的出軌。瑪蒂之所以可以那麼輕易地把這件事拿來說嘴，是因為在那條巷子前面轉彎的那輛車裡，就坐著夏安妮和她的母親。那輛車的頭燈照亮了路克和我，就像照亮了兩個站在黑暗舞台上的演員一樣。而我們就像帶著罪惡感的戀人般地望著車燈。就那麼短短的一瞬間。不過，夏安妮隔天到學校時，當然把這件事告訴了瑪蒂。而瑪蒂則告訴了傑克。他正好需要一個藉口來對我發作，這樣，他就可以名正言順地重啟他自己的婚外情。

現在，傑克和他的小三都已經離開了。他們一路跑去了紐西蘭，最後在那裡落腳結婚，並且住在靠近他新任妻子的父母附近。此外，傑克還有了新的孩子，他們的年齡和瑪蒂的孩子相仿。這都成為了瑪蒂痛苦來源的一部分。

也許，這一切都起因於我想要向我父親證明自己，我花了太多的時間在工作上，結果就是賠上了我自己的家庭。如果我是個男人的話，我現在也會這麼想嗎？

或許，有些婚姻就是出了問題，沒有什麼特定的原因需要為此負責。

我凝視著照片裡的瑪蒂和她的那群女同學，她們的膚色在篝火照耀下散發著金色的微光。像一群漂亮的小蜻蜓，在那一瞬間凝結在了時光機裡。充滿了希望、充滿了夢想，就像曾經的我一樣。

去追求真相吧，小瑞。即便真相會讓你受傷。即便它會帶你去到你不希望去到的地方。現在還不會太晚。真相……會讓你獲得自由。是……那些腐爛的秘密。你……以為你已經埋葬了它們，以為你多少已經擺脫了它們，但是，它們就像這個該死的癌症一樣。在你低落的時候、在你疲憊的時候，它就又開始壯大，然後一把逮到你。路克說得沒錯。這個案子在我們每個人的心裡種下了病根。儘管我們可能認為自己已經療癒了，但是，癌細胞卻又再度捲土重來。

突然之間，有個東西吸引了我。那是一盒Export A捲菸的照片。還有打火機。克萊・派里是不抽菸的。至少就我所知沒有。那麼，莉娜是怎麼會有那些灼傷的？

她是在橋下點菸的嗎？是克萊搶走了她的菸，把菸塞進她的鼻孔，或者壓在她的眉毛上弄熄的嗎？是先塞進鼻孔，還是先壓在眉毛上？不管孰先孰後，把點燃的菸頭壓在她的皮膚上造成那樣的灼傷，都應該會讓菸頭被捻熄才對？而莉娜絕對不會幫克萊點燃第二根香菸，好讓他再灼傷她。或者她真的點了第二根。我們沒有在現場找到任何的菸蒂或菸屁股。就算我們找到了，DNA在一九九七年的時候，也不像現在這樣地被廣泛運用。不過，我可以肯定的一件事就是，克萊一直無法對那些灼傷提出令人滿意的說法。而且，克萊也不是一個會抽菸的人。

我拿出一本筆記本，記下了這點。然後也針對外套做了筆記。我想要問克萊，如果血跡還明顯可見的話，他為什麼要把外套帶回家，讓他的妻子掛起來。我想要知道，他為什麼不直接找個地方把外套丟掉。因為我實在想不出合理的解釋。

我聽到我辦公室的門上響起一陣刨刮的聲音，這才發現我把斯加特關在了門外。我打開房門讓他進來，搓了搓他的毛，看著他在他的狗窩裡安頓下來，然後拿起了我的電話。

我搜尋著帕克斯攝影設計的電話號碼。當我找到的時候，我核對了一下我的手錶，然後撥出了電話。

電話響第二聲的時候就被接了起來。「我是利亞姆．帕克斯。」

驀然之間，我又完全回到了昔日的調查模式，腎上腺素立刻開始在我體內流竄。我正在重新開啟這個案子。至少在我的腦子裡開啟。等到我的問題都在腦子裡整理好之後，我就打算直接開車去找克萊．派里了。

「嗨，利亞姆，我是瑞秋．哈特。就是調查莉娜．雷伊遭到謀殺的那個瑞秋．瓦薩克警探。路克．奧萊利警探和我曾經在學校裡和你談過關於篝火節那天晚上的事，你還記得嗎？」電話那頭寂靜無聲了好久，久到我以為他可能已經掛斷了。

「利亞姆？」

他終於清了清喉嚨。「我知道你為什麼打電話給我，」他說。「我一直都在收聽那個Podcast。我們都有聽。我……我聽到克萊．派里說他並沒有犯案，而……我真的一直都以為他確實殺了她，但是現在我懷疑……」他的聲音突然停止了。

「利亞姆，你還在嗎？」

「在。我還在。」

「你懷疑什麼？」

「呃，你打電話來還真有意思。因為，昨天晚上我意識到有件事情我需要一吐為快，不過，我完全沒有興趣和克里妮緹．史考特聊。我真的不想和她說話。我對那種駭人聽聞的事情不感興趣。我從Podcast裡知道，路克．奧萊利人在安寧病房，所以，我也不可能對他說。然後——」

「路克昨天去世了。」

電話那頭又陷入了一陣很長的靜默。「我很遺憾。」

「我也是。」

「我……哇。」他吸了一口氣。「你知道嗎，時間有辦法改變事情。我已經不再是以前那個沒有安全感的小宅男了。而且，昨天晚上我決定我需要告訴別人……因為……只是……這件事已經被塵封而且鬱積了那麼久。在我聽過那幾集的Podcast之後，我到我的閣樓去了一趟。」他又停了一下。「我還留著那天晚上我拍的那些照片的底片。」

我靜靜地說道，「所以，你的相機和底片並沒有被偷？」

「對不起。」

我舔了舔嘴唇，凝視著白板上那張女孩的集體照。「你有把一些照片沖印出來，不是嗎？」

「是的，我沖印了一捲。」

「你把其中一些照片給了那些女孩們？」

「對。我原本打算給她們每個人一張。」

「為什麼是她們？」

「因為……我很愛慕她們。我想要打入她們的圈子。她們是學校裡那群受歡迎的女孩裡最熱門的幾個。是最受歡迎的女孩。」

一股寒意滲入了我的胸口。緊張的感覺瞬間掐住了我的喉嚨。我想要問下一個問題，但是，我不確定自己是不是已經準備好要聽到答案了。路克的聲音在我的耳邊響起，彷彿此刻他就和我在一起，在這間房間裡，以一種看不見的方式，輕輕地碰著我的手臂，對我低聲說道：

去追求真相吧，小瑞。即便真相會讓你受傷。即便它會帶你去到你不希望去到的地方。

「你為什麼要說謊，說你的相機和底片都被偷了，利亞姆？」

「瑪蒂叫我那麼說的。」

我閉上了雙眼。我的心在狂跳。「為什麼？」我努力擠出了問題。

「她說什麼派里先生不希望他去篝火節現場的事情被流傳出去。」

「她是什麼時候要你說謊的？」

「篝火節隔天早上。」

「那天學校沒有上課。那天是週六。」

「她騎車到我家來找我。敲了我的門。我把沖洗出來的照片給了她，她就叫我把其他的照片都扔掉，還有其他的底片也是，然後假裝我遺失了相機。她說，警方知道有人舉辦了非法的烏勒爾祭典，他們可能會詢問孩子們關於這件事，不過，我們不應該告訴任何人派里先生也在那裡。當時，我不明白為什麼。直到我聽說莉娜失蹤了。但是，那時候，我是相信她的，因為她是警察的女兒，所以，我覺得她可能有什麼內線的消息。她也向我保證，如果我照她的話去做，夏安妮就會和我一起去參加學年舞會。」

我緩緩地做了一個深呼吸。「所以，你還保有那些底片？」

「對。我還留著。你想要看嗎？或者，我需要把它們帶到雙瀑鎮警察局去？還是交給皇家騎警？我不知道警察現在是不是對這些底片還有興趣。不過，就像我所說的，我不會把它們交給克里妮緹．史考特。」我的目光重新落在了白板上那張女孩們的照片上。我有我需要的東西了。我一直都有我所需要的東西。儘管我拒絕正視它，但是它就在我的眼前。我想到了自己的出現，以及如果利亞姆把底片交給我的話，這件事可能會被如何解讀。特別是在這個時候。

我想到了瑪蒂。想到了真相、謊言，以及把秘密塵封起來、把罪惡感吞嚥下去，會如何讓一個人感到不安和痛苦。我想到了我們失敗的關係。

秘密會潰爛……它們就像這個該死的癌細胞一樣。

「利亞姆，你應該打電話給皇家騎警。你應該把底片都交給他們，你需要告訴他們，你曾經被要求說謊。」

我掛斷電話，陷入了我的椅子裡。也許，我做了一件很可怕的事情。我做錯了一件事。但是，一個母親應該要保護孩子到什麼程度？她何時應該要停止這種行為？

如果保護自己女兒的結果是讓她身邊所有的人都受到了傷害呢？如果保護女兒的結果導致了錯誤的人被關在牢裡長達四分之一個世紀呢？即便這個人是一個噁心又邪惡的人？

我揉了揉眉毛。克萊招了供。我必須提醒自己事情是怎麼變成這樣的。我接受了他的說法。我們都相信了他的話。我們為什麼不應該相信？證據鑑識的結果全都吻合。

我站起身，開始踱步。克萊不可能清楚知道莉娜是怎麼死的，除非他也在現場，除非是他下的手。

我不斷地來回踱步，直到Podcast裡提到的某件事突然在我的腦子裡跳了出來，才讓我停下了腳步。我立刻抓起手機，找到了我想找的那一集。我往前快轉，企圖找出那句話。然後按下了播放。

克萊頓：……我邏輯善良的那部分卻知道我的慾望是不好的、是錯誤的。好的那個我從一名專家那裡尋求了醫療幫助，想要戒除那些癮。但是卻徒勞無功。

我再往前快轉了一點，然後重新按下播放。

克萊頓：……我想要死。但是我也不想死，因為那樣太容易了。我……尋求幫助的那個我？

我大聲地詛咒著，然後又重新播放了一次，只是為了確定。我放下手機，翻閱著案子的檔案簿。然後找到了我們審問克萊的紀錄副本，小心翼翼地把它讀完。

紀錄裡完全沒有記載克萊提到他為了戒癮而去尋求幫助的事。並非我們忽略了這件事。他從來都沒有告訴過我們。我往後靠在椅背上。

我的心在肋骨底下狂跳。我可以感覺到血液在沸騰。如果克萊曾經在雙瀑鎮上尋求醫療幫助——專業的——來戒除他的癮，在那樣一個小鎮裡，當時能處理那種狀況的專業人士可說是寥寥無幾。

那個案子確實有沒有交代清楚的地方，小瑞……

我再一次閱讀著那份紀錄，當時的場景在我的腦海裡又活了過來。我可以聞到審訊室的味道。我可以感覺到那份緊張。我憶起克萊臉上那抹奇怪的神情。那種奇怪而單調的語氣。那個語調就和他在Podcast裡幫克里妮緹唸出他自己的供詞時一樣，只不過，這次他的聲音裡多了一種刺耳的粗糙。

我拿起手機，找到了另一段的Podcast內容，開始播放。

克里妮緹：你怎麼會知道那些細節——那些驗屍結果證明為真的細節——如果你所說的不是真的話？

克萊頓：那……那些說詞就那樣出現了，剛好就冒進了我的腦子。而我想要把它說出來，把一切都說出來。

我在白板上寫下一個問題。

是誰幫克萊治療他的戀童癖？

我再度看了一下我的手錶。如果我能在這麼多年之後還找得到蕾西．派里的話，也許她可以和我聊一聊。她可能可以告訴我，一九九七年的時候，是誰幫克萊進行過治療。

我在筆電前坐下，開始谷歌。不過，我所能找到的，只是一些被數位化了的舊報紙新聞。新聞裡顯示，蕾西．派里和他們的孩子搬回了泰瑞斯。我猜，蕾西想必不會再用派里這個姓氏。我又找到了一篇報導，裡面提到了蕾西父母的姓氏。威洛比。喬瑟琳和哈里森．威洛比。此外，一篇全國性的報導裡還附上了一張舊照片——蕾西抱著小珍妮的照片。那是某個狗仔攝影師趁她從車子裡匆匆走向超市入口時偷拍的，照片中的蕾西甚至還舉起手遮擋著臉。還有另一個問題也突然浮現在我的腦子裡。珍妮．派里呢？她現在在哪裡？蕾西和珍妮知道Podcast的事嗎？蕾西的父母——威洛比夫婦呢？他們還在世嗎？他們知道Podcast的事嗎？經過這麼多年以後，如果傑斯溫德、甘尼許和達許現在聽到了這個節目，他們的感覺勢必很糟糕，不過，他們現在都怎麼樣了？

我拿起手機，撥了電話給我的一個老朋友。他和我一樣，也都曾經是個警察。

他幾乎立刻就接了電話。

「我是太平洋調查暨逃債追蹤服務的喬伊・曼西里。」

「喬伊，我是瑞秋・哈特，呃，瑞秋・瓦薩克，前雙瀑鎮警察。」

「哇靠，小瑞？你他媽的好嗎？」

我們相互寒暄了一番，然後，我直接表明了我打這通電話的原因。我把Podcast的事告訴了他。

「我想要借用你的服務，喬伊。我想要找到蕾西・派里，並且和她聊聊，如果可能的話，還有她女兒珍妮・派里。我沒有辦法單純地透過谷歌找到她們，不過，我知道你有各種精良的工具和管道，所以，我很期待盡快能有結果。我想，她們不會再用派里這個姓氏。」就像我不再姓瓦薩克一樣。

「是啊，我想也是。」

「她娘家姓威洛比，所以，她可能會用這個姓氏。」

「交給我吧。我一有什麼消息就會和你聯絡。如果是透過合法途徑更改姓名的話，這應該花不了我太多的時間。」

掛上電話之後，我再一次試著打電話給瑪蒂。

她沒有接電話。

達倫也沒有。

我咬著鋼筆的末端，猜想著他們至今是否已經聽過了前三集的Podcast。猜想著接下來克萊會把克里妮緹帶往哪裡。葛蘭傑摩托車的咆哮聲沿著農場那條路傳來，聲音在他騎上車道的時候更大了。

過了一會兒之後，他敲了敲我書房的門，然後推門而入。斯加特聞聲立刻從狗窩裡爬起來，開始對他搖著尾巴。

「昨晚很抱歉，小瑞。」葛蘭傑蹲下來抱著斯加特，同時搓了搓他的頭。當他抬起頭看到我的白板之後，他似乎僵在了原地。然後，他緩緩地站起身，走向白板。

他讀著我寫在白板上的問題。

他的肩膀僵硬，什麼話也沒有說。我看著他。過了一會兒，他轉過身和我四目相對。

「是你嗎？」我問。

「是我什麼？」

「你知道我在問什麼。二十四年前，鎮上沒有人和你做同樣的事。是你幫克萊．派里治療戀童癖的嗎？」

瑞秋

現今

十一月二十日，星期六。當日。

「我不相信。」我看著葛蘭傑，安靜地說道，彷彿突然看到了一個我不認識的人。「所以，當時克萊一直去找你？」

「你直接下了荒謬的結論。」

「一九九七年的時候，雙瀑鎮有幾個治療各種上癮症的專家？那是你的專長。藉由催眠療法打破各種迷戀成癮的模式。你讓病患進入催眠狀態，藉此『直接和他們的潛意識對話』，並且在這個過程中植入建議，這些建議在他們離開催眠狀態、完全恢復清醒之後，一旦遭到觸發，就會被激活起來。」我之所以知道，是因為葛蘭傑就是用這種技巧來幫我治療我的創傷後壓力症候群。

「老天，小瑞，你是怎麼了？為什麼有這麼多的憤怒？這……這正是我為什麼不希望你聽那個鬼Podcast的原因！這完全就是我預期會見到的反應——罪惡感讓你的行為失序，因為你會開始揣測你所做過的每一件事，包括和路克・奧萊利上床以及把你自己的婚姻搞砸的事。而現在，這已經搞亂了我們的關係。你甚至還在攻擊我。」

「我不敢相信你竟然會這麼說。」

「喔，我的天啊，我並不是說我認為你和路克上床毀了你的婚姻。是你自己告訴我說你是那麼想的。在治療的過程裡，我們還討論過這個問題，記得嗎？所有的問題。你和我。我幫助你克服了那些問題。至於克萊．派里……他有可能在這個城市裡的任何地方接受治療，瑞秋。」他舉起手臂指向窗外。「只要開車一個小時就可以到達溫哥華北部，那裡有一間很大的醫院，以前就有了，還有各種醫療和心理、精神病的專家都駐在那附近。此外，從橋的另一頭開車到溫哥華也很近，溫哥華有更多的大型醫院，心理學家、治療師、治療各種癮患的專家隨處可見。現在如此，過去也是如此。你怎麼敢說這種話？」

他看起來似乎很煩躁。宿醉。不安。他的頭髮散亂、下巴覆蓋著鬍碴。當他意識到我在打量他的時候，他伸手掠了掠頭髮，然後控制住自己，壓低了聲音。「聽著，我知道這件事讓你很煩躁，不過，你大可以不要理會。她的Podcast會結束的。不管派里會發生什麼事都不重要。你在那個案子上留下的紀錄絕對站得住腳。他也招供了。這就夠了。」

可是現在，我真的、真的需要知道克萊．派里接受了誰的治療。因為某個邪惡而醜陋的東西已經開始在我的內心深處成形。它正在爬上我的胸口，甚至逼近了我的喉嚨，阻礙了我的呼吸、遮蔽了我的視線，除非我可以證明它是錯的，否則，它絕對不會放開我。

「我需要知道他找的人是誰。」

「為什麼？是誰治療他的有什麼差別嗎？」

「因為如果——只是如果——克萊對克里妮緹所說屬實，那麼，他就是透過了什麼方法、從某個地方，得到了那些細節——和驗屍結果分毫無差的細節——不只是莉娜．雷伊是怎麼被謀殺的，還包括這些事件發生的順序，以及兇殺調查小組是如何解讀驗屍報告和犯罪現場的證據。」

他凝視著我。書房裡瀰漫著濃厚的緊張氣氛。「那你為什麼認為是我？你認為我透過某種方式把訊息洩露出去？這實在太荒謬了。你我在那時候甚至都還不認識彼此。我是說，我認得你。我知道你是老警長哈特的女兒，是一名警察，是瑪蒂的母親。因為瑪蒂和強尼交情不錯，而我也在學校附近看過你。不過也就僅止於此。我和那個案子完全沒有關係。」

我緊緊盯著他的目光。我的腦子在嗡嗡作響。我感覺到我遺漏了什麼，什麼我潛意識裡知道的東西，但是，我卻還無法讓它清楚浮現。我也不喜歡我在葛蘭傑的眼神裡看到的東西，那讓我感到害怕。

去追求真相吧，小瑞。即便真相會讓你受傷。即便它會帶你去到你不想去的地方。

我靜靜地說道：「我打算去見他。我要直接問他他的治療師是誰，以及他是如何得到警方握有的那些資訊。如果我沒有辦法從其他地方得到答案的話，我就會當面去問他。」

「派里？」

「是的。」說著，我走向辦公室門口。

「你不能就這樣直接跑去見一個犯人，瑞秋。那需要申請程序的。」

「那我就會開始申請。我還有一些舊識，他們可以幫忙加速這個流程。」我在門口停下了腳步面對他。「我會打包一點行李。我也許得在那個機構附近過夜。我會打電話讓你知道。你可以照顧斯加特嗎？」

「我當然可以照顧斯加特，」他怒斥道。「但是，我覺得這是個他媽的愚蠢的想法。他不會讓你好過的。」

我眨了眨眼。葛蘭傑向來不會對我說粗話。他的眼裡閃爍著怒火。那股說不清的恐懼在我的心裡鑽得更深了。

「他已經讓我不好過了，葛蘭傑，」我輕聲地對他說。「很久以前，他就已經讓我們所有人都不好過了。我需要把這件事做個了結，這樣我才能放下。」

###

已經快下午兩點了，我正在第二海灣大橋上，朝著佈道懲教所的方向駛去，突然，我的手機響了。為了讓視線可以持續保持在前方的交通上，我把電話設定成免持的模式。高速公路上塞滿了通勤的車輛。滂沱的雨勢對減少車流量一點幫助都沒有。

「小瑞，我是喬伊。」

「你有消息了？」

「太容易了。只要有正確的工具，又知道要從哪裡下手的話，這種事就易如反掌。蕾西‧安‧威洛比‧派里在一九九八年的時候合法地改了名字。喬瑟琳和哈里森‧威洛比也在那個時候，從泰瑞斯搬到了安大略省北部的一個小鎮，叫做夏洛頓。蕾西和她的女兒也和他們一起搬到了那裡。」

「這麼說，蕾西把姓氏改回了威洛比？」

「沒有。她似乎想要徹底重新開始。」

一股能量在我心裡點燃。我降低了車速，在吱吱作響的雨刷聲中，讓一輛車插進了我前方的車道。「她改成什麼名字？」

「蕾西‧安‧史考特。」

我感到一陣強烈的寒意。我的心臟隨即重重地撞擊了起來。又有一輛車插進了我的車道。我覺得喉嚨乾澀。「她……女兒的名字是……珍妮‧史考特？」

「其實是克里妮緹‧珍‧史考特。她的名字一直都叫做克里妮緹‧珍。我猜，他們就是喜歡叫她珍妮。我有一個朋友，他父母也是都用他的中間名叫他。現在很流行這種叫法。」

我慢慢地吸了一口氣，然後按下方向燈，把車開到出口匝道上。「等一下，讓我把車開到路邊。」我看到前方有一條彎道通往一個工業區。於是，我開進一家地板店外面的停車場，把車停了下來。

「克里妮緹‧史考特是克萊‧派里的女兒？」我詛咒了一聲，在恍然大悟下重重捶打著方向盤。「所以，不是克萊在搞我們所有的人。克萊也沒有用什麼詭計在耍克里妮緹。是她。是她在耍他。她在耍我們全部的人。」

「看來，那會是她的一項重大揭秘，」我靜靜地說道，「公開揭露克萊是她的父親。那就是她正在玩的那個該死的遊戲。」

殘響

漣漪效應

現今

十一月二十一日，星期日。當日。

大部分的人都盯著掛在牆上的那座電視機在看。電視上正在播報著新聞。克萊只是漫不經心地看著。他坐在一張被螺絲拴緊的桌子旁，試著在重讀一本納博科夫的蘿莉塔。他以精進他的文學研究為藉口借到了這本書。也許管理圖書館的那個傢伙根本不知道這本書的內容是什麼。克萊現在處於中度戒備的狀態，因為他一直都是模範犯人。他甚至還透過一個特殊方案在教學——教授英文為第二外語、文學研究，還有基礎商業寫作技巧和文法課程。他也繼續在研讀他的心理學位。在經過入獄初期的幾次失誤，導致他的脖子被割了幾刀，造成他的聲帶受損之後，他很快就學到了哪裡才是他的利益所在，以及自己應該要和哪一個派系結盟。他揉了揉脖子上那個蓋住傷疤的蛛網刺青。這個刺青代表著他是某個幫派的成員。他會做些人情給幫派領袖，也因此獲得一些小惠作為回報——受到他們的保護。這是最重要的一件事。生存。成為群體的一部分可以確保他的安全。就連某些警衛也參與其中。監獄裡的權力動態錯綜複雜，甚至還有可能致命。

警衛從窗戶後面的一間觀察亭裡觀察著這群罪犯。每個角度也都架設了攝影機在監視他們。克萊很難專注在小說的文字上。他的思緒停留在今天稍後將再度來和他見面的克里妮緹．史考特身上。他正在考慮，在接下來那二十分鐘的訪談裡，他應該要告訴她什麼，他要對她透露多少，才能讓她上鉤，讓她急切地想要再回來。他甚至無法說清楚讓她回來找他、看著她那張漂亮的臉蛋、看著那雙大眼睛、聞著她的味道、靠近她，這些事究竟代表了什麼意義。他內心某種瘋狂而帶點危險的東西正在被喚醒。他必須得要小心一點。

他想，他今天會告訴她關於瑪蒂．瓦薩克的事情。關於瑪蒂為什麼要說謊。克萊很了解青少年年紀的女孩。她們喜歡他。她們曾經湧向他。就像蜜蜂對蜂蜜那樣。他對年輕女孩的心理有足夠的了解，因此，他知道她們的內心是個複雜之地，有時候甚至還是野生之地。她們充滿了不可預期的熱情、需要大量的關懷，她們難以滿足、令人為之迷醉，她們剛烈、甜美、卻也無理取鬧。她們在兒童期和成年期之間的險境中尋找著平衡，她們渴望著經驗，而且絕大部分是性的經驗。但是，她們卻並非總是能對發生的事情做好準備。

「派里！喂，你上新聞了！」

他愣了一下。他把注意力重新放回電視螢幕上。房間裡的每個人突然之間也都全神貫注在電視上。一陣奇怪的安靜籠罩在這群人頭上。克萊從眼角瞄到了崗哨裡的兩名警衛也透過他們的窗戶在看著新聞。他感覺到房間裡有一股能量在流動，這讓他不安了起來。和一群被關在牢籠裡的人住在一起需要一種動物般的警覺。不管在任何時候，都沒有人會感到真正的安全。沒有人能夠確定誰是獵食者，誰是誘餌，誰又在盤旋。不過，克萊的野性感應突然敏感而刺痛了起來。

螢幕上出現的是克里妮緹．史考特。攝影機朝她的臉推近。粉紅色的臉頰，一頭黑色的短髮在風中飛舞。她就在他們的監獄外面和一名記者在說話。他們很難得從外面的角度看到監獄，對這群人來說，這個畫面就像一個突如其來又震撼的提醒，讓他們想起了這些牆外的風景，是這些牆把他們鎖在了裡面。克里妮緹那張年輕臉龐的特寫，讓克萊嚥了嚥口水。

那名記者說道：「克萊．派里藏在那間小棚舍裡的兒童色情照片，裡面有的小孩甚至只有五歲大。他們在那些照片裡遭到了性侵。」

「我知道，」克里妮緹回答道。「克萊．傑伊．派里自己承認，他是個變態。」

一個犯人突然從電視機前面的凳子上站起來，轉而坐到克萊這張桌子旁邊。他開始活動著他的拳頭，隨著拳頭的伸張和收縮，他前臂上那個蛛網刺青也跟著收縮，彷彿正在呼吸、彷彿是有生命的一樣。就像一個正在吸氣和呼氣的肺部。這個人的名字叫做奧維德，而克萊發現奧維德的目光並沒有在電視上，而是在他的身上。緊緊地落在他的身上。一名警衛也把他的注意力轉向了克萊。

克萊持續地把視線投向電視螢幕。但是他知道。房間裡出現了某種改變。他可以感覺得到。這股感覺正在蔓延、蕩漾、劈啪作響。一股看不見的、沉默的能量。有什麼事正在醞釀之中。

那名金髮的記者接著又說：「你相信他嗎？」

鏡頭給了克里妮緹一個大特寫。「我相信他是一個很變態的人。」她的雙眼在風中看起來有些濕潤。「從所有的證據、以及他自己的話來看，他迷戀於孩童的色情照片。在他那間小屋裡發現的證據被送到了聯邦部隊，而此舉也確實有助於他們破獲了一個由泰國人主持的國際性兒童性侵集團，但是，這個集團大部分的交易都發生在北美地區。不過，至於克萊頓是否有性侵並且謀殺莉娜・雷伊，我還在等他進一步的說法。對我而言，這件事尚無定論。」

很聰明，克萊心想。克里妮緹正在利用新聞報導幫她的Podcast做宣傳。不管她是否相信她自己所說的，此刻，她就在新聞裡釣觀眾上鉤。

記者又問：「他有表現出悔意嗎？」

「對於那些色情照片，有的。至於其他的部分，他宣稱他之所以招供，說他殺了莉娜・雷伊，是因為他相信他應該被關起來。他說，他這麼做是為了保護他的妻子和孩子。」克里妮緹猶豫了一下，「我……我想我相信他。我想，他是真的在乎，也許也愛著他的妻兒。」

「或者是你想要相信？」

「也許吧。也許我想要相信怪物也可以是人，相信一個壞人也能做好事，相信他對身邊的人仍然有感情。如果你有聽過我的Podcast，你就知道他曾經企圖就自己的特殊性癖好接受治療。他希望能停止這種行為。他知道那是錯的。然而，根據研究顯示，這種類型的罪犯累犯的比例非常高。克萊在裡面會比較安全。」

「或者應該說，他待在裡面的話，孩子們會比較安全。」

「對的。」克里妮緹回應道。

「戀童癖。」有人在房間裡大聲地說道。這讓克萊的胃糾緊了。他試著在不露出恐懼下吞了吞口水。

「玩弄小孩的人。」房間裡另一頭也有人附和著。

克萊轉身望去。全部的人現在都在看他。那兩名警衛也是。恐懼在他的喉嚨裡越爬越高。

奧維德開口道：「上一個十四歲不到十五歲的女孩是一回事，派里，不過，對著一張五歲小孩的照片打飛機？他媽的變態。小孩？幼童？你以為你在這裡就比較安全嗎？」

記者繼續說道：「和他這樣的人說話困難嗎，當你知道他內心那麼變態、那麼邪惡的時候？」

「我不會假裝我了解那些令人感到痛苦的偏差行為，」克里妮緹回答他。「但是，我覺得可以試試看。我想，那也可能具有啟發性。了解敵人、去認識他，總比什麼都不知道、都看不到要好。」

「他是否在利用你和你的Podcast，克里妮緹？他是不是因為太無聊了，所以在玩什麼把戲？」

「我相信他想要說些什麼。他需要一吐為快。我只是一個工具，一個自己送上門讓他可以這麼做的機會。」

「你有什麼要對莉娜還活著的父親、她的弟弟，以及她的舅舅說的？而對於那些批評你為了自己的利益、為了你的收聽率，而不惜利用他人痛苦的人，你又有什麼要說的？」

克里妮緹轉向鏡頭，彷彿她突然正視著監獄裡面，突然正視著克萊一樣。

「對於莉娜的家人、對於所有的聽眾，以及任何可能因此受到傷害、對此感到困惑的人，我要說的是，如果正義一直沒有得到伸張，我想你們都有權知道。真相就是我的動力。只有真相。我只想要發生在莉娜·雷伊身上的真相。」

警衛崗哨的門打開，那名警衛走了出來。「派里，我需要你去儲物倉庫拿一個桶子和拖把。有人在一條走廊上吐了。」

克萊站起身，遲疑著，看著所有注視著他的人。

「快點！」警衛吼道。

他緩緩地朝著門口走去，然後等待著。警報聲在門打開之際響了起來。他走出房間。門自動在他身後關上，並且重新鎖上。他往通向監獄倉庫區域的走廊而去。一邊前進，一邊瞄著靠近天花板的閉路電視。四周一片安靜。這裡只有他一個人。孤單的一個人。他繞過轉角，朝著長廊盡頭那道金屬圍籬後面的儲物倉庫而去。盡頭處有兩盞日光燈已經熄滅了。第三盞則在閃爍中嗡嗡作響。眼前的景象讓他停下了腳步。他看到靠近倉庫門口的那具攝影機上面被塗上了白色的東西。

克萊往後退了一步，開始轉身。然而，一道陰影來得太快，似乎憑空而降一般。他企圖拔腿跑開，但是，另一個人卻從轉角處快步走來，無聲地對準他而來。那人的手臂垂在身體兩側，右拳裡握著某樣東西，其中一部分還塞在了袖子裡。

克萊往另一個方向退去，一屁股撞在了他身後那個人身上。他前方那個犯人繼續朝他走來。

克萊認出了他。是奧維德。直到此時，他才發現這件事警衛也有一份。直到此時，他才發現自己已經完了。奧維德已經來到了他眼前，彷彿要擁抱他一般地往前靠過來。他身後的那個人抓住了他，讓他無法動彈。克萊感到奧維德手裡的小刀捅進了他的身體，宛如落在他胃上的一記重拳一樣。一股震撼瞬間在他的身體裡輻射開來。他往前倒，開始喘氣。刺殺他的人抽出刀子，縮回手臂，隨即再刺了一刀，正中克萊的肝臟，然後把刀子往上一提，再猛力拉出。完成任務之後，那兩個人立刻就消失無蹤了。

克萊摀著胃部。鮮血不斷地湧出，一陣熱流滲過他的指間。他彎曲著膝蓋無法站直。他企圖大聲求救，但是卻什麼聲音也發不出來。他跌撞到一旁，把身體靠在牆上，但是他已經無法站立。一陣暈眩向他襲來。他慢慢地往下滑，在牆上留下了一道鮮紅的痕跡。他跌落在地上，鮮血在他身體底下徐徐地延展開來。他看著自己的血泊。閃亮、濃稠又鮮紅。血泊繼續往外擴散，終於在散發著消毒劑味道的磁磚上形成了一道河流。

瑞秋

現今

十一月二十一日，星期日。當日。

通往懲戒所的道路和漫長、棕褐色而慵懶的菲沙河平行地往前延伸。這裡雖然沒有下雨，不過，天空裡佈滿了黑漆漆的雲朵。已經上午十點左右了，時間一分一秒地過去。我握緊了皮卡的方向盤，內心裡的焦慮一直未曾停歇。我需要和克萊談談，需要比克里妮緹早一步獲得訊息。我現在知道她的身分了，這讓我不由得擔心她最終要玩的把戲。我所害怕的是，她可能會在任何半真半假的說法得到追蹤和查證之前，就先把消息播放了出去，這樣勢必會造成嚴重的傷害。她的終極目的是什麼？她真的相信她父親是無辜的、沒有犯下謀殺罪嗎？

她想要替他沉冤昭雪嗎？

或者她只是想要報復？

她是衝著我而來的嗎？或者我的家人。還是說，她只是想藉由在節目上揭露她是當年的小珍妮．派里，來為她的Podcast製造驚人的高潮？

這種事在這個節骨眼上重要嗎？我是否應該聽從葛蘭傑的話，安坐家中靜觀其變，讓可能被揭開的事情都順其自然地發展就好？

我咬緊了下巴。不。這當然很重要。我現在也需要真相。整個真相。路克說得沒錯。當年曾經有些問題懸而未解，現在也依然沒有答案。不管會發生什麼事，是時候終結那些未解的問題了。首先，我需要知道克萊見的是哪一個治療師。我想要知道莉娜的日記發生了什麼事。還有，如果克萊沒有殺害莉娜的話，我們都需要知道兇手到底是誰。

因為，如果不是克萊，那麼，真正的強暴殺人犯這麼多年以來，可能一直都躲藏在眾目睽睽之下，就在雙瀑鎮裡。住在這個社區裡、在這裡工作、購買日常用品、娛樂、上餐廳吃飯、去看醫生或者牙醫，還在圖書館裡借書。也許，他只是一個流動人口，已經前往了下一個地方。或者，他曾經是這裡的鎮民，後來離開落腳在了其他地方，甚至可能在新的落腳處再度殺人。而且不止一次。在我們關錯人的情況下，我們可能就任憑這樣的事發生了。

我看到了一個路牌。我已經在監獄附近了。車子開下匝道時，我的脈搏開始加速。

當我從克里妮緹·史考特的身分所帶來的震驚中恢復之後，喬伊·曼西尼告訴我，她的母親蕾西·史考特已經進入早發性失智症的晚期了。這是他從電信公司查到蕾西的母親喬瑟琳·威洛比的電話號碼、並且打電話去找蕾西時得知的。喬瑟琳說，她女兒現在在一家安養院裡。喬伊隨即聯繫了安養院，想要了解病患的狀況。他也把喬瑟琳的電話號碼給了我。當我在地板店外的停車場暫停時，我打了電話給喬瑟琳。她告訴我，她已經無法再幫蕾西保守秘密了。她說，她女兒對我們說謊。那天晚上，克萊很早就回家了，如同他最初的聲明那樣。為了保護自己和女兒，蕾西說了謊。她希望她的丈夫被帶走，特別是在她發現了小屋裡那些兒童的猥褻照片之後。喬瑟琳說，事實上，她女兒曾經真的想要殺了她丈夫。相較之下，藉由捏造他回家的時間來陷害他成為殺人犯就容易多了。對一個焦慮不安的年輕妻子和掙扎的母親而言，這個機會等於是自己送上門來的。不過，喬瑟琳也說，關於那件外套出現在蕾西家時已經清洗熨燙過的事，蕾西說的倒是真話。同時，她也相信，克萊一直都在和莉娜上床。

我的雙手緊緊握在方向盤上。我轉到另一條路上，懲戒所赫然就在眼前。

我還不知道的是——喬瑟琳・威洛比也不知道——克萊・派里是否知道克里妮緹・史考特是他自己的孩子。據喬瑟琳所知，她的外孫女，克里妮緹・珍，還沒有把這件事告訴克萊。我把車開進了監獄的停車場，停下來注視著建築物、圍牆，以及頂上纏滿成捲帶刺鐵絲的圍籬。看起來好像所有的路突然都通到了這裡。

所有的答案都在這裡面。

我沒有預約，不過，我打算現在直接申請會面。在我伸手拿取我的皮夾時，我瞥見了有兩個人站在一輛紅色的廂型車旁邊，這讓我停下了動作。克里妮緹和吉歐。

讓我無法動彈的並不是他們在這裡的事實，而是這個畫面本身所傳達的情緒。克里妮緹的製作人正擁著她，搓揉著她的背，而她似乎正失控地哭著在對監獄比手畫腳。

我回想起今天早上接到的那通電話，讓我原本已經加速的心跳，此刻甚至開始狂跳了起來。

她女兒的名字叫做珍妮・史考特……克里妮緹・珍・史考特。

強風刮過停車場，把地上的落葉吹得滿天飛舞。

克里妮緹把臉埋在手心裡。吉歐把她摟得更靠近。她把頭靠在他的肩膀上，渾身都在起伏。她在啜泣。

我伸手握著車門門把，眼光依然停留在他們身上。我走下卡車，緩緩地走向他們。風吹得我的外套鼓脹，也吹亂了我的頭髮、我的圍巾。一股毀滅的感覺在我的心中展開，猶如低垂在蒼涼天空裡的烏雲一般陰暗。

他們看到了我，兩人雙雙僵凝在原地。他們注視著我，面色發白，瞪大的眼睛裡寫滿了震驚。結了霜的樹葉在我腳下發出了嘈雜而清脆的聲響。

「發生了什麼事？」我來到他們身邊時問道。

克里妮緹看了一眼懲戒所，以及那一圈圈帶刺的鐵網。

「你來這裡做什麼？」吉歐問道。

「他走了，」克里妮緹說道，「克萊頓走了。」

我的心重重地挫了一下。「他越獄了？」

「他死了。有人殺了他。被刺死的。」

我張大了嘴，感覺像撞到了一面牆。「你說『他死了』是什麼意思？」

「他今天早上被謀殺了。在一間儲藏室附近被人發現躺在血泊之中。他被一把自製的刀子之類的東西刺了兩刀。殺他的人很清楚知道他們在做什麼。刀子直接刺中了他的肝臟，他很快就失血過多了。快到沒有人來得及救他。」

「是誰幹的？」

她的眼睛濕潤，或許那是淚水。

「他們……他們不知道是誰幹的。他們還沒找到兇器。那條走廊上靠近那一帶的監控攝影機被塗上了一些牙膏。所以，閉路電視沒有發揮作用。他們認為這應該和幫派有關，而且他們還警告我說，這種監獄裡發生的殺人事件通常都會有一套緘默法則。這種事很難破案。」

克萊在Podcast裡的聲音迴盪在我的腦子裡。

殺害她的人還逍遙在外。

一個邪惡的想法滲進了我的腦子裡。他是『被沉默』的。有人盯上了他。裡面的人。

瑞秋

現今

十一月二十一日，星期日。當日。

「我知道你是誰，克里妮緹。」

她的眼睛緊盯著我。她的臉色慘白，神情緊繃。我可以看到她脖子上的脈搏快速地在跳動。

我們坐在距離懲戒所不遠的一間小餐館的卡座裡。透過餐館的窗戶看出去，外面疾行而過的路人，個個都縮在外套裡躲避著勁風。時間已經是下午了。

看到克里妮緹驚慌失措的激動模樣，我主動提議要帶她來喝杯咖啡。不過，我們此刻都在啜飲著熱巧克力。

吉歐在外面的停車場裡等待。我告訴他，我和克里妮緹需要聊聊，單獨聊聊。他也給了我們空間。或者說，他持續地在監視我們。透過廂型車後車廂霧濛濛的玻璃窗，我可以看到他的注意力一直沒有離開過我們。

「告訴我，莉娜·雷伊這個Podcast節目的真正目的是什麼？報復？還是單純為了利益——

利用你自己的處境，踩在別人的傷痛上製造一些話題？」

「我聽不懂你的意思。」

「你當然懂，」我停了一下。「克里妮緹．珍妮．派里．史考特。」

她嚥了嚥口水，深深吸了一口氣。「你是怎麼發現的？」

我避開了她的問題。「我以前見過你，你知道嗎？當你只有七、八個月大的時候。我幫你換過尿布，當時，你母親正在那個缺錢、堆滿髒盤子、回收桶裡空酒瓶堆積如山的家裡奮戰，你因為腸絞痛而日夜哭鬧，讓她無法獲得健康的睡眠。不過，當奧萊利警探把你放在他膝蓋上彈坐的時候，你還真的就安靜了下來。」一抹悲傷滑進了我的心裡。我猶豫了一會兒，一想到魁梧壯碩又充滿活力的路克已經走了，我不禁說不出話來。時間在這個世界上何其短暫。那些微小的時光又是何其珍貴。我清了清喉嚨往下說：「我想就是在那個時候，克里妮緹，當奧萊利警探和我敲著你母親的家門時，她想到了要騙我們你父親是幾點回家的。」

克里妮緹那雙天鵝絨般的大眼睛在閃爍。當她把馬克杯湊近嘴邊、啜飲著巧克力時，她的雙手微微地在顫抖。我可以看得出來她在思考。她的腦子火速地在思索著要如何面對現在這個場面、面對我。

「所以，是報復嗎？」我問。「你展開這一切是為了要報復你父親嗎？或者，你只是想藉由某種聳人聽聞的事實揭露，像『安納金．天行者是我父親那一類的電視真人實境秀』來從中獲利？逼迫受害人的家屬再次掉入地獄裡，只為了你個人的一己之利？」

她又喝了一口巧克力，目光依然注視著我。不過，她的眼睛輕輕地瞇了起來。我激怒她了。很好。

「當他否認是他殺害莉娜的時候，你是不是覺得很驚訝？」我再問道。「這個情節的扭轉，對你來說是不是出現得太是時候了？」

她依然保持沉默。

我往前傾，雙臂交叉靠在桌面上。「你害他被殺了，你知道嗎？」

她突然放下手上的杯子，眼光強硬了起來。「你竟然敢說這種話？」她低聲地說道。

我發出了嘲諷的聲音。「事實如此。」

她遲疑著，然後靜靜地開口說道：「也許是真相害死他的。也許，監獄外面有人擔心我父親即將揭發他們。」

「或者，因為他接受了你的Podcast訪問，讓他的獄友發現他是怎樣的一個病態戀童癖者。這種事在監獄裡引發的反應通常都很不好。」

她癟著嘴，移開了緊盯著我的視線，看向窗外。過了一會兒才說：「你是怎麼發現我是誰的——是什麼原因讓你去調查的？」

「因為克萊·派里決定要對你開口。你，而不是任何其他的人。」我回答她，雖然這不是百分之百的實話，不過，這大大解釋了這個Podcast是如何引發了爭議。況且，我也還沒準備好要對她透露我的憂慮：我的伴侶曾經是她父親的治療師。「這太簡單了。你母親合法地改了名字，因此留下了紀錄。你外婆也登記過她的電話號碼。她告訴我的私家偵探說，蕾西現在住在一家安養院裡。」我暫停了一下。

「所以，那就是他之所以同意接受Podcast訪談的原因嗎？你告訴他，你是他女兒？而你打算把這個事實保留到『重大揭曉』的那一刻——」我用手指在空中做了一個引號。「也就是後續的節目裡才要揭露。你操控了你的聽眾。在原本應該是真實犯罪紀實以及號稱是尋求真相的節目裡，玩這種廉價的故事把戲？」

她把手伸進身邊的一只袋子裡，取出了一個棕色的信封。她把信封放在桌上，再把手掌心向下地壓在了信封上。「我沒有告訴他我是誰。我在長達十八個月的時間裡數度寫信給他，要求他接受訪問。有一天他回覆我了。我不知道是什麼引發他回覆我的。那是我打算要問他的問題。」她的聲音有點卡住，讓她花了一點時間調整著自己的情緒。「他——我父親——昨天晚上把這個信封交給了獄中的一名警衛。他要求警衛，萬一他發生什麼事的話，請他把這個信封交給我。」她舔了舔嘴唇。「他一定是……懷疑，有預感，或者知道有事情要發生了。」

她把信封推向我。「你看吧。」

我打開信封，從裡面抽出一張捲邊的照片，照片的邊角上還黏著膠帶，上面也有些摺痕。這是一張老照片，照片裡是一名二十出頭的男子，一頭淺棕色的捲髮不羈地散亂在頭上。那張男孩般英俊的臉上掛著一抹燦爛的笑容。他的眼裡燃燒著生命的火花。身後水花四濺的瀑布讓他的周遭瀰漫著一片水霧。一輛橘色的威斯法利露營車就停在他附近。男子手裡抱著一個戴著粉紅色毛帽的小嬰兒。這個畫面讓我的肚子彷彿挨了重重的一拳。信封裡還有另一張照片。一樣有捲邊、一樣有摺痕，照片裡是一名男子和一名女子，以及同樣的那個嬰孩。這對年輕的男女臉上蕩漾著微笑。他們看起來很幸福，顯然沐浴在愛河之中。

路克和我到雙瀑鎮中學詢問克萊．派里那天，我也曾經在克萊辦公室的書架上看到這張照片。回憶啪地擊中了我——克萊．派里穿過走廊來和我們打招呼。克萊把學生帶進教室等著我們一一詢問。我和路克在那個冰冷、潮濕的晚上逮捕了克萊。克萊在我們的審訊室裡散發著汗水和陳年酒精的味道。

「這些照片是在雙瀑鎮省立公園裡拍攝的，」我靜靜地說道。「就在瀑布底下的露營區。」

「那個警衛告訴我，克萊頓把它們貼在他的牆上。就在他的床上方。」

我咬著嘴唇注視著眼前的照片。那個我抱過的小嬰兒。珍妮。照片裡的蕾西看起來很快樂。過去的那個蕾西。

「把照片翻過去——我父親抱著我的那張。」

我照著她的話做，只見照片背面寫了一些字，看起來似乎是最近才寫上去的：

我一直都知道你在哪裡，珍妮。我一直在追蹤你和你母親。一個犯人可以在監獄裡得到他需要的任何訊息。我一直都有你們最新的消息。

我抬起頭，迎向她的目光。

「他雇用了一名私家偵探，」她說。「那個警衛告訴我的。就像你所說的，要找我們很容易，如果你想找的話。」

「所以他知道？」

她帶著不安和不確定地看著我，然後點了點頭。「對，」她輕聲地說。「我父親知道。但是他並沒有告訴我。也許，他是在等我自己透過訪問發現。也許，他希望我和他見面，先認識他是誰，然後試著去了解他。也許，他只是想要認識我。或者，對我解釋他曾經試著用認罪來保護我和我母親。他揹上謀殺的黑鍋，這樣我們就可以獲得自由，就可以到其他地方展開新的生活。」

「你是什麼時候發現你父親是誰的？」

她把眼光轉開，再度看向窗外，看著樹葉被吹過停車場。斑斑的雨點開始落在窗戶的玻璃上。

「我這輩子幾乎一直都被引導去相信我是另一個人，」她逕自說著，沒有看我。「我的父親是另一個人，他的名字叫做詹姆士．史考特，是一個善良、有信仰的人，不過，在我還在襁褓中的時候，他就在泰瑞斯一宗肇事逃逸的悲劇車禍中喪生了。這是我母親在我夠大、夠懂事的時候告訴我的。當我要求看我父親的照片時，當然，我也看到了。」克里妮緹說著，低頭看著桌上的照片。

「這是其中的兩張，我的外婆有備份。我母親則一張也沒有留。這都是我外婆偷偷給我看的。她說，要我母親把照片擺出來，對她而言實在太痛苦了，這就是照片為什麼都被收藏在箱子裡的原因。這是她的說法。我外婆還說，我看過照片的事，是我們之間的秘密。她又說，只要一談到我父親，也同樣會讓我外公很痛苦。所以，『我們就不要提起，好嗎？』一直以來，我都以為照片裡的那個人叫做詹姆士．史考特。」

克里妮緹沉默了下來。我相信她告訴我的都是實話，我的心也為她感到傷痛。這個可憐的孩子。這個我曾經幫她換過尿布的小珍妮。這個曾經在那間房間裡吸著奶嘴，用她那雙噙滿淚水的大眼睛看著我的孩子，那間除了一張嬰兒床、一張換尿布用的桌子，以及空白牆壁上的一具十字架以外，什麼也沒有的房間。

「我一直都是懸疑小說的愛好者，」克里妮緹重新開口說道，「關於警探破案的故事。而我外婆也很愛犯罪紀實。她的書架上擺滿了安．路爾的書籍，還有很多其他類似的小說。由於我母親必須工作，因此暑假的時候，我都會和外公外婆待在一起，在那段期間，我開始浸淫在書架上那些犯罪紀實的故事裡。之後又因為迷上FBI利用心理側寫術破案的故事，而對犯罪學開始感到興趣。接著又鑽研了變態心理學的書籍。不過，在我閱讀這些書的時候，我可以看到我外婆會用一種特定的眼神看著我。有一天晚上，當我外公發現我在看一本書名叫做《殺人者的思維》時，他們起了很大的爭執。那是我外婆書架上的一本書。我在夜裡聽到他們吵架。我外公很生氣地責怪我外婆讓我的腦子裡填滿書裡的那些想法。他說，如果我得到遺傳的話該怎麼辦。那些話開始在我腦子的深處轉動。說也奇怪，我外公外婆都是具有虔誠信仰的人，然而，我外婆卻那麼喜歡那些描述恐怖、邪惡行為的詭異故事。諷刺的是，我想，那些犯罪紀實的書籍，是我外婆用來了解她女婿精神疾病的一種方法——她女兒所嫁的那個男人、我的父親。不過，那反倒讓我變成了犯罪紀實的狂熱愛好者。」

「也讓你走向了犯罪紀實的Podcast？」

她點點頭。「我加入了一個犯罪紀實的讀書俱樂部。那又把我牽引到了一個線上的懸案研討團體。每個月，我們都會挑一個沒有破解的案子來研究，然後試著破案。這讓我和其他人共創了真實罪案這個節目。當我在尋找懸案來做報導的時候——特別是發生在加拿大的案子，因為我們當時正在進行一個以冷血的北方殺手為主題的企劃案，我剛好找到了發生在一九九七年的莉娜．雷伊的謀殺案。她遭到自己的老師、同時也身兼她的指導諮詢師、課後輔導老師，以及籃球隊教練的人性侵，並且殘暴地殺害，這個案子實在是再適合不過的題材了。它具有一切引人入勝的條件。年輕的女學生。太平洋西北一個人人關係緊密結合的工業小鎮。氣勢磅礡的瀑布，以及宛如墓碑般雄視著這個小鎮的那座山。而這個兇手在招供之後，就再也沒有開口說過他所做過的事。這件事給人的感覺就像還有什麼揮之不去的秘密，更恐怖、更黑暗的秘密。這可以成為我敘述這個故事的角度。因此，我開始挖得更深。當我打開一篇舊報紙的新聞時，我……我差點昏了過去。那篇新聞故事附了一張照片，照片裡的人就是他。克萊頓．傑伊．派里和我外婆照片裡的那個人是同一個人。我很確定。所以，我找了更多的照片。然後我發現，毫無疑問地，我看到的都是同一個人。」

「所以，你質問了你外婆？」

「對。這大概是三年前的事吧。我外公在那之前兩年去世了。我母親當時已經生病了，也失去了她的記憶。我外婆就是在那個時候把事情告訴我的。她說，她無法在良心下繼續保守這個秘密，不讓我知道。而現在，實話已經傷害不到我母親、或我外公了。她對我說，我母親說謊，因為她想要保護我。保護我免於受到一個變態的傷害。沒錯，我知道我父親是個對兒童淫照上癮的人，是一個性變態。你覺得我要怎麼接受這件事？」

「你認為他可能不是殺害莉娜的兇手嗎？」

「除了我母親對他的不在場聲明說了謊之外，我沒有理由不相信他是兇手。他也認罪了。而且根據我所拿到的紀錄副本來看，這件事就更無疑慮了。」

「可是，在第一集裡——在你第一次的訪問裡，他說不是他做的。」

「沒錯。」她喝了一口熱巧克力。

我可以理解。克里妮緹不可能對她這段家庭歷史釋懷。我可以理解她為什麼要藉由Podcast做她所做的這些事。

克里妮緹放下馬克杯，不過雙手依舊握在溫暖的杯子上。「後來，我聽他說得越多，同時也和其他人聊得越多之後，我開始在想，沒錯，或許他真的是為了保護我和我母親，才對他沒有做過的事認罪。我想要相信我父親，相信他內心裡某個部分是愛我、愛我們的。然而，如果他沒有殺人的話，那麼，他的認罪就讓某個人逍遙法外了。」

她停了一下。臉上出現了一抹強硬的神情。她的目光深深地穿透了我。「是你讓這種事發生的，瑞秋。你和路克・奧萊利。」她又停了一下，眼神更加銳利了。「不是嗎？我想，你知道有什麼不對勁的地方，當時，你知道還有懸而未解的地方。但是你接受了，接受了他的招供，現在，我想要知道為什麼。我還有一個問題，瑞秋，你為什麼在這裡？現在？就在我父親被刺死的這一天，出現在了監獄外面？」她沉默了一下。「你有多希望我父親保持緘默？你在第一時間的時候，有多想把他關起來，為什麼？你知道些什麼嗎？你在保護誰嗎？你現在還試圖要保護他們嗎？」

「真是無稽之談。我——」

「是嗎？」克里妮緹往前靠向桌子。「我知道這些監獄裡的幫派是怎麼運作的，瑞秋。我父親的脖子上有一個刺青，那表示他隸屬於裡面的某個幫派。那是一個蜘蛛網的刺青。我查過了，我做了功課。那是惡魔騎士的標誌。一個重機幫派。惡名昭彰的毒品交易網。附屬於紅蠍子和蛇頭。如果一個惡魔騎士的成員，或者老大，想要把一個人列為目標、做掉他，不管是在監獄裡還是監獄外，他們都有辦法做到。那些鐵絲網根本保不了任何人的安全。」

我的心開始狂跳。我幾乎就要無法呼吸了。

「我父親打算要揭發某個人。很簡單，有人不想讓這種事發生，所以就阻止了他。要了他的命。」

「我只是來問你父親一些問題，克里妮緹。因為我現在和你一樣，對於發掘真相感到了極大的興趣。」

她微微地露出一絲假笑。「我還沒有播完我和他所有的對話。我還有更多錄音的內容。」

「什麼意思？」

「還有一份錄音檔案。」她迎視著我的目光。「在那段錄音裡，我父親清楚地告訴了我們瑪蒂為什麼要說謊。」

克里妮緹

現今

十一月二十一日，星期日。當日。

瑞秋神色僵硬地打量著我，我的話字字句句懸宕在我們之間的空氣裡。

我父親清楚地告訴了我們瑪蒂為什麼要說謊。

我看著她的臉，打量著這位卸任警探眼周和嘴邊的細紋。她濃厚、黑色的捲髮裡夾雜著幾縷銀髮。她今天看起來比我第一次在她的農場上見到她時老了幾分。也許是嚴酷的冬陽透過窗戶、灑進室內的光線造成的。不過，她似乎很疲憊、憤怒，而且煩躁。或許現在還加上了害怕。這個母親。她曾經是一名警察。她把我父親關進了監獄。她幫我換過尿布。我曾經看著這名女子開著她的綠色牽引機，載著她的狗，在她的那片土地上耕作。

她的狀態讓我感到害怕。我不知道她是否會對我造成危險。或者她過去可能曾經做過什麼。我不確定要把她逼到什麼程度，以及這麼做是否能夠揭開和透露出更多我所需要知道的事，還是反而會讓一切完全落入塵封。不過，我也受傷了。我所受到的震撼正在轉為熊熊的怒火。一股憤怒竄過我的血脈。我全心全意地相信，一定有人從監獄外面策劃——某個和二十四年前莉娜・雷伊案有關的人——讓我父親在監獄裡遭到殺害。

而那個人有可能就是正坐在我面前的這名女子。

我之所以會這麼想，是因為我父親在我們最後一次的訪談中對我說過的事。

「你只是在虛張聲勢。」瑞秋靜靜地說道。

「是嗎？」

「或者說是在誘我上鉤比較適合一點。」

她在試探我，企圖想要弄清我在想什麼。我意識到吉歐正從駕駛座上看著我們。只要事情突然惡化，我立刻就會給他信號，他已經準備好隨時要通知九一一了。我緩緩地注視著她，然後把我的手機放在我們之間的桌面上，按下了播放鍵。

我父親的聲音響起，透過手機的喇叭，他的聲音聽起來既遙遠又細微。一聽到他的聲音，瑞秋的眼睛立刻尖銳地瞇了起來。她掃視著餐館裡面。不過，除了遠端櫃檯附近一個卡座裡的一對老夫婦，以及餐館前方的一名服務生之外，餐館裡空蕩蕩的沒有其他人。

克里妮緹：在我們上次的訪談裡，克萊頓，你宣稱瑪蒂森・瓦薩克說她看到你和莉娜在樹林裡發生性關係是在說謊。你指的是當時正在調查莉娜兇殺案的警探瑞秋・瓦薩克那個十四歲的女兒。

克萊頓：她真的在說謊。

克里妮緹：如果瑪蒂．瓦薩克確實說謊的話，她為什麼要那麼做？

克萊頓：噢，我的確是在廁所附近那條小徑外的空地上發生了性關係。不過，不是和莉娜。而是和瑪蒂。那個警察的女兒和我私通了。她想要那麼做。那是兩廂情願的。而且那也不是第一次了。

一陣沉默

克里妮緹清喉嚨的聲音響起

克里妮緹：這是……你能重說一遍嗎？因為，我不確定我是不是聽錯了？

克萊頓：我和瑪蒂．瓦薩克在交往。我們有……婚外情。

克里妮緹：婚外情？和一個十四歲的女孩？你的學生之一？

克萊頓：她已經快十五歲了。她渴望著經驗。她比其他許多同年齡的女孩在很多方面都成熟——

克里妮緹：那不是兩廂情願。她才十四歲。還是一個孩子。她沒有能力同意這種事。你是個成人，而且還是站在主導、權力的一方。法律上來說，那是強暴。是性侵。

克萊頓：……我讓你覺得噁心了嗎，克里妮緹．史考特？

瑞秋的臉上失去了血色。她雙手握拳，手指的關節慘白。她下巴緊繃地看著我的手機。當她聽著這段對話的時候，眼睛連眨都沒有眨過一下，尖銳的眼神彷彿就要刺穿我的手機一樣。

當我父親說出那些話的時候，我也感到了同樣的震驚。因為他是我父親。而現在，我也知道當他對我說那些話的時候，他已經知道我是他的女兒。

克里妮緹：我……我只是在消化你的話。我……所以，你是說你沒有和莉娜．雷伊在樹林裡發生性行為，而是和瑪蒂森．瓦薩克。

克萊頓：沒錯。是莉娜當場看到了我們。是她打斷了我們。瑪蒂和我做得太激烈……所以，我手上的傷口才再度裂開。我原本就因為堆木柴而弄傷了我的手，但是，我的手壓在泥土上的時候太過用力，那時候我……她在我的下面。我在上面。地面上的松葉裡有一些碎玻璃。突然之間，我們聽到了一個聲音，從樹林裡傳出了一陣劈啪作響的聲音。我立刻抬起頭來，瑪蒂也是，結果正好和莉娜四目相對。莉娜帶了一具小型的手電筒。她立刻跑開了。瑪蒂掙扎著從我身下爬出來，一邊拉起褲子，一邊喊著要莉娜停下來。瑪蒂隨即跑上小徑去追莉娜。她把莉娜帶回到我面前，我看到莉娜顯然已經喝醉了、而且非常沮喪。瑪蒂告訴莉娜，要她保證她絕對不會告訴任何人。莉娜不停地在哭泣。我叫瑪蒂自己回到篝火現場，而且要表現得很正常。我會照顧莉娜，送她回家，並且在路上和她說理。莉娜很容易受到控制。因為她……她愛我。我知道這點。我也利用了這點。我摟著她，協助哭泣中的莉娜坐上我的車，我的車當時就停在那條集材道路上。

瑞秋的雙眼發亮。她的沉默幾乎讓人感到害怕，讓人感到險惡。她的整個面容都改變了。在她靜靜傾聽的時候，她似乎瞬間老了十歲。

克萊頓：我開車朝著鎮上回去。莉娜和我在途中起了爭執。這點我是告訴過警探的。這部分完全是真的。我喜歡她，但是她曲解了我的善意和關注。看到我和瑪蒂在一起的事實，讓她完全心碎了。那就好像我私下背叛了莉娜一樣。我告訴她我有多麼相信她，而她將來也會變成一個重要的人。我也會繼續輔導她的功課，幫助她變得更好。但是，她一定不能告訴任何人她所看到的事。她說她恨我。然後開始打我，完全不顧我還在開車。她堅持要在橋的附近下車，如果我不讓她下車，她就要揭發瑪蒂和我的事。她喝醉了，變得歇斯底里。因此，在權衡過輕重之後，我把車停到路邊。我用我流血的手，從車子後座抓起她的背包，把背包給她，然後開車揚長而去。

克里妮緹：當時她還穿著你的外套？

克萊頓：是的。

克里妮緹：你從來沒有開到觀景台過？

克萊頓：沒有。

克里妮緹：你不擔心她還是會說出去嗎？

克萊頓：會的，而且很擔心。如果她說出去的話，我就完蛋了。但是，我賭在她清醒之後，她可能會絕口不提這件事。我賭她會試著保護我。

克里妮緹：你很習慣讓女學生按照你的話去做。

克萊頓：我對此樂在其中。

克里妮緹：你是在幾點的時候，讓她在惡魔橋附近下車的？

克萊頓：我不確定。不過，我確實是在火箭掉進大氣層之前就離開了樹林。通常，從樹林開車到鎮上需要二十分鐘左右。我讓莉娜下車之後，真的就直接回家了。蕾西說謊。

克里妮緹：那麼，在被艾咪．陳於凌晨兩點看到她走在橋上之前，莉娜去了哪裡？

克萊頓：我不知道。也許她只是待在橋下抽菸。也許她去了別的地方。

克里妮緹：所以，蕾西說謊。瑪蒂也說謊。為什麼瑪蒂要說你和莉娜發生性關係？

克萊頓：那時，瑪蒂已經知道發生了謀殺。也許她相信是我幹的，我不知道。也許她相信她自己的疑慮，她懷疑那群孩子裡會有人說溜了嘴，透露出我去了篝火節，而且做了不光彩的事。或者，她害怕被她母親發現她和我做的事。所以，她就先出賣了我，好保住她自己。因為那樣一來，情況就會變成我們各執一詞，因為莉娜已經不在了。

克里妮緹：那貝絲．蓋洛威呢？她聲稱她看到你和莉娜走回你的車邊？

克萊頓：我確實和莉娜一起走回了我車子旁邊。

克里妮緹：貝絲陳述說，瑪蒂告訴她，她看到你和莉娜發生性關係。

克萊頓：如果是這樣的話，那就是瑪蒂對貝絲說謊。也許貝絲相信了她。或者，貝絲也許知道一切，只不過她願意挺她的朋友。

克里妮緹：你的外套是怎麼洗乾淨的？它是怎麼回到你手上的，如果莉娜在被殺害之前都還穿著它的話？

克萊頓：我不知道。我真的不知道。它出現在我辦公室裡的時候就已經洗乾淨了。它被放在一個塑膠的購物袋裡。一開始，我以為是莉娜放在那裡的。那時候我還不知道她已經死了。我只知道她沒有回家，週一也沒有來上學。

克里妮緹：那麼，莉娜在橋下發生了什麼事？

克萊頓：你好像很懷疑，克里妮緹。

克里妮緹：我是很懷疑。

克萊頓：我真的不知道。我只能對你說，我是一個變態的人。我試著要尋求幫助。在那些年裡，我確實也尋求了幾次幫助。就像我所說的，我的身體裡好像住了兩個人。一個是好派里，一個則是壞派里。

克里妮緹：你向誰求助？什麼樣的幫助？

克萊頓：我去找了雙瀑鎮當地的一個治療師。一個心理學家。他受過催眠療法的訓練。我剛開始是因為酗酒去找他的。於是，他就深入挖掘我是不是有什麼酗酒的潛在原因。

克里妮緹：催眠療法？他把你催眠？

克萊頓：據說，這樣他就可以直接和我的潛意識對話。但是那對我沒有用。

克里妮緹：那些警探有沒有問過你關於治療的事？他們有沒有從這個角度追查過？

克萊頓：他們沒有問過我。我們從來都沒有談到這件事。也許他們後來有去調查。

克里妮緹：那個治療師叫什麼名字？

克萊頓：葛蘭傑．富比世醫生。他是強尼．富比世的父親。

我按下停止鍵。

瑞秋緩緩地揚起目光。

我開口說道：「現在，你知道我為什麼問你，你有多想要讓克萊頓保持緘默了嗎？」

「你不能把這段播出去。」她聲音沙啞地說道，「這……這不是事情的全貌。在我們得知完整的真相之前，你不能播出這些話。如果你播出的話……將會造成你所無法了解的傷害。」

「那就是隱藏秘密帶來的問題，不是嗎，瑞秋？你把秘密埋藏得越深，當它們最終被挖出來的時候，它們所帶來的附加傷害就越大。」

「你不能——」

「我已經播出了。」我看了看手錶。「第四集在一個小時前已經播出了。」

殘響
漣漪效應

現今

十一月二十一日，星期日。當日。

瑪蒂和達倫收聽著莉娜・雷伊謀殺案的最新一集，莉莉和黛西則在客廳玩著樂高。電視上正在播出卡通影片汪汪隊立大功。瑪蒂的皮膚在發熱下感到刺痛，她感覺到一陣暈眩。她和達倫彼此的目光完全沒有接觸。

克里妮緹：如果瑪蒂・瓦薩克確實說謊的話，她為什麼要那麼做？

克萊頓：噢，我的確是在廁所附近那條小徑外的空地上發生了性關係。不過，不是和莉娜。而是和瑪蒂。那個警察的女兒和我私通了。她想要那麼做。那是兩廂情願的。而且那也不是第一次了。

瑪蒂按下了停止播放鍵。她動也不動地坐著，眼睛盯著她的手機。達倫也是。她緩緩地看著他。她在她丈夫臉上看到的神情讓她感到害怕。

「是真的嗎？」他問。「那是他媽的真的嗎？」

她看了一眼客廳裡的女兒們，只見她們留著金髮的頭垂靠在一起。她們聚精會神地在玩樂高，完全聽不到大人在說話。「小聲點。」她靜靜地說道。

「怎麼會……該死，瑪蒂？你怎麼可以那樣？這代表了什麼？你——」

「他殺了她，達倫。我對此毫無疑問。我也許和我的老師上床了。我……我現在明白了當年的狀況。我是他的受害者。但是，當年我並沒有那麼想。他……他才二十四歲，或者二十五，他一點都不……老。他很迷人、很風趣，而且充滿魅力，當時的我也很天真，這個可怕的錯誤到現在還像夢魘般地讓我揮之不去。我當年是說謊了。但是，他現在說的是謊話。他還在說謊。是他殺了她。」淚水已經盈溢在她的眼裡了。

達倫的神情扭曲。一抹酸楚的回憶浮現在他們之間，懸吊在空氣裡，彷彿什麼有知覺、有形體的生物一樣。那是一個惡魔。但是，他們誰也無法說起這段回憶。他們甚至無法對彼此開口。達倫雖然憤怒，但是看起來卻和她一樣害怕。瑪蒂拿起手機，轉動輪椅開始朝著走廊而去。

「你要幹嘛？你要去哪裡？」

「我要打電話給我母親。」

「搞什——」他跟在她身後，企圖從她手中搶走電話。

「達倫！」她一邊吼著，一邊把手機塞進他拿不到的地方。「不要管我。」他怒視著她。

客廳裡的孩子們聞聲抬起頭來。莉莉開始嗚咽了起來。

他急忙走向客廳裡的女兒。「沒事的，親愛的。爹地只是在幫媽咪做一點事。」他降低了音量，然後看著門口的瑪蒂。「你以為你在幹嘛？你有多久沒和瑞秋說過話了——你幹嘛要打電話給她？你打算說什麼？」

「夠了，達倫。我……我一直在想。想了很多。我不能再這樣下去了。這份罪惡感，這些秘密，已經快要了我的命。這讓我變成了我不喜歡的人。我不想再當這樣的人。我不能再當這樣的人了。」

「你到底在說什麼，瑪蒂？」

「我這輩子一直不停地在逃避。在對抗。在傷害人。在玩命。在冒險，冒那些早該讓我死了一百萬次的危險，也許，我也希望這些冒險可以真的要了我的命。我……我想，我企圖要殺死我內在的這個東西。這份罪惡感。這份恥辱。因為它，我攻擊著所有的人、攻擊著這個世界。我……」她拭去沿著臉頰流下的淚水。「我只是沒有辦法再這樣下去了。我無法再忍受下去了。此時此刻再也沒辦法這樣了。在那個Podcast播出之後，我不想再這樣了。是時候讓真相還原了。這是我欠女兒們的，欠我母親的。她……她保護了我。她知道有什麼事不對勁，但是她還是保護了我。因為我感覺到她看見了我的罪惡感，所以，我開始恨她。我也恨我自己。」她開始撥打電話。

他走過來，從輪椅上方俯視著她。「她做了什麼？瑞秋是怎麼保護你的？」

「那個吊墜。我的吊墜——」

「不要說了。現在，把電話放下來。我們需要談一談。在你打電話給你母親之前，你需要把一切都告訴我，所有的一切。」

# # #

貝絲正在開車。她正要去她母親家接她的孩子。透過藍牙喇叭，她正在收聽最新一集的Podcast。

克里妮緹：貝絲陳述說，瑪蒂告訴她，她看到你和莉娜發生性關係。

克萊頓：如果是這樣的話，那就是瑪蒂對貝絲說謊。也許貝絲相信了她。或者，貝絲也許知道一切，只不過她願意挺她的朋友。

克里妮緹：你的外套是怎麼洗乾淨的？它是怎麼回到你手上的，如果莉娜在被殺害之前都還穿著它的話？

克萊頓：我不知道。我真的不知道。它出現在我辦公室裡的時候就已經洗乾淨了。它被放在一個塑膠的購物袋裡。一開始，我以為是莉娜放在那裡的。那時候我還不知道她已經死了。我只知道她沒有回家，週一也沒有來上學。

她踩了煞車，導致一輛車在突然轉向之下發出了尖銳的煞車聲，甚至還打滑了。那名駕駛對她比了一個手勢，並且大聲地按著喇叭。她整個人都在顫抖。她甚至沒有看到那輛車。她把車停到路邊，試著打電話給瑪蒂。瑪蒂的聲音從擴音器裡傳了出來。我正在講電話或者無法接聽，請留言。

她又試了一次。同樣的語音響起。貝絲轉而打給達倫。

沒有人接電話。

她做了幾個深呼吸，努力要讓自己冷靜下來，並且讓自己保持專注，然後，她重新開回路上。她開到了她母親的家。在她還沒踏上陽台的階梯以前，她父母家的前門就打開了。艾琳站在門口。貝絲意識到她母親一定一直在等她的車開進車道。她母親的臉色蒼白，五官都糾結在了一起。貝絲知道了。她知道——她母親已經聽到第四集的播出了。

\# # #

一輛長途卡車沿著七百二十五公里長的十六號高速公路一路朝北前進，十六號公路介於不列顛哥倫比亞省的喬治王子城和魯珀特王子港之間，卡車司機一邊開車，一邊收聽著莉娜．雷伊謀殺案系列的節目。他很習慣在長途開車的時候收聽犯罪紀實的Podcast。這些節目會讓他保持頭腦清醒，也帶給他一些樂趣。特別是在這條往北的高速公路上，因為這條永無止境的柏油路兩旁，除了樹還是樹，單調的景象讓他感到昏昏欲睡。而他已經不再年輕了。這些日子以來，他越來越容易打瞌睡。他已經等不及要退休了。他現在在幫一家食品運輸公司開車。他曾經在林業界工作，總是開著運送原木的卡車來回在海天公路之間。那條路線曾經帶他穿越過雙瀑鎮這個工業小鎮。

節目主持人克里妮緹．史考特正在敘述證人艾咪．陳如何在一九九七年十一月十五日的週六凌晨，於惡魔橋上看到莉娜．雷伊，她提醒聽眾，那就是俄羅斯火箭穿越地球大氣層的那個晚上。

克里妮緹：……稍後，大概在隔天凌晨兩點左右，艾咪．陳看到莉娜．雷伊在惡魔橋上。根據雙瀑鎮警察局的談話紀錄，以下是艾咪．陳的原話，她敘述了她看到的景象。『那天是滿月。月亮很大，天空很乾淨。海上吹來的風很冷很冷。那就是讓我感到震驚的地方——居然有人走在那樣刺骨的寒風中。我看到深色的長髮被風吹得亂飛。接著又看到了那件外套的形狀，還有那個人，然後我發現那是莉娜……

一股振奮的精神流竄過他的體內，讓他在駕駛座上坐得更挺直了。他調高了音量。

「你完全可以看清那就是莉娜。她——那是她的身形。莉娜向來——當時——很高、很大塊，而且她走路的樣子也很特別，總是被大家取笑。就是有點笨拙的樣子。不過，因為莉娜那天晚上一直在喝酒，或者，至少她看起來是喝醉了，所以走路的樣子看起來就更明顯了。她走得跌跌撞撞的，又抓住了欄杆。然後有一輛卡車開過。卡車的頭燈照亮了她。所以，我就對傑普說，『喂，那是莉娜』，然後，我還從座位上轉過頭去看……我並沒有往她身後太遠的地方看去，或者特別去看她後面是不是還有人，然後我們的車就開過去了，開過了橋。」

那個畫面突然活生生地浮現在卡車司機的腦海裡。在俄羅斯火箭爆炸、並且在山頭上留下彗星般的軌跡之後幾個小時，他開車經過了那座橋。當時，他載著他的伐木設備一路往北。他記得在他的卡車頭燈照耀下，他看到了一個女孩走在橋上。他的車燈把她完全照亮了。那是一個高大的女孩，一頭黑色的長髮在風中飛舞。她穿了一件很大的軍用外套和一件工裝褲，並且因為喝醉了而步履蹣跚。或者他認為她喝醉了。他當時並沒有想太多。畢竟，在即將進入週六清晨的週五晚上，在那樣一個太平洋西北的小鎮，除了喝得酩酊大醉之外，孩子們在週末實在也沒什麼事情可做——這對他來說似乎也很正常。

當他看到路標指示著前方有加油站和卡車休息站的時候，他打開方向燈，開下了路肩。他把車子開進卡車停車場，停了下來。司機拿起手機，找到了真實罪案的熱線電話號碼。

他撥出了電話。

電話被接了起來，他聽到一陣電話錄音，要求他留言。

「我看到她了。我想，我看到莉娜．雷伊在那天晚上走過惡魔橋。當時，我開著一輛運送木柴的卡車，大概在凌晨兩點左右經過了那座橋。我之所以記得，是因為那是火箭墜落的那個晚上。我看到一個女孩沿著橋、跌跌撞撞地朝北走。在她身後的遠處，在那一片陰影裡……我看到好像有人在跟蹤她。」

瑞秋

現今

十一月二十一日，星期日。當日。

我開得很快。天色已經完全黑了。天氣也即將轉壞。我想要在下雪之前抵達雙瀑鎮。當我開在蜿蜒的九十九號高速公路上，沿著高於海平面的山崖轉彎時，我再次聽著克萊．派里的訪問。

克萊頓：……莉娜立刻跑開了。瑪蒂掙扎著從我身下爬出來，一邊拉起褲子，一邊喊著要莉娜停下來。瑪蒂隨即跑上小徑去追莉娜。她把莉娜帶回到我面前，我看到莉娜顯然已經喝醉了、而且非常沮喪。瑪蒂告訴莉娜，要她保證她絕對不會告訴任何人。莉娜不停地在哭泣。我叫瑪蒂自己回到篝火現場，而且要表現正常。我會照顧莉娜，送她回家，並且在路上和她說理。莉娜很容易受到控制。因為她……她愛我。我知道這點。我也利用了這點。我摟著她，協助哭泣中的莉娜坐上我的車，我的車當時就停在那條集材道路上……

我在海平面高處的一個髮夾彎轉得太快，以至於緊握著方向盤的指節都發白了。我撞到冰上，車子瞬間打滑。當我調整方向重新駛回路面時，我的輪胎發出了尖銳的摩擦聲。我的心重重地撞擊著胸口。

克里妮緹：那些警探有沒有問過你關於治療的事？他們有沒有從這個角度追查過？

克萊頓：他們沒有問過我。我們從來沒有談到這件事。也許他們後來有調查過。

克里妮緹：那個治療師叫什麼名字？

克萊頓：葛蘭傑．富比世醫生。他是強尼．富比世的父親。

我再次撥了瑪蒂的電話號碼。她仍然沒有接電話。這次，我留言了。

「不要收聽最新播出的那集Podcast，瑪蒂。拜託你。就是不要收聽。回電給我。我們需要先談一談。關於……關於吊墜的事。關於利亞姆拍的那張照片的事。我需要知道。回電給我。」

我開到了另一個髮夾彎，這回，我的雙手握緊在方向盤上。一路籠罩到山邊的大霧被我的車燈照射出一條光的隧道。在感到嘴唇乾澀之下，我撥打了另一通電話。這回，我試著打給葛蘭傑。

沒有人接電話。

我詛咒了一聲。

我又試了一次。還是一樣。因此，我打到農舍的座機，不過，電話卻直接轉到了語音信箱。

我再度詛咒著。在車燈照射下，我看到了另一個急轉彎。當對向的一輛卡車朝著我直衝過來時，我稍微減緩了車速。卡車偌大的車輪刮起一陣水花，濺在了我的擋風玻璃上。我把雨刷調整到高速，雨刷因此在車子轉彎中不斷地發出啪嗒啪嗒的聲響。

葛蘭傑欺騙了我。我直接問過他，他是否治療過克萊，而他卻說謊了。那代表著什麼？對這個案子來說。對我們來說——我們的關係。突然之間，我們在一起的這半輩子時光，感覺就像建立在謊言之上。可是，葛蘭傑為什麼不告訴我？他一直在隱瞞什麼？克萊頓的話又湧現在我的腦海裡。

他是強尼・富比世的父親。

前方又有一道急轉彎。我不願意去想我的思緒所飄往的方向。但是，葛蘭傑是關聯所在。他一定是。我知道他的催眠療法曾經如何揭開問題。為了治療我在壓力下造成的創傷後壓力症候群，他曾經不止一次地引導我進入催眠的恍惚狀態。在讓我進入催眠狀態之前，他會給我指令，告訴我一旦清醒之後，我不會記得在治療過程裡發生的事。他預先解釋過，催眠療法是一種強大的工具，可以激活人體內一種自發性形式的治療過程。目的是在打破導致成癮或者其他毀滅性行為的那些周而復始的負面思想。

他說，等到我從催眠狀態中醒來之後，如果我遇到一個觸發因子，我就會用一種自動默認的新方式來處理那個觸發因子。

我的腦海裡響起了多年前他對我說過的話。

一旦你進入催眠狀態，我就可以直接和你的潛意識對話。大腦皮層會出現非常規的反應——有時候因為過於遠離常規，以至於我的個案無法記得在催眠過程中所發生的任何事。不過，我可以直接把一些想法植入你的潛意識裡。當你清醒以後，如果你再度面對某個特定的沮喪處境時，這個新的思考方式就會在你腦子裡出現，從我植入的地方出現。

海天公路上又出現了一個急轉彎。我以最大的能耐快速地駛過彎道。

在你的腦子裡出現……

我的思緒回到了眾人在單向鏡後面看著路克和我在審訊室裡面對克萊的那天。我記起了克萊在用一種單調的語氣招供之前，他臉上出現過的那抹奇怪的、空洞的神情。我再度想起了Podcast的內容。

克里妮緹：你怎麼會知道那些細節——那些驗屍結果證明為真的細節——如果你所說的不是真的話？

克萊頓：那……那些說詞就那樣出現了，剛好就冒進了我的腦子。而我想要把它說出來，把一切都說出來。

不可能。葛蘭傑不可能那麼做。他為什麼要那麼做？

他是強尼．富士比的父親。

可是，他要怎麼做到？葛蘭傑和一九九七年的調查完全無關——我突然想到了。在雙瀑鎮警察局的會議室裡，當德克．里吉把納奈莫條的盤子放在桌上時曾經說過的話。

梅里又在戒菸了……這回，她試著要用催眠來戒菸。

我看到了一個觀景台，立刻把車開過去。我的呼吸太快太淺，讓我開始覺得頭暈。我擔心自己會換氣過度。因此把卡車停了下來。

冷靜。瑞秋。大口吸氣。慢慢吐氣。再一次。我把車窗打開，冷空氣瞬間把我的頭腦打回清醒。

我很快地滑著手機，試著找到德克．里吉的電話。他的妻子梅里已經死了很久，而德克多年前也退休了。他住在一間退休之家，我會在去鎮上的時候順道去和他喝杯咖啡，每年都會去看他一兩次。

我找到了他的電話。在等待電話接通的時候，我焦躁地輕拍方向盤。他接起了電話。

「瑞秋？」

「德克，嘿，聽著，我知道這很突然，不過我需要知道。很久以前，當梅里嘗試戒菸的時候，你說她在嘗試催眠的方法，她當時找了哪一個治療師？」

「這……這和那個Podcast有關嗎？」

「對。你在會議室裡提到說，梅里在接受催眠治療。」

「一九九七年的時候，鎮上只有一名催眠治療師，瑞秋，你知道的。」

我閉上雙眼。一股苦澀的感覺爬上了我喉嚨後面。於是，我輕聲地說道：「葛蘭傑。」

「是啊。你知道的，那個效果持續了一陣子。她戒了大約兩年。然後又開始抽菸了。也許是因為我老是在家裡抽菸，這對她來說誘因太大了。我應該要戒菸的，因為……呃，如你所知，肺癌最終要了她的命。」

「我需要你老實告訴我，德克。不能再有秘密了。你明白嗎？你有沒有把莉娜．雷伊驗屍報告的細節告訴過梅里？你有沒有和你妻子聊起過那個案子，以及莉娜是怎麼被殺的？」

電話那頭一片沉默。

「德克？」

「該死，」他低聲地說道。「我——這有任何關係——」

「告訴我，德克。」

「我會告訴梅里一些事。向來都是這樣。她是我的支柱，小瑞。她總是會聽我說話。她從來不會把我告訴她的事情對別人說。當時，莉娜的案子對我造成了很糟的影響，對我們都一樣，特別是在我看過驗屍結果、看到了那個女孩所遭受過的一切，以及她是怎麼被淹死之後。那些卡在她肺部裡的鵝卵石……讓我覺得很崩潰。在她最後拚命想要呼吸的時候，她吸入了那些小石子；還有那些照片，顯示了她頭顱上的鞋印。我需要對梅里說出來。也許我不應該告訴她，因為我對她說的事，也在她的腦子裡留下了困擾。她出現了睡眠障礙。她說，那些畫面不停地出現在她的腦子裡，而她的幻覺也會在黑暗中跟著那些畫面跑。她無法擺脫掉那件事。這讓她又開始抽菸。我……我想，她要求她的治療師幫她找出解決的方法。消除她的創傷、她恐怖的惡夢，解決那些造成她又開始抽菸的問題。」

一股複雜的情緒升起。我深深吸了一口氣。

「小瑞？」

「我在。」我掙扎著讓自己的聲音聽起來夠緩和。「謝謝你，德克。」

「這有關——我是說，這不可能影響到調查吧，會嗎？」

「也許吧。沒事的。」

「該死，」他低聲說道。「發生什麼事了——怎麼了？」

「我還不確定。我保證我會讓你知道的，好嗎？謝謝你，德克。謝謝你誠實地告訴我。」

我掛斷電話，然後試著再次打給葛蘭傑。我覺得我最親近的每個人彷彿都在躲避我。我變成了一個被拋棄的人。我看了看時間。才剛過晚上八點。

我決定路過鴉巢，看看葛蘭傑的重機是否會停在酒吧外面。

當我開進鎮上，從酒吧後面的小街逼近酒吧時，我看到了葛蘭傑的重機。停在他重機旁邊的還有另外兩輛哈雷。兩輛車上面都有魔鬼騎士的徽章——那個獨特的蜘蛛網設計。

我知道這些監獄裡的幫派是怎麼運作的，瑞秋。我父親的脖子上有一個刺青，那表示他隸屬於裡面的某個幫派。那是一個蜘蛛網……如果一個惡魔騎士的成員，或者老大，想要把一個人列為目標、做掉他，不管是在監獄裡還是監獄外，他們都有辦法做到。那些鐵絲網根本保不了任何人的安全……

瑞秋

現今

十一月二十一日，星期日。當日。

我走進酒吧。酒吧裡很繁忙。因為是週日晚上，因此有現場演奏。除了提供很多食物之外，還有特別的酒水飲料。

雷克斯在吧檯後面。他瞥見了我，立刻揚起手，不過我沒有理會，只是環視著塞滿酒吧裡的面孔。我看到他了。葛蘭傑。皮夾克，雜亂的頭髮。他和他的兒子強尼擠在酒吧後面的一個小卡座裡，他們在討論著什麼，兩個人的頭湊得很近。

我走向他們，一路上撞到了不少人。

「嘿！老女人。看路。」

我無視於這些嘲弄。我的身體，包括肉體和精神上的每一個分子，都集中在葛蘭傑的後腦。我把我所有精神上和情緒上的精力都瞄準了他，因為，我甚至無法開始適當地處理克萊所說發生在我女兒身上的事，以及那對於身為母親的我的意義。而現在，我最大的恐懼是，這個和我住在一起的男人，不只在二十四年前克萊被帶走的事情上扮演著推手，還在他今天遭到殺害的惡行上也參了一腳。

我走到卡座。強尼驚訝地抬起頭看著我。

「瑞秋？」強尼開口說道。「你還好嗎？」

葛蘭傑轉過頭，看到了我。他的臉色瞬間發白。

「是你幹的嗎？」我對他咆哮道。「是你讓人去殺他的嗎？」

「你在說什麼鬼話？」

「克萊．派里。他死了。被刺死了。是你幹的嗎？你和你的惡魔騎士同夥？」

「老天，瑞秋。」他站起身。「坐下來，好嗎。小聲點。」

「你是他的治療師，葛蘭傑。你也是梅里．里吉的治療師。你從梅里那裡得知了那些犯罪現場的細節，然後把那些事植入了他的腦子裡。」

他的臉色更蒼白了。他抓住我的手臂。我試著掙脫。他卻抓得更緊。他很強壯，一把將我拉近，然後把嘴湊近我的耳邊。「不要在這裡說。我們到外面去。到你的車裡。來吧，走。」他開始把我往外帶。

強尼看著我們，目瞪口呆地看著他父親和我穿過擁擠的人群。我看到雷克斯在吧檯裡，皺著眉頭看著我們。也看到強尼走到吧檯裡，不知道在和他的岳父說些什麼。

我們走進清爽的空氣裡。天空開始落下毛毛雨，細微得有如霧氣一樣。

「上車。」我們走到我的卡車邊上時，他開口說道。

我解開車鎖，坐到方向盤後面。我渾身都在發抖。無論如何，我要和他把這一切都說清楚。等葛蘭傑上了車，乘客座的車門緊緊關上之後，為了打開車裡的暖氣，我啟動了引擎。車窗很快就蒙上了一層霧氣。

「告訴我你到底在說什麼，」他說道。「你說克萊死了是什麼意思？」

「你知道他死了。」

「瑞秋，拜託，我不知道。抱歉。」

「克萊．派里今天稍早在監獄裡被人刺死了。在我抵達那裡之前沒多久發生的。」

他看了我一會兒。目光慢慢地轉向酒吧。他看著停在酒吧外的那一排重機。他看起來很害怕。我從來沒有見過他這樣。在他注視著酒吧大門的時候，強尼推門而出，從我的卡車邊匆匆跑過。

葛蘭傑搖下車窗。「發生什麼事了？」他在強尼身後叫道。「你要去哪裡？」

「我接到達倫的電話，」強尼大聲回應道。他幾乎遲疑了一下。「我——我等一下再和你說。」語畢，他就消失在了我的卡車後面。我的驚慌——我的戰鬥或逃跑的本能反應——過於集中在葛蘭傑身上，以及強尼是葛蘭傑的兒子、還有強尼那晚也在烏勒爾祭典現場的事實，以至於我腦子裡理性的那一部分根本沒有注意到強尼說了什麼。

「你對我說謊，葛蘭傑。我問過你，你是不是治療過克萊。你說沒有，但是克萊把你說出來了。你沒有聽最新那集Podcast，對嗎？克萊告訴了克里妮緹和全世界，他為了戒除他的癮而去尋求你的幫助。他也在節目中提到你是強尼・富比世的父親。我打電話給了德克，因為我記得他告訴過我，梅里為了戒菸在接受催眠療法。他告訴我，梅里是你的病人。他也告訴我，他把那個案子所有的細節都分享給了梅里，結果那些事讓梅里感到很沮喪。」

葛蘭傑沉默了很久。他輕輕地詛咒了一聲，雙手用力搓揉著他的臉。

「是你幹的，對不對？你把那些細節植入了克萊的潛意識。我們在審訊克萊的時候，不知道說了什麼觸發到他，然後，他突然就開始用一種漠然而單調的語氣，描述他是怎麼殺害了莉娜。你把那些細節注入他的腦子裡。我要知道為什麼。」

他再度詛咒著，然後往後坐，兩手插進了頭髮裡。

「告訴我，葛蘭傑。把所有的事都告訴我。別想騙我，因為你知道嗎？我已經被騙夠了。我自己的女兒過去一直都遭到克萊的性侵。」我顫抖地擦去淚水。「我十四歲的孩子，和她的老師。」我的聲音都破了。我咬緊了牙根，掙扎著壓抑自己的情緒，整頓我的理智。「瑪蒂說謊。其他的孩子或多或少也都說謊了，或者企圖說謊。蕾西・派里說謊了。你也說謊了。」

他沉默地坐著。一副放棄的模樣。

我挪動了一下，讓自己可以完全面對他。「聽著，我知道我自己犯了錯，葛蘭傑。很顯然地，我在母親這個身分上失職的程度，遠遠大於我所理解的。當時，我拒絕去正視事情，或者去徹底跟進，沒錯，在克萊招供之後，我就不再去想任何懸而未解的問題，因為，比起追查其他可能性的想法，那樣做要簡單得多。但是，我不能再躲藏了。真相就在那裡。一切都被揭開了，我再也不能躲開真相。不只是我，還有你、瑪蒂，以及我們所有的人。」

「你當時所做的一切，小瑞，都是一個母親會做的。保護她的孩子。也是一個父親會做的——那是為人父母都會做的。」

「那就是當時發生的事嗎？」我靜靜地問。「強尼。你為他做了那樣的事？你為了保護你的兒子，就把你客戶的腦子給搞亂了？」

他的眼睛和臉頰都閃著微光。我發現葛蘭傑在哭泣。他的臉被淚水浸濕了。我從來都沒有看過葛蘭傑哭。

「葛蘭傑，」我的語氣更和緩了，但是我的心卻依然迫切。「請你告訴我。現在，一切都要揭開了。你不能再把精靈塞回瓶子裡。如果強尼做了什麼的話——發生了什麼事？你在保護他什麼？」

他深深吸了一口氣。「篝火節那個週末過後，強尼放學回到家，我看到他出現在洗衣房裡。當時他正企圖要洗一件軍用外套。外套上沾了泥土，還有看似血跡的東西。一開始，他試著要用水浸濕衣服，結果水變成了紅色。」

「克萊的外套？莉娜穿的那件？」

「看起來像是。胸口的口袋上有一些文字和數字。我問他他在做什麼，他說，他在幫朋友洗那件衣服，因為那個朋友的洗衣機壞了。他說，他的朋友在泥土上滑倒，還被割傷，所以衣服上才會沾了血。不過，我已經從收音機裡聽到了那個失蹤女孩的描述，以及她當時身上穿了什麼衣服。而且……我就是有一種不好的感覺。」他重重地吐出了一口氣。「強尼自從他母親過世後，就一直過得並不順遂，因此，我一直努力在建立我們的關係，我……我沒有給他壓力，也沒有逼迫他。我最後一次對他施壓的時候，他曾經威脅我要離家出走，我知道，如果他真的跑走了，我就再也沒有辦法讓他回家來。我們的關係那時正處在風口浪尖上。那件外套洗好之後就被烘乾了，然後就從我們家消失了。接連好幾天，我都沒有想到它。直到新聞報導說，那個女孩的屍體在烏雅坎河裡被發現，但是那件外套卻依然沒有找到的時候。」

我的心在胸腔裡怦怦作響。我想到了克萊。想到了Podcast的內容。

克里妮緹：你的外套是怎麼洗乾淨的？它是怎麼回到你手上的，如果莉娜在被殺害之前都還穿著它的話？

克萊頓：我不知道。我真的不知道。它出現在我辦公室裡的時候就已經洗乾淨了。它被放在一個塑膠的購物袋裡。一開始，我以為是莉娜放在那裡的。

我聽到了警笛響起。聲音傳入了我溫暖的車裡和我的思緒裡。警笛聲越來越大。越來越多的警笛聲傳來。聲音來自於消防隊。聽起來像是他們正在趕往山谷另一頭的住宅區。我想到了強尼。但是依然得不出任何結論。每當我得知什麼新訊息時，就又會有另一個疑惑跟著出現。葛蘭傑所說的這件事要怎麼和整件事連結在一起？

「你在治療克萊．派里。你知道關於孩童淫照的事。他是一個老師。他要照顧孩子。他自己也有一個小孩。你知道孩子們處於危險之中。你有義務舉報這件事，這是一種道德義務。你——」

「克萊是因為酗酒來找我的。他想要在那件事上尋求幫助。為了想要知道是否有什麼潛在的驅動因素導致他渴望麻痺自己，我開始深入挖掘，一直到那個時候，他對兒童淫照的癮才浮現出來；那是在某一次的療程裡，在催眠之下。大約也是在那時候，我從梅里那裡聽到了那些細節。而且……克萊是個變態，小瑞。對他那樣的人來說，復發的機率是……」

「我不在乎。你所做的事情是不可原諒的。」

「那你呢？你有沒有睜一隻眼閉一隻眼？」

我把頭轉開，透過霧濛濛的窗戶往外看。我的心宛如一把空氣鑽一樣地在鑽動。

葛蘭傑說道：「我把某個東西注入了一個變態傢伙的潛意識裡。是他自己招供的。他想要把自己關起來，所以他利用了那些細節。」

我輕聲地說：「在此同時，一個殘暴的殺人者從我們的指縫中溜走、無罪地走開了。」我面對著他。「在莉娜屍體被發現的新聞傳出之後，你有再問過強尼關於外套的事嗎？」

「沒有。我不敢問。不過，那就是我今晚在做的事。就在你闖入的時候。終於，在經過了這麼多年以後，我直接問他了。他說，週一早上的時候，一個朋友把那件裝在塑膠袋裡的外套帶到學校給他，並且問他是不是可以幫他們清洗，洗完後再把它放到克萊．派里的辦公室。」

「你相信他嗎？」

他吸了一口氣，把目光轉開。

「是他幹的嗎，葛蘭傑？強尼殺了莉娜嗎？他性侵並且殺了他的同學嗎？」

葛蘭傑的電話響了。他低頭看了一下來電顯示，然後舉起手。「等一下，是強尼打來的。」

他接了電話。「什麼事？」

葛蘭傑的身體整個繃緊了。他的眼睛瞪大，眼光轉向我。「什麼時候？」

葛蘭傑臉上的神情讓我起了一陣寒意。他掛斷了電話。

「是……是瑪蒂和達倫的房子。他們家失火了。」

瑞秋

現今

十一月二十一日，星期日。當日。

我把油門踩到底，一路衝往瑪蒂、達倫和我外孫女家所在的那條死巷。我的心臟已經跳到了喉嚨，我在一個轉彎處急轉，輪胎瞬間發出了刺耳的磨地聲。當我在另一個轉彎處急轉時，葛蘭傑下意識地把手撐在了儀表板上。我們身後傳來更多的警笛聲。我甚至可以聞到煙味。我的心狂跳不已。

我再度轉彎，立刻就看到了火光。房子完全著火了。消防車的燈光穿透霧氣。火光照亮了死巷的巷尾。一道路障讓我不得不踩下煞車。當我打開車門，開始奔向大火時，一名穿著制服的警察跑向了我的卡車。

我推開路障，跑到死巷中間。那名警察追在我身後。一名全副武裝的消防員從另一個方向朝我而來。我的注意力全在那棟房子上面。我的腦子裡只有瑪蒂被困在輪椅上的畫面，還有莉莉、黛西和她們的父親。

一陣爆炸讓房子側面的窗戶瞬間掉落。冷冽的寒風灌進屋內，大火繼續在熊熊燃燒著。我聽到劈哩啪啦的聲音，緊接而來的是一聲巨響。又一個爆炸。

前門突然打開。一道頭上蓋著外套或毯子的身影衝了出來。那道身影跑到了前面的草坪上。在他倒落在地上翻滾的時候，消防人員迅速地衝了過去。一名消防員將消防水管瞄準了開始吞噬前陽台的火舌，其他的消防員則把那個人拖向安全的地方。

朝我跑來的那個消防員擋住了我的去路，一把抓住了我的手臂。

「女士，你得後退。」他氣喘吁吁地說道。「所有人都需要待在後面。我們很擔心瓦斯管。」

我掙脫他。「那是我女兒的房子，她在裡面。還有她的孩子。她在輪椅上——」

穿著制服的警察來到了我身旁。她抓住我的手臂，試圖要阻止我。我同樣地甩開她的手，一把甩到了她的臉，讓她往後跌開了幾步。我需要進到屋子裡去。我沒有在思考，我四肢的力量在此時強大到令人害怕。

另一名警察也趕到了。一名男性警員。更魁梧、更強壯。他抓住我，讓我無法動彈。然後扣住我的肩膀說道：「女士。聽我說，女士，看著我。」

我注視著房子。整棟房子已經被大火團團圍住，連消防人員都不敢進去。他們只是在外面控制著火勢，阻止大火波及鄰居的房子以及屋後的樹林。「我……我外孫女在裡面。」

那名女性員警已經重新站穩了。她被我打到的鼻子止不住地在流鼻血，不過，她還是重新抓住了我另一隻手臂。「我來吧。」她對著消防員說道。那名抓住我的消防員很快地放開我，立刻跑回了他的消防車。

「女士，」那名女性警員對我說道。「我們都需要退到後面去。我們已經把路障往後挪了。瓦斯管有可能會爆炸。」

然而，我只是麻木地站在原地，我的目光無法離開眼前咆哮的大火。

那兩名警察把我轉過身，帶著我走回路障所在之處。我留意到我的卡車已經不見了。一定是葛蘭傑或者警察把它開走了。

我們身後響起一陣隆隆聲。我畏縮了一下，立刻反射性地蹲伏下來。爆炸的火光直衝夜空。我可以感覺到爆炸的力道衝撞到我的背上，讓我們都往前跌撞了出去。我的耳朵出現了耳鳴。四周有人在尖叫，一切彷彿都很遙遠。大量湧出的黑煙讓我嗆到開始咳嗽。熊熊燃燒的烈火發出了雷鳴般的怒吼。

克里妮緹

現今

十一月二十一日，星期日。當日。

「要來杯啤酒嗎？」吉歐問道。

我看著他。我坐在一間汽車旅館房間裡的小沙發上，透過我自己反射在窗戶玻璃上的倒影看著漆黑的窗外。才剛過晚上九點，回雙瀑鎮的路途就像一條永無止境的彎路，在黑暗和時間中往前曲折蔓延。我不確定要如何看待我父親的死。我是不是應該在乎，還是應該感到高興。或者悲傷。

我的思緒飄向他最後對我說過的幾句話，我想起當他說那些話時，眼裡和臉上所流露出的情感。現在，當我明白到，其實，他知道自己是直接在對女兒說話時，這一切都有了全新的意義。

我看著那些可以看到我內在惡魔的警探，那些想要把我關起來的警探，我突然明白了。我必須去坐牢。我必須被關在那些鐵欄杆後面。我想要被鎖起來。這樣才能拯救那些在我身邊的人。才能拯救那些孩子們。才能保護我自己的孩子。

他是不是害怕他最終也可能會傷害我？

那是否加強了我那年輕母親的行動，讓她放棄了他，把他交給了警方？一股赤裸深沉的渴望在我的心裡浮現，讓我的眼睛因為傷痛而發熱。那是一種對某個過去無法存在的東西——現在也無法存在——的渴望。渴望著一個父親真實又正常的愛。我以一種奇怪、醜陋又複雜的方式，對莉娜·雷伊感到嫉妒。對我父親似乎一直都在乎她的事實感到嫉妒。她能以某種方式了解他，而那是我永遠無法做到的，這樣的事實也讓我感到嫉妒。我對一名遭到殘暴謀殺的受害者產生這樣的感覺，實在沒有道理可言。但是，我很慶幸他沒有殺害她——現在，我真的相信，不管殺害莉娜·雷伊的人是誰，那個人都還逍遙在外。而我現在的任務就是把這件事做個了結。為了我自己、為了我母親、我外婆，也為了我父親。

最主要的還是為了莉娜和她遺留下來的家人，因為，他們一直都還未能看見正義得到伸張。

「好，」我對吉歐說道。「我們喝啤酒吧。」我把穿著襪子的腳縮到屁股底下，看著他走向房裡那間小廚房的小冰箱，打開冰箱，拿出兩罐本地釀造的啤酒，然後走回來。

我喜歡看著他。我喜歡他走路的模樣。他穿了一條低腰運動褲和一件褪色的灰色運動衫。當然，那些衣服都是設計師品牌，不過，就算他穿的是平價商店的衣服，他看起來也一樣出色。他那頭黑髮散亂，下巴也覆蓋了一層鬍碴。那讓他那雙綠色的眼睛在深色的濃眉下，看起來更明亮了。我突然意識到，能有吉歐陪在我身邊是多麼幸運的一件事。

「我喜歡你穿得很休閒的樣子。」我伸手去拿啤酒時說道。

他驚訝地眨了眨眼，剎那間似乎說不出話來。某種強烈而熱切的感覺在我們之間流過。當我把頭轉開，並且拉開啤酒罐上的瓶蓋時，他緩緩地在我身邊坐下。我注意到自己的脈搏在加速。我灌了一大口冰啤酒，不知道自己為什麼那麼害怕和異性有所牽扯。我的意思是，和我真的喜歡並且尊重的男人進一步交往，而非總是找那些我明顯覺得可以隨時拋棄的男人當短期炮友，或者發生一夜情。

他把腿蹺在我旁邊的咖啡桌上，啜飲了一大口啤酒，然後說道：「但願你早點告訴我。」我轉過頭看著他。

「告訴我克萊．派里是你父親。」他的眼裡流露出受傷的神情。我了解。換作是我的話，我也會覺得受傷。

「對不起，吉歐。我……我沒辦法告訴你。我自己都不知道應該怎麼看待這件事。我想，我試圖透過訪問來弄清這一切。來弄懂他。並且試著去了解，或者處理我和他的關係。」我停了一下，又喝了一口啤酒。「莉娜的家人也許很想要——也很需要——知道，他為什麼做了他們認為是他所做的事，我也一樣。然而，當他說他沒有殺害她的時候……我的腦子都亂了。我開始想要證明他沒有殺害她。我希望，至少在那件事情上面，他可以是清白的。」

「然後，他說他招供是為了讓你和你母親獲得自由。」

我點點頭。「而且……」一股情緒讓我的聲音卡住，也讓我的話哽在嘴裡。看到我沉默了好幾秒，吉歐於是把手輕輕地放在了我的膝蓋上。

「我了解。」他用一種沒有性別、不具威脅性、摯友般的方式靜靜地說。那讓我流下了眼淚。不過，他只是坐在那裡，任憑我哭泣。在那一刻裡，我是愛他的。我也許一直都愛他，而那也一直都讓我害怕。因為吉歐是個好人，好到我配不上他。我不想發展出什麼會導致我們雙雙受傷、甚至毀掉我們專業合作的關係。

「你應該打電話給你外婆。」他安靜地對我說。

「她那邊的時間現在已經很晚了。」

「她會想要知道的。」

我點點頭。他說得沒錯。外婆也許正坐在安養院裡，坐在我母親的病床旁邊。獨自一個人聽著Podcast，猜想著我是什麼感覺。

「這樣吧，我出去幫我們找點吃的，你可以趁這個時間打給她。」吉歐說道。「如何？」

我拭去臉頰上的淚水，給了他一抹微笑。「好。謝謝你。」我凝視著他，再度感到胸口泛起一股暖流。我看到他的瞳孔變得深沉。他嘴邊的微笑吐露著溫柔。我想，在那個無言的瞬間，我們彼此都知道，我們終將會相擁入眠。今晚。

「等會見了？」

我再度點了點頭。

吉歐踏出了汽車旅館的房門，而我一聽到房門在他身後關上的聲音，立刻就撥打了我外婆的電話。

電話撥出的時候，我聽著遠處傳來的警笛聲，企圖想像雙瀑鎮在二十四年前的這個季節裡是什麼模樣。逮捕我父親的警笛響起。當我母親放棄我父親的時候，我正受到一名來自教會的女子照顧。無所不在的首席山悄悄地雄視我們，在千變萬化的雲霧後面靜靜地看著一切。

「克里妮緹？」

「外婆，很抱歉這麼晚打給你。」

「一切都還好嗎，親愛的？」

「媽媽怎麼樣了？」

「她還是老樣子，克里。你沒事吧？怎麼了嗎？」

「你聽了嗎？最新那集Podcast？」

「我聽了。我對於那個叫做瑪蒂森．瓦薩克的女孩說謊並不感到驚訝，你知道嗎？」

「他死了，奶奶。」

電話那頭出現一陣沉默。遠處的警笛聲越來越多，像哀號的合唱一樣此起彼落。一定發生了什麼大事。

「你說他死了是什麼意思？」

「克萊頓。都是我的錯，外婆。我……我的Podcast，害他被殺了。」錯綜複雜的情緒在我說話的同時，彷彿海嘯般向我襲來。「如果不是他的獄友因為知道他是一個戀童癖而做掉他，就是監獄外知道真正兇手是誰的人找人殺了他。我覺得應該是來自外面的勢力。因為我相信他。他沒有殺害莉娜。而是某個逍遙在外的人殺的。如果我沒有製作這個Podcast的話，他就還會活得好好的。是我造成的。」

「不，克里，不是的。克萊頓扮演了他自己的角色。他想要和你談。他參與了Podcast。他想要把他的實話公諸於世，透過你。你提供了一個媒介給他。他應該很清楚，為了要用那種方式把事情告訴你，他可能會遇到什麼風險。如果你問我的話，克萊頓也許已經預見了會發生什麼事。」她停了一下。「或許，他甚至希望如此，克里。」

「他……他知道我是誰。他沒有告訴我，我是在他死後才知道，他一直都在留意我和媽媽的動向。一直以來，他都知道我們在哪裡。」

我外婆沉默了很久。「好吧……如果是這樣的話。他想要見到你，想要看看他的小女兒變成了什麼模樣、變成了什麼樣的人。他想要當面告訴你，他沒有殺害那個女孩。他想用他的方式說抱歉。想讓你知道他為什麼招供——為了拯救你和你母親。」

「我媽媽是讓他坐牢的幫兇。」

「蕾西必須生存下去，克里。當時她才二十二歲。她被鎖在一個惡夢裡。她活下來了。她也養大了你。他們兩人都為你做了他們能做的事。」

淚水再度泛起。我安靜地說道：「謝謝你，外婆。」我企圖在新湧上來的感情下繼續說道。「謝謝你所做的一切。謝謝你在那麼多年以前收容了我和媽媽。謝謝你幫我們搬到東部。謝謝你……告訴我實話。」因為失落而突然萌生的一股痛苦讓我的喉嚨幾乎就要鎖住。「我只能想像，在面對這一切的時候，你是多麼的孤獨、多麼的痛苦。你……你給了我我所需要的。你幫助我知道我是誰。而現在，我需要弄清楚我想要成為什麼樣的人——我想要從這裡走向何方。」

我外婆再度沉默了。我感覺到她在哭泣。我感覺到當她坐在我母親床邊時的那份寂寞，我那個可以視之為已經走出我們生命的母親。當她再度開口時，她的聲音聽起來十分沉靜。「我愛你，克里。去休息吧。我也要睡覺了。我想，今晚我可以睡得著了，會睡得很安穩。」

「我愛你，外婆。」

我掛斷電話，然後從我的電話裡找出我父親把幼小的我抱在懷中的那張照片。我把他綻放著笑容的臉放大，輕輕地撫摸著這個影像。我恨他，為他感到哀慟。但是，我很高興他並沒有殺害莉娜。

吉歐敲了敲門，然後打開了房門。熱騰騰的食物香味伴隨著他一起進入了房裡。我突然感到了飢腸轆轆。

「嘿，聞起來好香。」我說著從沙發上起身走向他，吻了他的臉頰。然而，他臉上的神情卻讓我感到一陣寒意。我往後退開。

「你還好嗎？怎麼了？」

「那些警笛，」他一邊說著，一邊把裝著食物的袋子放到廚房流理台上。「餐廳裡的人——他們從收音機裡聽到的——餐廳裡每個人都在談論這件事。他們……他們說那是瑪蒂和達倫的家。他們的房子。完全被燒毀了。還有一條瓦斯管爆炸了。」

震撼和恐懼狠狠地撞擊了我。

「他們沒事吧？」

「我聽說他們在房子裡。」他的聲音破了。「瑪蒂和達倫在那間著火的房子裡，還有他們的女兒。他們一家全部都在裡面。」

瑞秋

現今

十一月二十一日，星期日。當日。

我癱坐在路邊的人行道上，茫然地看著前方。雨霧開始落在我的身上。我似乎完全無法注意或者理解任何東西。他們把我帶到位於兩個街區以外，一個類似臨時指揮中心的地方。通往鄰近一帶的交通已經被封鎖了。有兩輛救護車就停在附近。至於警方的車輛則隨處可見。警察正在進行詢問。有人給了我一件外套和一頂羊毛帽子。我的肩上披了一件銀色的急救毯，但是，我依然忍不住在發抖，牙齒不停地在打顫。我身邊還有兩名鄰居，一男一女，不過，我並不認識他們。

一名護理人員走了過來。他想把我帶到救護車上，但是我拒絕離開。我必須待在這裡。我要知道那棟房子發生了什麼事。我的家人發生了什麼事。我整個人生——我的整個世界——都在燃燒。我最珍貴的那一切、我應該要更努力去拯救的那一切。而現在，一切都太遲了。我又聽到了一陣爆炸聲。雨霧中出現了一道暗橘色的火光以及濃濃的煙味。嗆人的煙味。

我緩緩地轉過頭。我無法在黑暗和雲層裡看到首席山，但是，我可以感覺到它在那裡。俯視著、觀看著另一場大火，就像多年前的篝火一樣。就像它看著莉娜被痛毆、被淹死在河裡。就像它看著她的屍體浮在鰻草之中，然後沉到了河底一樣。就像它看著我緊盯著那些潛水員在惡魔橋下泥濘漆黑的河水裡尋找著她，看著老鷹高高盤旋在天空，等待著叼走腐爛在河岸邊的魚屍一樣。

我想起了普拉提瑪。她已經死了。她說的話輕輕地迴盪在我的腦子裡。

我們以為，如果我們控制著他們，如果我們告訴他們應該要做什麼的話，我們就可以讓他們安全無虞。我們以為，如果我們讓他們忙於運動，他們就不會惹上麻煩。他們就會平安。但是，我們錯了。

然而，就算我們保護得了他們、讓他們足以平安地活下來，我們仍然無法讓他們愛我們。保護的行為本身就有可能讓他們離開我們，甚至讓他們恨我們。

另一名女子走過來，在我身邊蹲下。

「需要我幫你拿什麼過來嗎？」

我幾乎沒有注意到她。因為，當我朝著她的聲音轉過頭時，我看到了她身後的剪影，一抹被閃爍的警車車頂燈照亮的剪影，強尼．富比世。他的肩上也同樣披了一件銀色的急救毯。警車的燈光反射在毯子上面——紅色、白色、藍色、紅色不停地交互閃爍在毯子上。強尼正在和兩名警察說話。我突然集中了精神，記起了強尼跑出酒吧的畫面。記起了葛蘭傑把車窗搖下的畫面。

發生什麼事了？你要去哪裡？

我接到達倫的電話。我——我等一下再和你說。

我木然地站起身，朝著眼前的景象走去。

當我走近的時候，我留意到強尼的雙手上都捆著新的繃帶。頭上也包紮著繃帶。我聽到他在對警員說：「通往客廳的門是上鎖的。我想，是從裡面鎖上的。我打不開，然後，火從書房的門竄出來，書房的門也鎖住了。我……我沒辦法接近他們任何一個人。」

我震驚地發現，那個身上蓋著著火的毯子、從房子裡跑出來的人應該就是強尼。

在火災發生之前，強尼曾經急急忙忙地跑去找達倫。

強尼在清洗那件外套上的血跡時，那件莉娜被殺時所穿的外套，曾經被他父親看到過。

「他在說謊！」我大聲喊道，然後直接走到了強尼面前，兩手握拳地擊中他的胸口。他往後跌出了幾步，撞到了警察巡邏車的引擎蓋。我又推了他一把。「是你幹的嗎？是你他媽的幹的……是你縱的火？是嗎？因為你在這裡，你從酒吧匆忙趕到了這裡。然後我們就發現這裡失火了。你跑到這裡來……是你，不是嗎？是你幹的！你放的火。所以你才會在屋裡。是你放火的！」我的拳頭不斷地落在他身上。

「老天，瑞秋，放開我。把她拉開。」

警察把我從強尼身旁拉開。我掙扎著想要甩開他們。我渾身都在顫抖。我沒有辦法好好思考。我甚至無法聽清警察在對我說什麼。

葛蘭傑氣喘吁吁地趕到了。他一定是把我的皮卡停到了夠遠的地方。

「瑞秋，強尼？這裡發生了什麼鬼事？」他轉向警察，然後看著我。

「是他幹的——強尼把房子燒毀了。他在所有人都在屋裡的時候縱火。我——」

「瑞秋？」葛蘭傑抓住我的肩膀，把我轉向他。「看著我，專注點。」

我試著照他的話做。

他繼續說道：「強尼進去是為了要救他們。」

我眨了眨眼睛。

「達倫打電話給我，」強尼也開口說道，「他打電話給我說一切都結束了。」

「什麼……什麼都結束了？」我覺得頭好重。我覺得好困惑。

「我不知道。但是他聽起來不對勁。他一直都是我的好兄弟，一定是出了什麼事。我……他聽起來像是要結束一切，結束他的生命或者什麼一樣。他喝醉了。他……我立刻就開車過來，當我到這裡的時候，我看到屋裡著火了，然後我就跑進去。我試著要找到他們，但是門似乎全都被鎖上了。我聽到房間裡有尖叫聲，還有拍打聲，但是我就是沒有辦法接近他們。」

我瞪著他。我無法相信他。這又是一個謊言。

「你拿了那件外套，」我陰沉地說道。「莉娜的外套。你告訴你父親說，是一個朋友摔到泥濘裡，而且割傷了自己。那個朋友是誰？是誰叫你清洗那件外套的，強尼？」

強尼注視著我。紅色和藍色的警車燈映照在他的臉上，讓他萌上一股怪異、瘋狂的感覺。

「誰，強尼，是誰？」

他轉開頭，吸了一口氣，然後迎向我的目光。「是我的妻子。是貝絲。她要求我的。」

「什麼？」

「貝絲把衣服裝在一個塑膠袋裡，帶到了學校。那是週一早上。當我打開我的櫃子時，她走到我旁邊。她叫我把衣服藏起來，清洗乾淨之後再放回派里先生的辦公室……她用她的身體回報了我。那就是……我們的浪漫約會就是因為這樣開始的。我……我當時還是個思春的青少年。那實在令人難以抗拒——貝絲．蓋洛威？漂亮、金髮，全校的女王？不過就只是清洗一件外套而已。」他暫停了一下。「直到那不僅僅是清洗一件外套那麼單純。」

「貝絲？」我似乎無法消化他所說的話。

「達倫希望我知道我妻子是什麼樣的人。他希望我知道真相。他說，他不會獨自一個人完蛋的，而且——」

警察的無線電發出了嘈雜的聲音，讓強尼一把轉過頭去。突然之間，我身邊的幾個人展開了行動。有人甚至跑了起來。

我猛然轉身。「怎麼了？」

葛蘭傑告訴我，「有人被救出來了，從房子裡。在屋後。兩個鄰居在瓦斯管爆炸之前，從屋裡拉出了一個或者兩個人。他們把人帶到房子後面的溪谷裡。警方正在啟動一支搜救隊穿過樹林去接他們。」

我開始狂奔了起來。

克里妮緹

現今

十一月二十二日，星期一。當日。

剛過了午夜。吉歐和我坐在租來的廂型車裡。開始下雨了。我們可以在低壓的雲層裡看到火光，也聽到未曾間歇的警笛聲。警車四處可見。在通往住宅區的大馬路盡頭，我們被警察在一個路障處攔下。基於『警方事故』，他們不讓任何車輛進出住宅區。這讓我知道，這不只是火災而已。一定發生了什麼重大的事。

「你覺得是有人縱火嗎？」吉歐說道。「你覺得這多少和Podcast有關嗎？」

「我不知道。」我輕輕地回答他，但是我擔心確實有關。「也許我們揭開了什麼可怕的事。我……我對那兩個小女孩感到很難過。」我面對吉歐。「如果這是我的錯呢？如果她們因為我而死了呢？」

「如果有誰做錯什麼的話，克里，那也是那些保守秘密的人。那些說謊的人。那些企圖要把這個案子深深埋藏起來的人，因為看在我眼中就是如此——真相的爆發引起了附帶而來的損傷。

而且，這個損傷很嚴重，因為真相被埋藏得越久，就有越多的生命受到了影響。現在，被傷害到的是無辜的孩子。她們被發生在二十四年前的事情所傷害，久到她們甚至都還沒有出生。所有涉及此事的人，都需要為此承擔責任。」他凝視著我。「就像你母親為了保護你所採取的行動一樣。因為那個謊言，因為你需要真相才能過上正常人的生活，因此，你回到了這裡來尋找答案。你母親所做的事，你父親所做的事，那些學生所說的謊，或者沒有說的謊……都是導致這件事發生的原因。也才是需要為這件事負責的罪魁禍首。即便那些警探也需要承擔責任。」

一陣嗡嗡作響的蜂鳴聲從我的手腕上傳來。我低頭看了看我的智慧型手錶，發現我在真實罪案的網站上收到了一則語音留言。我拿出手機，撥到網站，然後按下1，聽取那唯一一則的留言。

那是一個沙啞的、男性的聲音。

「我看到她了。我想，那天晚上我看到莉娜．雷伊走過惡魔橋。當時，我開著一輛伐木卡車，在凌晨兩點左右載著我的伐木裝備過橋。我之所以記得是因為火箭的關係。我看到一個女孩跌跌撞撞地沿著橋朝北走。在她身後的遠處，在陰影裡……我看到好像有人在跟蹤她。」

「你聽——聽這個，」我一邊把手機轉成擴音，一邊對吉歐說道。那道沙啞的聲音立刻充斥在廂型車裡。

「在那個喝醉的女孩後面，很遠的後面，有一個男子，他頭上的無邊帽壓得很低。個子高高的，穿著一件大夾克。和他在一起的還有一個女孩。她探出了頭。那天是滿月，我的卡車頭燈短暫地照到了他們。我之所以注意到她是因為她的頭髮，她的頭髮在燈光下散發著一種光澤。那是一頭淺金色的長髮。在月光下看起來幾乎是銀色的。那頭及腰的長髮在風中飛舞著。」

我嚥了嚥口水。

「貝絲？」吉歐問道。他的聲音興奮了起來。「那一定是貝絲・蓋洛威。」

「總之——我有收聽Podcast，而關於火箭的那段提醒了我。我可以清楚地記起那天晚上我在那裡看到了那個女孩在惡魔橋上。我的名字叫做丹尼・貝林格。你們可以透過這個電話號碼聯繫到我。」

我看著吉歐。我的腦子飛速在轉動著。但是，我依舊無法把所有的事情都拼湊在一起。

「如果在橋上的人是貝絲的話，她為什麼要跟蹤莉娜？而和她在一起的那個男的又是誰？」

瑞秋

現今

十一月二十二日，星期日。當日。

已經過了午夜，我人正在雙瀑鎮醫院。瑪蒂被送進醫院的時候已經沒有了意識。急診室的醫生正在治療她。兩個外孫女則有其他的醫生在照料。她們都還活著，但是，我不知道她們的傷勢有多嚴重。我很害怕，不停地在醫院裡來回踱步，搓揉著手臂。葛蘭傑和我在一起，然而，我無法看著他，我無法忍受看到他那張臉。

幫忙救出瑪蒂和兩個小女孩的其中一個鄰居也在等候區。上次，我到瑪蒂家的時候，他正在自家裝飾著聖誕燈飾，當時，他在陽台上的幼兒還曾經直盯著我瞧。一名自己也有幼童的父親。他冒著生命危險幫了我的女兒以及她的孩子們。他的妻兒有可能因此而失去父親。這讓我的心裡感到很沉重——這些來自莉娜謀殺案的殘響，在過去幾年裡，似乎一直都在擴散。故事是什麼時候開始的？我知道它一直沒有結束。

「你還好嗎？」那名鄰居問我。

我咬了咬嘴唇，點點頭。「我不知道應該要如何感謝你。」

「大部分是瑪蒂自己的努力。她們都還活著本身就值得感謝了。」

那個鄰居和昨晚來探視他的友人，身上聞起來都還有著煙味。他們走到屋外，看到了大火，隨即就繞到瑪蒂家的後面。當時，她已經打破了屋後的一扇窗戶，正在把兩個女兒從窗戶的破口往外推。在房子前半部遭到大火吞噬的時候，他們從屋後把女孩們帶離了險境。不過，瑪蒂還在屋裡。在她奮力想要保住女兒的性命時，一根柱子掉落下來擊中了她的頭部，讓她失去了意識。他們立刻打破一扇落地的玻璃門，衝進屋裡，在濃煙中企圖要找到她。就在瓦斯管發生大爆炸之前，他們把瑪蒂和女孩們帶到了屋後潮濕的溪谷裡。在駭人的火勢下，他們只能躲在那裡尋求掩護，直到搜救隊抵達現場把瑪蒂和孩子們帶出去為止。

達倫卻沒有及時逃出來。

「你為什麼不回家？」我問他。「你的家人也許現在正需要你的陪伴。」

「我得確定瑪蒂和她女兒都沒事，我的意思是真的沒事。我只是……我必須要知道。」

一名醫生來到了走廊，我們立刻將注意力集中在他身上。我試著要從醫生臉上的表情判斷情況。我無法呼吸，也無法思考。

他注視著我。「你是瑞秋．哈特嗎？」

「我……我是瑪蒂的母親，是的。我是孩子們的外婆。我——」

「她們都會沒事的。孩子們身體上都沒問題，只有少數幾處割傷和擦傷，以及輕微的燒傷，還有吸入濃煙造成的一些問題。不過，她們都不會有事的。」

我的膝蓋瞬間癱軟，我輕輕晃了一下，然後又重新站穩。「我女兒呢？」

他露出一絲和善的微笑。「她也會好起來的。她的頭遭到了重擊而導致腦震盪，不過，我們已經把她眉毛上的傷口縫合好了。她手臂上的骨折也受到了治療——她現在已經打上石膏了。我們會在接下來的二十四小時以及後續幾天裡密切觀察她的狀況。」他停了一下，目光轉向葛蘭傑。「她們很幸運。你們兩位現在可以去探視她們了。」

那個鄰居已經重重地坐在了一張塑膠椅上，把臉埋進雙手裡。他鬆了一口氣地啜泣了起來。

「我馬上就過去。」我對醫生說道。

我走向那個鄰居，在他旁邊的椅子上坐下，然後把一隻手臂繞過他的肩膀。「謝謝你。謝謝你……我實在不知道該怎麼感激你才好。」

「感謝上帝。我……」他嗚咽地說不出話來。

「你冒了那麼大的風險闖進了著火的屋子裡。你冒了生命的危險。如果你受到傷害的話，你的妻子……你自己的孩子有可能因此而失去他們所愛的人。」

「那兩個漂亮的孩子。莉莉和黛西。瑪蒂，在救她們的時候受了傷……我……我沒辦法進去……我們只是本能的反應。連想都沒有多想。我……我只是需要聽到醫生說她們都會沒事。需要知道我造成了不一樣的結果。」

「你要一起去看她們嗎？」我問。

「不……不用了，我沒事的。我需要回到我妻子和女兒身邊了。」

「葛蘭傑會載你——他會順道送你回去。」我告訴他。

葛蘭傑的眼神轉向我。我吸了一口氣，迎向了他的目光，這是打從我們在鴉巢停車場裡，坐在我的卡車裡面談話以來，我第一次和他四目相對。

「我需要單獨進去看瑪蒂和兩個外孫女。我不希望你和我一起進去。」

他的神情因為痛苦而緊繃，雙眼也因為濕潤而開始閃爍。

「我們都犯了錯，小瑞。我們都只是想要保護我們的孩子。」

「如果瑪蒂、莉莉和黛西也都和達倫一起被燒死的話，你也會這樣說嗎？達倫呢？我的女婿呢？有多少性命需要因為四分之一個世紀以前的惡行而遭到犧牲？」

他注視著我。在那一瞬間。在醫院的味道和我們衣服上的煙味圍繞下，我們兩個都明白了一個事實。我們之間已經結束了。不得不如此。我無法原諒他所做過的事。我不知道在這件事情上，我究竟扮演了什麼角色——扮演到什麼樣的程度——但是，我確實也參與其中的這個事實，意味著也許我也同樣無法原諒我自己。

護士先帶我去看兩個女孩。

我走進病房，看到了兩張床，兩張小臉上的眼裡充滿了恐懼。

「我們有幫她們打了一點鎮定劑，」護士說道，「莉莉、黛西，你們的外婆來了。」

「外婆？」黛西問道。「媽咪呢？爹地呢？」

我的心破裂了，淚水隨即溢滿我的眼眶。我在病床邊坐下來，把黛西摟進懷裡，也握住了莉莉的手。在淚水簌簌往下流的同時，我告訴她們，「媽咪會沒事的。她不會有事的。」

###

黎明的來到為病房外面的天空灑下了淺淺的亮光。瑪蒂的眼睛也在這個時候開始眨動，然後她緩緩地轉過身來。我坐在她病床邊的一張大椅子上，兩個女孩雙雙坐在我的腿上。在折騰了一夜之後，她們終於在我的懷裡睡去。我的腿早已發麻，但是我連動都不敢動一下，深怕會打斷她們的睡眠。過去幾個小時裡，我一直嗅到她們頭髮裡的煙味，同時也呼吸著一股外孫女的味道。

警察在前一晚曾經來過，他們告訴我，他們在房子前半部被鎖住的客廳裡，發現了達倫的屍體。很明顯地，強尼曾經企圖破門而入，但是終究無法趕到他朋友的身邊。

警方希望在瑪蒂醒來之後和她談話。他們表示，縱火的證據很明顯。現場有些跡象顯示出，房子裡有好幾處火苗都是經由觸媒引燃的，而且是一處接著一處緊密引燃的。瑪蒂和女孩們似乎是被鎖在了書房裡，而達倫則把自己鎖在了客廳。警方還在達倫身邊發現了一個燃燒殆盡的汽油桶。警察表示，他似乎先把汽油澆在了自己身上，然後才點燃客廳的火。警察很快會再回到醫院。我希望在他們抵達之前，我可以先和瑪蒂說上話。

我動了一下身體，小心翼翼地把身上兩個熟睡中的孩子放到椅子上，先幫她們蓋好毯子，然後再走到床頭。我拾起瑪蒂的手。

「小瑪，親愛的。」

她眨眨眼，緩緩地把注意力集中在我身上，然後猛然企圖要坐起身。

「我女兒！」

「她們沒事。你看。噓，她們睡得很熟。她們打過了一點點鎮定劑。」

她在枕頭上撇過頭，這個動作讓她皺起了眉頭。她的眼睛下面有片瘀青，露出了深紫色的痕跡。眼睛上方則貼著一塊OK繃，蓋住縫合好的傷口。她試著要移動手臂，但隨即意識到了手臂上的石膏。於是，她舉起另一隻手怯怯地摸了摸眉毛。

「你也不會有事的。」我輕聲地對她說。「手臂斷了。頭部受到重擊而縫了幾針。不過，你讓你女兒們從屋後脫身，之後，你的頭好像就被擊中了。是你的鄰居和他的朋友進屋去把你救出來的。」

她似乎很疑惑，彷彿試著要想起來。然後，她的眼裡很快地浮現了恐慌。

「達倫？」她的聲音沙啞。她咳了幾聲，再度皺起眉頭。

「很遺憾，小瑪。他……他沒有獲救。」

她閉上了眼睛，把頭壓回枕頭裡。淚水開始從她的睫毛下滲出。

「警察很快就會回來。他們打算問你發生了什麼事。」

她睜開雙眼，沉默了一會兒，舔了舔嘴唇，才開口靜靜地說道：「我想要和你談，但是我……我不想讓莉莉和黛西聽到。」

我點點頭。「我去找個護士，看看有沒有人可以幫忙把她們帶回她們的病房，幫忙看著她們。」

等到孩子們都安全地被帶回她們的病房之後，我把椅子拉近床邊，重新拉著瑪蒂的手。有好幾分鐘的時間裡，她只是閉著眼睛，靜靜地躺在床上，讓我拉著她的手。我的女兒，這是二十四年以來，她第一次沒有抗拒我的觸碰。淚水湧上我的眼底，我就那樣坐著，深怕只要一動，這樣的情況就會瞬間遭到改變。

她再度試著舔了舔乾燥的嘴唇。「是他開始的，媽。是達倫點的火。」

媽。

我的胃整個收縮了起來。

我已經很久很久都沒有聽到這個字從我女兒的嘴裡吐出來過了。這突然讓我崩潰了。我努力想要忍住潰堤的情緒。

我吸了吸鼻子，然後輕輕地問道：「為什麼？」

「因為他和貝絲對莉娜所做的事。」

「我不明白。」

瑪蒂顫抖地吸了一口氣，然後又閉上了雙眼。當她再度開口時，她的聲音彷彿來自很遙遠的地方，彷彿她掉進了一個很遠很遠的地方一樣。

「我一直都以為那是我的錯。我們的錯。我們所有人的錯。我從來都不知道。我……我們沒有人知道達倫和貝絲回去了。他們回去把事情做個了結。」

一股寒意慢慢地揪緊了我的腹部。我沒有說話。對於我即將聽到的事情，我只感到無比的恐懼。

「我和其他的女孩，我們……」她張開眼睛。淚水在她眼裡氾濫，她用顫抖的聲音說道：

「我們對她群起而上。莉娜。那天晚上。在惡魔橋下。我們這群女孩。我們把她毒打了一頓。」

瑞秋

現今

十一月二十二日，星期一。當日。

「那是什麼意思，對她群起而上？」我覺得耳鼓在充血。

「貝絲發現莉娜偷了她的地址簿。那是壓垮貝絲的最後一根稻草。莉娜已經偷過我們的珠寶首飾，還有化妝品。在她拿到地址簿之後，她開始打電話給本子裡的那些男孩，假裝她是貝絲，然後在電話裡說一些話……噁心的話。貝絲向來都很討厭莉娜，一直都對她霸凌，而且有點殘忍，所以……我不知道，也許那就是莉娜為什麼會那樣做的原因吧。不過，當貝絲發現的時候——那就好像對她造成了直接的攻擊，也等於對我們這群人的攻擊。貝絲說我們得給莉娜一個教訓。」

瑪蒂陷入了沉默。她用沒有受傷的那隻手拿起床邊的水杯，啜了一口。

「貝絲在篝火節前一天打了電話給莉娜。她邀請莉娜在篝火節祭典結束後，去惡魔橋南面底下參加『祭典後派對』。貝絲告訴莉娜，到時候會有一個很棒的驚喜。莉娜相信了。她甚至沒有看出那是一個詭計、一個陷阱、一個騙局、一場埋伏。莉娜很興奮。她真的以為貝絲試著要當她的朋友，並且還在篝火節現場頻頻糾纏我們。」

達許·雷伊那天晚上在月桂灣渡輪碼頭對我和路克所說的話，此刻重新浮現在我的腦海裡。

我相信截至目前為止，每個人都告訴過你們，莉娜會做一些很愚蠢、很愚蠢的事，而她並不知道那讓她看起來有多麼糟糕。有些時候……她就是沒有辦法看懂人心。

「我們在篝火現場想要叫莉娜走開，但是，貝絲說我們得假裝友好，不然的話，莉娜就不會到橋下去。」

我木然地坐著，完全發不出聲音，這讓瑪蒂停下來端詳著我。她的那雙眼睛又大又黑，膚色是那麼地蒼白。她看起來就像是我的小瑪蒂。那個我曾經那麼深愛、曾經願意為了她赴湯蹈火的小女孩。我的心和靈魂再一次地粉碎了。某部分的我想要叫她不要再往下說。我已經聽夠了。我不想要再聽下去。一股窒息的恐懼感逐漸在我心頭升起。恐懼。即將從我的孩子口中說出的事情讓我感到恐懼。

「說話，媽，求求你。說什麼都好。」

我意識到時間正在流逝。窗外的天色逐漸變亮。警察很快就會回來了。我嚥了嚥口水，緩緩地開了口。「克萊·派里呢?他在橋上嗎?」

「沒有。」

我感到渾身都不對勁。

「他只去了篝火節現場。莉娜糾纏完我們之後，就和克萊一起坐在篝火另一頭的一根原木上。」瑪蒂遲疑了一下才繼續說道：「他很偏愛她，對她幾乎百依百順。那是他對她的一種不同的互動方式。他在乎她。他身為老師的那部分是真的在乎莉娜，我想。」

才怪。

「那……那是真的嗎，克萊在Podcast裡所說的話，瑪蒂？他對你性侵了？」

淚水沿著她的臉頰流了下來。「我以為我愛他。我認為那是一種冒險，並且覺得我擁有全世界最酷的秘密。我以為那讓我變得很特別，因為他對我是那樣地感興趣。為了他，我什麼事都願意做。沒錯，那天晚上，我是和他在樹林裡。但是，莉娜來找他，然後發現了我們。在做那件事。」她在顫慄下吸了一口氣。「一想到我是如何在情感上被一個我所信任的權威人物所操弄，一想到我是怎麼連提都不敢提起、也不敢對你說，我就覺得噁心。而我把這件事放在心裡越久，我的理性和靈魂就越感到難受。這……這讓我對所有的事情展開攻擊，包括你在內。特別是對你。我真的很抱歉。但是……克萊在Podcast上說的確實是真的，媽。在他帶著莉娜走上那條小路，前往他停車所在的地方時，我跑回了篝火現場。」

語畢，她又陷入了沉默。我瞄了一眼手錶，感到胸口一陣緊張。警察很快就會到了。身為一個母親卻完全失職了，這樣的覺醒壓得我喘不過氣來。我應該在我孩子身邊的時候，我卻並沒有在那裡。我沒有把她從一個嚴重病態的人手中救出來。我在家的時間太少、陪伴她的時間太少，少到我完全不知道她惹上了麻煩。我不夠用心。直到一切為時已晚。

「瑪蒂，」我的聲音很輕很輕。「是什麼讓克萊把你當成了目標？是什麼讓你羊入虎口的？」

她用顫抖的手拭去臉頰上的淚水。「當時，我不認為自己是受害者。就像我說的，我覺得他挑上我、注意到我，那讓我感到自己很特別。這……這是從我主動去找他開始的，因為我……我對家裡的問題不知所措。」

我的喉嚨發緊。我吐出來的聲音聽起來既沙啞又焦慮。「什麼問題，瑪蒂？」

「你。你和爹地。你總是在工作，試著要對所有人證明你會成為一名優秀的警長，追隨外公的腳步。」

淚水在我的眼裡氾濫。我別過頭，望向窗外。這回，換她握住了我的手。

「媽，看著我，媽媽。」

我嚥下口水，然後面對著我的孩子。

「我現在也是個母親了。有時候……有時候……」

「你能原諒我嗎，瑪蒂，你的內心能原諒我嗎？」

「我無法原諒我自己，媽。我不能原諒我自己所做過的事。」

「你……在篝火節那天晚上，你有告訴貝絲你和克萊所做的事嗎？」

她又閉上了眼睛。「沒有。」她小聲地回答我。「不過，貝絲去廁所的時候瞄到了我們。她很生氣，非常地憤怒。但是，我們兩人最終都說謊了——她因為我說謊了。我們的友情就是在那時候開始結束的。」她注視著我的眼睛。「你知道嗎，是貝絲邀請克萊去篝火節祭典的，是她告訴他關於祭典的事。當她對我那麼不爽的時候，我才發現，她真的以為那天晚上她可能可以迷倒克萊。她認為她自己是克萊的那個『特別的女孩』。」

「瑪蒂，那個吊墜——」

「篝火節那天晚上我戴了那條項鍊。」她和我的眼神相對。「不過，這件事你已經知道了，因為你偷走了利亞姆幫我們拍的那張照片。那張我放在我房間抽屜裡的照片，你可以很清楚地從照片上看到那條項鍊就在我的脖子上。」

「它是怎麼會纏在莉娜的頭髮裡的？」

她在枕頭上轉過頭，避開了我的目光。

「瑪蒂？」

「我們在橋下等莉娜過來，」她輕聲地說道。「我、貝絲、達倫、夏安妮、達斯蒂，還有希瑪。達斯蒂很興奮，她對暴力習以為常。她自己就經歷了家暴。而她向來也都很暴力。她首先攻擊了莉娜。很用力地甩了她一個耳光。我們……我們都打了她，達倫還踹了她的背。然後，達斯蒂和夏安妮用她們的香菸把她燙傷。」

我畏縮了一下，想起那天躺在停屍間驗屍台上那個死掉的女孩。「達倫穿十一號的鞋子。」

她點了點頭。「他穿了他的工作靴，鎮上有一半的男生都穿那個品牌的靴子。」

「包括克萊．派里。」

她點點頭。「那實在太可怕了。我們把她打得很慘。我用拳頭揍了她好幾下，莉娜也試著要回擊。我脖子上的項鍊在推拉之中被扯掉了，吊墜一定是在那時候纏住了莉娜的頭髮。」我女兒接著又陷入了很長的一陣沉默。她眼裡流露出一種出神的模樣，彷彿她正透過一道時光隧道，看到了那個冷冽的夜晚裡，發生在橋底下的事。我可以感覺到時間不多了。外面的天光越發明亮，我胸口的那份緊張也越來越強烈了。

「繼續說，瑪蒂。」我靜靜地對她說。

她吸了一口氣又說道：「貝絲把莉娜的背包從她的背上拉下，然後打開來找她的地址簿。」

「但是她並沒有找到，」我接口道。「因為那在莉娜工裝褲側面的口袋裡。」

「當時我們並不知道。貝絲把背包裡的東西全部都倒出來，結果東西就散落在了石頭之間。她發現了莉娜的日記，因此就把日記打開來，在她的頭燈下開始閱讀，而流著血的莉娜掙扎著要把日記搶走。所以，有幾頁日記就被抓掉了。」她再次喝了一口水，咳了幾聲。「我說夠了。我試著要阻止她們。但是他們繼續在打她，所以，我就告訴他們我要走了。然後便轉身離開。我無法再忍受下去。達倫企圖要阻止我，但是我把他甩開，繼續離開。我自己一個人沿路走向阿里外賣，並且在半路上就吐了。其他人從我身後趕上我——夏安妮、達斯蒂和希瑪。她們告訴我說，達倫和貝絲就跟在她們後面。我不知道達倫和貝絲又折回去找莉娜。當我聽說她的屍體被找到的時候……我以為莉娜一定是從橋上摔下去了，然後死於我們對她造成的傷勢，而她遭到殺害，我也有部分的責任。那就是我為什麼在吊墜的事情上說謊。為什麼我們每個人都說謊的原因。後來，派里先生就招供說是他殺了她。我……我搞不清楚到底怎麼回事，不過，我猜想他一定是在橋的北邊找到了莉娜，然後在那裡把她淹死了，而那也就是當莉娜在樹林裡看到我們之後，他對我說他會『照顧』她的意思。」

語畢，她靜靜地躺著，而聽到昔日的惡行遭到還原，讓我在接下來的幾分鐘裡也同樣說不出話來。

瑪蒂清了一下喉嚨，再度說道：「在Podcast第四集播出之後，達倫對我招認了。他說，在莉娜帶著重傷跌跌撞撞、昏昏沉沉地回到橋上之後，他和貝絲跟在了莉娜身後。然後，他們在橋的另一頭把她帶下了小徑，而且……他說，他們『把事情了結了』。」

我看著我自己的孩子，腦子裡栩栩如生地浮現出莉娜赤裸的屍體躺在驗屍台上的畫面，這讓我幾乎可以聞到停屍間的味道。我可以感覺到路克在我的身邊。我可以看到塔克對準相機的手在顫抖。我看到了莉娜受損的肝臟。她在解剖後被放在磅秤上的心臟。我也聽到了貝克曼博士的聲音。

這種傷勢和我預期會在輾壓損傷患者身上所看到的很類似。那種嚴重的肢體外傷通常都發生在車禍的罹難者身上。這個女孩的經歷太慘了。

瑪蒂輕聲地說道：「長久以來，我一直以為我們殺了莉娜。我以為是我殺了她。」

「你們殺了她。你們所有的人一起殺了她。你們都是幫兇。」

她再度把頭轉開，只是躺在那裡。彷彿她已經放棄了生存的意志。我想起了莉莉和黛西。我需要幫助我的孩子。我們都需要找出一個度過這一切的方法。

「為什麼，瑪蒂？貝絲和達倫為什麼折回去那麼做？」

「貝絲——她……可以很殘忍。甚至邪惡。她有一種刁鑽刻薄的特性。她天生就如此。我想，她把她對我和派里先生發生關係的憤怒發洩在了莉娜身上。也許，她也是在發洩她對派里先生的失望，因為他喜歡莉娜，也在乎她，並且曾經因為貝絲霸凌莉娜而告誡過貝絲。」她深深吸了一口氣。「達倫……他告訴我說，他和強尼打算在篝火節那天晚上打破他們的童貞。他們兩人都渴望趕快脫離處男的行列。由於莉娜實在喝得很醉，所以他們就有點脅迫了她，於是，就在那天晚上時間還早的時候，她同意在樹林裡和他們發生關係。」

我的肚子裡湧起一股想要嘔吐的感覺。我甚至可以感覺到喉嚨後面嚐到了幾分苦澀的膽汁。

「所以，她在橋下被毆打之前，就已經被強暴了，被她的兩個同學？」我女兒的丈夫和我伴侶的兒子。

「那有點是兩廂情願的。為了感覺到自己被需要、或被喜歡，她總是企圖在做一些事。她曲解了人際之間的每一件事。」

「那不是兩廂情願，你知道的，瑪蒂。」

她閉上眼睛。淚水瞬間從她的睫毛之間滲透了下來。

「可是，為什麼——達倫為什麼和貝絲回去？」

她吞了一口口水。「他……他說，他希望我可以成為他第一個愛人。他說，他和強尼在樹林裡和莉娜所做的事，讓他感到強烈的厭惡。所以，他只是想要痛揍她一頓。讓她離開。他喝醉了，而且還可能喝嗨了，甚至從打人的行為上萌生了殺戮的欲望。」

我差點無法呼吸。我的心為莉娜感到傷痛。為她的父母、她的家人感到好痛。

「你家昨天晚上發生了什麼事，為什麼發生火災？達倫發生了什麼事？」

她一樣又嚥了嚥口水。「他……他說一切都完了。他和貝絲殺害——淹死——莉娜的事，將會在Podcast上被揭發出來。他不能讓自己的女兒在知道這件事的情況下長大。基本上，他喝下了一整瓶的威士忌。然後把我們鎖起來，放火燒了房子。他說，這件事終於結束了。他企圖要殺了我們全家。就好像他試著要把這件事的回憶都燒掉一樣，包括我們在內。」

我站起身，走到床邊，緊緊地用手臂抱住胸口。我堅定地看著首席山的花崗岩山壁。只見山壁在濕氣下晶瑩閃爍，斑駁的霧氣在灰濛濛的黎明裡掠過了山壁。

難怪強尼在這件事上保持緘默。還清洗了外套。他強暴了莉娜，那個死掉的女孩。他愛貝絲。為了那個充滿操控欲的年輕女子，他什麼事都願意做。難怪其他的孩子也都說了謊。他們知道他們自己做了些什麼。莉娜的死，他們每個人都參與其中。

難怪他們都很樂於犧牲他們的老師，如果他似乎也準備好要揹這個黑鍋的話。

「瑪蒂，」我開口說道，不過臉依然面對著窗戶，「那些警察——皇家騎警——很快就會抵達。你需要把一切都告訴他們。所有的一切。」

空氣裡一陣沉默。

我轉過身。「你必須這麼做。這件事必須到此結束。不能再造成任何附帶而來的傷害了。你得為莉莉和黛西著想。」

「貝絲也有孩子。」

「你需要做正確的事。真相就是正確的事。」

她點點頭。「我知道，」她輕輕地說。「我現在知道了。」

我聽到一聲奇怪的聲響，本能地轉身看向房門。

艾琳。她就站在門口，臉色蒼白得像個鬼魂。

「艾琳？你……你在那裡站了多久？所有的事情你都聽到了？」

「她走了，」她小聲地說道。「貝絲。我的寶貝走了，她把孩子們也帶走了。警方已經發布了安珀警報，警察到處在尋找他們。強尼說，貝絲也接到了達倫的電話。就在火災發生以前。等強尼到家的時候，她已經走了。一個鄰居說，有一個開著紅褐色卡車的男人把他們接走了。車子側面有一個蜘蛛網的設計。我……雷克斯認為那是贊恩．羅力，他是那些會來光顧酒吧的重機騎士之一。」她站不穩地晃了一下，隨即伸手抓住門把好支撐自己。她聲音分岔掉地接著說道：

「強尼認為她可能一直在……偷偷和贊恩交往。」

「噢，艾琳，我很遺憾。」我走向我的朋友，把她摟在懷裡。她把頭靠在我的脖子邊上，然後開始哭了起來。我揉著她的頭髮，任憑她顫抖地哭濕了我的T恤。「你得相信警方會找到他們的。你需要相信，警方會找到貝絲和孩子們的，好嗎？」

「他們是我的寶貝孫子，」她在我的肩膀上低聲說道，「他們是我的世界。」

「我知道，」我輕輕地說。「我了解。」

儘管我嘴上這麼說，但我還是感到害怕。孩子們被安全找到、被活著找到的機率，會隨著他們還沒被發現的每一分鐘而提升。特別是如果贊恩．羅力就是和克萊．派里在獄中遭到殺害有關的那個魔鬼騎士的話。

「蓋洛威太太？」我們聽到聲音同時轉過身去。只見兩名身穿制服的皇家騎警站在病房外的走廊上，和他們在一起的還有一名雙瀑鎮的警員。「我們能和你說句話嗎，蓋洛威太太？」

艾琳擦乾臉頰上的淚水，點了點頭。在那名男性的皇家騎警帶她走開的同時，另一名女警員則對我說道：「你是——瑪蒂森．簡考斯基的母親嗎？」

「是的，我是瑞秋．哈特。」我回應她。

「我們想和你女兒談談，哈特女士。」

我點點頭，企圖和警員一起重新走進病房，但是她卻阻止了我。「就她一個人。我們想要單獨和她談。」

我看向瑪蒂。

「沒事的，媽。沒關係。」

克里妮緹

現今

十一月二十二日，星期一。當日。

吉歐到醫院餐廳去找咖啡了。在聽到新聞報導說，屋裡有幾個人在房子著火之後被帶到了醫院，所以，今天一早，他和我就趕到了這裡。沒有人告訴我們是誰受傷了，或者誰是倖存者。醫院的主要大門外面擠滿了攝影記者和配戴麥克風的新聞人員。透過窗戶，我看到距離醫院不遠處的路上停了幾輛新聞車，其中一輛車頂上還架設了衛星通訊器。針對富比世家的孩子失蹤所發出的安珀警報——六歲的道格和四歲的琪薇——已經變成了新聞焦點。貝絲・富比世帶著孩子潛逃了，而我相信我知道原因是什麼。

我回電給那名卡車司機。他對我描述那名年輕女孩有著及腰的長髮，淺金色的頭髮飛舞在黑夜的風中。那是貝絲。我很確定。那晚，她和一名還不清楚身分的男子在惡魔橋上跟蹤著莉娜，就在莉娜遭到殺害之前。

貝絲的母親，艾琳・蓋洛威，是這家醫院的設備採購員。吉歐和我希望在她來醫院的時候可以攔截到她。我們在醫院警衛開始把新聞記者擋在外面之前，就已經進到了醫院裡。

記者們也想要採訪我。我的手機一直響個不停。一名全球電視台的女記者今早揭露了我是克萊頓．傑伊．派里女兒的事實，並且表示我父親在監獄裡遭到了謀殺。這則消息被瘋傳了。我和我的Podcast已經變成了新聞。殘響。這是一種臨場敘事的特徵——披露、揭開，以及即時產生的漣漪效應。一個曾經被認為已經破案的昔日舊案，現在已經變成了活生生的、炙手可熱的話題。

吉歐從餐廳帶回了兩杯咖啡。他的眼睛裡明顯閃爍著興奮。

「我想，我剛才在餐廳看到了瑪蒂和達倫的女兒。」他來到我身邊坐下，壓低了聲音告訴我，以防被任何人偷聽到。他把咖啡遞給了我。「在護士把兩個女孩帶回走廊的時候，我遠遠地跟在她們後面，然後我聽到有人說她們的母親沒事，但是她們的父親發生的事就太令人難過了。」

感謝上帝。我把頭轉開。我好想哭。對於我所披露的事，我已經無法控制了。隨著事情變得越來越驚心動魄，我也開始感到害怕，這幾乎要把我壓垮了。我想起了瑞秋在那間小餐館裡給我的警告。

你不能把這段播出去。這……這不是事情的全貌。在我們得知完整的真相之前，你不能播出這些話。克里妮緹。如果你播出的話……將會造成你無法了解的傷害。

我是不是太魯莽了？太不負責任了？在我把最新一集播出去以前，我是不是應該要先進一步追蹤過？

「瑞秋之前曾經叫我先不要播出最新那集，」我靜靜地告訴吉歐，然後啜了一口咖啡。「她說，我還不了解這個故事的全貌，那樣做可能會有人受到傷害。我……我沒有想到會造成這樣的結果。有人被困在起火燃燒的房子裡。孩子們差點死掉。還有其他的孩子命在旦夕，被可能是兇手的母親帶著潛逃。我做了什麼？」「嘿。」吉歐輕聲地說道。他把手中的咖啡放到我們面前的桌上，伸手摟住我的肩膀，把我拉近他。我再一次地讓他這樣擁著我。我很驚訝於這帶給我的安慰有多大。這樣的接觸所傳送給我的溫暖和休戚與共的感覺，讓我感到震驚。連結。我需要這個男人。我只是一直都不明白我有多需要他。我覺得自己很了解吉歐，然而，其實我還不夠了解。

「你沒有辦法改變任何事，克里。」他撥開我眉毛上的髮絲。「那一集——在你知道克萊頓死了之前，那一集就已經預定要播出了。在你和瑞秋一起去那間小餐館之前，那一集就已經播出了。你不能從那些已經在收聽的人手中把節目收回。它已經播出了。」

我揉了揉臉。「也許，一開始的時候我就應該要先有所保留，直到我把事情的前因後果弄清楚。我很擔心那些孩子，吉歐，貝絲的孩子。」我凝視著他，壓低了聲音說道：「你認為是不是貝絲和那個把她和孩子接走的男人幹的，是他們謀劃要讓我父親閉嘴的？」

「你這是在妄下結論，克里。」吉歐說道。

「安珀警報要大眾留意一輛車側有蜘蛛網圖案設計的卡車。」

他看了一眼窗外成群的記者。他們的頭髮被風吹散，身上的外套也被吹得不停地拍打在自己身上。「沒錯。」他小聲地回應我。「是的，我覺得有可能。綜合已經發生的事情來看，確實有可能。如果當時在橋上的人是貝絲的話，那麼，她可能需要隱藏什麼很可怕的事情。可怕到需要藉由一個魔鬼騎士的人脈關係來讓你父親保持沉默，然後又帶著她的孩子逃走，拋下了她的丈夫和她原本的生活。」

「可憐的強尼。」

「是啊。」

我看到瑞秋出現在走廊上，朝著等待區走去。她步履匆忙地走向醫院的出口。透過窗戶，她看到了聚集在醫院外面的媒體。這讓她驟然停下腳步，彷彿撞到了一堵牆一樣。她的臉上泛起困惑的神情。

我跳起來，直接跑向她。「瑞秋——」

她轉過身。在看到我的剎那，她的臉色突然繃緊了。她看起來彷彿被困住、被榨乾了，而且一副筋疲力盡的模樣。

「瑪蒂還好嗎？」

她看著我。打量著我。她的眼神宛如雷射光一般地緊盯在我身上。醫院裡的各種聲音似乎都變得很遙遠。在那一刻裡，醫院裡似乎只剩下她和我，被鎖在了一個膠囊裡。我開始想到最糟糕的結果，她的女兒終究沒能挺過來。

「我……吉歐看到了那兩個女孩——莉莉和黛西，」我開口說道。「我知道她們沒事了。我——」

「達倫死了。」

我覺得自己就要暈倒了。我要對此負責，對所有的事負責。然而，以某種形式來說，這是我想要的，不是嗎？戳破揭開這個小鎮的秘密，直到那晚的真相公諸於世。「那……瑪蒂呢？」

「她會沒事的。」瑞秋搖晃了一下。她的目光轉向聚集在窗外越來越多的人群，然後又重新看著我。「我準備好了，」她靜靜地對我說。「我接受你的提議。我會說的。」

我張大了嘴。「你的意思是——」

「我會接受你的訪談，上你的節目。關於整個故事，瑪蒂剛才已經對警方做了她的聲明，她也告訴我，她會尋求律師的建議，不過，她也想要和你聊聊。」

我不知道該說什麼。

瑞秋輕輕地繼續說道：「我欠你的，克里妮緹。」她停了下來，眼裡突然蒙上了一層霧氣。「珍妮。我們都虧欠你。我們是這個故事的一部分。你也是。而隱藏秘密的時候……應該要被結束了。」

「你知道是誰幹的嗎？誰是殺害莉娜的兇手？」

「是的。」

她的直接反應彷彿揍在我肚子上的一拳。一股相互矛盾的腎上腺素、興奮、焦躁和憤怒之情，彷彿一杯熱騰騰的雞尾酒湧上我的心頭。

「是貝絲，不是嗎？」我告訴她。「還有另外一個人，一名男子。」

她嚥下了一口口水。

我繼續說道：「我接到一個長途卡車司機的電話。他也收聽了Podcast。他記得火箭爆炸的那天晚上，看到了莉娜走在橋上。有兩個人遠遠地跟在她的後面，走在陰影裡。其中一個是金髮及腰的女孩。另一個則是戴了一頂帽子的高個男子。」

「所以有證人。」

「看起來似乎是這樣。」

她點點頭，眼光再度瞄向外面的人群。剎那之間，她看起來就像碎裂了一樣，她伸手掠了掠頭髮。「很好，」她靜靜地說。「能有證人很好。」

「瑞秋，那個男的是誰？」

她迎向了我的目光。「瑪蒂的丈夫，達倫。我外孫女的父親。我的女婿。而我卻從來都不知道。我們沒有人知道。連瑪蒂也不知道。在他縱火燒了他們的房子、燒了他們的生活之前，沒有人知道。他想要把她們一起帶走。他想要擺脫掉這一切。」

她的話讓我受到了重重的震撼。「我……我很遺憾，瑞秋。」

我眼前的昔日警探拭去淚水。

「瑪蒂——她真的沒問題嗎，我是說和我聊這件事？」

瑞秋點點頭。「是的。還有關於……你父親對她做的事，如果你想要知道的話。」

一股情緒突然在我的胃裡升起，強烈到讓我幾乎難以呼吸。我確實想要知道。但是，某部分的我卻突然不確定了，我害怕知道。然而，我一定得知道。我需要知道。自從我第一次看到我父親的照片開始，我就需要知道。我們，我們所有的人，都需要知道我們來自何處。我們是誰。當我還是個孩子、還在追問著關於我那『已死』的父親時，這個追尋的旅程就已經展開了。每一條路都把我帶到了這裡，就是這裡，帶到了這個我所出生的雙瀑鎮醫院，帶到了這名已經老去的警探面前，這個曾經幫我換過尿布、把我父親關在牢裡的警探。我必須要知道。

瑞秋猶豫了一下，彷彿在考慮是否要透露更多。然後她對我說：「克里妮緹，你在第一集的Podcast裡曾經說過一些話。你提出了一個問題，『如果養大一個孩子需要一整個村落的話，那麼，殺一個人是否也需要一整個村落？』你說得沒錯。確實如此。我們都殺了莉娜．雷伊。我們都轉身走開了，把眼光挪開了，而且不止一次。如果你問我，是誰點燃了昨晚那把火……是我們所有的人。」

緊接著，她做出了一個出人意料的舉動。她抱住了我，在我的耳邊輕聲說道：「對不起。」

一名攝影師突然越過警衛的防線，從醫院的前門衝了進來。他舉起相機，喀嚓地按下快門。在閃光燈亮起的同時，我聽到一聲叫喊。一名警衛跑過來，抓住了那個攝影師的手臂。當他被警衛拖出去的時候，他大聲喊著，「瑞秋．哈特，你女兒怎樣了？你的外孫女呢？你有什麼要說的嗎？」

吉歐衝向我們。他壓低了聲音，深色的眼睛裡閃爍著火焰。「我有消息了。我剛在推特上看到新聞。皇家騎警逮捕了貝絲．富比世和贊恩．羅力。孩子們都沒事。」激動的情緒讓他的神情緊繃，也讓他的雙眼閃爍著光芒。「他們當時正企圖要在維多利亞省的安吉利斯港登上渡輪。他們打算去美國，但是被邊境的巡警攔下了。」

貝絲的母親出現在走廊上。她看起來就像驚嚇過度一樣。她只是站在那裡看著我們。瑞秋快步走向她。然後，艾琳·蓋洛威開始哭泣了起來。「我剛接到一通電話。他們很安全。我的寶貝孫子們都平安無事。」

瑞秋

現今

十一月二十二日，星期一。當日。

當葛蘭傑走進客廳的時候，我正和斯加特依偎在爐火旁喝著茶，時間已經是下午很晚了。

他站在門口，沉默地凝望著我和斯加特。他看起來像遇難了一樣，彷彿需要一身乾淨的衣服和好好洗個澡。我不知道自己甚至還有沒有力氣說什麼。

「瑞秋，我——」

「你有義務，葛蘭傑。身為一名治療師。」我安靜地開口。「如果你知道你的病人會對孩子造成急迫性的危險，你有義務舉報他。老天，你的客戶是個老師、是一名指導諮詢顧問，他和孩子們一起工作。那麼多的人。他對我女兒做出性侵的行為，他自己家裡也有個嬰兒，而他正在尋求你的幫助。如果你知道他處於一種會傷害別人的狀態，那麼，任何治療師和病患之間的保密行為就可以被視為無效。」

他走進客廳，重重坐進了他的那張皮椅裡。「我不知道關於瑪蒂的事，或者關於淫照的事，以及戀童癖的事。真的。一直到在他最後一次的療程中，我企圖要挖掘是否有什麼潛在因素造成他酗酒時，我才知道有關兒童淫照的事情。回顧過去，我現在相信他當時來尋求我的幫助，其實是為了他的性慾倒錯，但是他不敢說出來。所以，他認為如果我可以治好他酗酒成癮的習慣，他就可以依樣畫葫蘆地用這個方法來戒除他更深、更麻煩的那個癮。」他搓了搓下巴的鬍碴。「我承認，當他在催眠中對我透露出他對兒童淫照的迷戀時，我受到了很大的震撼，而我……有點失去了我的邏輯思考，失去了我的理性……我把莉娜遭到謀殺的細節植入了他的潛意識裡，暗示說那是他幹的，暗示說他想要隱瞞這件事。那個時候，我很擔心強尼，還有那件外套，我知道莉娜穿了一件那樣的外套，而那個時候，我也知道了克萊．派里曾經去過篝火節現場。當時，梅里一直在接受我的治療，我從她那裡得知了謀殺的細節，結果事情就那樣發生了。」

「就那樣發生了？你把保密的證據灌輸到一個客戶的腦子裡，而你卻把這種行為說成就那樣發生了？」

他再度搓著臉，舔了舔嘴唇說道：「那讓他被帶走了，瑞秋。我認為如果那讓克萊被關起來的話，也不失為一件好事。他可以在獄中接受幫助。他的行為可以受到矯正。孩子們也會很安全。畢竟，他不是一個健全的人。」

「那讓真正的兇手逍遙法外。讓這件事造成的傷害延續了那麼多年。」

「你有兩個可愛的外孫女，瑞秋。如果達倫當時被逮捕的話——」

「你在開玩笑嗎？」我站起身。「你是真的想要對我說，如果當年還是青少年的達倫被關起來的話，那麼，他和瑪蒂就不會結婚，我的生命裡也不會有黛西和莉莉了？我這輩子幾乎不曾擁有過黛西和莉莉。我甚至也幾乎沒有擁有過我自己的女兒。她們之所以和我疏遠，有一部分的原因就是瑪蒂無法忍受她自己的罪惡感。她認為是她和她的朋友們殺了莉娜。當克萊認罪的時候，就已經讓所有的人都不再清白了。他們都閉上了嘴，把創傷埋藏起來。而這讓他們都陷入了痛苦的深淵。」

「驗屍報告指出，如果她沒有被淹死的話，她也會死於她身上的那些傷。所以，瑪蒂會相信是自己殺了莉娜，那也是合情合理的。」

「去死吧，葛蘭傑。你怎麼敢說這種話？我又把那份報告反覆看過了好幾次，而瑪蒂對我所說的，也和她告訴皇家騎警的聲明一模一樣。莉娜在橋的南端所受到的那些毆打並不是致命的傷害。她的頭受到撞擊——大部分是來自於撞在樹幹上——還有被石頭砸到，以及被腳重踹，這才是造成她大腦浮腫的原因，如果她沒有被淹死，這些嚴重的傷害也會導致她喪命。」

「瑪蒂和那些女孩們的行為仍然是錯的。」

「對同學霸凌和身體上的攻擊永遠都是錯的。但是那並不是謀殺。你知道嗎？如果你沒有做出那種事的話，瑪蒂也許會告訴我發生了什麼事。或者，路克和我就會繼續深入調查這個案子。霸凌的行為會曝光，並且遭到懲罰。那兩個『把她了結』的人也會遭到法律制裁。此外，葛蘭傑，也許，只是也許，瑪蒂和我可能可以擁有母女關係。也許，她就不會攻訐我，攻訐所有其他的人。也許，她就不會一直用自毀的方式，讓自己去對抗那座大山，用那種方式來擺脫她自己的罪惡感和記憶。也許——」我渾身發抖地伸出手指直指著他。「——也許，強尼就可以為他強暴莉娜的事贖罪，他也不會一輩子都遭到一個邪惡的、自戀的、殘酷而且充滿控制傾向的人所欺騙，甚至和她結婚。讓一個殘酷的兇手變成了他孩子的母親。你孫子的母親。而現在，他們這輩子都要面對自己的母親會被關在監獄裡的事實，因為她需要為殘殺了她的一個同學而負責。至於你的兒子呢？他現在得要活在妻子入獄的壓力之下。因為，在錯判兇手這件事上，是你推了我們一把。」

「他依然是個變態的人，瑞秋。」

「你所做的事是無法被接受的。」

「那你呢？你看到了那張女孩們的群體照，照片裡的瑪蒂脖子上戴了那條吊墜項鍊。我在你辦公室的白板上看到了。如果你有——」

「當時，我確實問過瑪蒂關於吊墜的事。她宣稱是莉娜拿走的，她說莉娜曾經來過我們家。然後，克萊也招供了，他鉅細靡遺地把一切都說出來了。這要感謝你。所以，我也沒有再深究。」

「你沒有比我好到哪裡去，瑞秋。」

苦澀的膽汁湧上了我的喉嚨，因為我知道他說得沒錯。但是，我們不能繼續在一起了。現在已經不行了。在他對我隱瞞這件事之後，我們沒有辦法再一起走下去了。我們的關係完全是建立在這個毀滅性的秘密背後。況且，也許還有更多的秘密——我怎麼還能相信，在他治療我的過程中，他是否也在我的潛意識裡植入了什麼。我甚至不打算問他，因為我不會相信他了。我現在的任務就是往前走，聚焦在挽救還殘存著的一切——我的女兒和她的女兒。瑪蒂不得不在第一時間走進克萊．派里的辦公室，去為她在家裡遇到的困擾尋求諮詢，對此，我需要贖罪。是傑克和我——我們的缺乏關注——讓我們的孩子遭到一個狡猾的淫魔所傷害。

我需要確定我的外孫女可以在一個踏實的基礎上成長，以面對這個故事。因為他們父母的歷史——他們過去的罪行——都會在她們現在的生命裡留下痕跡。不管用什麼樣的方式，在她們接下來的人生裡，這件事都依然會存在。就像這件事之於克里妮緹一樣，就像它之於甘尼許、以及其他許許多多的生命一樣。我的外孫女需要找出一個方式來面對它。而我必須陪伴在她們的身邊。

「出去，」我的聲音卡在我的喉嚨裡。「收拾你的行李，離開我的農場。」

「瑞秋，拜託——」他站起身，試著碰我。

「不。不要碰我。」

「我告訴過你不要聽那個Podcast。我說過，那不會是什麼好事。」

殘響
漣漪效應

現今

來自最後一集的摘錄

莉娜・雷伊謀殺案——在惡魔橋下。

瑪蒂：我不知道是從什麼時候開始的——對莉娜・雷伊的霸凌。可以確定的是，早在那個寒冷的十一月晚上以前就已經開始了。到了烏勒爾篝火節的時候、到了俄羅斯火箭爆炸的時候，我們已經沒有人可以阻止得了接下去會發生的事了。那就好像在幾哩外就設定好軌道的火車一樣，它只能在不可阻攔之下，轟隆隆地沿著鐵軌繼續往前開。而且……令人難以承受的是，令人真的、真的難以理解的是，那些好人、那些你所愛的人、朋友、父母、孩子和愛人，他們是怎麼做出了如此恐怖的事情。還有，小小的謊言是怎麼變成了漫天大謊，小雪球越滾越大，終究變成了致命的雪崩。此外，一再地對看似微不足道的事情視而不見，又會如何促長駭人的罪行。

克里妮緹：瑪蒂，你在這集裡告訴我們的一切，都是實話嗎？

瑪蒂：是的。當我在醫院裡意識到自己和女兒都在火災中倖存下來時，我也對我母親說過同樣的話。我必須這麼做，目的只有一個。那就是把真相說出來。關於霸凌、關於群體的融合、關於被隱藏的性侵、關於一個群體需要如何挺身而出。關於孩子們在學校需要如何去了解他們所做的事。以及關於他們的父母需要如何覺察到，危險通常都潛藏在良善之處伺機而出。關於這種種的真相。

克里妮緹：這是一場艱苦的奮戰。

瑪蒂：我已經和傑斯溫德、達許和甘尼許．雷伊搭檔。我們在雙瀑鎮中學舉辦了我們的第一場會談。主題是關於莉娜。身為一個人，她是怎樣的一個人。所有她好的一面，以及她可能變成什麼樣的人。還有關於我們是怎麼走到了惡魔橋下的那一步。我希望這有助於雷伊家展開療癒的過程，也希望這可以為和這個悲劇息息相關的這整個社區，帶來一趟療癒的旅程。也許，只是也許，我們可以阻止這種事在某個地方再度發生。

克里妮緹：如果莉娜的母親還活著的話，你會對普拉提瑪．雷伊說什麼？

瑪蒂：我會告訴她，我很抱歉，非常非常的抱歉。我參與了一場霸凌事件，結果那個事件演變成了暴力行為，對此，我深感後悔。我會用我的餘生把這件事說出來，並且試著贖罪。這件事對你造成的影響，我也感到很抱歉，克里妮緹。我遭到你父親的性侵。我誤以為那是我自己叛逆的行為，然而，我其實是個受害者。我們這些女孩子眼中所認為的魅力，結果卻完全是另一回事。篝火節那天晚上……他揭開了我們每個人內心裡某個黑暗的、可怕的東西。特別是貝絲。

克里妮緹：就是莉娜日記裡寫的那個陰影嗎？

瑪蒂：如果你想這麼說的話。我們每個人的心裡都住了一頭野獸。

克里妮緹：你有做過法律諮詢——

瑪蒂：我有。是的。對於我那天的行為，不管結果如何，我都會接受。貝絲也必須接受。達倫也是。還有葛蘭傑、強尼，所有說謊的人都需要接受。

克里妮緹：你母親呢？

瑪蒂：我母親也一樣……還有你母親。

\# \# \#

在這個國家遙遠的另一端，喬瑟琳·威洛比坐在她女兒的床邊，一邊編織、一邊將她外孫女的Podcast聽到了最後。蕾西平靜地躺在床上。她已經走到了生命的盡頭。彷彿她生命最終的篇章現在已經被寫完了，這本書闔上了，現在，她終於可以釋懷。負責緩和療護的醫生剛剛才來探視過。喬瑟琳看著自己的孩子，輕聲地說道：「看看我們家克里妮緹所做的事，蕾西。我為她感到驕傲。」她放下手中的編織，把女兒冰冷、乾燥的手握在自己手中，搓揉著那血管清楚可見的手背。「克里為莉娜找到了正義，」她停了一下。「雖然，我不知道正義是不是能讓什麼事變好。不過，也許真相可以。或許，這才是真正重要的事。真相會讓你獲得自由，不是嗎，親愛的？」

喬瑟琳也不確定自己真的相信這點。至少她並不完全相信。生命有太多的層面，也太過複雜。太多該死的灰色陰影。但是，她打從心裡感覺到，蕾西的靈魂此刻已經獲得自由、可以離開了。克萊也自由了，從他自己偏差行為的牢籠中獲釋了。小珍妮回到了雙瀑鎮，找到了她自己的源頭。她擁有了現在的自己。這個Podcast是她的旅程。她引發了一場關於青少年霸凌的全國性會談，以及對種族主義的討論，還有歸屬感的話題。

「你也會為她感到驕傲的，蕾西。我知道你會。你給了她一個機會。」

克里妮緹

現今

翌年夏天。

我站在綠畝園農場的穀倉附近。遠處有一排白楊樹，不過就在幾個月前，吉歐和我還曾經從那裡望著那輛工作中的綠色牽引機。但是今天，那些樹已經換上了綠色的新葉，正在陽光下迎風搖曳。

我走向那排白楊。這次，沒有葛蘭傑來把我趕走。他已經不住在這裡了，而且這回是瑞秋邀請我來的。她告訴我，在這個美麗的星期天裡，我可以在河岸找到她和她的家人。

農場的草莓已經成熟到可以採摘了，有些覆盆子也一樣。我看到季節性的採摘工人正沿著成排的田埂在移動。空氣裡瀰漫著溫暖的泥土味、藥草和花香的味道。瑞秋也種了許多的香料藥草。農場裡還蓋了一個小攤位，販售著她的作物。她在電話裡告訴我說，瑪蒂和兩個女兒已經搬到這裡來，她們會住在農場裡，或者以這裡為基礎，邁向可以預見的未來。

去年十一月，當我第一次來找瑞秋，希望她能接受我的訪問時，當時，山頂上籠罩著厚厚的一層烏雲。而今天，這座山露出了臉，在湛藍的天空襯托下熠熠生輝。

在我走近沿著河岸生長的白楊時，我聽到了河水的聲音。我聽到了孩子們的笑聲。當我靠近的時候，我發現現場有四個小孩。一個男孩以及三個女孩。河畔有一座泳池，泳池裡的水只有膝蓋的深度。孩子們就在泳池裡潑水嬉戲。穿著短褲的瑞秋和他們一起在水裡。我看到瑪蒂坐在岸邊的一張躺椅上。

我靜靜地觀察著他們好幾分鐘，不過，瑞秋很快地看到了我。她揚起一隻手，朝著我揮了一下。

「來得正是時候，」她對我喊道。「我們正要吃午餐。」

當我來到她們旁邊時，我看到了野餐籃和毯子，也看到拿著釣竿的強尼就在不遠處的河邊。他在揮出釣竿的同時，抛出了手中成捲的釣魚線。

「嘿，瑪蒂，」我說道。「你好嗎……那些是強尼的孩子嗎？」

「對啊。很高興見到你，克里。他花很多時間在這裡。」

「我可以看得出來為什麼。那就好像……我不知道，這個地方有一種療癒的特質。」

她聞言笑了。「等冬天來臨的時候你就知道了。」

我坐在瑪蒂身邊的毯子上，想起了我外婆在我母親去年十二月初去世時所說的話。她說，雖然我的Podcast在播出期間燒到了很多人，不過有些時候，當森林的下層植被糾纏了太多枯死的植物時，也需要一把火來清理乾淨。然後，焦土裡才能再長出新的生命。出現新的成長。只有更強壯的森林才能抵禦得住嚴酷的風暴。而那就是綠畝園給我的感覺。瑞秋昔日耕犁的那片黑色濕土，現在已經長出了纍纍的果實。賞心悅目、富含營養。作物生長的過程雖然複雜，但卻始終朝著陽光在成長。

瑪蒂舉起一只瓶子。

「我們為你準備了氣泡酒。恭喜。他在哪裡？」

我咧嘴笑了笑。我覺得很幸福。我彷彿以某種奇怪的方式隸屬於這群截然不同的人，不知怎麼地，我似乎在雙瀑鎮，這個我出生的地方，找到了某種家人。

「吉歐在工作。」我告訴她。「他得和一名製作人見面，我們正在企劃Netflex的節目。謝謝你們。如果一切按照計畫進行的話，串流媒體真實罪案，電視劇集，將會在今年秋天開播，我們會從重述莉娜的故事開始——在惡魔橋下。」

「雷伊家同意參與嗎？」瑪蒂問道。她知道達許、甘尼許和傑斯溫德對此一直舉棋不定。

「嗯。」我笑著說。「所有人都準備好了。節目的部分收益將會用在他們新成立的莉娜‧雷伊獎學金基金會上。謝謝你幫忙說了好話。」

瑞秋把孩子們從水裡叫了上來，並且對下游的強尼吹了幾聲口哨。他舉起手示意聽到了，然後開始收起魚線。

「給我們看你的戒指。」瑞秋對著我說道。瑪蒂則忙著幫大人們倒著甜白酒和橘子汁，也不忘為孩子們倒了幾杯純果汁。

我伸出了手。手指上那顆微小的鑽石在一束陽光下閃爍著。「這是吉歐祖母的戒指，我們重新調整過尺寸了。」

瑞秋的眼裡泛起了淚水。「你們敲定日期了嗎？」

「我們正在努力當中。我們想看看是不是能把真實罪案，電視劇集第一季先拍完再說。」我用一種誇大的語氣說道。

這讓大家聞言而笑。

「吉歐是不是一直都是，呃，那個對的人？」瑪蒂問道。我們舉起手中的塑膠杯，在潺潺的河水聲和樹葉迎風發出的沙沙聲裡彼此碰杯啜飲。一隻魚鷹在高空裡盤旋，銳利的目光緊盯著水裡的獵物。

「也許吧，」我回答她。「我只是一直都不知道，直到……我努力釐清了內心的障礙。直到我經歷過那幾次對我父親的採訪，了解到我自己是誰、我父親是誰、發生了什麼事，以及我來自哪裡這些問題對我的意義有多麼重大。」我輕啜了一口白酒。「我從來都沒有意識到，這些事是如何在方方面面都影響著我，以及我和別人的互動。」

瑪蒂和她的母親彼此對視著。而強尼則把頭轉開，眺望著河水，看著那隻魚鷹俯衝而下。我猜想他是否想起了莉娜，以及他對她所做的事。他們都還需要面對法律和其他後續的結果，那不會是一條好走的路。

「我懂，」瑪蒂靜靜地說。「真的。」

我看到強尼拾起瑪蒂的手，緊緊地捏了一下，然後放開，似乎有點尷尬的樣子。我看了一眼瑞秋。她溫柔地對我笑了一笑，然後輕輕地搖了搖頭，彷彿在說，別提了。這太脆弱了。

稍後，當瑞秋和我沿著河畔散步時，她用那雙銳利清澈的灰眼眸審視著我。我記得昔日當我來到穀倉時，瑞秋也曾經用這雙眼睛看著我。當時，我覺得瑞秋和我預想的一模一樣，或者說符合我所期待見到的那副模樣。不過，她現在看起來快樂多了。她的面容上出現了更多的平靜。或許這也讓她看起來變年輕了。

「真實罪案接下來打算報導什麼？」她問我。

「他們要求我去挖掘艾比蓋兒‧崔斯特那宗一直都沒解開的懸案。」

「聽起來很合適。」

我們在宜人的氛圍下靜靜走了幾分鐘。陽光在我的背上帶來了暖意。

「關於葛蘭傑——你能原諒他嗎？」我打破沉默地問。

她深深吸了一口氣，揚起目光看著環繞我們的群山。「我無法真的原諒我自己，克里妮緹。」

「我原諒你了。」我說。

她的眼裡湧上了一陣激動，我可以看到她的嘴角在微微顫抖。她迎向我的眼神，我知道她想起了那個小珍妮，想起了她幫我換尿布的那一天，想起了路克把我放在腿上彈上彈下的那一天。我知道，她在想我們永遠也無法讓莉娜活過來，無法完全減輕雷伊家的痛苦。

「原諒究竟是什麼？」她靜靜地問。「你不能糾正那麼久以前所犯過的錯。你無法改變它所引發的殘響。我們不能回到從前，給你一個好父親和一個像樣的家庭生活。我不能挽回發生在我家庭上面的事。艾琳．蓋洛威不能消除她女兒所犯下的罪行。」我們在一片沉寂中繼續走著。「你知道嗎，在你第一次來到農場的那天，我認為你是我生命裡最不需要出現的人。」她停了一下，凝視著河流，然後又望向四周的山。過了一會兒，才輕聲地往下說：「有時候，我們就是不知道什麼是對自己好的，不是嗎？有時候，我們以為自己當下正竭盡所能地在把事情做對，在養育著我們的孩子，在培育著我們的家庭和社區，但是，其實我們卻做錯了，錯得很厲害。」她再度停了下來，露出一抹苦澀的笑容。「我們所能做的，只是認清我們過去的錯誤，並且在我們努力往前邁進的時候，善用我們從錯誤中學到的經驗。」她的笑意加深了。「而現在，我需要在這裡，就在這個農場上，為我的女兒和外孫女而存在。我想要在這裡為她們種下什麼。一份實實在在的家的感覺。根的感覺。」她的眼光依舊在我身上。「謝謝你在那天來過，來到我的農場。我相信我們都有很多事需要感謝你，克里妮緹。」

來自最後一集的摘錄

莉娜．雷伊謀殺案——在惡魔橋下。

克里妮緹：我問莉娜．雷伊的家人，在知道了二十四年前那個十一月的寒夜裡所發生的事情真相之後，也就是在俄羅斯火箭穿過大氣層、爆炸成無數小彗星的那個夜晚所發生的事，他們現在是什麼感覺？

主題音樂輕聲揚起

傑斯溫德：我很高興可以到學校裡去談論關於霸凌的問題，不過，我也很慶幸我的妻子普拉提瑪不需要忍受這一切。這對她那一顆身為母親的心來說是難以承受的。但是，普拉提瑪會很高興成立了新的莉娜．雷伊獎學金基金會。來自北美和其他更遙遠地區的捐款，還有一些個人捐款，那些因為收聽Podcast而得知莉娜的人，數目大到讓我們深感震撼。青少年開始和我們分享他們自己的故事……我願意相信，莉娜一定會對此感到開心。她一直都想為這個世界做一些好事、擁有一個目標、去旅行。而現在，她的聲音也以某種形式散播到了全球各地。

克里妮緹：你的心裡能容得下原諒嗎？

甘尼許：原諒是把你自己從憤怒裡釋放出來，那種可以對你造成嚴重傷害的憤怒。我不確定我是不是已經獲得釋放了。應該還沒有吧。發生在我姊姊身上的事，以及這件事對我父母的影響，都對我造成了陰影。因為那件事，我成長在一個悲傷的家庭裡。不過，有件事讓我覺得很感激，那就是我們現在終於知道了『為什麼』。這是我母親一直都想要知道的——為什麼是莉娜？為什麼發生這樣的事？此外，對於這個世界現在也知道了莉娜良善的那部分，包括她在寫作上的天賦、她的才智，以及她的熱情，我也同樣覺得感激。她一直都很愛我，對我也很體貼。她愛達許，她也用她青少年的方式愛著我們的父母。

一段長長的沉默。甘尼許清了清喉嚨。

甘尼許：莉娜有著遠大的夢想。我相信，如果她可以安然度過她青少年早期的那些挑戰，她一定會在這個世界裡找到她的立足之地。她會呈現出她的價值，會茁壯地成長。如果這件事有什麼影響的話，那就是這宗昔日罪行所引發的漣漪效應，讓我們知道了要如何去傾聽、去在乎，如何給予每個人一個機會和一隻援手。因為，畢竟我們都身處在同一個群體裡，不是嗎？

克里妮緹：我相信是的。我也無法從我父親是什麼樣的人，或者他曾經做過什麼樣的事上面獲得釋放。他是我的一部分。我見到了你們——莉娜的家人——聽到你們的故事，以及所有涉及這宗罪行的人的故事，而你們也都聽到了我的故事，也許，這就是一種正義的形式，一種可以被修復的正義。

甘尼許：也許吧。是的。我想這是可以被修復的正義。

主題音樂音量增強

克里妮緹：那就讓我們不要忘記，身為一個群體，我們都有責任守望我們的孩子們。讓我們以這個 Podcast 對莉娜致敬。一個不會被遺忘的女孩。

音樂淡出